A Anne-Marie Vallat, hada

Aquí está la clave de todo.

GOETHE
(Al hablar de Sicilia en *Viaje a Italia*)

UNO

En el principio fue el descubrimiento del oro, el brillo de la palabra en los labios de Ela, la visión del oro puro entrando por los ojos de Néstor Rejón y la curiosidad que le despertó el sonido del precioso metal en la voz húmeda y femenina de Ela, mientras el niño acercaba sus manos temblorosas para tocarlo con ellas por primera vez en toda su vida.

—Oro, mi niño, esto es oro puro —dijo Ela al oído del niño.

Entonces, en la penumbra de la tarde junto al mar, entrevió el gran tesoro escondido mientras el familiar sonido de las olas, al romper las espumas contra los arrecifes arenosos en las orillas de la playa, le provocaban una nerviosa y aparentemente contradictoria sensación de plenitud y desasosiego.

Más tarde, a lo largo de toda su vida, el oro, el objeto supremo y el milagro perfecto se unieron a la sorpresa del hallazgo, y al sudor que le provocó a Néstor Rejón el repentino descubrimiento del tesoro en su propia casa, hasta llegar a convertir esa búsqueda en el sentido esencial de su vida. Ela y el oro en la penumbra vespertina de la alcoba de niño mimado en la casa de la playa. Y después en la casa del abuelo Frasco Rejón en El Monte, rodeada la casa de campo por el Jardín de las Flores, el paraíso azul y verde que al niño se le antojaba entonces inmenso e inabarcable.

Desde los amplios ventanales de La Cúpula, la *villa* en los altos de la ciudad de Taormina, donde decidió venirse a vivir con Sarah d'Allara tras cumplir los sesenta años, retirado ya de la dirección de sus negocios en todo el mundo, el joyero Néstor

Rejón miraba con atención hacia el oriente para observar con placidez la generosa planicie de la cara del agua en el mar Jónico, color vino y azul plata. Como si quisiera contar la sombra de los siglos sucesivos que la memoria del Mediterráneo arrojaba sobre las costas de Mazzarò, en esa parte de Sicilia, entre Messina y Catania. Abajo, muy cerca, se dibujaba la ondulante línea blanca de la orilla y las arenas de la playa de Letojanni, el lugar secreto donde Greta Garbo se escondía con sus amantes durante largas temporadas, en ese mismo mar color vino. Al entrar el otoño, Letojanni era un balneario lleno de ausencias que habían dejado la impronta de su leyenda en la playa y, a veces, a Rejón le gustaba que Demetrio d'Angelo, el chofer, lo acercara hasta allí con Sarah para comer, ya solos los dos, *cernia alla griglia* y beberse un par de botellas de vino blanco frío en La Tropical, un barucho de pescadores al fondo del cual llegaba el olor poderoso y mojado del salitre del Jónico.

Pero otro mar, más ancho y enorme, se abría siempre paso desde el principio en el recuerdo de los años infantiles, mientras Néstor Rejón reflexionaba, dialogaba consigo mismo y miraba desde los ventanales de La Cúpula hacia oriente: el océano Atlántico, la orilla de la marea y la playa donde creció el primer tiempo de su vida.

—Será muy anciana. O habrá muerto —se dijo al recordarla.

Gracias a Ela, por eso la llevaba en la memoria después de más de medio siglo de distancia, allá, en el territorio de la isla ya lejos de sus años pero muy cercana a su alma más profunda, apareció de repente el primer oro de su vida. La primera sensación obsesiva por el oro fue un escalofrío placentero, líquido y sudoroso, entrándole de lleno en todos los sentidos, hurgándole el salitre sobre la piel quemada por el sol y abriéndole de par en par la curiosidad de los primeros años.

Cuando comenzaba a oscurecer y los contornos de la silueta del gran volcán de Tinerfe se iban dibujando a lo lejos, al otro lado del charco del mar, en el horizonte color naranja, Ela lo llamaba a gritos desde la ventana de su dormitorio para que Néstor regresara al suplicio de los deberes escolares. Ya estaba bien de jugar en la playa como si fuera un niño de la calle, uno de esos zarrapastrosos de barrio, sin nombre ni apellidos, que se acercaban hasta Néstor para robarle sus juguetes más queridos. Le había permitido jugar más tiempo del convenido, pero se podía constipar, enfermar y perder días de colegio, le gritaba Ela desde la ventana de su alcoba para que subiera ya a la casa.

—La humedad en esta esquina de la playa es muy traicionera y tu madre no me iba a perdonar nunca ese despiste mío, ¿me entiendes, Néstor? —se justificaba Ela mientras secaba el cuerpo menudo del niño recién llegado de la playa.

De niño, en la isla de Salbago, a Néstor Rejón no le gustaba nada que le quitaran el salitre marino de la piel, ni que lo ducharan con agua dulce y tibia después de las divertidas y extenuantes horas de la playa. Y a los sesenta años le seguía encantando que la piel de su cuerpo, apergaminada por el sol y la sal del mar playero, exhalara un personal perfume de salitre. Entornaba los ojos y viajaba en el tiempo al aspirar el olor de la playa infantil en la memoria, hasta alcanzar casi la misma sensación de niño en el recuerdo. Y su madre joven y bella, arreglada para salir de fiesta, a cenar al Club Náutico o al Mano de Hierro, entraba en la alcoba un par de horas más tarde, ya de noche oscura, para darle las buenas noches al rey chico y soñoliento, un gato mimoso tras las preguntas del ritual cotidiano.

—¿Te quitaste la sal y la arena —la madre le acariciaba el cabello y la cara, mientras le hablaba, sentada en su cama—, te bañó Eladia, hiciste bien los deberes del colegio, cenaste todo lo que te preparó, ya fuiste al cuarto de baño, mi rey de la casa?

Al rey de la casa no le gustaba nada ducharse en casa después del mar, y cada vez que podía se escabullía del baño de agua tibia y se quedaba dormido hasta por la mañana con la sal del mar sobre la piel. Pero entonces Ela sufriría la primera reprimenda de su madre desde las primeras horas del día siguiente, porque Ela estaba en aquella casa sólo para vigilarlo y cuidarlo, y esa bronca de la señora iba a disgustarla mucho. Su madre era implacable con esos fallos gratuitos. Y Eladia bajaría la vista, sumisa, admitiendo el error, con las manos sobre el regazo, de pie, en medio de la cocina, responsable de esos mimos arbitrarios, mirando de vez en cuando a Néstor y echándole la culpa de todo. Al niño no le gustaba nada que su madre le reprochara a Ela sus errores, tampoco que Ela le diera de cenar después de la playa y hasta el temor detestaba el suplicio diario de hacer los deberes del colegio. Pero ahí, en ese mismo principio, estuvo el invento de Ela, el descubrimiento del oro.

Una de esas tardes del fresco invierno insular en la casa de la playa, cuando la temperatura del termómetro se venía abajo desde un fosco calor tropical por la caricia agradable de la brisa, la humedad del mar entraba por todas las ventanas de la casa y los días cortos hacían mucho más anchas las horas de la noche, el rey chico se negó intempestivo a sacarse el salitre del cuerpo. Se negó en redondo a ducharse, a cenar y a hacer los deberes del colegio. No le daba la gana de obedecer. Ante el susto de Ela, se negó a cuanto fuera una imposición doméstica, y se sublevó contra todos los corsés cotidianos con la fuerza del guerrero invencible que había admirado en las viñetas de los cuentos ilustrados que le regalaban sus padres, los mismos que Néstor Rejón rompía uno tras otro y página a página, hasta llegar a ganarse el peor de los insultos de su padre a lo largo de toda su vida: destrozador, un niño mimado que rompía todo lo que tocaba, cuando la gente de la calle no tenía apenas que llevarse a la boca.

—Si haces todo lo que tú sabes que tienes que hacer, Néstor, te enseño un tesoro nuevo. Te prometo que te va a gustar mucho —le dijo Ela.

Se atrevió a tanto porque estaba desolada por completo, como quien busca escapar de un peligro tan inminente como mortal, temerosa de que la señora de la casa a primera hora del día siguiente la expulsara a gritos del paraíso encantado que había encontrado entre las paredes de aquella casa tan inmensa y confortable, aunque Nestorito fuera un malcriado, un revoltoso inaguantable que exigía curiosearlo todo, un caprichoso que quería verlo todo y terminaba por romperlo todo a manotazos.

El niño la miró achicando los ojos llenos de intensa inquietud y Ela se dio cuenta de que la curiosidad lo había paralizado al menos durante unos segundos. ¿Estaba interesado en ese juego secreto el niño Néstor Rejón? A Ela le pareció que sí, que ese combate podía empezar a ganárselo a Néstor, si la urdimbre de su estrategia cumplía todos los requisitos hipnóticos con los que había que atar al mimado de la casa. Entonces esquivó la inquisitiva e impertinente mirada de Nestorito y simuló enfrascarse en los quehaceres de la cocina.

De reojo veía a Néstor varado en el interior de un repentino y desconocido laberinto, dándole vueltas a una errática curiosidad. Lo veía preguntándose qué cosa tan secreta era lo que Ela iba a enseñarle, con qué mentira iba ahora a convencerlo su criada para que cumpliera cada uno de los deberes, como si fuera un potrillo de paseo, dócil y obediente, domado por el dueño y sin levantar siquiera una pata de protesta.

Se asustó de verdad Ela cuando vio aparecer en el rostro del niño ciertos gestos del hombre mayor con criterios de mundo en que se convertiría muchos años después. O tal vez fuera sólo una mueca de joven presuntuoso y altivo que se interrogaba sobre la dimensión de la rara patraña que estaba contándole Ela para convencerlo, qué nuevo y mágico truco iba a sacarse la sirvienta de la manga para doblegar su voluntad de rebelde. Pero Ela volvió a mirarlo hasta atreverse a fijar sus ojos negros en los del niño. Entonces dejó de fregar los platos, secó sus manos con un paño limpio de cocina y se volvió hacia Néstor, mientras notaba que el niño seguía enfrascado en el enigma de sus pensamientos.

—Bueno, ¿qué?, ¿qué es eso, estás engañándome acaso? —dijo atacándola para defenderse, para que no le notara el interés por la sorpresa.

—Venga acá de una vez, señorito, ahora vamos a hablar en serio usted y yo —contestó Ela amenazante.

Se acercó a él con decisión. Néstor estaba sorprendido, dejándose llevar, sin reaccionar ante la orden. Casi con violencia, lo agarró Ela del brazo izquierdo y lo arrastró como un saco de papas hasta la alcoba por el largo corredor de techos altos y suelos de madera.

Néstor trató de aguantar el embate, porque sabía que no podía entregarle a Eladia sus armas de rebelde con tan poca resistencia. De otra manera el guerrero nunca iba a perdonarse esa primera derrota nada menos que a manos de la sirvienta. Ni de su padre, que le regalaba tantas cosas para que el destrozador sin escrúpulos acabara con ellas, ni de su madre ni de los niños de la calle que se acercaban a la orilla de la playa donde él se divertía con los pocos juguetes que le quedaban sanos para robárselos todos y salir corriendo hasta perderse de vista entre las dunas lejanas, sin que Néstor dejara de oír en esa misma lejanía, como un eco de resentimiento que lo llenaba de lágrimas rabiosas, las carcajadas de la pandilla de ladrones satisfecha de la fechoría, sino de Ela, la sirvienta. De modo que aquella resistencia suya era obligada, aunque en su fuero interno cierto instinto quizá malsano y para él desconocido le pedía que se dejara llevar de la mano por Ela, simplemente porque le había anunciado que le iba a enseñar el oro.

Hasta llegar a la habitación, Néstor trató de defenderse de lo que en realidad le estaba gustando más de la cuenta: la pelea con Ela, el roce con el cuerpo de Ela. Pero ya en su cuarto pataleaba, gritaba, hacía que lloraba, volvía a lanzar las piernas al aire, volvía a llorar y a gritar enfurecido, aunque la muchacha estaba decidida a no soltarlo del brazo. Al entrar al cuarto, lo lanzó sobre la cama de sábanas blancas y frescas. Él la miraba asombrado, echado su cuerpo boca arriba sobre la cama en la que Ela lo había dormido arrullándolo todas las noches luego de que su madre preguntara el cuestionario entero de todos los días.

—Ahora quédate tumbado. Y estate quieto —le ordenó la muchacha mientras se acercaba a la cama y se sentaba a su lado, tan cerca que Nestorito sentía el calor del cuerpo de Ela quemándole la piel.

Como pudo, trató de disimular el rey chico la sensación vertiginosa de placer que se le venía hasta el fondo del alma, en el abismo de todos los sentidos. Hasta ese momento, Ela lo había tratado con suaves caricias, con buenas palabras, con exquisita educación y a Néstor le había gustado, hasta ese mismo instante, mandar sobre Ela, decirle sí o no según le viniera a él en gana, casi siempre no donde era sí, casi siempre sí donde era no. Pero ahora la miraba desde la cama como si un ser superior que tenía en sus manos el poder del secreto le dictara órdenes que el niño obedecía confuso por la creciente perturbación que le provocaba en su interior cada gesto de Ela, cada palabra, cada paso que Ela había dado hacia la cama sobre la que él, paralizado, seguía tendido. Ela lo miraba desde muy cerca, con los ojos negros muy fijos en él, las aletas de la nariz de la joven abriéndose y cerrándose, como si necesitaran más aire de lo normal.

Néstor escuchaba esa respiración alterada y sentía la suya disparándose sin poder contenerla y mezclándose con el aliento de hoguera encendida de la respiración de Ela. No podía ni quería escaparse de aquel instante en que no llegaba hasta la alcoba ni un ruido del mundo exterior, ni el sonido del mar, ni el ronroneo del motor o el insistente claxon de algún coche entrando al garaje de la casa de al lado. Nada se entrecruzaba entre el aliento de Ela y la respiración de Néstor. Entonces se dio cuenta de que Ela llevaba el vestido desabrochado en su parte superior. Sudó ante la visión de los pechos de la muchacha, subiendo y bajando al ritmo de su respiración a pocos centímetros de los ojos del niño rey. Apoyó los codos sobre la cama e intentó incorporarse. Olfateó desde muy cerca la desnuda, animal y limpia piel morena de Ela. Notó que ella seguía respirando con la boca entreabierta y desde sus labios mojados de tibia saliva le llegaba el aliento invitándolo a entrar en la piel prohibida. Seguía sudando. Y su respiración estallaba golpe tras golpe dentro del pecho. Incluso Ela pudo oírla sin mucho esfuerzo cuando acercó la mano derecha a la cabeza del niño y le revolvió el pelo mojado de sudor. Sonrió y sus ojos de avellana lo invitaron de nuevo al inminente banquete. Entonces Néstor adelantó el cuerpo, le echó a Ela un brazo por detrás del cuello y metió la cara entre los senos de la joven buscando abrirse camino hasta el final del laberinto.

Ella no dejaba de sonreírle. Se abrió el último botón de la camisa y el torso enteramente desnudo apareció ante los ojos asombrados de Néstor. El niño tocó las manzanas que Ela le regalaba para que las acariciara con suavidad, para que las mordisqueara sin hacerle daño en los pezones morados, sin dejarle ninguna marca de su paso por aquella geografía, para que se abrazara al calor de aquella piel que era un regalo para el rebelde.

A Néstor le volvía loco todo cuanto estaba ocurriendo en su alcoba de repente encantada. Sabía que lo que estaba sucediendo allí en ese momento era un secreto de un valor incalculable, un juguete único con el que estaba llamado a divertirse de aquí en adelante sin que nadie se enterara, so pena de romperse el hechizo y desaparecer para siempre el éxtasis placentero que lo mantenía sometido en los cinco sentidos a la piel, los pechos, el cuello, los labios, el cabello, los muslos, todo el cuerpo de Ela.

—Néstor, ya, ya, ya, mi niño... Ahora tienes que hacer las tareas del colegio —dijo Ela de repente, incorporándose en la cama con premeditada lentitud, cerrándose uno a uno los botones de la camisa.

Néstor quiso protestar. Las muecas de su rostro rezumaban una airada, repentina y contenida frustración, a punto de estallar en gritos y pataleos. Ela le había hecho un regalo espléndido que ahora le arrebataba de las manos con el mismo capricho que antes se lo había entregado.

—Primero los quehaceres del colegio, Néstor, y después el juego, ¿eh? Si quieres así, bueno, si no, nada de nada —le dijo contundente una Ela que Néstor no había conocido hasta ese instante mágico de su vida.

Desde ese día el pacto entre Eladia y Néstor quedó sellado en una suerte de complicidad silenciosa cuyo vapor sensual llenaba de perfume de sal y almizcle la alcoba del niño en cuanto comenzaban las horas de la tarde a caer sobre las sombras y el rey chico le mostraba a la sirvienta los deberes del colegio debidamente cumplimentados.

—Muy bien, ahora la recompensa. Ven —lo invitaba Ela.

Como todas las mañanas después de desayunar y antes de encerrarse en su estudio a dibujar los proyectos artísticos, Néstor Rejón observaba durante algunos minutos, desde el mirador de su *villa* en Taormina, el color azul plata del mar Jónico hasta perderse en el horizonte oriental. La recompensa, pensaba mientras los recuerdos infantiles se perdían melancólicos en el tiempo pasado. La recompensa, musitó en baja voz, sonriéndose, como si fuera una palabra sagrada que había que recitar sólo en secreto, sin que nadie llegara a enterarse nunca, ni siquiera Sarah d'Allara, de qué estaba hablando, cuál era el verdadero significado de esa palabra y del recuerdo que se reproducía con frecuencia en su memoria como si fuera una fijeza cinematográfica. La recompensa, volvió Néstor Rejón a sonreírse. ¡Como si Ela hubiera sabido alguna vez el significado de las letras, los números, las sumas y las restas de los deberes del colegio! Como si Ela hubiera sabido leer alguna vez, como si conociera las cuatro reglas, se decía Néstor Rejón, mientras oía los pasos de Sarah de un lado a otro de la casa, y escuchaba su voz hablando con Demetrio o Stella, la gobernanta de la *villa*. Y después otra vez su voz tarareando ahora estrofas de canciones sicilianas que él jamás podría aprenderse de memoria.

—Pero, no, hombre, no, de ninguna manera —le contestaba Sarah irónica, a carcajadas ante su insistencia en conocer la letra y la música de esas canciones—, esto pertenece al alma secreta de Sicilia, tú no tienes nada que ver con esto, hombre, déjalo. Tú eres un extranjero.

—Así me gusta, Nestorito, que seas un niño aplicado para que llegues a hacerte un hombre mayor. Y que cojas fundamento con lo que hay que saber —le decía Ela cuando Néstor le entregaba la libreta con los deberes del día hechos.

Al niño no le gustaba nada que Ela lo llamara Nestorito, pero iba en la estrategia no molestarla en ese momento sino simular que no le importaba gran cosa tanta amable superioridad a dos pasos del botín. Sumas, restas, escritura. Garabatos. Dibujos, divisiones, pequeñas respuestas al pequeño cuestionario cotidiano que la maestra imponía en la escuela a los menores. Para Ela ninguno de esos jeroglíficos contenían sentido alguno, eso era lo menos importante, pero él sonreía satisfecho, porque ahora llegaba el rato del gran juguete secreto, el que más le había divertido en toda su vida de príncipe doméstico.

Ela lo dejaba que se tendiera de espaldas en la cama. Lo dejaba que la viera a ella de pie, abriéndose botón a botón la parte superior del vestido. Lentamente. Hasta la cintura, con los hombros cubiertos y los pechos de punta ante los ojos del niño. Después se acercaba a la cama, se tendía de lado junto a Néstor, le echaba encima el aliento de su boca y le besaba la cara con los labios mojados de saliva. Ésa era la orden de combate para que Néstor se desatara y comenzara a acariciar la piel tersa y aceituna de Ela, los ojos negros fijos en los de Néstor, llevando sus manos de mujer joven y dispuesta hasta los muslos temblorosos del mimado de la casa. Le acariciaba todo el cuerpo y terminaba por quitarle con suavidad los pantalones del pijama. Ela sonreía porque sabía lo que estaba haciendo cuando jugueteaba con Néstor hasta cambiarle la respiración, hasta que el rey de la casa enloquecía de los escalofríos placenteros que Ela le regalaba como un don sacral todas las tardes en las que él cumplía con las tareas de colegial rebelde.

¿Cuánto tiempo duraron aquellas interminables y silenciosas fiestas vespertinas, las partidas del gran juego en su alcoba encantada, olvidados los dos, Ela y él, de sus padres, de la casa, de la playa, del baño de agua dulce y tibia para quitarle el salitre de la piel, de la cena, de los deberes del colegio, del sueño, del resto del mundo?

Néstor Rejón recordaba que ese mismo gran juego continuó cuando se trasladaron a la casa del abuelo Frasco en El Monte, un pueblo alto en el interior de la isla, a veinte kilómetros de la ciudad, un territorio lleno de vegetación. Como si alguna vez hubiera habido allí, en la falda gris marengo del Gran Volcán de Salbago, una selva intocable, mucho más húmeda y mucho más hermosa que la ciudad de la playa. Recordaba que la alcoba que le destinaron en la casa del abuelo Frasco Rejón era pura y fresca penumbra, con una mesa y una silla en uno de sus vértices, donde se sentaba todos los días para hacer sus deberes, para que después llegara el gran juguete.

De todas las esculturas de oro, exclusivas en diseño y ejecución, ideadas y dibujadas directamente por el artista Néstor Rejón, ya retirado en su *villa* de Sicilia, la única que no había sido entregada a su propietaria natural era la que había inventado para Ela. Néstor la buscó durante algunos años, cada vez que regresaba a la isla de Salbago. Preguntaba por ella con timidez a algunos miembros de su familia, ¿y qué se hizo de Ela, saben algo ustedes?, pero no le dieron nunca una respuesta certera. Sólo cuando, años atrás, su hermano Porfirio le preguntó extrañado por qué tanto interés en el paradero de aquella sirvienta de la que él no podía acordarse porque no había nacido entonces, Néstor dejó de preguntar por Eladia para siempre. Y se quedó con el regalo exclusivo que había dibujado y fabricado en oro para quien le descubrió el metal mágico cuando era un niño que se creía el rey del mundo: una pieza pequeña, de una belleza estética extraordinaria, el dibujo de un sexo esplendoroso de mujer muy joven, en oro macizo, un promontorio de oro esa joya de pequeñas dimensiones, dibujado el vello púbico como las poderosas crines de un animal salvaje, con las fauces de la fiera completamente cerradas en vertical. Allí, en La Cúpula, en el espacioso salón de techumbre abovedada que daba nombre a su *villa* de Taormina, dormía estática la joya de Ela sobre una repisa de madera noble, a la vista de todo el que vivía o llegaba allí: como si hubiera sido robada del cuerpo exuberante de una diosa griega sin nombre por el bisturí de un mortal, experto cirujano en oro.

—¿Qué es esa pieza tan bella? —le preguntó Sarah d'Allara cuando llegó a La Cúpula, después que Rejón hubiera terminado las obras de rehabilitación de la *villa* donde iban a vivir.

—Es el retrato del primer oro, Sarah, el primer oro de todos, *El oro del paraíso* —le contestó. Y no le dijo más.

Tampoco recordaba ahora en Taormina cuándo se cansó del jugueteo y comenzó el duelo, el verdadero duelo del oro. Un día, al llegar las últimas horas de la tarde, Ela se acercó como siempre a su alcoba para preguntarle por los deberes del día. Se lo encontró mirando por la única ventana del cuarto que daba al jardín. Desde allí veía la panorámica del bosque verdísimo, para él inmenso, donde el abuelo Frasco había intentado una vez más con tenacidad de aventurero insaciable el sueño del paraíso terrenal: un jardín lleno de plantas, árboles y flores donde las sombras lo ocuparan todo, y los pocos rayos del sol que se atrevieran a llegar a la superficie del picón volcánico fueran sólo los intempestivos intrusos a los que, breves minutos después, se les invitaba suavemente a salir del edén.

—¿Qué haces, mi niño, mirando las musarañas? —le preguntó irritada Ela.

Estaba molesta y asustada. Ya conocía de sobra al hombrecito, su insaciabilidad, su afán de ir más allá de lo que le regalaba todas las tardes, su curiosidad incurable por conocer todo el mapa de su cuerpo, su capacidad para conseguir cuanto deseaba a través de actitudes incómodas para quienes lo rodeaban.

—Ya no quiero esa recompensa, ¿sabes, Ela? Quiero más. Quiero que me lo enseñes todo —le dijo atrevido, volviéndose hacia la joven, mirándola de frente, señalándole todo el cuerpo, retándola.

¿Cuántas veces le había dicho Ela que eso no podía ser, que esa parte del secreto era sólo del novio y que, por otra parte, ella estaba segura de que no le iba a gustar nada, que incluso podía parecerle sucia? ¿No le había dicho que eso no podía ser porque luego el novio se daba cuenta de que algún otro había estado jugando en aquel jardín secreto y podía abandonarla, repudiarla y contarle a todo el mundo el juego silencioso que se traían los dos en su alcoba? ¿Cuántas veces había intentado el caprichoso niño rey conquistar la montaña prohibida, la cumbre del gran volcán colorado, el selvático territorio lleno de fuego que Ela sólo le había dejado acariciar con la palma de la mano abierta por encima del vestido alguna vez en la que el rey de la casa creyó que comenzaba a vencer la voluntad de la sirvienta?

—¿Cuántas veces te he dicho que eso no puede ser? —le reprochó Ela.

—Sí, sí puede ser, vas a ver tú como sí... Si no, no hay más deberes, no hay más baño. Ni más cenas. Mi madre se enterará de todo, se lo voy a contar yo, no tu novio, y te echará —le contestó Néstor, seguro de su chantaje.

Toda la vida iba a recordar con estupor el instante supremo en que la muchacha se tendió a su lado en la cama, sumisa, ella misma entonces temblorosa, como si estuviera de verdad entregando un secreto único, su más preciado tesoro. Toda la vida de artista, de caballero mundano y seductor, iba Néstor Rejón a recordar cada uno de los femeninos y sensuales movimientos animales de Ela desvistiéndose por completo en la penumbra de su alcoba encantada.

Entre las sombras, se acercó en un vértigo que lo mareaba hasta el cuerpo desnudo de la muchacha. Y toda la vida iba a recordar el momento en el que se atrevió a palpar la mata de pelo negro azabache, la hoguera que florecía como un monte triangular y frondoso bajo el vientre plano de la muchacha. Entonces Ela abrió sus piernas lo suficiente para que el niño Néstor vislumbrara, entre las sombras del bosque y el follaje rizado del vello, la carne rosada y profunda del secreto. Néstor se había propuesto llegar más allá de donde le había estado permitido y ahora, paralizado por la visión del origen del mundo en el cuerpo de Ela, había dejado la palma de su mano sobre el volcán abierto, ardiente, mojado, exhalando el aroma de una flor exótica todavía sin cortar.

¿O era él quien palpitaba, quien saltaba a borbotones y sin remedio desde el interior de su pecho hasta la mirada desorbitada con la que había llegado a la cima de la montaña? Y allí, en la parte superior del triángulo perfecto, entre los árboles negros, escondida en el color carne del cráter grande, palpó la vida, la diminuta cabeza de un botón que vibraba por sí solo, como un corazón con vida propia escondido en el fondo del bosque.

—¿Qué es, qué es todo esto? —tartamudeó sin atreverse a mirar a la muchacha.

Ela suspiró triunfante. Había ganado el gran juego, había conquistado por completo la curiosidad del niño rey. Lo tenía a su merced, hipnotizado. Atinó a sonreír.

—Ah, mi rey —dijo abriendo un poco más las piernas, mirándose su volcán mayor, regocijándose en el fondo del gran secreto de su bellísimo cuerpo—, esto es una mina de oro. Fíjate bien, lo que estás tocando es el corazón mismo del tesoro. ¿Te está gustando?

Nestorito no pudo articular palabra. Había descubierto de un golpe de suerte, con todos sus instintos despiertos y hasta lo más hondo de sus sentidos, el extraordinario sabor del salitre marino en aquella minúscula pepita de oro puro.

DOS

La única preocupación que ensombrecía el ánimo tranquilo de Néstor Rejón durante ese día de suave sol de otoño, mientras observaba extasiado desde el mirador de La Cúpula el color plata del mar Jónico, como si mirara un inmaculado espejo hipnótico, era la inminente llegada de Tony Cabré, a la isla de Sicilia. Le había prometido que algún día vendría a verla, a pasar una semana junto a ella.

—Con vosotros dos —rectificó Cabré irónico, sobre la marcha—, que el artista no vaya a malpensar que voy a robarle la novia, una novia tan guapa y joven, recuerdo muy bien a la mujer de la que hablo, aunque eso sería tan sólo una devolución, una reconquista, ¿no?

Eso le dijo a Sarah por teléfono, juguetón, carcajeándose de su propia broma. Intuía que ése era uno de los poderes de seducción de Cabré sobre Sarah: su voz, el tono cercano, casi sarcástico, cómplice de la muchacha, que ella no podía ni siquiera ahora pasar por alto. De modo que había llegado la ocasión de cumplir el deseo de verla. Y, de paso, era también el momento de encontrarse los dos hombres frente a frente con sus propias armas, en una batalla final por Sarah d'Allara, seguía diciéndose inquieto y pensativo Néstor Rejón.

¿Podría haber evitado esa situación tan incómoda?, se preguntó Rejón en ese momento de su mayor preocupación. Podría, pero no hubiera sido lo mejor para Sarah ni para él. Podría haber evitado aquella larga y última reunión en España antes de trasladarse con Sarah a vivir a Taormina: la cena en el Nicolás de Madrid, con algunos amigos y Tony Cabré, a quien Rejón había bautizado como Limpito, tratando de ser el gran tenor del grupo. Y no sólo reservándose a toda costa el papel de estrella con voz cantante, sino ejecutando cada paso de gran lujo en la reflexión ecuánime sobre la guerra de Irak, el papel de los Estados Unidos en el mundo, España metiéndose en la boca del lobo, ¿vosotros entendéis algo de lo que ha hecho este gobierno? Este gobierno y el presidente podían salir por donde vinieron, ¿no dice que se va a ir?, pues haberlo hecho por la puerta grande, y no hundiéndonos en los albañales de la Historia, monologaba Cabré, ante la muda aquiescencia general, sólo los gestos de casi todos los comensales acompañando su discurso.

—Esto no lo puedo decir delante de ningún búlgaro, ¿comprendéis?, ni de ningún polaco, claro que no, vamos, bueno fuera, y menos delante de un rumano, con lo que sufrieron con Ceausescu, pero tal como se están poniendo las cosas vamos a echar de menos a la Unión Soviética en poco tiempo... Y conste que no tengo nada contra los Estados Unidos, de ninguna manera, trabajé cuatro años allí, en Seattle, y aprendí mucho de ellos, ya lo sabéis —dijo, exhaustivo y autobiográfico.

Ése era Tony Cabré, a grandes rasgos: una voz, una osadía, un tipo que quemaba parte de su gran vitalidad en explicarle a los demás cómo era realmente él mismo viéndose a través de lo que sucedía en cada momento en el mundo. Y ahora llegaba a Sicilia a ver de nuevo a Sarah d'Allara. Iba a hospedarse en un hotel cercano a la *villa* de los Rejón en Taormina.

—¿Es un palacio, una *villa* o una mansión esa Cúpula tuya, Sarah?, ¿lo llamáis La Cúpula, no?, aquí, en Madrid, se comenta mucho el lujo de tu casa —ironizaba al hablar por teléfono con

Sarah—. Voy al Diodoro, junto a los jardines de Villa Comunale, a la espalda del Timeo, Sarah.

Él era sólo un economista, un simple consultor, y aunque su despacho de elite empresarial, abierto unos años atrás en la Diagonal de Barcelona, llevara con éxito reconocido la consultoría en España de varias multinacionales, no alcanzaba para permitirle el exquisito lujo de vivir como el gran artista del oro Néstor Rejón, retirado en La Cúpula, rodeado de bienestar, placeres y buen gusto, le dijo Cabré sin perder la ironía, y acompañado en todo momento por una mujer tan hermosa como tú, la diosa de la Magna Grecia Sarah d'Allara, siguió bromeando por teléfono.

Rejón sabía, y Sarah también lo sabía, los tres lo sabían, que ese viaje era una nostálgica coartada de Limpito, un ritual de venganza, un ajuste de cuentas de alguien que estaba convencido de ganarle la última partida al viejo guerrero cansado ya de tantas batallas; un tipo, Tony Limpito, que no reparaba en pérdidas circunstanciales si podía agotar al adversario en el pulso final, por eso no le importaba perder batalla tras batalla. Por eso se atrevía a venir al terreno de Rejón, porque lo creía al borde del agotamiento físico, tras haber esperado pacientemente el tiempo preciso para que su estrategia cosechara el triunfo final. Y, por esa misma razón, Rejón no podía permitirse el gesto de impedir la presencia de Limpito en Taormina, marcharse en esas mismas fechas con Sarah a Madrid, burlar su presencia y cruzarse en el camino con el joven presuntuoso, sino ir a la lucha que Limpito le proponía, cuerpo a cuerpo, pie a tierra, cara a cara en la arena de una vez por todas.

El joven jugador de naipes también se lo creyó durante toda la batalla en *The Cincinnati Kid* —la película de Norman Jewison que tanto le había impresionado a Néstor Rejón—; estaba convencido de que iba a arrebatarle la corona de soberano único al viejo mariscal de las cartas. Y lo perdió todo en la gran jugada, en el último suspiro, lo que había ganado y lo que soñó que estaba a punto de ganar y que ya no ganaría nunca. En las últimas secuencias de la película, el viejo sabio se dio cuenta de que el joven ambicioso había perdido el equilibrio interior por un mínimo error de cálculo, un absurdo golpe de eufórica confianza en su soberbia juvenil. El desenlace fue fatal para él: volvió a las calles de donde había salido tras tocar con las manos a las puertas del cielo un solo momento de su vida. Gran interpretación de Steve McQueen, inmejorable la de Edward G. Robinson, a pesar de su declive físico, se dijo Rejón.

Limpito venía a Sicilia a tocar el cielo con las manos, llegaba con el ánimo de reconquistarla, de convencerla de que estaba perdiendo sus mejores años al lado de un hombre mucho mayor que ella, un hombre al que se le había pasado ya el tiempo de esplendor, a pesar de las apariencias del oro, la fortuna y los desmentidos de cansancio. Cierto, Néstor Rejón era desde hacía muchos años un nombre de prestigio, una marca estelar fuera de dudas, y había conseguido un fulgor de gran altura en el diseño artístico de oro. Su estética y la entrega voluntarista a la tarea del triunfo durante decenios lo habían hecho un millonario escultor de joyas, nada excéntrico, envidiable, elegante, educado, mundano, exquisitamente amable, de modo que ni siquiera sus escasos detractores podían mantener argumentos contrarios a la fama ganada a pulso. Pero Néstor Rejón era también un jubilado. Un hombre de lujo, un jubilado voluntario, fuera del mundo al que pertenecía la extrema juventud de Sarah d'Allara. Limpito estaba seguro de que para ella, y eso es lo que le había dicho casi rogándole a gritos la última vez que se vieron a solas en Madrid, en El Landó, cuando ella rompió la relación con él: que su aventura amorosa con Rejón, cuya fama de seductor y mujeriego se había acrecentado con los años, iba a convertirse dentro de poco tiempo en un gran fracaso. Una tumba innecesaria.

—Vas a perder los mejores años de tu vida… Por favor, no te vayas de aquí, no seas loca —le dijo Limpito durante la conversación de la despedida entre el bullicio de la clientela que llenaba el restaurante.

Néstor Rejón se había venido a vivir a Taormina con Sarah d'Allara para que ella estuviera en su tierra siciliana y siguiera adelante con las investigaciones sobre *El Gatopardo* y el príncipe de Lampedusa. Era lo más que le importaba en lo que le quedaba de vida, estar feliz con Sarah, tener a Sarah, vivir con Sarah, amar a Sarah con la pasión y las fuerzas que le quedaban, y que Sarah estuviera feliz con él, que Sarah viviera allí, en Taormina, donde ella le había confesado que le gustaría vivir. Se habían conocido en Barcelona, exactamente cuando él, casi sin saberlo, estaba a punto de romper la tempestuosa relación amorosa con la influyente arquitecta catalana Ana Trejo, después de tres años de locura pasional y secreta.

En la fiesta del Hotel Majestic, donde se expusieron a un escogido grupo de invitados especiales algunas de las más bellas piezas artísticas y exclusivas de Rejón, Sarah d'Allara lo miró desde el fondo del salón, entre los grupos de gentes que se arremolinaban en la barra libre para pedir las primeras copas de la reunión. Néstor Rejón intuyó que en esa mirada se movía algo mucho más profundo que los inquietos ojos de una hermosa y joven mujer del sur yendo de un lugar a otro para disimular su interés por la figura madura y elegante del artista del oro Néstor Rejón. Y sospechó que en esa mirada se escondía exactamente la visita de

Dios, en quien nunca había creído del todo, a pesar de tantas supersticiosas intuiciones. También desde la distancia —mientras parecía atender a cuanto cuchicheaban en voz baja un reducido grupo de empresarios catalanes capitaneados por su marido—, Ana Trejo no dejaba de vigilarlo. Unos momentos antes, había percibido un ligero sobresalto en los ojos de Néstor Rejón, el parpadeo de una insólita emoción. Notó un brillo raro en las pupilas del artista, y se dio cuenta de que algo muy grave para ella estaba sucediendo en aquel salón sin que nadie pudiera evitarlo. ¿Qué, iba a dar ahora el espectáculo, allí, en la fiesta del Majestic, el hotel donde tanto se habían amado, ahora por una noche vestido de Liceo, con toda Barcelona de testigo, y en el instante en que Néstor Rejón le anunciaba su huida definitiva? El resto de los asistentes a la fiesta no se percató de nada extraño. Pero Rejón seguía fijándose con descaro en la bellísima joven que, desde el otro lado del gran salón del Majestic, lo observaba con la misma intensidad y fijeza. Estaban los dos abstraídos en un mutuo y desnudo descaro, examinándose y desvistiéndose de arriba abajo con todos sus sentidos, divertidos y entregados todos sus instintos a conocerse en medio del festejo, sin que la bullanga y la dispersión de la fiesta pudieran evitar aquella rara epifanía que al menos Néstor Rejón estaba seguro de no haber sentido antes de ese momento. Ana Trejo creyó entonces, en su desasosiego interior, que se estaba cumpliendo en ese momento mismo la increíble profecía que, entre chanzas y bromas, siempre le había hecho su amante Néstor Rejón. Y ahora sabía que estaba en lo cierto.

—Algún día vendrá Dios a verme y… encontraré el oro que siempre estuve buscando —le repitió tres o cuatro veces a lo largo de los tres años de relaciones ocultas—. Un oro nada material, Ana, especialísimo, distinto a todos los demás que he conocido.

Ese oro no era ella, pero Ana Trejo siempre pensó que Néstor Rejón inventaba bromas tan imprevisibles como brillantes para romperle los quicios del plácido equilibrio que eran propios de su carácter de mujer posesiva y segura de sí misma. Y ahora asistía incrédula al milagro de la visita de Dios y recordaba llena de perplejidad las íntimas advertencias de su amante. ¿Era aquella joven la visita de Dios, el oro de Néstor Rejón, aquella joven de esencias físicas tan egipcias, de rasgos casi árabes? ¿Era aquella esbelta joven el regalo de Dios, aquella joven de ojos entre verdes y grises, de cara sin mácula, gestos estilizados y cuello fino, cabello suelto hasta la mitad de la espalda recta, cintura estrecha y de una figura tan delgada y cuidadosa como la de las modelos de alta costura, cuyo estilo no sólo llamaba la atención de los invitados a la fiesta del Majestic sino que había logrado inquietar al imperturbable Néstor Rejón que, sin reparo alguno, la estaba devorando con la mirada?

Sarah d'Allara no tuvo que forzar demasiado la voluntad de Néstor Rejón para que se fueran a vivir juntos a Sicilia, sino que estuvieron de acuerdo desde el principio porque, en la cúspide de su carrera profesional y en la madurez de su vida, él no había dejado atrás ningún cabo que no estuviera perfectamente atado con la cuidadosa exquisitez con que cerraba cada uno de sus asuntos, desde el ya lejano divorcio de Berta Solán, su primera mujer, sus muchos amoríos secretos y su vida con Mirta Casares, hasta las últimas compras para sus joyerías en Europa y América.

Tiempo atrás, Rejón había hecho dos o tres escapadas a la isla y le había entusiasmado Taormina, colgada sobre el Jónico. Toda Sicilia le parecía el territorio donde la eternidad se había reunido con memoria pétrea para fundar un extraño paraíso lleno de contradicciones. De manera que se había enamorado de Taormina, a pesar de que en ciertas épocas del año se aglomeraba sobre la isla el torbellino del turismo más pegajoso y un ejército de visitantes molestos y vulgares. Además, el pueblo era un verdadero tesoro anclado en las vueltas del aire, un lugar extraordinario de ver y visitar, donde ciertas incomodidades pasajeras se transformaban con facilidad en episodios sin importancia. El Etna despertaba fumando todos los días a dos pasos de su paisaje, y Rejón sabía que era un privilegio sagrado vivir allí el resto de sus años con Sarah d'Allara, la visita de Dios, el oro verdadero después de tanto tiempo de perseguirlo y soñar su búsqueda con una pasión tan vital como obsesiva.

Estaba convencido de que Dios, de quien casi nunca se acordaba y al que no había dispensado a lo largo de su mundana y correosa vida muchas confianzas y complicidades, se permitía la divina debilidad de visitar a cada ser humano tres y hasta cuatro veces en la vida. Pero no avisaba de su llegada, como hacía tan pretenciosamente Tony Limpito, sino que se presentaba de improviso y sólo durante un par de segundos en los que tenía que ser reconocido por el mortal tan privilegiado con el insólito regalo del milagro. Sin embargo, lo que solía ocurrirle a cualquiera, y de una manera muy particular a los ególatras controlados —como él mismo había sido definido por Berta Solán en el tiempo furioso de su separación matrimonial—, los enamorados de sí mismos que pensaban que ser cada uno su propia persona era lo más importante que podía haberles sucedido jamás en el mundo, es que siempre que Dios pasaba raudo como un rayo por su lado ese cualquiera estaba en otra cosa, despistado, entretenido con un juego menor, narcotizado en la nada de todos los días, dormido en la pereza de cualquier pasión secundaria. Y no alcanzaba, por tanto, a percatarse del instante milagroso que le hubiera sobrevenido de haber estado más pendiente de las intuiciones del alma, que muchos de los que eran como Rejón traducían como creencias supersticiosas a desterrar de sus pensamientos.

De modo que cuando se le presentó Dios en la fiesta del Majestic de Barcelona, donde se exponían algunos de sus mejores trabajos en oro, Néstor Rejón no dudó en acercarse a Sarah d'Allara con el desparpajo que le daban sus muchos años de mundo, sabiendo a esas alturas de la lucha que el peor de los riesgos era no atreverse a jugar las cartas por temor al fracaso. Buscó el instante indicado, aunque sabía que ella lo andaba siguiendo con la mirada por todo el salón desde el principio del festejo. Caminó con estudiada lentitud de un grupo a otro, saludándolos a todos y comentando con todos. Y se entretuvo en la distancia sin permitirse perderla de vista, dejándose ver, que supiera aquella muchacha que él había iniciado la aproximación con todas las consecuencias.

Ella procuraba seguirlo con mesura, enmascarando su inquietud en minúsculos intervalos de atención a los invitados que la rodeaban y hablaban, de manera que el hombre más elegante y protagonista de la fiesta dudara de su interés; que, en todo caso, intuyera que ella no iría más allá con ese gesto aparente de femenina coquetería, el simple y natural sentido de la seducción que no la comprometía a nada, ni con él ni con cualquier otro caballero que le siguiera un juego tan inocuo en esa o cualquier otra reunión social. Cada una de sus pequeñas sonrisas, y la supuesta atención de su mirada, las activaba la curiosidad de seguirlo en derredor, un demorado barrido de la cámara de filmación por todo el salón, por donde él se moviera con la parsimonia de felino con la que seguramente buscaba delatarse a sus ojos. Hasta que, poco a poco, Rejón fue ganando los metros que lo separaban de

Sarah. Ella no se había movido del mismo lugar donde el artista la vio desde el principio, solicitada ahora por tres o cuatro amables señores de mediana edad que conversaban con ella y le sonreían con suma cortesía.

¿Y cómo entrar en ese reducido círculo de escogidos y romperlo, sin llamar la atención de los caballeros con su caprichosa intrusión, sin demostrar un interés mayor por aquella muchacha?, se preguntó nervioso Néstor Rejón casi en el instante mismo en que uno de los invitados que rodeaban a la joven lo señaló con admiración ayudándolo a acercarse.

—¡El gran Néstor Rejón!, ¡el artista que más sabe del oro en todo el mundo! —dijo con sincera admiración.

Rejón se dejó atender y simuló un gesto de agradecimiento para recorrer los últimos metros que lo separaban del grupo. Con halagada satisfacción, alargó la mano para corresponder al desconocido admirador.

—Exageraciones suyas. De todos modos, muchas gracias —le dijo, y a continuación extendió la mano hacia la joven y al resto de los invitados del grupo.

—Sarah d'Allara, encantada —dijo ella.

—¿Italiana, americana? —preguntó Rejón, un punto provocativo.

¿Y a quién se le parecía físicamente aquella muchacha, qué recuerdos sepultados en el olvido del pasado le despertaba Sarah d'Allara a Néstor Rejón? ¿De verdad se le parecía tanto a la Parisina Roja, a Rosa Moral, la íntima amiga de Berta Solán en los tiempos de la eternidad juvenil? Berta nunca se lo perdonó, jamás se lo perdonaría. Y sí, se parecía, la sonrisa de Sarah y la de Rosa Moral, los labios, la boca tal vez, el cuello. El pelo, que ahora la Parisina Roja tendría ya completamente blanco. Sí, se parecían en la nariz, en esas venillas tan visibles que las dos tenían a la entrada de los orificios de la nariz, la misma Rosa Moral que, a pesar de todo, tanto le había reprochado a Rejón su inestabilidad sentimental con la mujer que lo amaba, primera mujer que lo hería en el fondo del alma, porque había radiografiado la falla por donde entraban los terremotos en los amores de Rejón.

—Bueno..., tengo la nacionalidad norteamericana, nací en Filadelfia. Italoamericana, entonces, ¿le vale así? Pero, en realidad, soy siciliana, porque me siento y quiero ser siciliana. Toda mi familia paterna es siciliana. De Taormina. Todos los D'Allara vienen de allí, y los que no están en América siguen todavía en Taormina o desperdigados por toda Sicilia. He oído hablar mucho de usted por sus espléndidas esculturas de oro, señor Rejón, y lo he visto en reportajes algunas veces por televisión..., y me alegro de conocerlo. Enhorabuena por todo. Me gusta mucho lo que hace.

De modo que, para empezar, a Dios le gusta mucho lo que haces, Néstor Rejón, se dijo el artista reteniendo sus desbocadas palpitaciones. Porque ella era la visita de Dios, especulaba Rejón sin dejar de sonreír, fascinado por cada uno de los seductores elementos que Sarah d'Allara desplegaba con asombrosa naturalidad.

Aquella muchacha mucho más joven que él había conseguido desencadenar en el interior del artista el proceso de una imprevista resurrección física, los hilos de la tormenta perfecta que lo abocaba a seguirla con todos sus sentidos rejuvenecidos, pero había que evitar a toda costa que le notara el nerviosismo en esos primeros momentos del encanto. Al fin y al cabo, no todos los días viene Dios a ver a los mortales, ni siquiera a un privilegiado de la vida como tú, pensaba Rejón sin quitar los ojos de la joven, prestándole la máxima atención a sus palabras. Y, apenas sin darse cuenta, estaban ya los dos ignorando la presencia de los caballeros del minúsculo grupo y hablaban como si se hubieran quedado solos.

No oían más que sus dos voces, ni siquiera el rumor cercano de las conversaciones entrecruzadas de los invitados, ni los ecos intraducibles que rebotaban en las paredes del gran salón del Majestic ni la música de fondo que flotaba en el ambiente relajado de la fiesta. Sarah lo miraba sin dejar de hablar, galopando sobre cada palabra de su discurso como si supiera que lo estaba hipnotizando, dejándose hipnotizar ella misma ante el atento silencio de Rejón. Para quienes estuvieran observándolos con ciertas intenciones en ese instante de la celebración también resultaba evidente su interés por Néstor Rejón. Sobre todo para Ana Trejo, que había seguido con entrecortada y creciente irritación las arriesgadas evoluciones de su amante. En la estrategia de Néstor nunca estuvo dar un paso hacia la conquista, sino esperar en un lugar seguro que se acercara la presa, pensó alterada Ana Trejo. Lo conocía muy bien y estaba por eso completamente segura de que Néstor no había iniciado a sus años y en público una descubierta tan peligrosa si no estuviera jugando con todas las cartas de navegar abiertas y a su disposición en el puesto de mando. Y en público. Y en una exposición de sus obras.

—Hay mucha gente aquí... para que hablemos con sosiego, quiero decir. Le propongo que nos marchemos, que vayamos a cenar juntos esta noche mismo, ¿le parece?

—Si no llamamos mucho la atención al salir... —aceptó la joven.

Bien, no llamarían demasiado la atención, se dijo Néstor Rejón, porque estaba seguro de que a Dios le parecía muy bien que el gran Néstor Rejón y Sarah d'Allara se fueran de la fiesta, cada uno por su lado y con un intervalo de tres minutos. Rejón primero y Sarah inmediatamente después. Mientras caminaba sin prisas hasta la salida, apenas despidiéndose de la gente con un gesto mínimo de cortesía, que podía interpretarse incluso como el saludo del artista recién llegado a la fiesta, estaba convencido de que Ana Trejo no le quitaba ojo de encima a la joven Sarah d'Allara. Ni, desde luego, a cada una de las muecas y movimientos que Néstor Rejón había hecho durante su permanencia en la fiesta del Majestic.

Néstor Rejón recordaría para el resto de su vida que la noche que cenaron en Naichel fue la de la resurrección. Y allí perdió, contagiado por la imparable y absorbente vitalidad de la joven, el más elemental sentido del tiempo escuchando hablar a Sarah d'Allara. De sí misma, de sus estudios, de su familia, de sus ambiciones, de sus orígenes sicilianos, de Taormina. Y de la investigación sobre Lampedusa y *El Gatopardo*. Llevaba trabajando en su doctorado académico casi diez años, entregada por entero a descombrar cada uno de los pasos olvidados del Príncipe por las calles y los cafés donde pasaba las mañanas leyendo libros y comiendo dulces, en la decadente y casi ruinosa ciudad de Palermo, hasta que murió en Roma a mediados de siglo, sin que Sicilia ni Italia le reconocieran entonces su personalidad cultural e histórica, ni su obra escrita, insoslayable y evidente una vez que el editor Feltrinelli publicó *El Gatopardo*. Y mucho más cuando Luchino Visconti le rindió homenaje al hacer la película de la novela, hacía casi cuarenta años.

Escuchándola en silencio y viéndola tan entusiasmada con todo cuanto contaba, quizá embebida ella por la atención que el artista le estaba prestando, Néstor Rejón se preguntó si ése era el momento oportuno para confesarle a Sarah la fascinación que estaba sintiendo por ella desde que la viera en la fiesta del Majestic, sólo unas horas atrás. Ni siquiera, pensó Rejón con tino, si era el momento de decirle que se había dado cuenta de que ella era el oro que estuvo esperando a lo largo de toda la vida, la visita de Dios. Prefirió optar por el silencio y decidió dejarla hablar cuanto quisiera, que toda la temperamental personalidad y el carácter arrollador de Sarah d'Allara salieran a flote en esas horas de epifánica resolución.

En las primeras horas de esa misma madrugada, ella le desveló algunos de sus secretos y pasiones personales, quiénes eran los D'Allara, quién había sido su legendario abuelo, el oculto motivo por el que huyó de Sicilia a Pittsburgh, la historia silenciada y quizá ya olvidada entre las gentes de Taormina. El tiempo, los años, la mentalidad tan aparentemente amnésica de la gente, todo había pasado demasiado rápido en la isla hasta convertirse en una suerte de fábula vieja, carcomida por ochenta años de habladurías. Y a la que no había que prestar ya mucho crédito, tal vez todo fuera sólo un invento malévolo que había cobrado en su origen quizá ficticio una dimensión exagerada, pero en la que ahora mismo incluso los sicilianos ilustrados habían dejado de creer.

Según Sarah, su abuelo D'Allara había sido el amante real de la mujer de D. H. Lawrence. Era un hombre joven que tuvo amores con Frieda Lawrence durante el penoso tiempo de reposo obligatorio del escritor, cuando se recuperaba de la tuberculosis. En definitiva, la historia en la que se inspiraba la novela *El amante de lady Chatterley*, la historia fabulosa que, oída de la boca de Sarah d'Allara en la madrugada de su primer encuentro en Barcelona, podría parecerle a cualquier otra parte de la enfebrecida embriaguez de una delirante del sur del mundo, una enloquecida soñadora con ínfulas de grandeza, una mitómana que se inventaba la realidad con sus propias palabras y terminaba por creérsela y hasta hacérsela creer a quienes la escuchaban sorprendidos. Pero Néstor Rejón no tenía el ánimo para dudar de ninguna de las historias que la visita de Dios le estaba regalando desde las primeras horas.

Los Lawrence habían llegado a Taormina a principios de los años veinte y casi inmediatamente contrataron una casa de Fontana Vecchia para vivir en ella, la misma casa que, decenios más tarde, alquiló también Truman Capote, para vivir y escribir una temporada en Taormina, la casa que le hizo decir una y otra vez que era como vivir en un avión, porque se asomaba a los ventanales y veía desde el cielo casi todo el mar del mundo que había que ver. Y el Etna fumando allí mismo, a punto de meterse en su propia habitación. Como si Capote pudiera acariciarle las cumbres más altas con la mano si le hubiera dado la gana en cualquier momento, con parecidas sensaciones a las que Néstor Rejón llevaba experimentado desde que llegó a La Cúpula. ¿No era extraña la casualidad que había llevado a los dos escritores a la misma casa? ¿Acaso Capote había buscado la casa de Lawrence con el objeto de hacer pasar su intención como un azar más de su vida? Eso era anecdótico y sin importancia para Sarah d'Allara en la historia sobre la vida del abuelo en Taormina.

Ciertos datos sobre la leyenda resultaban comprensiblemente contradictorios para ella. Había testimonios de viejos que venían a negar por completo la veracidad de esa historia para relegarla a la maledicencia de la gente vulgar, y concluir diciendo unas horas más tarde que de esa época ya tan lejana no podían acordarse de muchos detalles. Era cierto que el joven D'Allara había sido durante una temporada un cochero de Castelmola que los Lawrence contrataron para que trasladara en su coche de caballos a la señora

Frieda desde su casa a la de una de sus amigas, a cinco kilómetros de la ciudad, también en Castelmola. Recordaban, un tanto remotamente, que ese joven D'Allara había decidido un día marcharse a América jurando no volver nunca a Sicilia y olvidarse para siempre de las leyendas que lo perseguían por las calles de Taormina.

Otros lugareños sostenían que simplemente había emigrado por la nada extraordinaria razón de la pobreza y las necesidades, como tantos sicilianos, y se había establecido en los Estados Unidos y no en la Argentina, como mantenían gentes más jóvenes que habían escuchado aquella leyenda llena de fragmentos y vacíos de boca de sus padres ya fallecidos. De modo que D'Allara no había salido bien parado de la epopeya, sino todo lo contrario, porque los hombres de Taormina, incluso muchos de los amigos más cercanos, lo miraban desde entonces con sorna e incredulidad.

Cuando, en Florencia y casi clandestinamente, se publicó la novela que muchos enterados juzgaron como una venganza del escritor contra su mujer, esos mismos amigos suyos citaban al cochero y se reunían para embriagarse con vino siciliano hasta altas horas de la madrugada. Entre carcajadas y chanzas, que pasaban de la vulgaridad al peor de los gustos, echaban a suerte a qué conjurado de los allí presentes iba a tocarle leer los párrafos más escabrosos del libro de Lawrence. A esa altura de las reuniones clandestinas en las que algunos jóvenes y ya no tan jóvenes de Taormina se regocijaban con turbiedad sentimental en el suceso de los Lawrence, el abuelo D'Allara, entonces tan buen mozo y tan fuerte, aunque mucho menos agraciado y apuesto que Mellors el guardabosques, protagonista y amante de la señora de la casa, lady Chatterley, venía entonces obligado a testimoniar con sus propias palabras y previo juramento ante los libros sagrados en qué exacta medida coincidían los hechos escritos por Lawrence con la verdadera experiencia pasional con la mujer del vengativo escritor.

Esas repetitivas celebraciones acabaron por envenenarle la paciencia al joven cochero y lo tiñeron de desvergüenza por cualquier sitio que pasara. En todos los lugares que visitaba era recibido con bromas, sarcasmos e indirectas que, al decir de familiares que llegaron a conocerlo bien, fueron enturbiando cada una de sus actitudes hasta terminar por agriarle el carácter. En cuanto a las mujeres de Taormina, incluso las de su propia familia, en lugar de las bromas vulgares de los machos, exhibieron en cualquier situación, y desde que los amoríos con Frieda Lawrence abandonaron el secreto para pertenecer al dominio público sin dejar de formar parte del hipócrita silencio de la gente, el más profundo desprecio hacia la persona del joven cochero y el mayor rechazo a su permanencia en Taormina.

A Peppino d'Allara se le abrió entonces un abismo imborrable en la vida cotidiana y su angustia se llenó de un vacío de inminencias catastróficas, hasta que entrevió el horizonte de la fuga obligatoria con la claridad más solvente que tuvo en la vida. Tardó años en fraguar la huida. Se fue ya mayor a los Estados Unidos sin que la familia supiera muy bien quiénes lo ayudaron en la aventura y dónde había ido a parar. Un par de años más tarde, reapareció en Pittsburgh. Se había establecido allí. Y se había casado a los sesenta y seis años de edad con una mujer de ascendencia siciliana, igual que él, y mucho más joven, cuya familia desconocía tal vez la fábula negra del cochero de Taormina. O, en todo caso, les importaba poco todo cuanto había dejado atrás el emigrante.

—Ellos dos fueron mis abuelos, Néstor Rejón —dijo Sarah,

suspirando, haciendo un juego gracioso con sus cejas, sonriendo—. Ella murió mucho antes que el abuelo Peppino. Mi familia paterna es muy longeva. El abuelo murió con más de noventa y dos años.

La miraba entre sorprendido y admirado. El talento desplegado por Sarah para ganarse toda su voluntad de atención había resultado por lo menos tan efectivo como fascinante. O Rejón lo calificaba así. Pero su encanto personal para narrar cada una de las secuencias de la leyenda le pareció muy superior a cuanto le sugirió la hermosa figura de Sarah d'Allara en la recepción del Majestic, algunas horas antes.

—Bueno —concluyó Sarah—, he regresado varias veces a la isla, claro, no sólo por la familia, sino por el libro que escribo. Y a Taormina, aunque esa ciudad no tuvo mucho que ver con Lampedusa, ¿sabes? Sí tuvo mucho que ver con *El Gatopardo* cinematográfico, con Burt Lancaster. ¿Tú sabes que le encantaba de verdad Taormina, Palermo, que en cada viaje que hizo a Sicilia se iba hasta Santa Margherita di Belice para estar un día en Donnafugata, hablar con la gente y sentirse él mismo un gatopardo siciliano?, ¿a que no lo sabías?

A esas alturas de la madrugada, sólo quedaban los dos en el comedor del Naichel. En el restaurante, permanecía a la expectativa un camarero, para que les sirviera hasta la hora que quisieran. Rejón lo llamó para que trajera la última copa para los dos.

—Oporto para la señorita. Vodka para mí, por favor —pidió.

—En todo caso, Néstor, son historias viejas, no hay que tocarlas mucho, ¿no crees? Podrían resucitar, molestarse, volver, ser incluso ciertas —dijo después Sarah. Y volvió a enarcar las cejas y abrió la boca con sarcasmo teatral, casi riéndose—, y nadie sabe las consecuencias. Historias viejas de los Lawrence en Taormina.

Y una parte de mi vieja historia familiar. Pueden haber sucedido así o tal vez no. Algunas cosas sospechosas fueron confesadas en cartas por el escritor, ciertos fragmentos que más que aclarar vienen a confundir, porque tampoco sabemos si está diciendo la verdad de lo que realmente ocurrió. Y algunos otros, bueno, ya sabes, te lo cuentan de una u otra manera testigos más supuestos que verdaderos, gente que dice conocer la realidad por dentro porque se lo oyó contar a alguien de su total confianza antes de morirse, la madre o el padre. ¿Quién lo sabe de verdad? Además, los escritores, no saben más que contar mentiras. Nada les gusta más que hacer pasar por ciertos sus inventos y fantasías, ¿no?

Y cuando se acercó a besarla en los labios en el momento en que ella había terminado de hablar, Néstor Rejón se hechizó al percibir en su olfato que la piel de Sarah d'Allara exhalaba el efluvio de un perfume exclusivo desde su interior más profundo. No le cupieron dudas. Ella llevaba en su cuerpo el olor del oro en el otoño.

TRES

Cuando el temor de perder a Sarah d'Allara alcanzaba a dominarlo con los peores augurios, Néstor Rejón se dejaba arrebatar por el fango negro de una enfermiza melancolía. Aunque en algún momento del laberinto recuperaba la lucidez y juzgaba estéril la sensación del mal de altura, no lograba impedir que la sombra de Limpito le hiriera de muerte la seguridad de hombre maduro, la virtud más reconocida de su experimentado carácter.

Como en una película inglesa de la guerra europea, filmada en blanco y negro, en las pesadillas nocturnas se le aparecía su propia imagen caminando extraviada por el sucio pasillo del vagón de un tren. Casi a oscuras aparecía su propia silueta a medio dibujar en la pesadilla, buscando su departamento y con la angustia atenazándole el rostro porque sabía que tenía que encontrarlo antes de que el tren descarrilara. Era indudable para él la inmediata tragedia, porque el tren se saldría de la vía sin remisión en los próximos kilómetros del desbocado recorrido, saltaría por los aires y caería desde lo alto hasta hundirse en el fondo de las aguas del río. Veía y tocaba la tragedia segundos antes de despertarse en un sudoroso pavor que ya no lo abandonaba durante el resto de la noche y hasta que llegaban los primeros albores del día.

Esa pesadilla había regresado a sus obsesiones en las vísperas de la llegada del impertinente Tony Limpito a Sicilia y, aunque su capacidad de disimulo evitaba exteriorizar aquellos temores infundados, se inquietaba hasta perder la serenidad y terminaba por refugiarse en un recodo del recuerdo, en los desorientados años juveniles, en la playa de arena fina y rubia, cuando no le importaba nada que las horas veloces pasaran como un suspiro por encima de los días y los años: era todavía tan joven que no se daba cuenta de que tiempo después dejaría de serlo.

Ahora, sin embargo, cualquier intruso inquietaba su calma hasta acelerarle un estado de ansiedad casi irracional. En esa fiebre notaba que el paso del tiempo aumentaba su cortejo con mil achacosos guiños de incomodidad física, sin que su voluntad hiciera mucho por levantar empalizadas y cavar cortafuegos para impedir el imparable avance del enemigo.

En esos momentos de angustioso nerviosismo, como si los años pasados forzaran un hueco repentino en el presente, se le afiló una vez más en la mente el recuerdo ya lejano de Teresa Amadores. En la culminación de la adolescencia, Néstor Rejón creyó que se había enamorado de ella con la locura caprichosa de los pocos años. Aunque se había despertado a los primeros secretos del cuerpo de mujer, y del suyo propio, de la mano de Eladia, cuando era sólo un niño que aprendía a leer y a escribir, creyó caer de lleno en la cuenta del verdadero turbión de la sexualidad cuando conoció a Teresa Amadores y se prendó del oro de una mujer tan joven, porque ella pasó a ser el objetivo supremo de todas sus lánguidas veleidades, y el destino de sus muchos fuegos, fijezas encendidas y amarguras de fracaso durante los años en que su imaginación se prendió de un golpe a la arbitraria concupiscencia de su cuerpo, sin que Néstor Rejón pudiera evitarlo.

Durante una larga temporada mantuvo a Teresa todo el tiempo atada a sus pensamientos y la imaginaba tendida a su lado en la playa desierta, siempre los dos solos en esos devaneos, sin nadie más que molestara esos instantes, él desnudándola del traje de baño, mirándose y ondulándose los cuerpos de los dos como si estuvieran bajo el agua, sin peso, sin volumen. Y sonriéndose entre sueños. Nadie más en toda la playa de arena, en las orillas, en el agua, en el horizonte, sólo el rumor cercano de las olas batiendo con lentitud el silencio de sus miradas y el graznido de las gaviotas voladoras arrullándolos. Sus manos una y otra vez imaginándose que acariciaban el temblor de los muslos suaves de Teresa. Él subiendo lentamente la mano del temblor hasta la pelusa rubia de Teresa. Y la muchacha un instante en el trance pudoroso de cerrar las piernas, rebelándose, negándose a traspasar el umbral de la tentación a la que la llevaba la osadía de Néstor Rejón, reprimiendo Teresa Amadores sobre el lecho de arena tibia sus agitados sollozos y la alterada respiración.

Una y otra vez durante bastantes años Néstor Rejón soñó ser el dueño del placer primero de Teresa Amadores, tal como él lo recibió de Eladia en todas las hechuras, porque ella lo había acostumbrado al escalofrío del éxtasis físico cuando lentamente le acariciaba sus pies al borde de las cosquillas sin llegar a ese estado frenético que rompiera el ceremonial del principiante; inmediatamente después le acariciaba las rodillas, y los muslos, y luego se perdía masajeándole con la suavidad de las yemas de los dedos el cuero arrugado de sus testículos, hasta alcanzar la piel del pequeño animal asustado, que se erguía de repente lleno de asombro en todas sus sorpresas porque aquella sensación lo arrebataba en vilo para llevárselo en un carro de fuego hasta muy cerca del cielo. Y entonces oía el chasquido del placer en la garganta de Eladia. Y abría sus ojos para descubrirla mordiéndose los labios, para verle los ojos brillantes y vislumbrarle el vello erizado por el instante mágico.

Se acostumbró a imaginarse así a Teresa Amadores, en la penumbra que Eladia le había edificado con tanto amor cuando niño, para recompensarlo por su buen comportamiento del día; una penumbra que después, con los ojos cerrados y volando entre los sueños, desde su juventud hasta la plenitud de su madurez, Néstor Rejón reinventó para Teresa Amadores y para él mismo, como se inventa el iluso carta a carta un castillo de naipes del que se teme su derrumbe inminente sobre la arena; un círculo secreto la penumbra de Teresa y Néstor no sólo en la casa de la playa, sino en los mismos lugares que recordaba con Eladia. También en la casa de El Monte y en la propia casa de Teresa. Pero nunca había puesto un pie en la casa de Teresa Amadores, nadie lo había invitado a hacerlo, tampoco Teresa Amadores, cuando comenzó a llenarse de ardores sensuales su imaginación con la figura de la muchacha de la que se había enamorado.

Imaginaba la casa de Teresa Amadores vacía de todos sus familiares y habitantes, sólo ellos dos en el interior de esa casa inmensa cantando, bailando y correteando desnudos y libres por sus habitaciones. Como si fuera un palacio encantado, se perseguían entre carcajadas, se buscaban en el salón y en los rincones de la cocina, jugaban a esconderse en la despensa, entre las sombras de los corredores, debajo de las camas, dentro de las gavetas de los armarios, llenas de ropa oliendo a limpio, en la tina del cuarto de baño, hasta encontrarse sus cuerpos jadeantes y temblorosos en la penumbra silenciosa que los dos habían imaginado desde que comenzó el juego.

La imaginaba todo el tiempo tal como era en su cuerpo desnudo, como creyó que la llegó a ver meses después, apenas durante un segundo de luz velocísima, una fulgurante y azulada sombra entre las sombras la figura desnuda de Teresa Amadores que pasaba delante de él invitándole a que la siguiera, incitándolo a que jugaran juntos a desearse, rogándole que guardara silencio y entregándole la promesa de la piel en sus ojos, sólo un instante, de penumbra a penumbra el cuerpo desnudo de Teresa Amadores: el cabello rubio como la arena de la playa, la piel ligeramente morena y tersa, la esbeltez subiendo desde sus piernas, los pies perfectos, la cintura bailarina, el botón misterioso del ombligo, el perfil de sus pechos incipientes, sus nalgas de atleta corredora. Y, bajo el vientre sin mácula, la rizada pelusa, prohibida, tibia, tenuemente rubia como la arena de la playa, el secreto escondite del oro púbico de Teresa Amadores.

Era una joven que desde niña había llamado la atención de todos por su alta estatura, sus maneras de caminar y cimbrear su cuerpo de sílfide y su equilibrada esbeltez; era delgada sin extremismos, como una atleta griega de cabellos claros y rostro de aparente inocencia, que sonreía con un cierto azoramiento cuando Néstor Rejón se le cruzaba al regreso del colegio de los curas jesuitas. Un estilo tanto más atractivo como distinto al del resto de las muchachas que Néstor había ido viendo y conociendo en las calles del barrio se dibujaba en cada movimiento del cuerpo adolescente de Teresa Amadores. Y sus labios, entreabriéndose de manera natural, como respuesta a la sorpresa repentina, para esbozar una medida sonrisa llena de sabores inéditos cada vez que se encontraba con Néstor Rejón por la calle, dejaban ver unos dientes blanquísimos entre los que se movía sugerente, con un bucle de lascivia involuntaria, la punta de su lengua.

En esos encuentros fugaces, que fueron fraguando en su mente la fijeza de Teresa Amadores, Néstor Rejón se regocijaba hasta alcanzar la extraña excitación que se apoderaba de todo su ser y le atenazaba los músculos y los nervios. Todo lo que no fuera Teresa Amadores pasó a un segundo plano de importancia, de modo que buscaba encontrarse todo el tiempo con ella. Buscaba casi tropezarse de bruces con la joven en cada esquina de cada calle, los dos solos, él volviendo de los jesuitas al atardecer y su amor sin haber tenido tiempo de cambiarse el uniforme del colegio de monjas del que había regresado unos momentos antes, porque sabía que a él le gustaba verla así, con la larga trenza rubia bailando de un lado a otro de su espalda, vestida todavía con el uniforme que Teresa Amadores sabía que a Néstor Rejón le gustaría quitarle pieza a pieza en el silencio de su casa deshabitada. Sólo ellos dos solos en ese silencio, en ese ritual prohibido, hasta que su cuerpo quedara completamente desnudo, reluciendo su piel de ángel cuando Néstor la acariciaba arrastrándola a territorios incógnitos, con su hermoso rostro contraído por una emoción repentina. Para Néstor Rejón besar el oro escondido de Teresa Amadores no fue rescatar en sus labios el sabor del salitre, sino besar un tesoro en el fondo del mar. Ese beso le provocó una sensación de insistente avidez y desenfreno que lo obligaba a otros besos a los que ella ya no se resistía, además de ayudarlo a permanecer varado en el fondo del mar, conteniendo sin esfuerzo la respiración como un dios acostumbrado a las profundidades abisales, asido por sus labios al corazón del oro de Teresa Amadores.

De ese dulce episodio, lo despertó de un brutal golpetazo Pepe Atunes, llamado el Morris en todo el barrio porque su padre, un agricultor que se había enriquecido con la exportación de frutas de Salbago a toda Inglaterra, era propietario de un par de automóviles de esa marca inglesa. El Morris tenía unos años de edad más que Néstor Rejón y, en esa época de su adolescencia, ejercía sobre él una dominante fascinación que lo había convertido a sus ojos en un arquetipo a imitar durante los próximos años. Se peinaba como los artistas de cine y adoptaba las posturas de las estrellas en las que se miraban los muchachos del barrio, aunque le reprochaban en baja voz, para evitar que llegara a sus oídos, el que tratara de parecerse a toda costa a James Dean en *Rebelde sin causa.* El joven Rejón lo veía como un tipo maduro por encima de todos los demás, y en el secreto de muchos asuntos de personas mayores, en cuyas íntimas conversaciones y chismorreos el Morris participaba con asiduidad, sin que ninguno de los presentes le llamara la atención o le exigiera que se fuera a jugar con los otros muchachos de su edad. Era un tipo que parecía haber ganado la partida porque se había adelantado por lo menos cinco años a la llegada de su propia edad, y caminaba, hablaba y se comportaba con la certeza de los jóvenes que ya habían abandonado su adolescencia para entrar de lleno en la deseada categoría del hombre hecho y derecho.

Néstor nunca lo recordó con pantalones cortos, sino siempre en vaqueros y ropa de hombre grande, de modo que también por eso Atunes terminó por ejercer una autoridad moral sobre los jóvenes del barrio, que lo temían, lo admiraban y trataban de imitarlo. Además, el Morris tenía en su haber un par de hechos insólitos entre los muchachos del barrio: su padre le permitía conducir uno de los automóviles de su propiedad sin que tuviera la edad ni el permiso oficiales para hacerlo. El Morris aceleraba el motor del automóvil hasta llamar la atención de todo el mundo en las calles del barrio, provocando la envidiosa admiración en las pandillas que se reunían en las esquinas. Pero además todo el mundo sabía en el barrio que había estado ya con muchas mujeres, blancas, negras y mulatas fantásticas, y tal vez asiáticas, en los bares del puerto llenos de marineros coreanos y transeúntes violentos a los que había hecho frente a puñetazos en más de una pelea. Esas aventuras tabernarias se las relataba a Néstor Rejón con todo género de escabrosos detalles, inyectándole un virus de inferioridad que llegaba a enfermarlo durante días.

—Yo nací con la cocina tiznada, mientras que tú, Néstor, un hombre hecho y derecho, sigues sin estrenarte. Un hombre no lo es de verdad hasta que una mujer lo consagra. A ver si te enteras… —lo zarandeaba el Morris con rotundo sarcasmo.

Su juvenil orgullo estuvo a punto de hacerle romper a Néstor Rejón la promesa de silencio que le había hecho a Eladia y contarle toda su experiencia al Morris. Estaba seguro de que se quedaría con la boca abierta. No iba a creerle ni una palabra. También podía confesarle su locura por Teresa Amadores. Y podía contarle los amores inventados que tenía con ella en su propia casa, cuando sus familiares habían salido y las sirvientas tenían el día libre, los dos solos corriendo en busca de sus cuerpos desnudos por toda la casa enorme. ¿No sería una canallada contarle ese amor?, se reconcomía a solas Néstor Rejón. E inmediatamente escuchaba el eco de la respuesta exacta del Morris.

—No te lo crees ni soñando. Te lo estás inventando todo, Nestorito, para ponerte a mi altura.

De entre las odiseas amorosas que Pepe el Morris contaba de sí mismo estaban las que tenían lugar en el interior del coche de su padre. Muchas tardes recogía a muchachas del barrio y se las llevaba en su automóvil hasta las sombras en cuyo vacío acababan las calles y las últimas casas del barrio, muy cerca de los descampados donde le estaban quitando terreno al mar para construir la carretera de circunvalación de la ciudad.

—Te quedarías asombrado de lo que hacemos aquí dentro, Nestorito, si te digo sus nombres… qué más quisieras tú que conocer los nombres de esas nenas, pero no te voy a hacer daño, no quiero que me cojas envidia, tú eres mi amigo de verdad —lo provocaba el Morris una y otra vez.

Los dos estaban ahora sentados en el interior del coche que el padre del Morris le dejaba todos los días por las tardes para que se pavoneara como si fuera ya un hombre maduro por las calles del barrio despertando la admiración y el asombro por todos lados. Olía a viejo cuero inglés el interior del coche del Morris, un olor agradable que se clavó para muchos años en el olfato de Rejón, como si fuera un elemento más de la premonición.

—Dime un nombre, uno solo para que te lo crea —retó al Morris.

—No, estoy pensando que es mejor que me calle, que no te diga más de estos asuntos que no acabas de entender bien.

—Es igual, venga, dímelo, tampoco me creo nada de lo que me estás contando. Como si yo fuera un imbécil. No me lo creo si no me das los nombres, aunque sea uno solo…

—Me estás provocando, ¿eh…?, sí, sí, quieres provocarme. Coño, coño, coño, este tipo… estás provocando a un hombre hecho y derecho, ¿no te das cuenta, Nestorito?, ¿eh?

—Eso no tiene nada que ver con la hombría, Morris. Venga, un nombre. Sólo uno y ya está.

El Morris lo miró de arriba abajo, despreciativo, sonriéndose en su cara y afirmando con un desdeñoso gesto de su cabeza.

—Te gusta ganar, ¿eh?, te gusta insistir hasta ganar, ¿eh, Nestorito?, ¿todavía no sabes que a veces se pierde sólo por insistir?

—No, no es eso. Dame un nombre y ya está…

El Morris no le quitaba los ojos de encima. Lo observaba con afectada ironía, como los artistas de carácter cuando tienen un secreto que va a destrozar al adversario de un solo golpe de voz. En esas actitudes de superioridad buscaba derrotar de antemano a Néstor Rejón, mientras se tomaba el tiempo para preparar su victoria definitiva. Entonces se acercó a él, le pasó la mano por encima del hombro en un gesto de complicidad, de amigo cercano a amigo cercano, y pronunció el nombre secreto al oído de Néstor. Después, el Morris se separó de él medio metro, sin dejar de mirarlo a los ojos, buscándole el más ligero reflejo de la revelación para medir la impresión que había causado el secreto roto en el ánimo de su amigo.

—¿Qué?, ¿qué te parece?, ¿no te lo crees? Porque para ti es imposible —el Morris volvió a la carga ante las sombras del humillante derrumbe que se dibujaron en el rostro de Néstor—. Casi todos los días, Nestorito... Si el cuero de este coche hablara, aunque fuera en inglés, te quedarías más asombrado de lo que estás... De todo, Nestorito, hasta el final, sí..., fíjate que tengo que encender la radio para que la música ahogue sus gritos, me muerde todo el cuerpo en ese momento, tengo que pararla, tranquila, tranquila, prima, no te vuelvas tan loca... Así es ella. Así soy yo. Está loca por mí, créeme. Y, te lo digo en serio, vale la pena. Voy a casarme con ella, aunque seamos primos cercanos, Nestorito, pediremos dispensa y todas esas cosas, ya sabes, ¿no? Si se niegan, nos fugamos, nos vamos de la isla, a vivir a Londres. ¿Tú has estado en Londres alguna vez, Nestorito? Ésa es mi ciudad, y allí nos vamos a vivir cuando nos casemos...

Después de media vida, Néstor Rejón sonrió recordando el fustazo de dolor que le cruzó la cara y le rompió en mil pedazos su obsesión amorosa por Teresa Amadores, un jarrón chino roto en mil pedazos, estampado con violencia contra el suelo de piedra. Durante decenios, en Salbago, en Madrid, en Nueva York, pero sobre todo en Londres, le había asaltado de repente el fantasma brutal de aquel recuerdo que se presentaba de repente y después desaparecía de su memoria con la misma irritante arbitrariedad. Siquiera un segundo, cada vez que regresaba el recuerdo, Rejón volvía a sentir, sin poder evitarlo, el pinchazo de la desolación y la orfandad que le provocó aquel episodio juvenil.

Durante decenios, caminando por las calles de la City o al subir a un automóvil inglés cuyo tapizado desprendiera un olor semejante al cuero viejo del coche donde el Morris le partió la cara de estupor al pronunciar el nombre de la muchacha secreta, Néstor Rejón se había sorprendido preguntándose de repente qué se habría hecho de él, dónde estaría ahora el Morris. ¿Seguiría en el barrio y en la isla, se habría venido a vivir a Londres para dirigir el negocio paterno de exportación frutera, como había sido siempre su sueño juvenil, se lo cruzaría en cualquier esquina mañana mismo?

En todos esos años de trabajo, más de media vida de Néstor Rejón, no volvió a ver jamás a Pepe Atunes ni supo nada de su existencia, ni tampoco nada de lo que había sucedido en la vida de Teresa Amadores. Hasta que, al fin, cuando había pasado tanto tiempo entre su recuerdo y su vida que ya aquel episodio juvenil no era más que una nebulosa dormida en su memoria, se la encontró sin buscarla en medio de Madrid, una tarde fría y seca, en la aglomeración de clientes que esperaban turno como él para comprar en Mira los turrones de Navidad. ¿De verdad era ella, Teresa Amadores? Sí, era Teresa, pero madura y firme hasta una esplendidez que le cortaba el aliento a Néstor Rejón. Todo en su figura había mejorado con tal dimensión de exactitud estética que llamaba al asombro a cualquiera que se detuviera a observarla. A Rejón le fue imposible dejar de mirarla. Estaba seguro de haberla reconocido, pero buscaba ahora que Teresa también se fijara en él, si no lo había visto todavía, y terminara encontrándolo entre la multitud. Sí, estaba sola, se dijo Rejón en medio del enardecido bullicio de la gente en las vísperas mismas de las fiestas navideñas.

Entonces ella se volvió y lo miró con un breve gesto de sorpresa. Como si hubiera encontrado de repente a alguien que conocía de viejo y no había visto en muchos años. Abrió mucho sus hermosos ojos verdes y enarcó las cejas. Echó la cabeza ligeramente hacia atrás, sus cabellos rubios dibujaron en el aire un suave y alegre remolino, y lo señaló con el dedo índice confirmando con un gesto afirmativo que lo había reconocido.

—No, no se quedó en la isla. Mi pobre primo el Morris se fue a trabajar a Venezuela —le contó Teresa—. Se casó, pero todo acabó mal muy pronto. Historias raras y muy desagradables, Néstor. Después..., bueno, se peleó con su padre y con todo el mundo. Y se fue a Venezuela, a hacer no sé qué en la frontera con Colombia. La vida, Néstor. Ahí se le perdió hace años la pista. Ningún familiar, ningún amigo, ha sabido nunca nada de él. Hace ya tiempo, cuando aún vivía, su madre me enseñó una fotografía que el Morris le envió desde la factoría de la selva donde estaba trabajando. Estaba en cuclillas, sonriendo, vestido, no sé, como de explorador, con botas y uniforme militares. Y un rifle en sus manos, apoyado en el suelo...

Néstor Rejón se había acercado unos minutos antes a los primeros puestos de la fila para abrazar a Teresa Amadores. Esperó que ella terminara de comprar los regalos y la invitó a tomar un café en la cafetería más cercana. Era muy tarde, el frío arreciaba, la noche entraba con la misma intensidad por todas las calles de la ciudad al borde de las fiestas. Y la familia estaba esperándola en casa, le dijo Teresa Amadores. Sí, vivía en Madrid, se había casado con un médico, tenía dos hijos varones, y todo le había ido muy bien en la vida.

—De ti —le comentó con admiración— sabe todo el mundo por las revistas y la televisión. Eres el príncipe del oro, ¡quién nos lo iba a decir en Salbago!, ¿te acuerdas?

Néstor Rejón sabía que Teresa Amadores no sabía casi nada de él, ni de su matrimonio, ni de su separación de Berta Solán, en trámites en esos mismos momentos, ni de las dos hijas que tenía, ni de sus soledades deseadas, esas temporadas largas pasadas en la invisibilidad de su estudio, ni de su estancia en las minas de Medellín, en Colombia, en el aprendizaje a pie de obra, en los lugares donde el metal surgía como el petróleo en las profundidades marinas, como un inesperado regalo de los dioses. Ni de sus amoríos, ni de sus fracasos sabía nada Teresa Amadores. Un hombre de su talla, también había aprendido esa verdad a fuerza de golpes silenciosos. Un hombre de su estirpe tenía que saber que era más fructífero un fracaso, incluso un fracaso continuado, que todos los triunfos, casi todos aparentes, que son las noticias que se aplauden en las revistas y los periódicos, hechos corrientes a los que la televisión añade color, fulgores y grandilocuencia hasta transformarla en una epopeya, casi siempre ficticia.

—Deja eso —contestó—, ya sabes que hay expertos en colgarte medallas que luego quieren quitarte en el momento menos pensado.

Entonces insistió, le volvió a preguntar por Pepe el Morris, sin notar en Teresa Amadores ninguna arruga de desencanto, ni un mínimo gesto en su rostro con el que ella tradujera su pregunta como improcedente y molesta. Y después estuvo a punto de preguntarle si había estado alguna vez en amores con el Morris. Y si supo ella que el príncipe del oro estuvo enamorado de ella hasta el borde de su locura juvenil. ¿Lo había sospechado Teresa Amadores alguna vez, lo había intuido?

Rejón sabía, a esas alturas de su experiencia personal, que en la vida de una mujer inteligente y hermosa hay siempre un momento culminante en que llega a ser dueña absoluta de todos sus recursos femeninos. Pero, por lo común, los hombres son descuidados, torpes e inconstantes, eso era exactamente lo que le había pasado también a Tony Cabré con Sarah d'Allara, pensaba Néstor Rejón, y no están en la atención de esas cuestiones que no les parecen relevantes, ni se fijan en las señales de humo que emanan los sentidos de la mujer inteligente y hermosa, y no hacen caso más que de las apariencias más primarias y superficiales. Incluso quienes están más cerca de ellas y pueden conocerlas mejor, tal vez por esa aparente certidumbre, cometen el grave error de pensar que conocen a la perfección del milímetro y hasta el fondo el alma de esas mujeres hermosas e inteligentes. En su tibieza de género casi ningún hombre llega jamás a comprender que nunca se llega al fondo verdadero de una mujer inteligente y hermosa, y mucho menos intentándolo por todos los medios, dejándolo ver con obstinación, exigiendo palpar incluso por la fuerza un fondo virgen que resulta siempre insondable. Y Teresa Amadores era, lo estaba confirmando Néstor ahora, una mujer inteligente y hermosa, dueña de sí misma y de todos sus sentidos.

—Me gustaría hacerte un regalo —le dijo Rejón de repente.

—Un cumplido será. Por la vieja amistad, seguro. Un regalo… —hizo un gesto de duda—, me sorprendes, Néstor, ¿qué será?

—Una pieza de oro que he pensado para ti desde hace tiempo, Teresa…, casi desde los tiempos de Salbago…

—Bueno, bueno, ¡qué cosas estás diciendo!, ¿una joya de las tuyas para mí?, ¿y la tienes guardada en la cabeza desde hace años esperando este encuentro casual? Bueno, bueno, ¡qué cosas dices, príncipe! ¿Y cómo es ese regalo, Néstor? Tengo que marcharme ya, ahora, no puedo hacer esperar más a mi gente, viene a buscarme el chofer aquí mismo, en esta esquina de la Carrera de San Jerónimo. No quiero irme sin saber cómo es…

¿Había conseguido sorprenderla?, ¿la había halagado con ese gesto Néstor Rejón?, ¿le halagaría saber que había estado enamorado de ella con locura, que a lo largo de media vida Teresa Amadores había permanecido en la recámara de su memoria, envuelta en los recuerdos de una aventura amorosa cuya razón de ser, aunque tal vez no tuviera nada que ver con los verdaderos hechos de la verdad, había sido tan superior a la realidad misma que acabó por esculpirse en su mente como si hubieran sucedido? ¿Podría explicarle Néstor Rejón esa historia a Teresa Amadores en los breves instantes que le restaban por estar juntos?, ¿iba a entender ella sus motivos?

—Es. Ya la verás —acertó a decirle Rejón—. Es una pequeña escultura, *El beso en el fondo del mar*. Así se titula. Te la envío en unos días.

Teresa Amadores escribió una nota con la dirección de su casa en Puerta de Hierro y se la entregó a Rejón. Después repitió que era muy tarde. Le rogó, por favor, que no se molestara, que no la acompañara, el chofer estaba allí mismo con el coche, míralo, ahí está ya el coche, pero Rejón la acompañó hasta que ella entró en el automóvil. Y la despidió volándole un beso en la yema de sus dedos, con las dos manos, desde la puerta de cristal de la cafetería.

Los días que siguieron al encuentro con Teresa Amadores, Rejón se encerró en su estudio de trabajo a dibujar con febril atención y cuidado la joya que había inventado en su mente desde que dejó de ver a la muchacha de la trenza de oro de quien se había enamorado cuando era un adolescente. Y pocos días antes de final de año, Teresa Amadores recibió en su casa el regalo del príncipe. Era una joya extraordinaria, de belleza exclusiva: una cajita rectangular de oro macizo, dentro de la que Teresa Amadores encontró un broche del mejor oro que ella vio nunca, una estrella de mar, casi respirando dormida sobre un lecho de polvo también de oro. Arena de oro, se dijo Teresa Amadores al tocarlo. Era *El beso en el fondo del mar*, expresamente dibujado, trabajado y firmado por Néstor Rejón. Y cincelado con los guarismos exactos de dos fechas, la del año en que habían dejado de verse en Salbago y la del que se habían vuelto a encontrar en el centro de Madrid.

En el verano, en Taormina y en toda la isla de Sicilia, una ardiente humedad y el sol insaciable son tan africanos que el aire se hace irrespirable. A mucha gente le entran ganas de marcharse una temporada al norte, a las orillas y al frescor del lago Como, a esperar que abandonen la isla las tumultuosas pandillas de turistas, el turbión de la calima, el sopor del siroco, los días del ferragosto que se repiten como las mismas imágenes ante el mismo espejo. Durante las horas de sol, la gente evita salir a la calle, y sólo los turistas y los visitantes ingenuos se juegan a una sola carta el golpe de calor que puede tumbarlos en una cama de hospital y arruinarles la temporada de diversión. Pero en esas mismas fechas insoportables, en medio del calor y hasta que llegan las primeras nubes tormentosas que preludian el otoño, se extiende por toda Taormina y en toda la isla de Sicilia una suerte de magia especial, una especie de música interior que suena y huele a tierra seca y volcánica cuyas notas ocultas llegan hasta el color aguamarina del Jónico a media mañana, una orquesta que desnuda el sonido de cada uno de sus instrumentos, y desgrana sus notas y sus códigos según se atiende y respeta cada uno de sus paisajes, conforme se va domeñando el calor, la humedad, el sol de las horas más altas del día.

Néstor Rejón creía haber encontrado, en el trabajo de su estudio de La Cúpula, el camino secreto por el que se llegaba a esa música siciliana del verano de Taormina. Y todos los días, después de un par de horas de dibujar sobre papeles sus próximas hipótesis artísticas, mientras en su equipo de música sonaba muy bajo el jazz de Paolo Conte, salía al sol de la terraza de La Cúpula a la mitad de la mañana y se tendía en la hamaca a tentar, al borde mismo de la piscina, en silencio y con los ojos cerrados, la magia orquestal y secreta de aquella parte de Sicilia. A veces, en las horas más fuertes de sol, conseguía arrancar algunas notas perdidas de la melodía inacabada que flotaba sobre el hermoso paisaje secular de Sicilia, las mismas notas que iba traduciendo en su estudio de trabajo en pequeños garabatos, juegos de curvas, círculos, espirales, puntos y líneas caprichosas que bailaban nuevas notas de música clásica sobre sus papeles. Pero sus preocupaciones últimas le habían impedido concentrarse en esa magia musical que había inventado desde su imaginación. Casi todo el tiempo de su reflexión lo ocupaba en quitarle hierro, restarle importancia a la visita de Limpito. La noche anterior, durante la cena, le había confesado a Sarah sus inquietudes casi juveniles. Ella se había reído a carcajadas de su tortura.

—Bah, nada, pero si es un viejo amigo, tú lo sabes, Néstor —le reprochó Sarah riéndose—, parece mentira que te preocupe tanto.

Un amigo que venía a llevársela, reflexionaba en silencio Néstor Rejón tendido al sol de Taormina, junto a la piscina cubierta que había levantado en el mismo mirador de la terraza, para que Sarah se bañara allí con él, con Néstor Rejón todos los días y todas las noches del año. Un viejo amigo, Tony Limpito, con el que Sarah había tenido amores que nunca terminó de contarle con detalles. ¿Y con qué derecho iba ahora a pedirle que le dijera de verdad cuanto había ocurrido entre ellos? ¿Acaso no era pueril esa sensación de orfandad que le atenazaba sus certidumbres maduras y lo echaba a rodar todo por el suelo? ¿Le temblaban las rodillas otra vez...? ¿Y no era eso mismo sentirse viejo, un estado de ánimo del que Néstor Rejón había huido con acierto de consumado artista de la vida hasta ese momento de sus años?

Las rodillas eran muy importantes en la vida de un hombre que ya va para viejo, se dijo Rejón. Nadie sabía que ese mismo día se había caído al borde de la piscina. Nadie iba a saber tampoco que le habían fallado las rodillas por primera vez en su vida, porque las rodillas eran muy importantes para la supervivencia de un viejo. La anécdota se la había contado en la embajada de Chile en Madrid el presidente Patricio Alwyn. El dictador había perdido el referéndum que convocó para ganarlo. Y, tras las elecciones, el presidente electo Patricio Alwyn cruzó desde el Palacio de La Moneda al Cuartel General donde tenía el despacho el Jefe del Ejército, el general Pinochet.

—¿Cómo está usted de sus rodillas, presidente? —le preguntó Pinochet a Alwyn.

—Bien, muy bien, general... ¿Por qué me pregunta por mis rodillas? —le contestó preguntándole a su vez el presidente chileno.

—Ahhh, claro. Porque las rodillas son lo más importante para un hombre de mando, para un hombre que tiene que gobernar, ¿sabe usted? Cuando a uno le fallan las rodillas en público y los demás lo ven a uno caminar con dificultad, bueno, presidente, ¿sabe qué ocurre? Que es el principio del fin. Sus subalternos le pierden el respeto, se olvidan del miedo que le tienen al poder y se abalanzan sobre usted. Quieren ocupar su puesto, ¿sabe? Y los enemigos se lo comen a uno vivo. Cuide sus rodillas, presidente, cuide sus rodillas. Y si le fallan, no permita que nadie se entere…

A Néstor Rejón le habían fallado las rodillas por primera vez en su vida y nadie iba a enterarse. Mucho menos ahora, que Tony Limpito había anunciado su inminente llegada a Taormina para verla y tratar de rescatarla. Entonces sintió los pasos de Sarah acercándose a la terraza. Venía a tenderse a su lado, en la hamaca, a tomar el sol un rato, a que Néstor le contara de la música del Etna que estaba inventando sobre los garabatos que dibujaba. Por hoy, Sarah había terminado su trabajo sobre Lampedusa. Se sentía satisfecha y cansada con ese esfuerzo. Y agradecida, porque Néstor Rejón en persona la acompañaba casi siempre a los lugares de su peregrinaje, donde reposaba la memoria del último Gatopardo de Sicilia. Se acercó a besarlo. Y entonces vio las huellas recientes del golpe en la rodilla derecha de Néstor. Se asustó. Lo miró interrogativa…

—¿Te has caído, te has dado un golpe?

—Un resbalón sin importancia. Ahí, al salir de la piscina, el piso estaba mojado —mintió Rejón con disimulo.

La besó en los labios. Con el mando a distancia subió el volumen de la música… Entonces la voz de Paolo Conte llenó la terraza de La Cúpula… «*e ti offro la luna del pomeriggio / per il sogno arabo che ami tu / e una stretta forte della mia mano / per te, donna, che non mi scappi più… e un gelato al limon, gelato al limon, gelato al limon…*».

CUATRO

El Mocambo, donde Sarah d'Allara, dos años antes de instalarse en La Cúpula junto a Néstor Rejón, se había reunido con Burt Lancaster para hablar de *El Gatopardo*, de Lampedusa y Luchino Visconti, fue el primer peregrinaje que hicieron juntos al llegar a Taormina, en la Piazza IX Aprile, frente por frente del WünderBar, junto a Porta di Mezzo y la Torre dell'Orologio.

—Fíjate, Néstor, lo primero que me contó, mientras caminábamos desde el San Domenico al Mocambo —y ahora, esa misma tarde, Sarah recorría casi idéntico camino con Néstor Rejón, a poco de llegar a Taormina, atravesando el peatonal Corso Umberto, muy cerca ya del mirador de la Piazza IX Aprile—, es que aquí mismo, en el WünderBar, Elizabeth Taylor y Richard Burton llegaron a convertir en escenario dramático el rato de tragos que todas las tardes se pasaban ahí, sentados, primero mirando a la gente, luego riéndose entre ellos. Pero conforme subía la temperatura gracias a los brebajes mágicos que trasegaban, empezaban a vociferar y a pelearse. Acababan gritando, a golpes, dándose manotazos y diciéndose de todo.

—Escenificaban de verdad sus discusiones matrimoniales —le contó divertido Burt Lancaster a Sarah d'Allara—, las peleas domésticas, que nos recordaban a quienes asistíamos tan de cerca a esas disputas su interpretación en *Who's Afraid of Virginia Woolf?* ¿Tú la viste, Sarah? Es espléndida, ¿verdad?, *veramente* espléndida, *ragazza*. Mike Nichols no hizo otra cosa más que una versión cinematográfica de la obra de Albee, una fiel repetición del montaje teatral, *ma…, grandissimo film!, veramente*, muchacha. Enormísima película, ¿no? En las peleas de la tarde, a veces hasta tenía que intervenir la policía. Para que no se hicieran daño, porque la furia que inyectaba cada uno en sus interpretaciones era deliciosa, terrible, ja, ja, ja… ¡Qué grandes actores, *ragazza*, qué grandes artistas de verdad!

Cuando estaban en Taormina, las borracheras y peleas entre la pareja de actores eran tan frecuentes que terminaron por ser parte integrante del paisaje internacional que poblaba la ciudad durante el Festival Internacional de Cine. Muchos participantes en el certamen, los turistas, visitantes y los curiosos del lugar se apostaban todos los días cuando comenzaba a caer la tarde en el mirador de la Piazza IX Aprile. Se producía un lleno total en el interior y en las terrazas del WünderBar y el Mocambo, las barras de los bares, las sillas y las mesas ocupadas todas por la avidez de impacientes espectadores anónimos que con horas de antelación esperaban la puesta en escena de Elizabeth Taylor y Richard Burton, un ritual sin hora fija ni fecha exacta para el comienzo. El único riesgo era esperar inútilmente, porque quizá ese día los famosos actores no vendrían a divertir al público, sino que se quedaban en el San Domenico conversando y bebiendo con los asiduos y amigos. Con Anthony Quinn, Peter Ustinov, Vittorio Gassman. Y con él mismo, con Burt Lancaster. Y quienes llegaban tarde al lugar de la función, se dedicaban a fotografiar desde el mirador la mole inmensa del Etna apagándose en el horizonte al anochecer, y a pasear arriba y abajo del Corso Umberto, sin alejarse mucho para no perderse detalle de la llegada de los actores y el comienzo del espectáculo.

—Después de instalarme en el Diodoro, caminé por aquí hasta el San Domenico, a buscarlo —le contaba Sarah a Rejón mientras llegaban al Mocambo—, tal como habíamos quedado tras nuestra conversación en Madrid. Nada, dos palabras, en el Palace, donde él estaba hospedado. Tuve mucha suerte cuando aceptó hablar conmigo un par de minutos. Le caí bien.

—Sobre *El Gatopardo*, señor Lancaster —le rogó Sarah—, estoy investigando para mi doctorado...

—Ahhh, siempre *El Gatopardo*... Por todas las esquinas sale *El Gatopardo*... —sonrió Lancaster, y Sarah sospechó que adoptaba una fingida resignación para luego concederle la entrevista—. Pero aquí no tengo tiempo para usted, *ragazza*, es una pena, *veramente*. Me voy a Sicilia mañana, a Taormina, al San Domenico, ¿puede ir a verme allí?

—Pero ¡cómo no iba a poder yo!, si eso es precisamente lo que más estaba deseando cuando hablé con él —le dijo Sarah a Néstor.

—Entonces, ¿la semana que viene, el jueves de la semana que viene, durante la tarde, puede ser, puede ir?, ¿okey? Muy bien, muy bien. Okey. La espero...

¿La habría acompañado Tony Limpito en ese viaje a Taormina? ¿Por eso venía ahora, tal vez de nuevo, al Diodoro, porque ya conocía ese hotel de haber estado hospedado allí con Sarah d'Allara en esa visita a Burt Lancaster? Néstor Rejón nunca se atrevió a preguntárselo, porque estaba casi seguro de que ella se hubiera sentido ofendida por esa duda. ¿Qué le importaba a él, en todo caso, que el tipo ese tan impertinente y petimetre la hubiera acompañado? Se lo preguntaba una y otra vez a sí mismo y terminaba reconociendo que era absurdo que le importara. Pero le importaba. Y lo incomodaba más de lo conveniente.

Y allí estaba otra vez y como siempre el Mocambo. En su interior seguía en pie el carnavalesco y popular mural, entre kitsch y pompier, plástica seña de identidad del local, que el pintor Christian Bernard había dibujado sobre el gran testero del bar en 1978. Con mucha curiosidad, Sarah d'Allara revisó la pintura. La presidía la leyenda *Que la fête commence*. A sus ojos, volvía a resultarle una suerte de fresco un tanto pretencioso que buscaba ser sugerentemente lúdico, libertino y lúbrico. ¿Tal vez tenía reminiscencias del maestro Guttuso?, se preguntó Sarah d'Allara cuando lo estudió por primera vez junto a Burt Lancaster. Y allí estaban ellos dos juntos, Sarah d'Allara y Burt Lancaster sentados en el interior del Mocambo, a la hora en la que crecía el murmullo del paseo por el Corso Umberto, idas y vueltas de la gente mirándose, con la curiosidad dibujaba en cada una de las miradas que husmean en los escaparates de las tiendas de moda, las confiterías y los restaurantes. Lancaster pidió un *scotch straight* al empezar el diálogo y Sarah una copa de vino de oporto. En el tocadiscos sonaba la voz de Frank Sinatra interpretando inimitablemente *Strangers in the Night*, que allí, en la falda del Etna y a esa hora mágica de la llegada de la noche, verificaba la fantasía del paraíso, como le contaría tiempo más tarde Sarah a Néstor Rejón.

—No, no, claro que no —le confesó Lancaster a Sarah—. El papel de Fabrizio de Salina en *El Gatopardo* no era en principio para mí...

Ella le había preguntado por ese papel, si siempre Visconti había pensando en él para protagonizar la película. El actor cruzó las piernas, asintió con la cabeza, se llevó el whisky a sus labios resecos, dio un pequeño sorbo, que debió encenderle la garganta, y abrió después la boca para expulsar el aliento abrasador que le había dejado el whisky en el saludable recorrido hasta el estómago. Sarah se había atrevido a preguntarle también, para empezar la conversación, por los aspectos estéticos, en qué argumentos profesionales y cinematográficos creía Lancaster que se había basado Luchino Visconti para escogerlo como protagonista de *El Gatopardo*...

—*Ma, cara..., guarda...*, fíjate bien... Ni siquiera Visconti iba a ser el director de la película... —dijo divertido.

—Pero, entonces, ¿quién? —le preguntó sorprendida.

—Ettore Giannini. *Ecco*... Ése era el primer director de la película aún en proyecto. Giannini, el director de *Carosello Napoletano*, que había sido un grandísimo éxito como película musical, ¿no?, un enormísimo..., ¿cómo se dice...?, *successo*. Y... querían que *El Gatopardo* llegara a ser un éxito musical mucho más grande que *Carosello Napoletano*. Ésa fue la primera idea de los productores. Ja, ja, ja, *mamma mia! Incapaci!* ¿No sabían que el príncipe de Lampedusa detestaba la ópera, el melodrama musical italiano?, ja, ja, ja...

Sarah d'Allara conocía de la indiferencia y hasta del menosprecio que Lampedusa arrastró siempre contra la ópera, arte menor para él, al que consideraba tan cursi y estéril que sólo acudió a dos o tres funciones en el Massimo a lo largo de su vida. Y en todas se aburrió, según confesión propia. Incluso había leído comentarios escritos por el Príncipe donde ironizaba sobre la ópera afirmando que era la interpretación melodramática de la vida cantada como arte y, sobre todo, su reproducción grandilocuente sobre la gran tarima del teatro hacía inviable para un espectador inteligente la verosimilitud de la escena. Era un exceso de simulación que, en su criterio jocosamente sarcástico, había terminado por hundir la historia de Italia. Sarah sabía ya del episodio que tuvo lugar, a lo largo del rodaje de *El Gatopardo*, en forma de enfrentamiento entre Francesco Orlando, más que amigo un cómplice cercano y discípulo predilecto de Lampedusa, y Luchino Visconti. Orlando, contratado como asesor literario de la película, le había advertido en repetidas ocasiones a Visconti de que a Lampedusa no le habría gustado «escuchar» tanta música en la película de la novela, aunque la película no lo fuera ya exactamente de su novela, sino de la libérrima lectura que Visconti hubiera hecho de esa misma novela. Una cosa era el largo baile de los aristócratas feudales y decadentes en la parte final de la novela y la película, y otra muy distinta que hubiera que confundir el texto con la película en una suerte de exagerado musical melodramático. Hasta que Visconti, harto y ostensiblemente molesto, prescindió de los servicios de Francesco Orlando y continuó sin el asesor literario el rodaje de la película que, en la versión original, se extendía hasta las tres horas de duración.

Según Burt Lancaster, Goffredo Lombardo, presidente entonces de la productora Titanus, contrató a Giannini para que hiciera *El Gatopardo.* Giannini imaginó y preparó la escenografía y le encomendó al compositor de su máximo confianza, Raffaele Gervasio, la escritura del libreto musical de la novela.

—*Ma, cara amica, all'ultimo momento* —le dijo sonriendo Lancaster, y levantaba las manos al cielo mientras se estiraba en su silla como un león de circo tras al aplauso del público—, *he changed his mind. He took the project away from him and then*... sucedió el enormísimo *miracolo*, ¿eh? *Wonderful, wonderful!* Y llamó en su lugar a Luchino Visconti.

De ahí en adelante, partieron de la nada. Tuvieron que reescribir todo el guión de la película. Visconti impuso su equipo habitual de colaboradores, Suso Cecchi d'Amico y Enrico Medioli, al que se añadió después Massimo Franciosa.

—Si te fijas, *cara*, es el mismo equipo que utilizó para *Rocco e i suoi fratelli*, ¿lo recuerdas? Y..., bueno, a pesar de que los motivos reales de Lombardo para sustituir a Giannini por Luchino no están nada claros todavía, tal vez el éxito rotundo de *Rocco...* tuvo algo que ver con esa drástica y tan magnífica determinación...

Había mucho más de leyenda que de realidad en torno a los preparativos de la película, le confió Lancaster sin dejar de sonreír. Y Sarah veía sus ojos azules y brillantes, regocijándose en la ostensible curiosidad que despertaba en ella cada una de sus revelaciones. Y también después, durante la filmación, hubo mucha leyenda. A lo largo de aquellas confidencias, Lancaster fabricaba pequeños silencios, instantes sin palabras que dejaba en el aire, como si soltara bocanadas de humo de su cigarrillo. No era un gesto de sobreactuación profesional, ni tampoco un ardid de experiencia teatral para ganar tiempo, sino para acrecentar en ella la curiosidad que Lancaster veía subir a la mirada de Sarah conforme sus confesiones iban conformando el discurso sobre la película.

—Bueno, dijeron muchas cosas que tal vez no eran verdades —dijo—. Pero otras muchas, aunque oficialmente se han desmentido, son del todo ciertas.

Lancaster soltó una carcajada, se llevó el cigarrillo a los labios y echó de nuevo el humo al aire. Sarah d'Allara no se había percatado de que el Mocambo se había ido llenando de la clientela fija que a esa hora final de la tarde, la más agradable del día en Taormina, se llegaba hasta la *piazza* para conversar, verse, beber y divertirse.

—Parece que todo el mundo nos estaba observando con mucha curiosidad..., ¡cualquiera sabe lo que pensarían!, ¿no? —le contó a Néstor—. Él llamaba la atención, aunque no lo quisiera. Era imposible que pasara inadvertido. Despertaba admiración en cualquier parte, claro, pero aquí mucho más, y en toda la isla. Venía todos los años. Decía que se sentía un siciliano más, que Sicilia y *El Gatopardo* le habían cambiado la vida...

—La Fox era la coproductora del proyecto —le siguió confesando Burt Lancaster— y lo primero que hicieron los jefes fue tratar de imponer a Marlon Brando. Pero, claro, en ese momento, ¿y cuándo no?, el gran Marlon estaba flotando, para acá y para allá..., con todos esos líos sentimentales al hombro, ja, ja, ja, terrible asunto, las mujeres del gran Marlon, *cara*, terrible el jefe indio, ¿no? Y..., en fin, problemas económicos, era..., era un tipo que lo despilfarraba todo, le daba igual, había peleas, borracheras, salía corriendo de aquí y de allá, un tipo duro, Brando, un tipo escandaloso, sí, sí. Era y sigue siendo su manera de ser, hasta que se muera. Me gusta Brando, *cara*, *molto*..., sí... Ahhh, *amica*, pero el más grandísimo actor de todos nosotros, ¿no te parece?, entonces no gozaba todavía de todo el favor del público, ésa es la verdad...

Cuando Lancaster le confesó quién era el favorito de Luchino Visconti para el papel del príncipe de Salina en *El Gatopardo*, Sarah enarcó las cejas e hizo un gesto de afirmación, porque eso se había dicho desde el principio y nadie lo había negado, ni siquiera ahora iba a hacerlo Lancaster en el Mocambo. Mientras el actor rememoraba algunos episodios que tuvieron lugar en los prolegómenos de la filmación de la película, Sarah d'Allara recordó que el autor predilecto de Lampedusa fue siempre William Shakespeare. Y que el mejor intérprete de sus textos dramáticos encima de una tarima teatral sin duda era Lawrence Olivier. Y Visconti lo sabía.

—Como con Brando fue imposible hablar, dejó de interesar a los productores y trataron de traer a Olivier. Pero estaba enfermo y exigió un seguro que la productora no quiso... o no encontró presupuesto para pagar. Y entonces aparecieron los nombres de otros tres actores, Spencer Tracy, Anthony Quinn y... yo mismo, Burt Lancaster. *Voilà*... ¿Y... qué hizo Luchino entonces, eh, qué hizo? Me escogió a mí. *Voilà*, sí, sí... *Ecco*. Dios lo bendiga... A mí, que era el último en las posibilidades iniciales. Ésa es, *grosso modo*, la historia, *cara amica*, y todo lo demás son chismes, habladurías...

—Me atreví a decirle —Sarah le seguía contando a Néstor Rejón— que Lawrence Olivier hubiera sido también un gran intérprete del príncipe de Salina. ¿Tú crees que fue una impertinencia, un atrevimiento excesivo? Si Lampedusa no hubiera muerto pocos años antes en Roma, Visconti y los productores le hubieran consultado... Estoy segura de que hubiera dado el nombre de Lawrence Olivier para que protagonizara la película de su novela.

Entonces Burt Lancaster achicó su mirada brillante de ojos azules, cerrándolos casi por completo, como si buscara focalizar en un solo punto toda la atención antes de contestarle a Sarah. En los gestos de su rostro había ahora un incipiente contenido de irónica displicencia, y de cierta superioridad irritada por el comentario de la muchacha. ¿Acaso se estaba divirtiendo con ella?

—*Cara, cara*, atención, no te despistes tanto —dijo, dándole a Sarah suaves y patriarcales golpecitos de reproche en el hombro derecho—. El Príncipe sabía tan bien como Luchino y don Fabrizio de Salina que Lawrence Olivier es..., ¿cómo decirlo...?, demasiado Hamlet, demasiado inglés, exageradamente *british*, ¿estás de acuerdo o no? Y... por eso mismo hubiera sido muy poco Gatopardo..., muy poco Lampedusa, desde luego. Muy poco siciliano, muy poco sur... Olivier es un dios de otro reino, ¿no te das cuenta? Cuando interpreta a Hamlet o a Julio César, bueno, ¿quién va a discutirlo?, nadie mejor que él en todo el mundo..., pero en esos casos está vestido de Shakespeare, está arropado por Shakespeare, está interpretando en clave de Shakespeare... Nunca se hubiera metido del todo en la piel de Lampedusa, no, no, no... Nada de Palermo, ni de Donnafugata, ni de Sicilia, nada del sur ni del Mediterráneo, ¿me comprendes, *cara*? ¿Estás de acuerdo con mi opinión o sigues creyendo que se equivocó Luchino Visconti al escogerme?, ja, ja, ja...

—No tuve más remedio que reírme yo también de esas ocurrencias —recordó Sarah—. Lancaster trataba su historia mítica con un humor que terminaba siempre en carcajada, llevándose a los labios un trago de whisky, sin dejar de mirarme, para ver lo que estaba yo pensando. Hasta tuve la impresión de que esa tarde de nuestra conversación en el Mocambo se divirtió muchísimo conmigo.

En cada elemento que introducía como un mago en su hipnótico discurso sobre los secretos de la película de Visconti, Lancaster sabía que provocaba la sensación del hallazgo en Sarah d'Allara. En cada detalle que ella iba descubriendo, él sabía con absoluta certeza que le estaba procurando a la joven D'Allara una satisfacción detrás de otra.

—En origen —le señaló Sarah—, la versión de Visconti duraba tres horas y en Europa se pasó así en los cines, ¿no? Sin embargo, hay dos versiones más..., yo he visto una de dos horas más o menos...

—Ah, *amica*, la Fox, el Imperio, Hollywood... —contestó Lancaster sin perder el punto de ironía casi sarcástica—, el tiempo sagrado del cine, la costumbre del espectador, el mercado... La Fox coprodujo la película, ¿no?, por tanto también era una de las dueñas de la cinta, la copropietaria... Y se negó en redondo a que en América se exhibiera la película en la versión original... *Mamma mia!*, ¡tres horas de una película musical italiana en los cines norteamericanos! ¡Toda la eternidad! Eso no podía ser, de ninguna manera... Entonces ordenaron que la acortaran en una hora. Mucha tijera, zas, zas, demasiado bisturí, *cara amica*, ja, ja, ja... Y el jefe del quirófano para la cirugía de esta historia fue nada menos que Sidney Pollack, ja, ja, ja..., claro que todavía no era el gran director que fue poco después... Fíjate en *They Shoot Horses, Don't They?*, acuérdate de *Tootsie*. Y, sobre todo, *Out of Africa*, qué espléndida película, qué música, ¿verdad? A mí personalmente no me gustó nada que hicieran eso con *El Gatopardo*, tanta tijera..., pero las exigencias son órdenes que hay que cumplir a rajatabla. Ellos son los dioses del cine y su voluntad es la única ley, quienes la contradigan están, ¿cómo decirlo?, muertos en vida, eso es, muertos en vida, ja, ja, ja...

Sarah d'Allara iba a recordar ya para siempre aquella velada con Burt Lancaster en el Mocambo. Cada una de sus afirmaciones y respuestas, cada uno de los recovecos de su confesión y cada uno de los nombres que le fue dando para su documentación sobre *El Gatopardo* habían cerrado el puzzle de la filmación de la película. Para ella fue todo un impagable hallazgo, un regalo que recordaría siempre con meridiana nitidez. Al final de la tarde, con la noche ya encima de Taormina y los tragos embotando la cabeza del actor, Sarah d'Allara y Burt Lancaster se acercaron de nuevo al mirador de la Piazza IX Aprile, antes de iniciar el camino de regreso al cercano San Domenico, el hotel donde Lancaster regresaba una temporada todos los años.

—Fue un monasterio que el Estado italiano —le contó Lancaster ya en el hotel, mientras le mostraba a Sarah la belleza del lugar— expropió junto con otras propiedades de la Iglesia católica. Así regresó el San Domenico a las manos de la familia Rosso. Ellos lo convirtieron en este grandísimo hotel, ja, ja, ja... ¡Mucho mejor así!, ¿no? Así lo decía el príncipe de Salina, ¿no, *cara*? El cura de la familia, el confesor..., exclama ¡qué gran país Sicilia, Príncipe...!, y él le interrumpe jocoso y le dice... ¡si hubiera menos jesuitas!, ja, ja, ja... Y el cura es jesuita, *cara*, jesuita, siempre vienen y van los jesuitas con los españoles a todos lados, ¿no, *cara*?, ja, ja, ja...

—Pero estamos mucho mejor en La Cúpula que en el San Domenico, Sarah —le dijo Néstor Rejón con sorna.

El descubrimiento de La Cúpula, una pequeña *villa* en la parte alta de la ciudad de Taormina, Via Leonardo da Vinci arriba, camino de Castelmola, fue todo un presagio de buena suerte para Rejón. Y tras varias y rápidas visitas a La Cúpula, decidió alquilarla para Sarah y para él durante dos años. Con derecho a adquirirla en propiedad al finalizar el contrato. Tuvo que hacer muchas reformas y modernizar cada uno de los ambientes, salones, habitaciones y terrazas del palacete de la *villa*. Y tuvo que construir la piscina, cerrarla, climatizarla. Pero al final de la obra Néstor Rejón consiguió que Sarah d'Allara cumpliera allí una de las pasiones más profundas de su vida: vivir en Taormina durante un par de años, el tiempo que iba a dedicar a terminar sus estudios de investigación sobre Lampedusa y *El Gatopardo*. En las obras de La Cúpula, Néstor Rejón se vanagloriaba ante Sarah de haber aplicado el mismo sistema que el joven Falconeri le descubrió a su viejo tío y protector el príncipe de Salina, el mismo día en que Garibaldi entró en Sicilia por Marsala.

—Fue preciso cambiarlo todo para que todo quedara como estaba... —bromeó con Sarah durante la visita que la joven hizo a la *villa* donde iban a vivir una vez terminadas las obras.

—Es una maravilla, Néstor, yo sé que todo esto lo haces por mí —le dijo ella.

—Por nosotros dos, Sarah, por nosotros dos —corrigió él.

¿Lo había hecho por ella o por él mismo? ¿Y en qué grado ella, Sarah d'Allara, no era ya una gran parte de él, el príncipe del oro, que ya lo había conseguido todo en la vida, hasta encontrar el verdadero oro y la visita de Dios en Sarah d'Allara?

Podía estar seguro de que Sarah d'Allara era el verdadero oro de su vida. En casos parecidos, muchos inexpertos se dejan llevar por el entusiasmo repentino que les provoca la visión de la pirita, lo que los mineros, los buscadores y los garimpeiros llaman jagua. Es tan dura como el cuarzo pero mucho más frágil, y con un brillo metálico que atrae al espejismo a los buscadores de oro. Pero son sólo carbonatos y óxidos de hierro. A otros les sucedía lo mismo con el carmín, el óxido de hierro hidratado, pero sobre todo se repetía con la calcopirita, tan parecida al oro en el color mineral. Sólo los conocedores, los buscadores de verdad, saben de la diferencia: si se le golpea con un martillo, la calcopirita se convertirá en polvo. A lo largo de su vasta experiencia de buscador de oro por todo el mundo, Rejón se había sumergido como un trabajador anónimo en minas que se dedicaban exclusivamente a excavaciones de ganga. Para ese menester vocacional, se había hecho acondicionar en la fragua un pico de dos puntas bastante largas, resistente al golpe continuo y con un aguzamiento adaptado a la fuerza de su brazo. Y esa misma vocación de minero de oro, le había hecho aprender desde muy joven a usar la barra, esencial para el tanteo y acomodo de maderas; y la pala, y los taladros para abrir la roca; y las cuñas para colocar los taladros. Supo usar de inmediato el hacha y el machete, y el tronzador para darle la dimensión exacta a la madera y situarla sin riesgo mayor en su destino dentro de las galerías de la mina. Y durante esa época de aprendizaje, Rejón se equivocó multitud de veces, hasta adquirir con sabia lentitud el criterio que domina el carácter del voluntarista que aplica su talento al material de aprendizaje. Hasta que consigue moverse con familiaridad por territorios que unos años antes le eran totalmente desconocidos. Y aprendió además que no era fácil saber tantear el oro escondido en una piedra cualquiera o en una mina en la que se abriera una nueva excavación.

En el largo y duro aprendizaje en la mina Corocito, en Antioquia, Colombia, descubrió el procedimiento prehispánico de prender fuego a las lomas y los bosques en tiempo de verano, para dejar completamente pelada la superficie del terreno y examinar las formaciones rocosas a la vista. Y se sorprendió al observar el trabajo de los operarios del oro buscando sobre ese mismo terreno, como si antaño se les hubiera perdido allí alguna joya muy valiosa. Cuando aparecía una piedra distinta, el olfato instintivo del buscador de oro actuaba al unísono con su vista privilegiada. Y la primera vez que vio ejecutar un cateo de oro, Rejón quiso aprenderlo inmediatamente. Aquel minero, llamado Torcuato Figueroa, pulverizó la piedra del oro tras separarla de las demás. Después colocó con sumo cuidado el polvo del oro sobre su pala y le añadió el agua. Con una mano meció la pala a un lado y a otro, atento siempre a las pequeñas pelusas doradas que pudieran aparecer en el líquido, y con la otra hurgó el material recogido hasta removerlo por completo. Después ladeó la pala, para que con el vaivén el material descargara la parte más liviana. Entonces, el minero Figueroa, que hasta ahora estaba trabajando con la punta de la pala hacia fuera y el cabo hacia su cuerpo, la tomó por su cuello de modo que le invirtió la posición inicial. El movimiento de la pala se volvió elíptico. En ese momento, el material se fue asentando sobre uno de los dos canales que se forman al pie del cuello de la pala. Y, entonces, con una maña increíble, el buscador de oro hizo remontar por inercia la parte más pesada del material recogido al principio. El hombre lo hacía fácil, como si fuera un juego de niños, pero Néstor Rejón le había puesto a cada movimiento del buscador la atención del alumno vigilante. No se le escapó la destreza y la capacidad de su olfato para descubrir, al final de tan laboriosa tarea, unas nimias pelusas no más grandes que la punta de una pequeña navaja: el oro puro, mínimo, pero esplendoroso.

—Ahí está —le dijo Néstor, sorprendido, aplaudiendo el final del trabajo del buscador de oro—. Enséñeme a hacerlo, por favor.

Torcuato Figueroa era un experto buscador de oro al que, sin embargo, la suerte no le había acompañado jamás en toda su vida. De mina en mina, su peregrinaje se había vuelto un viaje sin fin a la búsqueda de un tesoro con el que había soñado en su niñez, en Buenaventura, muerto de calor, mar y humedad. Como si el mismo diablo le hubiera regalado la brújula equivocada con la que se movía de mina en mina por todo el territorio de Colombia, el buscador de oro Torcuato Figueroa vivía por temporadas extraviado en un lugar cualquiera en donde la gente había llegado en tropel avisada por el olfato del oro inminente. Y, a pesar de tener constancia de que se le iba acabando el tiempo, Figueroa seguía en el tajo, luchando a brazo partido contra su cotidiano fracaso.

—Don Néstor, usted tiene que saber desde ahora mismo —le dijo en baja voz Figueroa— que la fe es el resultado de su propio cultivo. Lo que usted cosecha, usted recoge. Depende de la tierra, claro, tiene que haber buena tierra también. Y si usted la pierde, si usted pierde la fe, se perdió usted por completo. Pero si usted la cultiva, usted estará siempre en pie. Atento a la fe, porque en cualquier momento surge la mena, hermano. Está escondida en cualquier pozo, esperándonos. Pero usted tiene que caminar siempre al paso, con su propia fe. Si no lo hace así, usted se perderá en el camino. Y no hay vaina más seria que la fe en la búsqueda del oro, don Néstor, como se lo digo yo, Torcuato Figueroa.

Era cierto. No había más vainas en el oro y en la vida misma que la fe y el talento. La voluntad, pues, hermano, le dijo el buscador Figueroa. ¿Y cómo entonces podía explicar don Torcuato Figueroa su mala suerte en la búsqueda del tesoro que él mismo, cuando niño, se había prometido encontrar en el fondo de una mina de oro? Rejón se atrevió a preguntárselo, sin referirse a su experiencia personal de minero. No quería que pudiera darse por ofendido en ningún sentido.

—Entonces, don Néstor —contestó el minero—, está claro. O no hay mucho talento, y uno se equivoca de barco y de viaje, creyendo que ha tomado por el camino exacto, o no hay suficiente fe. Pero a usted se le ve en la frente que tiene de sobra esos dos elementos, don Rejón. Hay una señal ahí, una cruz invisible, créame, don Néstor. Yo la veo desde lejos, y se la vi a usted en la frente. No hace falta que le echen las cartas para que se lo corroboren por ahí, levantándole los pesos por nada en cualquier campamento, ¿sabe? Y ésa es la cruz del triunfo, la que usted lleva en la frente, invisible, pues, pero la lleva. Sólo tiene que aplicar con todas sus fuerzas el talento y cultivar la fe. Entonces usted será un gran buscador de oro. Y usted encontrará su tesoro.

Cuando Néstor Rejón se quedaba absorto mirando a Sarah d'Allara y se embriagaba hasta el fondo de su olfato con la fragancia de la piel juvenil, recordaba a don Torcuato Figueroa, su primer maestro en las minas, el sabio del oro que, durante el primer aprendizaje de la profesión en Colombia, le había enseñado los secretos más ocultos del polvo amarillo que sin embargo a él, al buscador Figueroa, le fue siempre esquivo. Y con vaporosa vaguedad, se acordaba también de Eladia Tejera, la maestra primera que le había enseñado la suprema mina de oro. Y el cuidadoso tacto que había que poner en cada una de las yemas de los dedos para remover con dulzura la pepita de oro puro y despertar el sueño de colores nuevos en el alma de la mujer. Se acordaba del talento de Eladia para enseñarle cada día y uno a uno todos los secretos, la caricia sobre las enhiestas puntas de los rosetones de sus pechos duros, el beso en el ombligo, la punta de la lengua dando vueltas hasta mojar con saliva el hueco del ombligo, las palmas de sus dos manos abiertas sobre la espalda de Ela, masajeándole sus manos con repetida caricia la piel agarena de su cuerpo. Y el placer del juego repetido siempre y ninguno igual al otro. Y, como el cateo del oro que le había enseñado don Torcuato Figueroa, el juego de revolver, de un lado a otro y al revés, siempre con suavidad, su rebelde vello púbico. Todo eso antes de entrar en la mina para buscar el filón de oro cuyo camino iluminaba, como una astilla encendida entre el follaje, el diminuto botón que semejaba exactamente una pepita escondida en un oculto recodo del camino. Parecía fácil para cualquiera, pero Torcuato Figueroa le demostró desde el principio que la cuidadosa destreza en cada uno de los pasos de la búsqueda llevaba casi siempre al efectivo final de la operación.

Sarah d'Allara y Néstor Rejón habían conseguido sentarse esta tarde en la terraza del Mocambo, a la hora en que la afluencia de visitantes y clientes lo hacían casi siempre imposible. ¿Era también un buen presagio para los dos en aquella nueva vida en Taormina? A lo largo del paseo de toda esa tarde, desde La Cúpula hasta llegar al Mocambo, rodearon caminando sin prisas la ciudad deseada por su parte más baja hasta llegar a los jardines de Villa Comunale, el *giardino pubblico* fundado por una excéntrica y espléndida inglesa, Florence Trevelyan, llegada a Taormina en

1882 para convertirse en una leyenda. Sarah le contó a Néstor Rejón que su nombre había sido puesto en la picota y arrastrado hasta el escándalo por los más influyentes periódicos ingleses, que relataron con todo detalle sus amores secretos con el entonces heredero de la Corona británica. Hasta que consiguieron forzar su exilio. Y Florence Trevelyan recaló en Taormina con siete largos carruajes cargados con dieciséis armarios, donde guardaba su vestuario de lujo, y cinco perros de compañía. Al principio, la Trevelyan fue rechazada en su pretensión de alquilar una habitación para sus cinco perros, a los que trataba, según las escandalizadas gentes del lugar, mucho mejor que al príncipe heredero de la Corona británica. Pero la tozudez de la exquisita inglesa fue poco a poco ganando las voluntades del entorno y terminó por conseguir instalarse en un ala entera del Timeo. Llegó a tener con ella más de treinta perros, príncipes de su compañía, que sublimaban en la Trevelyan la ausencia del amor del heredero de la Corona. Hasta que un día se enfermó de gravedad uno de sus príncipes favoritos y apareció a curarlo el milagroso doctor Salvatore Cacciola.

—*Il dottore* curó al perro de Florence Trevelyan y ella lo invitó a tomar el té... Todos los días el doctor Cacciola tomaba el té con la gran señora inglesa. Acabaron casándose.

Después, Florence Trevelyan fue comprando todas esas tierras de Taormina para convertirlas en un inmenso y hermoso jardín de plantas, árboles y matas de flores, que se extendía en galerías, parterres y caminos junto a la Via Bagnoli, a través de la loma de Taormina que miraba de frente al Jónico. Se pasó el resto de su vida en la ciudad, con el doctor Cacciola, ya su marido. Y adquirió tantas propiedades que se transformó en hada madrina de los menos poderosos, a quienes no cesó de favorecer en sus carencias más perentorias. La gente terminó por adorarla como una diosa griega, con su fotografía visible en el altar de sus humildes casas y, cuando giraba alguna visita a sus propiedades más distantes, en Castelmola o Isola Bella, sentada en una lujosa silla de seda, salían a recibirla con aplausos y cánticos. La trataban como una reina.

—La reina de Taormina. Mejor que la reina de Inglaterra, ¿eh? —comentó en broma Sarah—. Pero, en serio, me gusta mucho la historia de la Trevelyan. A juzgar por los grabados de la época, debió de ser una mujer tan interesante como atractiva. Fumaba cigarrillos en largas boquillas..., y hasta dicen que tabaco turco en pipa de hombre. Y cuando murió, legó todas sus propiedades, su historia y toda su vida al pueblo y a la ciudad de Taormina.

Néstor Rejón pensó en la vida de Florence Trevelyan. Recordó entonces a su abuelo Frasco Rejón, el Jardín de las Flores en El Monte, y su locura pasional por la landora, la trepadora rosa amarilla del color del oro. Y vio su reflejo anticipado en aquella historia que le había contado Sarah, los dos sentados en el Mocambo. Quiso huir de esa asociación de ideas, de la premonición que le provocaba un creciente malestar. Quería que Taormina para él fuera parte del viaje, no su residencia definitiva.

—Pero, Sarah, desde que llegamos a Taormina..., lo único que hemos encontrado de Lampedusa es... ¡una edición de *El Gatopardo* en alemán! Ahí delante, en el *corso*, en esa librería para turistas teutones —terció burlándose Néstor Rejón.

CINCO

—Ese oro no es para usted, hermano. No sea terco. No le va a traer más que problemas, déjelo correr, don Néstor. Sea sensato —le recomendó Torcuato Figueroa.

El minero colombiano se había convertido en poco tiempo en uno de los mejores amigos de Néstor Rejón durante su estancia en el departamento de Antioquia, en el campamento de Corocito, la mina donde Rejón entró a la búsqueda del oro, para aprender a moverse en las profundidades de la tierra con la intuición del olfato, con el instinto animal que se le desarrollaba a los buscadores de oro desde la boca de entrada hasta llegar, entre galerías, oscuridades y abismos, a la roca en la que tal vez se escondía el filón.

A los pocos días de su llegada al campamento, en una reunión informal a la que fue invitado por amigos españoles y colombianos, había conocido a Carmen Zárate en la vieja casa solariega de su propia familia. Estaba en ese momento en su casa de Medellín, por circunstancias especiales. Providencialmente, diría Carmen después. Le habían regalado dos semanas de vacaciones en la Universidad de Harvard, había dejado sus estudios de Historia y Economía y se había permitido el lujo sentimental del regreso, volando directamente desde Boston a Bogotá y Medellín, para estar esos días de improvisado asueto con su familia. Sorpresa por sorpresa. Hacía años que no era frecuente verla por Medellín, ni siquiera de vacaciones, sino que se marchaba de viaje por el mundo cada vez que podía, Buenos Aires, Nueva York, San Francisco, la terna urbana internacional que ella misma llamaba «sus ciudades».

—Pero valió la pena estar aquí sólo por haberte conocido —le dijo Carmen Zárate en medio de la fiesta al ingeniero español que había llegado a Colombia un par de meses antes.

Esos dos meses, los primeros de su aprendizaje como minero de oro, había encontrado en Torcuato Figueroa un guía de incalculable sabiduría, una suerte de brújula que iba clasificando cada uno de los pasos de Rejón en el campamento de Corocito y en los ratos de ocio que pasaban juntos en las cantinas de Medellín, donde el ingeniero español invitaba a comer y beber al experimentado minero y al ingeniero también colombiano Pancho Salazar, con quien había coincidido en su llegada al campamento minero. Durante esos dos meses, Rejón vivió carcomido por el pegajoso remordimiento que le inyectaron en la memoria las palabras de despedida de Berta Solán, su novia durante los años de la universidad, la noche última que cenaron en Madrid cuando ya, contra la voluntad de ella, Rejón había decidido el viaje a Colombia para conocer las minas de oro a pie de obra.

—No te vayas. No me dejes sola, por favor —le dijo ella con resentimiento.

No era un ruego, sino una advertencia. Y cuando el resentimiento se adueñaba de la actitud diaria de Berta Solán, su conducta se transformaba en un peligroso artefacto doméstico, de una compacta complejidad, un laberinto de contradicciones encendidas que se hacía presente a todas horas. Hasta que admitía su derrota o salía triunfante del duelo para el que había escogido el hacha en cuyo manejo parecía ella misma un leñador ducho en las labores del campo: el tesón. Pero Rejón no se dio cuenta del aviso y le quiso quitar importancia al gesto de Berta. Su ausencia carecía de importancia, nada iba a torcerse porque él se fuera durante unos meses a Colombia. Le habló de la rapidez con la que pasaba el tiempo. Como el fuego, el tiempo se quemaba y quedaban todas las pavesas atrás. Sólo un mal recuerdo serían los sufrimientos que podría provocarles su mutua ausencia. Le dijo que, antes de lo que se figuraba, iba a acostumbrarse a que pasaran los días sin él y la espera se iría transformando en una ilusión contenida para el momento del regreso. Trató de animarla. Creía conocerla a fondo, para saber al menos que el vacío que durante la cena de despedida delataba Berta en el fondo de su mirada errática no era más que producto de la emoción del instante. Berta Solán poseía un carácter fuerte. Ella lo reconocía, él lo sabía bien, a pesar de sus maneras suaves, su sonrisa constante y su exquisita educación de clase alta venida a menos en los últimos años. Pero se había negado en redondo a entender que Néstor Rejón necesitaba ese aprendizaje en Colombia tras finalizar sus estudios de ingeniería. En el criterio del propio Rejón, los estudios universitarios no le servirían para nada en la vida, si no se le añadían los cursos necesarios en las minas que él había elegido, una vez que su destino lo condujo paso a paso a la búsqueda del oro desde que se convenció de que esa vocación iba a llenar toda su existencia. Berta mostró su desacuerdo y se negó a comprender que Néstor Rejón no estaba hecho de la pasta maleable de los que se dejaban llevar por los criterios de los demás, sino que era de esa clase de hombres que parecían dubitativos de criterio aunque no se fiaran sino de su propia voluntad, de su propio instinto de lince siempre en guardia.

—Un veleta, Néstor, eso es lo que eres —le reprochaba Berta en broma con frecuencia casi abusiva.

Estaba en un error. En los asuntos de su vocación, Néstor

Rejón era un cirujano. Si no había más remedio que ir al quirófano para intervenir, no se volvía atrás y ni siquiera reparaba en las imágenes que podían aparecer en el espejo retrovisor porque todo eso podía esperar, todo menos dejar la intervención quirúrgica. Cierto espíritu aventurero le ayudaba desde muy joven a ver más allá que los demás, avizorando en el horizonte imágenes y figuras que sus propios compañeros de estudios tildaban de fábulas que Néstor inventaba para después cumplir su voluntad de llevar a cabo los planes de la aventura.

Berta Solán le reprochaba que el viaje a Colombia era una de sus salidas aventureras, que no necesitaba esa estancia en las minas de oro, que podía quedarse con ella en Madrid, hacer un doctorado, estar los dos muy cerca preparando su vida en común. ¿Acaso no iban a casarse en poco tiempo, no habían hecho ya todos los planes para esa aventura que sí compartían desde hacía más de tres años? El duelo entre los dos había abierto una brecha de competencia muy difícil de cicatrizar. Ninguno cejaba en su concepción de aquel viaje, ni Berta Solán, que lo tildaba de caprichoso, ni Néstor Rejón, que lo calificaba de necesario. Pero ¿para qué tantos estudios especializados, tantos esfuerzos, si a tantos años de escuela técnica universitaria y a tantos libros no terminaba por añadírsele la experiencia en las minas? ¿Acaso quería Berta Solán, precisamente ella, que Néstor Rejón dimitiera de su vocación, que dejara la búsqueda del oro y se dedicara a dar clases, a hacer una oposición para enseñar lo que a él le habían enseñado unos años antes? ¿A la rutina aburrida del fracaso, sin color ni sabor, quería Berta Solán condenarlo de por vida? ¿O pretendía, a lo mejor, que el joven ingeniero Rejón entrara a trabajar al Ministerio de Obras Públicas, por ejemplo, para ir ascendiendo en el escalafón hasta llegar al final de la escalera, a los años de la jubilación, con la lengua fuera y las fuerzas a punto de abandonarlo en una edad en la que los achaques iban apareciendo con imparable terquedad? ¿Quería desde ahora Berta Solán que Néstor Rejón vendiera su alma de aventurero al diablo urbano y tranquilo por la seguridad laboral que le ofrecía un simple plato de lentejas de por vida?

—Desprecias más de la cuenta, te ríes demasiado de esa seguridad —le reprochaba Berta.

En medio de la noche del campamento de Corocito, en la soledad de su privilegiada tienda de ingeniero, Néstor Rejón se defendía de su constante pesadilla. Lo único que había preservado siempre en su recuerdo después de despertarse lleno de sudor frío era el ruido de los hierros retorcidos del tren al descarrilarse. El resto de los episodios que precedían y precipitaban la pesadilla, los sospechosos elementos que organizaban el mal sueño y los lugares y las personas que habitaban esas viñetas perdidas se olvidaban nada más despertarse. Pero la pesadilla del tren en el que él viajaba descarrilándose, se repetía desde que era un niño en Salbago. ¡Pero si él nunca antes de soñar tanto con esa tragedia había subido nunca a un ferrocarril! Y si en la isla no había trenes, y sólo los había visto en los libros y en algunas películas norteamericanas y francesas en la sesión de cine sabatino de los jesuitas, ¿por qué sentía tan gravosa y vívidamente aquella pesadilla que se le había clavado en su recuerdo para salir a flote con una frecuencia inaudita nada más quedarse dormido?

—No te vayas, no me dejes sola —escuchaba como un eco Néstor Rejón la voz de la mujer de su vida, Berta Solán, la noche de su despedida en Madrid.

Las cartas, casi diarias, no paliaron en ella la enfermedad de la nostalgia de Néstor, sino que dejaban al paso de la letra un efluvio de angustia creciente por la que Rejón se dolía en secreto, sin cómplice con quien comentarlo, ni siquiera con Torcuato Figueroa, que tanta confianza le había otorgado desde que se conocieron en el campamento. Se negó a trasladar su dolor a sus propias cartas, como si el instinto de varón le impidiera describirle por escrito a Berta Solán lo que para él era una debilidad pasional que no podía permitirse, un paso estéril del pulso que libraban los dos desde la distancia. Pero, aunque Berta no se enterara jamás, el remordimiento de Néstor Rejón existía. Y creció de manera alarmante desde el momento en que conoció a Carmen Zárate en su casa de Medellín y se sintió atraído irremisiblemente por su hermosura, sus negros ojos indios, el cabello azabache y brillante, suelto al viento como una cola de caballo salvaje, su piel oscura, mestiza, su voz de mujer feliz. Y el cuerpo, el estilo físico de Carmen Zárate, que lo enloquecía de deseo sin que pudiera hacer nada por embridar su pasión desbocada. Sí, era pura atracción física.

Néstor Rejón lo sabía, todo había empezado por ahí. No se atrevió a contárselo al ingeniero Salazar. ¿Para que tal vez le aconsejara lo mismo que Figueroa? ¿Y por qué contárselo a Pancho, aunque fueran amigos, por qué contarle todo siempre a los amigos? Figueroa había estado muy explícito: le estaba avisando de un peligro que Rejón no veía o se negaba a ver. ¿Y qué?, se preguntaba en el sopor febril provocado por su raro remordimiento, ¿acaso había que dejarlo pasar, como le aconsejó el minero Figueroa en las horas de la alta madrugada del viernes, tras una semana de duro trabajo en el interior de las minas, buscando el oro que se resistía a aparecer un día tras otro, sólo pequeñas huellas del mapa del tesoro sobre las rocas más difíciles de la mina, Figueroa señalándole sonriente las vetas, vereda tras vereda, haciéndole oír los ruidos y las voces de las sombras en el fondo de la mina, enseñándole los vericuetos de las galerías, los caminos oscuros que parecían todos iguales, un jeroglífico de líneas rectas que luego aparentaban curvarse y cruzarse hasta que el catecúmeno perdía el sentido de la orientación y desolado trataba, equivocándose una y otra vez, de encontrar inútilmente el camino de la salida? ¿Qué hubiera sido de Néstor Rejón si no hubiera estado allí mismo Torcuato Figueroa, junto a él, sin dejarlo a solas un segundo, aconsejándole todo y enseñándole cada uno de los pasos dentro del misterio de Corocito?

—Se lo digo por todo, hermano. Usted sabe…, en fin, los Zárate son gente influyente en Medellín y Bogotá. Tienen parte de la propiedad de las minas de oro de Colombia, manejan mucha plata, muchos dólares, ¿verdad?, usted lo sabe, y no se andan con juegos. Tienen bancos, diputados, gobernadores, ¿me entiende? Y esa niña es la flor preferida del padre, de los hermanos, de toda la familia…, y usted, don, viene de España y se pone a jugar con ella. Y ella ahora no quiere marcharse, por culpa de usted, se niega a regresar y a seguir sus estudios, sino que se quiere quedar a jugar con usted en Medellín, en Bogotá, ¿no? Déjelo correr, hágame caso, que esa ganga no es para usted, hermano. A estas alturas, eso es lo quiero decirle, don Néstor, lo saben de sobra…

Se veían en Bogotá. Secreta y peligrosamente. A los dos los enloqueció violar la prohibición no escrita y se encontraban en la habitación del hotel que el ingeniero Rejón tenía reservada para él todos los fines de semana. Llegaban a la penumbra del cuarto a amarse como posesos, como si una epilepsia repentina los obligara a lanzarse el uno sobre el otro, a rodar sobre la cama, a reírse como dementes. Se quitaban las ropas a una velocidad escandalosa, nada más cerrar la puerta del cuarto, con la respiración electrizada por la inmediatez del milagro, como si fueran seres desesperados que necesitaran mirarse desnudos para respirar, para no ahogarse por falta de aire y verse los cuerpos incendiados de temblor ante sus miradas mientras la lava descendía ardiente desde el cráter del volcán. Se olían la piel hasta raspársela con los ojos, como si buscaran arrancársela, intercambiándosela durante los ratos de clandestinidad del que gozaban cada fin de semana. Aspiraban una y otra vez insaciables el efluvio perfumado de sus cuerpos, se recorrían con la lengua, se hurgaban en los lugares más insólitos y secretos. Se palpaban con la demente ansiedad de los drogadictos, descubriéndose entre sollozos de admiración rincones y recovecos que ya se conocían, aunque disimularan que los habían descubierto desde la primera vez que se amaron. Hasta quedar exhaustos y dislocados sus músculos, los dos sobre las sábanas empapadas por el sudor de sus almas, maravillándose por el placer de sus cuerpos, dejándose la piel de la pasión a tiras entre jadeos entrecortados, líquidos, nerviosos, que se intercambiaban los dos al llegar juntos al éxtasis. Porque ninguno de los dos había tenido antes esa experiencia de exactitud.

Carmen Zárate estaba tan enloquecida con el vértigo que le provocaba Néstor Rejón que no advirtió los riesgos de aquella demencia tan gratificante y nueva. No sólo determinó que se quedaría una temporada más en Medellín, despreciando los consejos y hasta las órdenes de sus padres, sino que un día decidió contarle a Néstor Rejón lo que no le había contado a nadie hasta ese momento, ni siquiera a sus amigas más íntimas, el gran secreto de su vida, los amores clandestinos y simultáneos que había mantenido con tres de sus amigos comunes. Se despojó de la sábana que cubría su cuerpo y, en la placentera penumbra de la habitación, desnuda por completo delante de los ojos de Rejón, se lo dijo, casi riéndose de aquella experiencia juvenil. Porque los había amado a los tres, se había acostado con los tres siempre en secreto, sin que ninguno de ellos se enterara de lo que estaba sucediendo. Los tres eran una pandilla que andaban de acá para allá juntos todo el tiempo, en los cafetines y casinos de Medellín, siempre juntos, porque sólo se separaban para estar a solas con Carmen Zárate, sin que ninguno llegara a enterarse nunca del juego en el que andaban metidos.

—Con los hombres, Néstor, pasan esas cosas —le dijo—, tienen sospechas de todo y certidumbres de nada. Padecen miopía congénita en cada uno de sus sentidos, no sólo en el de la vista.

¿Para qué le iba a decir los nombres de los jóvenes de sus amores, «sus chicos simultáneos», como los llamaba Carmen Zárate tratando de contener su risa? Él no los conocía. Eso le había dicho. ¿Qué importaba, entonces, que lo dejara todo en el enigma? Sus nombres eran lo de menos en la aventura, aunque Néstor no estuviera de acuerdo y tratara de forzar la confesión completa de la muchacha. Carmen sabía que lo volvía loco alimentándole la curiosidad varonil sin permitirle nunca que llegara a conocer los nombres de sus secretos.

—No se puede contar todo…, ni siempre —le dijo Rejón—. ¿Por qué no te atreves a presentármelos cualquier día, aunque sea a uno de ellos? Quiero verle la cara. Saber cómo es.

—No quiero, no he decidido todavía con cuál de los tres voy a casarme por la Iglesia, cabrón. Sólo conocerás al que yo elija de entre los tres.

Los dos se divertían con el juego. Carmen sabía que Rejón dudaba. Por eso la retaba a que le mostrara quiénes eran los muchachos, siquiera uno. Que le descubriera a su amante más secreto quiénes eran sus otros amantes secretos, cómo eran sus cuerpos, cómo la miraban, con qué deseo la amaban, qué señales ocultas se intercambiaban con ella.

Néstor Rejón se arrepintió de contarle a Torcuato Figueroa las pasiones ocultas que estaba viviendo con Carmen Zárate. Toda la complicidad que había fraguado con el minero durante los dos meses primeros de su estancia en el campamento de Corocito se le venía abajo en cuanto en la conversación entre los dos aparecía el nombre de los Zárate. Figueroa le había avisado como advierten los sabios, con la suavidad en las formas de quienes saben lo que va a suceder dentro de poco tiempo, como si lo estuvieran viendo por anticipado. La confianza que Rejón le tenía al minero se había convertido para ese momento en una transferencia de necesario sentimiento. Figueroa era el guía imprescindible en la vida que llevaba Néstor Rejón en el campamento, en Medellín, en las escapadas clandestinas con Carmen Zárate al hotel de los fines de semana, la fiesta secreta en el hotel Tequendama. ¿Y quién iba a figurarse que el ingeniero se hospedaba allí, en aquel hotel internacional, lleno de políticos y ejecutivos de empresas multinacionales, al mismo tiempo que Carmen Zárate, siempre en habitaciones separadas, en distintos pisos, como si no se conocieran, como si fuera una casualidad, como si no supieran los dos que en algún momento iba a ocurrir lo que temían sin decirse una sola palabra el uno al otro?

—Los Zárate, todo el mundo en Medellín, don Rejón —le contestaba Figueroa, sin fisuras.

Las cartas de Berta Solán llegaban todos los días desde Madrid. Invariablemente, con una terquedad que irritaba a Néstor Rejón. A veces, dejaba que pasara una semana entera para que las cartas de Berta se acumularan en la mesilla de noche de su tienda de privilegio, en el campamento de la mina, para leerlas de un tirón en algún momento de calma, en el raro instante en que no estuviera pensando cuánto faltaba para volver a ver desnuda en la penumbra a Carmen Zárate, sus ojos indios y negros refulgiendo entre las sombras, su cuerpo ondulante bailando solo un ritual de amor sobre la cama todavía limpia de su habitación de hotel bogotano. Las cartas de Berta seguían llegando al campamento de Corocito como si una mano mágica quisiera recordarle al ingeniero que había otra vida esperándolo en Madrid. Y en esas cartas, invariablemente, se tatuaba el mapa de la resentida soledad de Berta Solán: «Me siento sola, muy sola, demasiado sola. Regresa, por favor, amor, no puedo estar sin verte».

—¡Tengo ganas de ti, muchas ganas de ti, bello, cabrón! —le gritaba Carmen Zárate, un torbellino nada más entrar en su habitación del Tequendama, quitándose atropelladamente la ropa.

Figueroa se lo había pronosticado. Estaba más que escrito. Estaba clarito que si esa cosa que usted tiene con la niña Zárate, hermano, no acaba en tragedia es porque ellos lo quieren a usted, lo tienen en alta estima, y quieren además que lo termine usted mismo, ya verá como lo ayudan, le decía el minero en sus ratos de aguardiente y complicidad. De vez en cuando, en la noche del campamento minero, se escuchaban los ladridos de llanto de los perros que pululaban entre los basurales de las cercanías. Otras veces, esos mismos ladridos parecían llantos de personas, lamentos de almas en pena que llegaban desde el interior de la tierra a advertir a los mineros que huyeran del campamento porque la tragedia estaba al caer.

Cuando Carmen Zárate desapareció sin despedirse de Rejón, el ingeniero no tuvo más remedio que darle la razón a Figueroa. Ella no llegó ese viernes por la noche a la habitación del ingeniero en el hotel de Bogotá. Rejón la esperó hasta la desesperación.

Durante horas que se hicieron interminables, trató de dormir. Buscó la postura adecuada, pero no la encontró. Estaba despierto, pero se movía en el sudor de una pesadilla que no terminaba de traducirse en imágenes, sólo retazos durante unos instantes muy breves. Y después el olor del hierro quemado, dentro de su propia habitación, como si fuera allí donde la tragedia del descarrilamiento del tren estuviera verificándose. Después de horas de tensión, el ingeniero bajó al bar del Tequendama a tomarse un trago que calmara su repentina soledad. ¿Entendía ahora, de repente, la orfandad de Berta Solán, lo llamaba ahora la memoria de su novia sola en Madrid? Figueroa trataba de calmarle el remordimiento cada vez que Rejón le confesaba su mala conciencia. Ella estaba sola en Madrid y él estaba aquí, en Bogotá, en Medellín, ya sabía Figueroa por qué y con quién, ¿no? Pero Figueroa sonreía comprensivo y negaba levemente con la cabeza...

—No, hermano, no siga afligiéndose por esas huevadas, don Rejón —le dijo la última vez que Néstor le trasladaba su remordimiento—. Siempre hay más hombres, siempre hay más mujeres. ¿O no lo ve?

En el bar del Tequendama, mientras se acercaba a la barra, Rejón reconoció a Andrés Zárate, uno de los hermanos de Carmen. El muchacho se levantó jubiloso a saludar a Rejón, como si se conocieran de toda la vida, como si fueran íntimos. Lo invitó al primer trago. Sólo uno, Néstor, yo también tengo que marcharme, chico, tengo una cita al otro lado de Bogotá y no quiero llegar tarde, ¿eh?, le dijo Zárate. Un trago de ron, pidió el ingeniero, lleno de sospechosas intuiciones. Un trago para apagar de un golpe de aguardiente en la garganta todas las tensiones, todas las sospechas, todas las dudas y las incertidumbres que se movían como un vértigo de terremoto en la cabeza de Néstor Rejón.

—Así avisan ellos, don Rejón, ya se lo dije, así son —le comentó Figueroa al llegar al día siguiente al campamento minero. Rejón le había contado el suceso en un turbión de palabras amargas que expresaban el agitado estado de ánimo del ingeniero—. Ya se lo dije, hermano, siempre hay más hombres, siempre hay más mujeres. Todo lo que se va, vuelve más tarde, siempre. Hay más hombres y más mujeres, y a veces esos hombres y esas mujeres, mi hermano, vuelven más tarde. Se van, pero regresan, entérese, don Rejón, así es la vaina de verdad —sentenció.

La noticia de que Carmen Zárate estaba de regreso en Medellín le llegó a Néstor Rejón después de seis meses sin saber nada de ella. En todo ese tiempo, había visitado Bogotá sólo un par de veces más, para constatar que ya era para él una ciudad cuyo vacío se le venía encima sin remisión. La ausencia de Carmen Zárate durante esos meses fue una sombra pesada que le robó muchas horas de sueño y tranquilidad. Y ahora aparecía en Medellín para casarse. ¿Con uno de los tres «chicos simultáneos», por fin? La noticia del inminente matrimonio de Carmen Zárate en Medellín corrió como un reguero de polvo de oro por todos los rincones del campamento de Corocito, aunque a Rejón lo catapultó de nuevo al estado de agitación que ya conocía de los primeros instantes tras la ausencia de la muchacha. Media hora más tarde, Figueroa llegó por sorpresa a la tienda del ingeniero.

—Hay fiesta. Se casa la niña Zárate, ingeniero. Con Pancho, con el ingeniero Salazar, don Rejón, el ingeniero cachaco que trabaja tanto con usted, ¡una grande y alegre sorpresa para este campamento! Están celebrando ahí al frente, en la tienda de Salazar, y me mandan a buscarlo. Vamos, venga conmigo… —le anunció el minero.

El ingeniero Rejón no iba a olvidarse en toda su vida del fuerte golpe de ahogo que le provocó en todos los sentidos la repentina boda de Carmen Zárate con Pancho Salazar. De modo que cada vez que, a lo largo de todos esos años, mientras estuvo casado con Berta Solán y nacieron y crecieron sus dos hijas, y hasta que se trasladó a vivir con Sarah d'Allara a Taormina, veía en la pared de su despacho de Madrid la fotografía en la que él aparecía junto a Figueroa y Salazar, testimonio gráfico de los dos años de su estancia en la mina de Coracito, en Antioquia, se le venía al recuerdo el juego secreto de Carmen Zárate en sus correrías bogotanas y la constante advertencia de Torcuato Figueroa sobre la vida, el amor y las pasiones.

—Siempre hay más hombres, siempre hay más mujeres, don, deje de afligirse por eso.

Después de tantos años, Néstor Rejón se sonreía al recordar el drama clandestino que había vivido en Colombia. Su aventura de funambulista sin red recorriendo territorios y caminos en el aire, sin enterarse de que se habían divertido a su costa. Muchas veces, en su propio estudio, en su casa de Madrid, cerraba unos instantes los ojos, como si estuviera durmiendo unos momentos, y se recreaba en el recuerdo de aquella locura suya que no sólo no fue, al final, obstáculo para que se casara a su regreso con Berta Solán, sino que tal vez sirvió de último detonante para su matrimonio. Después vino todo lo demás: el oro, la vocación artística, los primeros viajes con Berta, las hijas, la tormentosa y doméstica cotidianidad. El cansancio. Incluso la violenta rutina de los días familiares. Y la definitiva determinación del divorcio. Y, para confirmar la certidumbre de Torcuato Figueroa, siempre más mujeres en la vida de Néstor Rejón, más hombres siempre en la vida de sus mujeres. Ésa era la convicción de Néstor Rejón, que siempre había más gente oculta en la trama de las vidas de los demás. Gentes que no se cansaban de observar, que no hacían más en sus vidas que vigilar cómo los demás se estallaban contra las paredes, cómo se perdían en la maraña, en el bosque cotidiano de la nada, en la elección del camino a seguir. Gentes, más hombres y más mujeres en la tramoya de la obra, entre bastidores, que sólo aparecían en escena cuando los focos dejaban de entrañar para ellos riesgo alguno. Entonces salían de entre las sombras y se iban dibujando sobre la escena como verdaderos protagonistas, voluntades que habían manejado las voluntades de los demás en la oscuridad. Siempre más mujeres, siempre más hombres.

Hasta que vino la visita de Dios, hasta que llegó Sarah d'Allara. Y por eso, cada vez que Tony Limpito volvía a acercarse a sus vidas, la tranquilidad y el sosiego de Rejón desaparecían de su ánimo para transformarse en una tormenta de arena que lo enceguecía y enfoguetaba por dentro. Y a pesar de su probada capacidad para el disimulo, cuando olfateaba en la distancia las intenciones del buitre, se enturbiaba su buen gusto, se volvía arisco y esquivo. Como fiera enjaulada que buscara una salida a su agobio. Era su manera de ponerse en guardia, de demostrarse que estaba preparado para el duelo a muerte. Había sido siempre un hombre transparente y previsible, a quien se le reprochaban precisamente esas dos cualidades esenciales de su forma de ser.

SEIS

Al poco tiempo de llegar a Taormina, Sarah d'Allara lo convenció para que contrataran como chofer y hombre para todo a Demetrio d'Angelo, palermitano, perfecto conocedor de la geografía de toda la isla. A su favor estaba el hecho de que había trabajado hasta los años cercanos a su jubilación en un autobús de línea oficial que recorría las entonces casi intransitables carreteras de la Sicilia interior, territorios y localidades tan distantes y tan idénticos, Palazzo Adriano, Corleone, Prizzi, Piazza Armerina, Santa Margherita di Belice, Mazzarino, Leonforte, Palma di Montechiaro: toda una nomenclatura geográfica de la historia interminable de la isla, resonancias fonéticas de estirpes, noblezas, aristocracias feudales, familias, apellidos y apodos que después ganaron fama en todo el mundo por su implicación en las tribus mafiosas de Chicago, Las Vegas, Nueva York, Miami, La Habana.

Demetrio d'Angelo resultó una buena sorpresa para Rejón. Era un tipo discreto, muy sobrio, delgado, de estatura más bien alta, atlético en cierta medida, con media sonrisa de amabilidad dibujándose siempre en su rostro de piel casi africana en cuyo centro sobresalía una nariz ganchuda. Era una brújula para la climatología y un pozo sin fondo, un cajón de sastre que sabía distinguir sin equivocarse cuánto y cuándo debía callar y qué y en qué situación podía contar lo que sabía. Había vivido durante muchos años en Palermo, conocía la ciudad en sus más raras e intrincadas zonas de sombra, desde los barrios marginales menos transitados que procuraba evitar a los lenguajes cruzados en los mercados populares abiertos por los alrededores del casco histórico palermitano. Y traducía sin mucho esfuerzo los colores de cada suceso, como si tuviera un diccionario en su cabeza que le resolvía cada uno de los aparentes enigmas de cuanto ocurría a su alrededor, por encima de su apariencia gris. Por eso pasó a ser un asistente de un respeto y una fidelidad sin mácula. Por eso Néstor Rejón y Demetrio d'Angelo sintonizaron desde el primer momento. A ese grado de simpatía se unió en poco tiempo, en cuanto comenzó el peregrinaje de Sarah por las tierras de Lampedusa a través de toda Sicilia, un trato campechano entre Rejón y D'Angelo, que nunca rompió el respeto mutuo ni la frontera del lugar que le correspondía ocupar a cada uno. Con frecuencia, Rejón bromeaba con su chofer y le hacía referencias nunca hirientes al color de su piel, tan normal en Sicilia, tan natural en todo el Mediterráneo.

—Es argelino. O tunecino —contestaba D'Angelo, siguiendo la broma de su patrón—. Al fin y al cabo, señor, Sicilia y África se ven en la distancia en los días claros, ¿lo sabía usted? Aquí, en la historia de Sicilia, ha estado todo el mundo. También los árabes del norte de África. De modo que así somos también los sicilianos, una frontera y un destino de todo en el mar Mediterráneo.

D'Angelo resultó, en efecto, un experimentado conductor que casi siempre había trabajado al volante de automóviles y autobuses demasiado usados, en muchos casos ya moribundos, y respirando asmáticos y renqueantes por los exagerados años de abuso. Cuando Rejón le mostró el Mercedes Benz color verde inglés, nuevo y sin estrenar, que había adquirido a los pocos días de instalarse en La Cúpula, saltó de alegría como si le hubiera comprado un gran regalo. Al fin y al cabo, aunque el chofer no fuera el propietario de la máquina, ¿no iba a conducirlo él mismo, Demetrio d'Angelo?, ¿no se le había encomendado que en adelante fuera el responsable único del cuidado de aquel caballo tan excelente, que no relinchaba ni en lo más mínimo, ni siquiera con el motor en marcha? Silencioso, obediente, un caballo perfecto, pensó D'Angelo, el más bonito de cuantos había embridado con sus propias manos. Con ese corcel bellísimo iban a trotar por toda la isla, eso es lo primero que vamos a hacer, Demetrio, le dijo Sarah d'Allara. Y recorrer Sicilia significaba para ella la consagración de un ritual largamente acariciado. Y la confirmación de un sueño hasta entonces utópico porque nunca, ni en sus momentos de imaginación más eufóricos, había entrevisto en su mente tanta plenitud junto a Néstor Rejón. Recorrer Sicilia venía a significar para ella terminar de escribir a pie de obra su libro sobre *El Gatopardo* y Lampedusa.

—La señora debe saber que yo trabajé en *El manuscrito del Príncipe* —le dijo D'Angelo a Sarah camino de Palermo, cuando supo de sus trabajos sobre Lampedusa—. Se hizo una película, usted sabe..., sobre Lampedusa, ¿no la vio todavía? Se la voy a conseguir en vídeo..., cuando vayamos a Palermo, ¿le parece?

Sarah sabía de la existencia de esa película, en la que dos personajes antagónicos, un familiar cercano del Príncipe y su heredero, por un lado, y el alumno predilecto, por otro, se enfrentaban entre sí con el fondo de los distintos manuscritos de *El Gatopardo*. Pero no la había visto y se mostró de acuerdo con que su chofer le consiguiera la cinta.

—Poca cosa, señora —siguió diciendo D'Angelo—, sólo aparezco en una escena, ¿se llama así, no?, una escena de nada. Camafeo. O cameo, ¿no es así?, eso me dijeron. Soy el chofer del autobús de servicio público al que sube el Príncipe para hacer el recorrido de todos los días por Palermo.

—Pero, Demetrio, ¿el Príncipe no salía desde por la mañana temprano de su casa en Via Butera hasta llegar al centro caminando?

—Sí, sí, pero claro, señora, pero ésa es la historia de verdad..., el cine, claro, señora Rejón, el cine lo cambia todo, lo pone todo a su disposición. Y..., claro, le venía bien a la película que el Príncipe subiera al autobús ese día y así lo marcaron. Y entonces me contrataron a mí, de conductor del autobús.

Sarah d'Allara había estado una sola vez, unos años atrás, en las casas de Via Butera. Por investigaciones personales y lecturas documentadas en otros estudiosos de Lampedusa, había llegado a saber que el Príncipe había comprado el palacete del 42 de Via Butera, una vez que desechó con tristeza infinita rescatar de la ruina el *palazzo* familiar de los Lampedusa, en el casco histórico de Palermo; el mismo Palazzo Lampedusa donde había vivido toda su infancia, donde se fraguó en silencio la memoria acerada que luego dibujó en su novela, el recuerdo de una infancia feliz con toda su familia viviendo bajo la mágica tutela de su madre, la principessa Beatrice Mastrogiovanni Tasca di Cutò, el hada madrina de su vida; ámbito histórico ese mismo Palazzo Lampedusa que las tropas aliadas, al desembarcar en Sicilia para liberar a Italia del fascismo, bombardearon en 1943 hasta arruinarlo del todo. Sarah había visitado esa vez única e inolvidable la casa que Lampedusa adquirió dos años después de comprar el 42 de Butera, el 28 de la misma *via*, igualmente arruinada en ese caso paradójico por los bombardeos de los libertadores, llena de escombros y basuras, un pasaje muy estrecho y, en muchos tramos, apenas sin luz natural, que caminaba hacia el este de Palermo, los dos edificios rodeados del galopante deterioro y las soledades urbanas que el desastre de la guerra había colocado allí como recuerdo de su capacidad destructiva.

—Ahí, en el 28 de Butera es donde Lampedusa se fue a vivir al acabar la guerra —le contó a Rejón—. Ahí es donde, en *El Gatopardo*, el príncipe de Salina hace el último balance de su vida, ¿lo recuerdas, Néstor? Ahí es donde muere el Gatopardo, oyendo el ruido del mar cercano. Recuerdo bien que allí seguían los escombros de los bombardeos desde el mar, las casas destruidas. ¡Casi cuarenta años después de terminar la guerra!, ¿qué te parece? Al Príncipe no le gustaba mucho esa casa, no le gustaba nada vivir allí, pero, fíjate lo que son las casualidades de la vida, la compró. La rescató más bien, porque había pertenecido a su familia muchos años antes, con una suma de dinero procedente de la venta de algunas tierras de fuera de Palermo, herencia de su bisabuelo, el astrónomo, Giulio Fabrizio Tomasi, la sombra histórica del Gatopardo de la novela... Tal vez por eso hizo morir allí a Fabrizio de Salina... Visconti no recogió esta parte de la novela en su película. Tenemos que ir allí, Néstor.

Al palacete de Via Butera hicieron el primer peregrinaje de su estancia en Palermo. Cuando D'Angelo enfiló el Mercedes desde el paseo marítimo de Palermo para girar a la izquierda y entrar derecho por Via Butera, era cerca de un mediodía todavía otoñal, por minutos húmedo y turbio de nubes, a ratos tímidamente tibio y luminoso. Rejón vio primero la espléndida fachada del *palazzo* del príncipe de Butera. Y se quedó prendado de su armónica arquitectura estética y del cuidado exquisito del aristocrático edificio histórico que recordaba los tiempos del esplendor feudal de Sicilia. Via Butera contrastaba duramente con la huella del esplendor perdido, tanto como después sabría que contrastaban la casa natal de Pirandello, en Porto Empedocle, y toda la geografía de Lampedusa en Donnafugata y Palma di Montechiaro. Era una calle trasera de casi todo, que debía su nombre al príncipe de

Butera, y seguía siendo muchos años más tarde una *via* muy angosta donde apenas entraba la luz cenital del mediodía a barrer su húmedo pavimento de asfalto sucio y descuidado, una suerte de reducto del olvido donde se acumulaban basuras y escombros. Las fachadas de las casas, que en otros tiempos de gloria debieron gozar de su condición de principales, estaban desconchadas, carcomidas de insanas humedades, caprichosamente mordisqueadas por la lepra del salitre, desdibujadas y envejecidas por la desidia y el deterioro.

Cuarenta años después del bombardeo de los aliados, el hedor de las basuras y detritus acumulados en los rincones de los solares vacíos, que habían quedado con los vientres abiertos al sol y las sombras del lugar, inundaba el ambiente y extendía la incomodidad y el malestar en toda la zona. Así estaban todavía en el momento en que Rejón y D'Allara se llegaron hasta aquella zona tan poco transitada, aparentemente mal habitada.

En efecto, parecía que el desembarco de los aliados y el bombardeo precedente fueron sucesos ocurridos ayer mismo, y que la guerra en Sicilia seguía varada en esa línea de bombardeo, y no que hubiera terminado más de medio siglo atrás. La ruina del exterior de los edificios y las casas, incluidas las dos de Lampedusa, era de una visibilidad casi repugnante, apuntaladas casi todas las fachadas por contrafuertes, columnas y frágiles andamios de madera casi podrida que no sólo impedían andar sobre las estrechas y destruidas aceras de la calle a los pocos transeúntes al adentrarse por tales parajes, sino que amenazaban con derrumbarse en el momento menos pensado sobre ellos. Así había sucedido en más de una ocasión por los terremotos y el derrumbe accidental había dejado durante meses Via Butera sumida en el ostracismo, fuera del mundo de la ciudad, cerrada al tráfico y al margen de la circulación de los ciudadanos. Era la cicatriz del paisaje exacto de la decadencia que tanto minó hasta hundirla en el silencio la moral de Sicilia; la decadencia histórica que cargó consigo el último Gatopardo, el príncipe de Lampedusa, a lo largo de toda su vida, el paradójico acicate que le hizo tal vez escribir su única novela en los últimos años de su existencia aparentemente grisácea; la misma decadencia histórica tan convertida en costumbre cotidiana que los palermitanos no sólo no se percataban del estado tan lamentablemente evidente de sus cosas, sino que el desinterés por ellas ya había pasado a formar parte de su ser colectivo.

¿Seguía siendo, en el momento de la visita a Via Butera, esa desidia autodestructiva, tan criticada siempre por Lampedusa, una de los tatuajes históricos de Sicilia? ¿Seguía rigiendo el desinterés en sus ciudadanos sobre sus pocas cosas y su inmensa cultura olvidada, las mismas que delegaban en algunos representantes públicos casi nunca limpios de toda sospecha?, se preguntaba Rejón mientras caminaba lentamente junto a Sarah por Butera, en dirección al Palazzo Lanza Lampedusa. ¿Y sólo con mil hombres pudo Garibaldi, en mayo de 1860, llevar a cabo el milagro de someter y derrotar al ejército borbónico, que huyó despavorido desde que comenzó el desembarco de los camisas rojas en Marsala y siguió huyendo hasta la nada cuando al día siguiente fue derrotado en Calatafimi para proclamar la dictadura de Víctor Manuel II, rey de Italia? ¿Y qué era Italia hoy, tras casi un siglo y medio de ese hecho histórico, para los sicilianos?, seguía preguntándose en silencio Néstor Rejón mientras observaba las ruinas de las casas de Via Butera.

—Ah, Italia, Italia, señor Rejón —le había contestado D'Angelo cada vez que Rejón exteriorizaba su curiosidad—. Está..., a veces está lejos Italia..., aquí estamos en Sicilia, señor Rejón...

Y somos sicilianos..., y..., claro, somos italianos..., claro, pero somos sicilianos, ¿comprende?

No, Garibaldi solo no pudo haber hecho ese milagro, reflexionaba Rejón. Como tampoco lo hicieron casi un siglo más tarde las tropas norteamericanas con sus bombardeos y su ocupación. Hubo un gran apoyo desde dentro de la isla, una poderosa ayuda de fuerzas populares manejadas por jefes locales, sicilianos, los «muchachos» de Garibaldi, la nueva fuerza primero violenta, luego militar y más tarde —pero no mucho más tarde— propietaria de la isla; auxilio que en la ocupación de las tropas norteamericanas previa a la liberación, en la guerra mundial, encontró su paralelo en «los préstamos» de activa complicidad del capo siculoamericano Lucky Luciano, el elegante, exquisitamente bien vestido y educado jefe general de la mafia internacional, inventor de la idea y fundador de la Cosa Nostra. ¿Y seguía siendo la mafia dueña de Sicilia? Y si así era, ¿dónde podía notarse a simple vista su virulenta fuerza clandestina en la vida cotidiana de Palermo y toda Sicilia?, le preguntó, en un arranque de confianza Néstor Rejón a Demetrio d'Angelo.

—Pero, ahhh, señor mío, señor Rejón..., pero yo soy sólo un chofer..., no soy un político, ¿me comprende? No sé nada de la mafia. Todo el mundo que viene a Sicilia me pregunta por la mafia —se explayó Demetrio d'Angelo—. Incluso han llegado a comentarme algunos turistas americanos que no se habían atrevido a venir antes a Palermo por la mafia. ¿Usted se lo cree? ¿Qué le parece? Señores, qué arrogancia, ¿no, señor Rejón?, los americanos..., la mafia... ¡Con la que tienen en Chicago y en Nueva York, y tienen miedo de venir a Palermo!

A Rejón le acababan divirtiendo mucho los discursos exculpatorios de Demetrio d'Angelo. Se reía para sus adentros con las explicaciones de su chofer, con su primaria y pícara interpretación de la historia de Sicilia, con su talento para disimular cuanto podía saber y callaba en cada momento, porque sabía que no debía saberlo y por tanto tampoco podía contarlo. También en ese cauteloso silencio consistía el ser siciliano y su supervivencia.

—Claro, vienen aquí los americanos, y los llevo a ver las piedras y las ruinas de Agrigento, Selunte, Selinunte..., ¡pero si nada de eso les importa! Nada, nada, señor Rejón, todo les parece lo mismo, un par de fotos para cada turista delante de las piedras, ¡como si no tuvieran siglos en su memoria!, ¿no? Y nada de edificios históricos, ni nada más. *Pizza al pomodoro*. Pasta, pasta, sólo quieren comer pasta, *spaghetti al pomodoro*, macarrones *al pomodoro*, pasta, pasta, pasta. Nada más que pasta *al pomodoro*...

Sarah d'Allara se enfurecía a veces por esa confianza de Rejón con su chofer. Ella también era siciliana y podía explicarle mejor y sin tantos misterios de dónde vino la mafia, por qué se hizo fuerte en Sicilia, por qué se convirtió en una de sus raíces primordiales. Y por qué extendió su poder por todo el mundo americano... Ella podía contarle todas estas historias y leyendas de gatopardos, gángsteres y mafiosos, Corleones, Prizzis y tantos otros apellidos famosos, sin que esa conversación tan improcedente, que podía tornarse además algo peligrosa en público, tuviera que salir de la intimidad de La Cúpula. Néstor Rejón debía saber que la mafia fue, en origen, parte de la herencia que legó a la isla el liberalismo siciliano. Y todo eso tenía que ver con España, con el país de Néstor Rejón. Y con los Borbones. Y con la traición que los Borbones llevaron entonces a cabo contra Sicilia, incumpliéndole la palabra dada a la caída del feudalismo. 1812, todavía. ¿Le sonaba esa fecha crucial a Néstor Rejón? La Pepa, Cádiz, la Constitución liberal en España, la misma que liquidaron años después las clases dirigentes españolas, hasta el punto de que algunos liberales tan relevantes como Goya y Marchena tuvieron que escaparse del país. Se fueron a morir al exilio. ¡A Francia! De modo que él se creía que sólo fue en Sicilia el grave error... ¿Y acaso no hubo en España una clase dirigente que urdió la trama histórica del «¡Vivan las caenas!», contra el liberalismo, contra Napoleón, en definitiva, contra Europa?

—¿Cómo interpretas la decadencia lamentable de España durante dos siglos, las guerras carlistas, la guerra civil de Franco, el exilio republicano, cómo lo interpretas tú? —casi le gritaba Sarah d'Allara, fulminantemente hermosa.

En ese estado de excitación, Sarah se volvía mucho más bella, sus cejas encendidas por la pasión del discurso. Y una copa de vino blanco del Rin en su mano derecha, blandiéndola Sarah al aire como si fuera una espada de fuego a punto de hacer justicia contra las mentiras históricas. Jugaba con golpes nerviosos de su cabeza, echaba hacia delante su barbilla, los ojos abiertos disparando ascuas sobre Néstor Rejón, divertido por dentro el buscador de oro, dibujando esos gestos de altivez de Sarah en su mente el artista para llevarlos después a la música volcánica que componía en su estudio de La Cúpula durante sus horas de trabajo. ¿Intentaba interpretar Sarah, en esas tenidas de los dos hasta altas horas de la noche, botella de vino blanco tras botella de vino blanco, el papel de Elizabeth Taylor frente a Richard Burton en *Who's Afraid of Virginia Woolf?* En todo caso, lo hacía muy bien. Y Rejón se divertía viéndola galopar sobre sus propios criterios y combatir contra los molinos de viento que ella misma iba inventando en sus discurso para seguir a galope tendido hasta la victoria final...

—Dime, artista, venga, dime un cambio inteligente en tu país desde 1812 hasta que se murió Franco. Uno sólo. No intentos a remolque de Europa, no esfuerzos melancólicos de una minoría intelectual, eso no. ¡Un cambio contundente, sólo uno! No, no, no. Ninguno, siempre espadones y banqueros..., y la omnipresente Iglesia católica... ¿de modo que «cambiar todo para que todo siga igual» es sólo gatopardino y siciliano, eh? —gritaba Sarah, excitada, arremetiendo contra Rejón.

El artista debía saber de una vez que la lucha entre los Borbones y Sicilia a partir de 1812 formaba parte de la decadencia de España: su incomprensión de Europa, la soberbia histórica de los conquistadores de América al mirar hacia Europa. Pero así eran Sicilia y los sicilianos, una sola Sicilia y, todos juntos, un solo siciliano cuando se les faltaba a la palabra de honor que les habían dado. Y todas sus clases sociales, incluida la feudal, incluida la aristocracia, incluidos los propietarios y las clases populares, siempre terminaban por ponerse de acuerdo para usar e incluso abusar por su cuenta de la justicia sin tener en cuenta a un gobierno que abusaba mucho más de esa misma justicia. Si no siempre, casi siempre. De manera que cuando llegó Garibaldi, incluso cuando hubo que hacer una revolución, cambiar las cosas, ¿entendía Rejón lo que ella le estaba diciendo?, cuando las tropas americanas tenían que entrar en Sicilia para su liberación, bueno, se reclamaba la presencia de esos «muchachos» valientes, ¡la reclamaban las autoridades!

—Ése es uno de los orígenes de la mafia, para que te enteres, español bruto —le gritaba casi exhausta Sarah d'Allara, encendida de furia—. Bueno, eso es lo que mantiene el duque Colonna de Cesaró, que de estos asuntos turbios sabía mucho más que otros estudiosos y diletantes. De esta manera tan patriótica y garibaldina se convirtieron en héroes temidos y respetados infinidad de personajes mafiosos y delincuentes comunes.

—Ahhh…, la mafia —le contestaba Demetrio d'Angelo con sorna redomada a Rejón, cuando el ingeniero le preguntaba qué era la mafia, dónde estaba la mafia, dónde podía él ir a verla, a hablar con ella siquiera unos minutos—. Señor Rejón, la mafia está lejos, ¿usted sabe…?, si quiere verla tendrá que viajar… a Roma. Y Roma… está muy lejos, ¿me comprende?

Mejor que nadie, Sarah d'Allara le había empezado a explicar a Néstor Rejón los misterios de la mafia a partir de la lectura de *El Gatopardo*.

—¿Recuerdas cuando llega de la Península un embajador del gobierno, un hombre bueno, Chevalley, para pedirle al príncipe de Salina que se incorporara al gobierno de Turín? —le preguntó a Rejón para seguir hablando sin esperar su respuesta—. Bien, es Tancredi Falconeri, el joven aristócrata garibaldino, el ahijado del Príncipe, su sobrino predilecto, quien se divierte asustando brutalmente al bueno de Chevalley. En la reunión, tras la cena en el Palazzo de Donnafugata, Falconeri disfruta contándole crímenes e historias de terror, sucesos terribles que tienen lugar todos los días en estas tierras sicilianas. Y Chevalley, al que le ha costado tanto esfuerzo llegar a Donnafugata, tanto que cree que más allá de ese lugar tan lejano de la civilización a la que él pertenece no hay más que mar, desierto y África, se asusta porque Falconeri le está contando la costumbre de vivir y matar, la manera de ser de los sicilianos, ¿comprendes? El joven es, en realidad, el gatopardino. Aristócrata y garibaldino al mismo tiempo, ¿lo entiendes ahora? No es una contradicción en sus propios términos, sino la imagen aparentemente contradictoria de una fusión histórica necesaria, el mismo que le anuncia al príncipe de Salina que en Sicilia es preciso que todo cambie para que todo se quede como está. Él es el encargado de explicarle a Chevalley, un enviado del Gobierno piamontés, los usos y costumbres de los sicilianos…

Esos palacetes de Via Butera, a los que habían llegado al mediodía en su primer peregrinaje a Lampedusa, habían pertenecido exactamente a la estirpe de los verdaderos gatopardos, al bisabuelo del escritor y último Gatopardo, Giulio Tomasi, el astrónomo, el príncipe de Salina en la novela, tan amante de la abstracción, tan intelectual, en un mundo donde la reflexión no significaba más que una pérdida de tiempo, una inutilidad. ¿Había sido Lampedusa consciente de los bucles que había tatuado con su escritura sobre la historia de su familia y Sicilia?, se preguntaba entonces Néstor Rejón, delante mismo de la derruida fachada novecentista del Palazzo Lanza Lampedusa. ¿Se había percatado el intelectual aristocrático, el hombre abstraído de todo lo que no fuera la lectura de libros literarios e históricos, el novelista de una sola novela, se había dado cuenta en la absoluta soledad de su escritura, ejecutada casi clandestinamente entre las fugaces horas del Círculo Bellini y su casa de Via Butera, de que en su interpretación del mundo había hecho coincidir la memoria de su familia y la historia de toda Sicilia con su propia literatura? Seguramente ese gran talento fue lo que llegó a molestar tanto a los popes de la *intelligentsia* italiana que manejaba todo el campo de la cultura y la literatura, y la influencia editorial, y el prestigio social de los intelectuales de mediados de siglo, hasta el punto de impedir una y otra vez la publicación de la novela. El príncipe de Salina tuvo una gran parte de razón al desconfiar del mensaje que el gobierno le hacía llegar con Chevalley. Sarah d'Allara se sabía de memoria toda la novela de Lampedusa, pero le gustaba especialmente recordar y recitar esa parte del libro.

—«El sueño, querido Chevalley, el sueño es lo que los sicilianos quieren» —le habló en voz alta Sarah a Rejón, ante la fachada del Palazzo Lanza Tomasi—. «Ellos odiarán siempre a los que los quieren despertar, aunque sea para ofrecerles los más hermosos regalos»... Y la despedida, lo que le dice Fabrizio de Salina en la despedida a Chevalley, la descripción de lo que él cree que es el temperamento colectivo de Sicilia, un infierno físico e ideológico donde los viejos gatopardos ya deben dejar paso a los jóvenes. Así se lo dice como última despedida a Chevalley, de quien se ha hecho tan amigo en muy poco tiempo. «Todo esto no tendría que durar, pero durará siempre. El siempre de los hombres, naturalmente, un siglo, dos siglos... Y luego será distinto, pero peor. Nosotros fuimos los Gatopardos, los Leones. Quienes nos sustituyan serán chacales y hienas, y todos, gatopardos, chacales y ovejas, continuaremos creyéndonos la sal de la tierra.»

SIETE

Berta Solán nunca llegó a desvelarle al buscador de oro la veracidad de ninguno de los amores pasionales y secretos que, desde su regreso de América, Rejón había sospechado que ella mantuvo en Madrid durante su ausencia, el tiempo en que, como un poseso, se abismaba en las minas de Colombia, tras espejismos dorados que ella detestaba hasta llegar a odiar aquellas tierras.

En el interior de la mina, en los largos ratos en los que se quedó solo, lejos de la presencia y los consejos de Figueroa, solo ante la nada que se abría en lo más hondo, Rejón escuchaba los golpes de su propio trabajo retumbando en el vientre oscuro de la tierra. Y cuando el eco de su respiración agitada rebotaba en las paredes de la mina y el sudor raspaba su cuerpo con los nervios de punta, a flor de piel, en la oscuridad profunda de los pozos de Corocito, Rejón olisqueaba con tal tesón la tierra, la roca, el barro, el agua que caía desde las techumbres y el vapor caluroso del minúsculo cubículo donde se movía, que había terminado por desarrollar una exagerada musculatura olfativa y una tal fe en ese mismo instinto que a veces le nublaba la reflexión y el sentido común. Además, llegó a la subjetiva conclusión de que ese privilegiado olfato suyo, cuyos mecanismos funcionaban como un radar incluso cuando estaba adormilado o quizá entregado a la molicie del despiste, nunca iba a engañarlo, como podía hacerlo la gente. Como podían hacerlo las mujeres: jugando con él. Cruelmente, de parecida manera a la que él, sin apenas darse cuenta, jugaba con ellas. Como lo hizo Carmen Zárate. Como podía haberlo estado haciendo en su ausencia Berta Solán. Sin que él lo sospechara hasta regresar a Madrid.

Al entrar en esas galerías donde Berta Solán era la única protagonista de sus recuerdos, el único oro con el que se obsesionaba la cabeza de Néstor Rejón, relegaba al olvido cuantos acontecimientos, según su propia idea de las cosas, no tenían que haber sucedido en Colombia. Por ejemplo, no tenía que haber sucedido nunca Carmen Zárate, nunca tuvo que haberla conocido, jamás haberse apasionado tanto por aquella pelambre de ardiente mujer joven que había acariciado con tanta lúbrica ansiedad en la penumbra de la habitación del Tequendama. Nunca tuvo que saber nada de ella y, por lo tanto, la olvidaba cada vez que asomaba a su memoria una vez regresado a Madrid, hasta el punto de llegar a convencerse de que todo cuanto habían vivido juntos era pura fiebre de su imaginación, puro sueño, una suerte de estancia en la fantasía que se había tatuado entre sus fantasmas hasta alcanzar la viva dimensión de un recuerdo de carne y hueso. Pero allí estaba la escultura que había dibujado en honor de su memoria, en honor de la pasión de los dos. Allí, en su propio recuerdo, respiraba vívido el regalo que le había enviado a Carmen Zárate a su casa del norte de Bogotá, unos años después de su boda con Pancho Salazar, cuando ya él había regresado a Madrid.

No sabía si era un sarcasmo la joya alegórica, recordatorio de tantos secretos que no habían sucedido porque los habían relegado al silencio absoluto, o si era el pago de una gran deuda aquella pequeña escultura que Rejón tituló *Ojos indios viendo desde las sombras el universo*, la esfera de una Tierra redonda en oro macizo, dibujada en una caprichosa geografía donde territorios inventados por Rejón doblegaban y sobresalían en relieve de continentes, mares, islas, lagos, desiertos y selvas conocidas. Como si otro dios distinto al Hacedor original de la vida hubiera recreado un nuevo universo donde era visible el rostro de una hermosa mujer que miraba con hipnótica fijeza desde el centro de la Tierra hacia fuera, hacia quien la estuviera admirando en cada momento, como si se estuviera mirando en su propio espejo.

Antes y después había estado junto a él Berta Solán, en carne y hueso de verdad. Y no iba a contarle, a ella precisamente, porque ese desliz hubiera sido el derrumbe suicida de la mina entera, el descarrilamiento del tren de su pesadilla cayendo desde lo alto del puente hasta el fondo del río, lo que recordaba haber vivido con Carmen Zárate. Ese sueño dorado de Colombia iba a guardarlo sólo para su olvido, hasta hacerlo desaparecer o dejarlo reducido a la más mínima y desdibujada expresión, una cicatriz sin relevancia, un simple gaje del oficio del minero del oro en su búsqueda del tesoro. Un fracaso del que nadie tendría por él nunca noticia alguna.

Ahora, de regreso a Madrid, como un acceso febril crecía en Néstor Rejón la sospecha de que Berta Solán no había estado siempre sola durante su ausencia. Lo estaba detectando con toda nitidez su olfato, de cuyas advertencias hacía tanto caso. A pesar del disimulo, se lo estaba retratando la mirada huidiza que se dibujaba con demasiada frecuencia en el incipiente estrabismo de los esquivos ojos de Berta Solán, tan bella como antes de que Rejón se marchara a Colombia. Y tan enigmática como cuando el estudiante de ingeniería la conoció por sorpresa, en uno de los rituales tumultuosamente festivos de los estudiantes de Madrid. Los tiempos de los Beatles y Elvis Presley, el momento de Jacques Brel, Léo Ferré e Yves Montand, las lecturas de Camus. Tantos mitos enmarañados en el sueño anticipado de la libertad, vivido con antelación en los años donde la exaltación sexual podía suplantar y representar todo el oro del mundo, para él sin recato, con discreción para Berta.

Ése había sido de verdad el tiempo de la eternidad, la juventud, el único momento de toda la vida en que, en un solo instante, ellos dos, Berta Solán y Néstor Rejón, habían podido robarle el fuego del oro a la mala costumbre de seguir una y otra vez la orden constante de las costumbres. Ese tiempo de los dos, al unísono, coincidió con el instante de eternidad de ambos, de modo que ninguno pudo llamarse a engaño, ni fabricarse la coartada del embuste. Lo que realmente valía para los dos en ese momento era la coincidencia de sus tiempos y abandonar cuanto iba quedando atrás como las sobras del banquete, para entrar en otro ámbito nuevo, los dos sin contarse nada de sus amores ausentes. Como si hubieran estado ellos dos ausentes de amores.

—Siempre hay otros hombres, siempre hay otras mujeres —le dijo a Berta Solán a los cuatro meses de llegar a Madrid, a los pocos días de haberse casado con ella, a pesar de que siempre intuyó que Berta Solán no era el oro de su vida ni la visita de Dios que estaba esperando.

Berta echó sobre el rostro de Néstor una bocanada del cigarrillo Camel que estaba fumando. Era una de sus maneras de llamar su atención. Lo miró distante. A la expectativa. ¿Se disponía Néstor a contarle algún secreto? O, por el contrario, ¿se encerraba en esa frase la sospecha de alguno de los secretos de ella? No le contaría nada. Ella lo conocía bien. Néstor sólo estaba echando las cartas sobre la mesa, sólo estaba barajando su juego en el enigma verbal que podía contenerlo todo o podía sugerir el dibujo de la nada. Para ver las cartas de ella. Según Berta, Néstor siempre lo quería todo a cambio de nada. Según Néstor, Berta no pedía claramente nada aunque, con toda ambigüedad, lo buscara y lo deseara todo para ella. Exclusivamente para ella. Pero ¿quién había ganado en el primer envite?, ¿y quién había corrido con los riesgos de hundirse en la mina, quién le había llevado la contraria a la costumbre de seguir la costumbre y de no aventurarse a nada, para asirse como a un clavo ardiendo a la mezquina certeza del funcionario vitalicio? Según Néstor, ella no había corrido más que un riesgo: perderlo a él. Mientras que él, además de perderla, ¿qué riesgos había corrido con su audacia?

Durante su estancia en Colombia, tuvo la fe necesaria y la suerte que le había reclamado su trabajo. Y acabó por saber del oro, por intuirlo de cerca sólo con su instinto olfativo. Terminó por atraerlo, como si él mismo fuera un artefacto siempre en guardia que detectaba dónde estaba el metal soñado. Acabó por encontrarlo en el fondo de la mina, una pequeña fortuna con la que regresó a España para inventar su negocio de oro, para montar el estudio desde el que saldrían las primeras esculturas únicas de su solidez artística. Esa tarea ya hecha vendría a representar para Berta Solán y Néstor Rejón, y para los hijos que vinieran de su matrimonio, una cierta tranquilidad económica. Quizá unos primeros años de solvencia tras las estrecheces de estudiante. Ésa fue la situación. Néstor Rejón había ganado el envite, aunque Berta no interpretaba ni recordaba que las cosas fueron como las podía contar Néstor. Ella se había sacrificado, se había quedado sola en Madrid, trabajando en colegios e institutos, haciendo unos ahorros para el futuro común. Y girándole a Colombia el dinero que, según Néstor, le faltaba para mantenerse en la mina. Porque sus ingresos eran mínimos y volaban a ninguna parte sólo en un par de días. Eso sostenía Néstor Rejón con angustia de menesteroso en sus cartas desde el lejanísimo campamento minero de Corocito, según Berta Solán iba a recordar para siempre, desde antes de casarse con Néstor Rejón, cuando su rencor no era más que una sombra oculta por la luminosidad de la ilusión, y después del divorcio, catorce años más tarde, cuando sólo el nombre del triunfador Néstor Rejón, invocado en público y privado como un gran artista del oro por todo el mundo, desencadenaba en ella el insufrible sentimiento del rencor que trataba de disimular, sin conseguirlo, con la máscara del desprecio al ególatra. De modo que, para Berta Solán, ella era la que lo había arriesgado todo. Se había arriesgado por él, y sólo por él, mientras que el riesgo de Néstor residía en la misma aventura, en la audacia y en la suerte. Sobre todo en la buena suerte de conseguir el oro, la búsqueda enloquecida del oro del que le había hablado con tanta fe, con tanta pasión, cuando se encontraron por primera vez en la fiesta estudiantil y a ella le pareció un demente que se le presentaba disfrazado de actor borracho, poseído por sus ensoñaciones de fama y riqueza.

—Néstor Rejón, buscador de oro, a tu servicio —recordaría siempre Berta Solán.

Así, tan teatral, con un golpe de tacones, en posición de firmes y agachando reverencialmente la cabeza, se le había presentado el estudiante de minas. Le llamó la atención la aparente seguridad del muchacho, hasta conseguir que abriera de un golpe su interés por él desde ese mismo momento de la fiesta. Nunca le contó Néstor, ni en los más eufóricos momentos de su intimidad, que hubieran existido otros amores anteriores a ella. Tampoco le dijo jamás si tuvo alguna vez, una sola vez o durante una temporada clandestina, amoríos con su íntima amiga, Rosa Moral, la compañera más cercana de Berta Solán, su hermana de estudios, soledades y confidencias. Alcanzó a sospechar que podía estar sucediendo algo que se le escapaba de sus sentidos y su comprensión tras un viaje de Néstor a París. ¿Cuántos días fueron?, ¿cinco, seis, una semana? A la vuelta le dijo que había visto por casualidad a Rosa Moral, y nada de extraño en principio le pareció a Berta la oculta musaraña que flotaba en aquella confidencia tan inocente a primera vista. De manera que, cuando las sospechas arreciaron en su alma al volver Rosa Moral a Madrid tras las vacaciones de Semana Santa, y notó la distancia que la Parisina Roja había puesto en su amistad mutua, llegó a pensar que no se habían encontrado en París por pura casualidad. No había sido un encuentro fortuito en una ciudad enorme, uno de esos raros golpes de suerte que se repetían en la vida de Rejón como si fuera una costumbre de su forma de ser. Nunca le preguntó por esos amoríos que se le clavaban en su soledad como alfileres en su propia carne, pero recordaría para siempre la manía persecutoria de Rejón por volver una y otra vez sobre pasiones imaginarias que Berta Solán no reconoció jamás que hubiera vivido con nadie.

—Eres un coqueto irredimible. Esos amores míos... te los inventas todos, te gusta jugar con fuego. Pero ¿qué tendría de malo que antes de conocerte a ti hubiera tenido otros amores? —le preguntaba, también juguetona.

A Néstor Rejón le gustaba jugar con las peligrosas musarañas que generaban sus pasiones juveniles. Le gustaba jugar con el vértigo de los celos que cultivaba con aparente descuido.

—Nada, claro que no. No tendría nada de malo —le contestaba él—, pero lo peor es lo peor, no lo malo. Y lo peor es que, sin ser nada malo, me los ocultes, y trates de convencerme de que no hubo imbéciles que te amaron antes que yo.

Ella no quiso entregarle nunca, en todos sus años de convivencia, el fondo cerrado de su alma. Por muchos intentos que hizo y mucha voluntad que puso en ese objetivo, en ningún momento Néstor Rejón llegó a ver por completo ese desnudo único del alma de Berta Solán. Desde que decidió marcharse a Colombia, ella se había jurado no entregárselo jamás, no dejarle ver nunca el lado de su alma en el que se generaban sus verdades, sus miedos, sus pasiones reales, el oro que seguramente Rejón tenía tan cerca a pesar de estar torpemente buscándolo tan lejos. Sí, la habían amado imbéciles antes que él. Seguramente eran imbéciles, como Rejón sostenía provocando la reacción de Berta. Seguramente la habían amado imbéciles mientras estuvo con él y después que el príncipe del oro huyó de su lado dejando tras de sí la estela de su egolatría. Pero nunca por ella sabría nada de esos imbéciles, nada le contaría de ellos, ni de verdad ni de mentira, porque había decidido que él cargara toda su vida con esas sospechas, que Néstor Rejón por sí mismo fuera levantando una tras otra las cartas de los indicios que debían conducirlo a las certidumbres que tanto parecía desear tener y temer. Que sacara sus propias consecuencias, sin poder trasladárselo a nadie, ni a ella misma. Siempre hay más mujeres, siempre hay más hombres, repetiría durante mucho tiempo el eco de las palabras de Rejón en el recuerdo de Berta Solán.

Había tenido razón Néstor Rejón desde entonces, desde el tiempo de la eternidad, en la plenitud de una juventud que jamás pensaba que ese instante iba a terminarse en un soplo, como si todo se hubiera vivido dentro de un sueño que cesaba de repente, en el instante mismo en que se perdió también de repente la díscola eternidad de esa misma juventud. Había tenido razón Néstor Rejón, siempre había más hombres, siempre hay más mujeres. Más sombras y recuerdos de hombres, más tatuajes y cicatrices de mujeres. ¿Y no era ésa realmente la más clara certeza de las que manejaba en su discurso el príncipe del oro?, se preguntaba Berta

Solán, reflexionando hasta muchos años después de su separación de Néstor Rejón gracias a la actriz, la odiada actriz que, según ella misma, había sido la gran responsable de la huida hacia delante de Néstor Rejón, la única culpable de que el buscador de oro la hubiera abandonado definitivamente tras tantos años de matrimonio.

Nunca le divirtieron a Berta Solán las aventuras del buscador de oro, le parecieron siempre un rasgo de su personalidad infantil, propias de un carácter malformado, de caprichoso insaciable. Jamás le gustaron sus frivolidades con otras mujeres pasajeras, ni cuando vivieron juntos ni después, cuando tomaron la decisión de separarse. De común acuerdo. Aunque fuera el artista quien decidió fugarse, un día que se atrevió a terminar con el infierno doméstico donde se quemaban los dos como pavesas. Había que dejar claro que la separación lo era de común acuerdo, de modo que nadie se iba antes de nadie, sino los dos a la misma vez. Nadie abandonaba a nadie. Aunque hubiera más mujeres detrás o delante. Aunque hubiera más hombres en cualquier otra parte. Eso tenía que quedar claro, por escrito, en público, ante la gente, en los juzgados. Para siempre.

Nunca le divirtieron a Berta Solán las noticias mundanas de su ex marido, nunca tampoco le fueron indiferentes. Sucedía que el rencor lo nublaba todo, ésa era su verdadera certidumbre frente a las muchas dudas de Néstor Rejón. No el resentimiento por el abandono, ni siquiera la callada ilusión que llegó a alimentar con tanta torpeza durante años por un regreso que nunca se cumpliría, sino el rencor, un mineral mucho más duro que el oro, más valioso para la vida que el mismo dinero, un tesoro para resistirle a la soledad y a las sombras que tantas veces le caían encima a Berta Solán. ¿Y a quién no le caían de vez en cuando esas sombras u otras parecidas, esas humedades sórdidas en cuyo trance cualquier marinero, por experto que fuera, extraviaba el timón y se dejaba llevar por las olas frenéticas del fracaso hasta darse el golpe mortal contra los acantilados?

Ella no se había dejado nunca dominar por ese oleaje tan suave como engañoso, y por eso estaba allí todavía, lejos de Rejón, a mucha distancia de sus triunfos y de su vida, de su egolatría y de los viajes en volandas de su fama por todo el mundo, ausente de sus exposiciones de oro en Barcelona, Londres, Roma, Nueva York.

Estaba allí, sin embargo, a dos pasos, a sólo unos metros, gracias al rencor del que se alimentaban sus peores y más dolorosos recuerdos. ¿Por qué esa tan mala prensa del rencor, de dónde venía esa equivocación tan obstinada, por qué rechazaban el rencor?, ¿no sabían las buenas gentes que sufrían tanto, porque las abandonaban quienes más querían, que el rencor era la mejor gimnasia para no permitir que la mala memoria entrara hasta el fondo del alma a devorar los recuerdos, lo único que le quedaba ya de él? ¿Y las hijas, no eran de él? Nunca lo serían del todo, según se decía a sí misma Berta Solán. Aunque realmente lo fueran. Es decir, siempre serían mucho más de ella misma que de él, para eso las había traído al mundo. Sus hijas eran mucho más de ella, mucho más que del artista del oro, que no era más que su padre. Es decir, que podía ser o no su padre, que se quedara también con esa duda. Y que, en todo caso, si quería superarla, ahí estaban a su disposición las pruebas científicas, un tipo tan arriesgadamente valeroso como él no tendría mayores dificultades ante ese hipotético patíbulo. Era fácil salir del enredo. El buscador de oro, al que tanto le atraía la aventura, tendría que someterse a esas pruebas y así obtendría la certidumbre de la que carecía con respecto a sus hijas. ¿No había corrido Néstor Rejón tantos riesgos en su vida, no había apostado siempre sin miedo a la carta más alta, a un solo tiro, a un golpe único, sin fallar en ninguno? ¿Qué podía importarle entonces otro pulso con el azar para conseguir una vez más la certidumbre, el laurel de oro, el triunfo del buscador, la corona del vencedor en la gesta de la vida?

Hubo un largo tiempo en que Berta Solán bebió sola y hasta emborracharse todos los brebajes del rencor. Se culpaba de su error, haberse casado con Néstor Rejón cuando ella misma había dudado siempre de esa unión. Durante ese largo tiempo, trató de divertirse con quien le daba la gana en cada momento. Aunque no estuvieran a su altura. Y mejor, mucho mejor si no estaban a su altura. O intentó demostrarle a todo el mundo, a la gente que la había conocido antes sólo como la mujer de Néstor Rejón, que se divertía con quienes le venía en gana cuando quisiera. Seguía siendo una mujer hermosa, deseable, enteramente viva. Y era una señora, ahora completamente libre y sana, sin peso alguno sobre sus espaldas, porque la enfermedad que le amargaba la vida había por fin huido de ella para entregarse como un imbécil más a la actriz de la Madison Avenue. Le importaban muy poco, y lo repetía a quienes querían escucharle sus cuitas, las virtudes que le viera a la actriz que no tuvieran otras que ella le había conocido antes.

—Con lo que este hombre ha tenido en la cama en sus correrías y aventuras y… miren con lo que ha ido a parar, con una actriz que no terminaba de saber hablar en escena —se divertía Berta Solán bebiendo su propio rencor hasta el amanecer de las cenas, las juergas, los bailes.

¿Acaso no tenía ella derecho a esa actitud, mientras Néstor Rejón se exhibía en público con aquella pésima Bette Davis de bolsillo, que ni siquiera fue capaz de triunfar en las pasarelas de moda donde compuso los primeros y más ridículos compases de su fracaso? Pero Néstor Rejón la había abandonado por una actriz, una aventurera que quemaba su mínimo talento en las noches de Madrid, de boîte en boîte, de sala de fiestas en fiestas de salas. Hasta que conoció a Néstor Rejón en Nueva York y todo cambió para ellas. Para la actriz y para Berta Solán.

Entonces apareció el rencor. En los recovecos de su alma femenina apareció un aire nada inocente de superior supervivencia que había estado allí agazapado, como en letargo. Apareció un animal salvaje, de piel de paquidermo y larga mudez, que hibernaba en las sentinas de su alma, una especie de viscoso tumor durmiente que despertó del todo el mismo día en que Rejón abandonó su casa de Madrid. Un huésped incómodo ese animal salvaje que se le fue haciendo necesario para su propia respiración cotidiana. Le aconsejaba qué hacer en cada momento, dónde aparecer y dónde no, a qué jugar hoy o cómo lograr el apetito y la curiosidad del artista por ella. Llegó a importarle poco la existencia de otros hombres en su vida, esos tipos, imprecisos, charlatanes, vacuos, muñecones superfluos que pasaban por allí, por un rato de su vida, y comían o dormían en su casa un par de días. Pero nunca se quedaban. O ella terminaba por echarlos sin querer confesarse la verdadera razón de un fracaso tan repetido. Llegó a importarle tanto la presencia de otras mujeres en la intimidad de Néstor, porque el rencor filmaba todo el tiempo cada instante de su vida, seguía con su cámara implacable enfocando cada aparición pública del artista, cada secreto a voces de la vida del príncipe del oro, como un policía siempre al acecho, persiguiendo las huellas de cada paso que daba Rejón, con la actriz o con otras mujeres.

Años enteros se pasó Berta Solán en esa tarea de ficción, como si no se diera cuenta de sus borracheras y del tiempo que corría a su alrededor con la fluidez del éter vaporoso. Hasta que un día, quizá por pura casualidad, se quedó varada unos instantes de más ante el espejo de su alcoba. Se extrañó del cuidado que había puesto de repente al mirarse entero el hermoso cuerpo que hasta las puertas mismas de su madurez había amado con tanta locura Néstor Rejón, el cuerpo de la mujer joven y desnuda que había sido bellísima, y que ahora mismo lo seguía siendo. Bellísima aunque ya nada joven, sino entrando en un mundo incógnito que no había previsto su consejero, el rencor, ese canalla despistado y posesivo que andaba siempre en la guerra, a picotazos contra el enemigo, fotografiando cada uno de sus errores, riéndose a carcajadas del adversario. Asombrada del hasta entonces inadvertido paso del tiempo por su piel, Berta Solán caminó hasta su armario y buscó en la gaveta de sus intimidades la más fina y exquisita pieza de su lencería, la que atesoraba para las ocasiones de gran lujo. Él había estrenado esa ropa suya, la había besado y mordido, la había acariciado. Y había humedecido su piel con esa lencería negra sobre su cuerpo. Lo recordaba hirviendo de locura sobre su piel, con la respiración a punto de estallarle el corazón, los movimientos rápidos y audaces de sus manos recorriéndola entera. Y ella, su cuerpo tembloroso, se recordaba a la expectativa, dejando que él llegara a creerla dominada.

Berta Solán pensaría siempre igual de los hombres. Sabía que el gran ignorante desconoce casi todo: vive feliz como un dios ese instante de pasión porque está convencido de que domina el cuerpo de la mujer que ama en ese momento. Se siente ídolo de sí mismo, idolatrado además por el temblor que provoca en el cuerpo de la mujer. Lo está viendo en los ojos de pasión que la mujer le devuelve ante sus furtivas miradas. Y aunque se le pase por la cabeza que esa mujer, cuya garganta no puede dejar de reprimir sollozos de placer y cuyo cuerpo tiembla de fascinación bajo el dominio del cuerpo del hombre poderoso; aunque se le ocurra en ese instante de tensión que esa hembra exagerada que aculebra su cuerpo para él, que dobla el cuerpo y lo contorsiona para él, en realidad puede estar fingiendo al menos en tres de las cuatro partes de su actuación, el hombre, el gran ignorante, huye de tal hipótesis, incapaz de planteársela. En la pasión sexual, él es incapaz de fingir incluso cuando miente de amor. A pesar de que no quiera a la mujer que desea, no sabe fingir que no la quiere, que sólo la desea. Como la desea sólo para él, posesivamente, no sabe fingir que no la ama. Pero ella sabe bien todo cuanto él se empeña en ignorar. Porque ella sabe casi siempre ver el mundo con la sensibilidad y la mente de él, aunque ese mismo él no sepa ni intente jamás, ni se lo proponga nunca con seriedad, sentir el otro sexo como siente el suyo. Por eso pocas veces el hombre entra en el juego total. Se duerme. Con la excitación erótica, ella puede enamorarse con toda la pasión de su alma, pero nunca va a ignorar que ella es ella y no él. Pero él, seducido por la misma hazaña de la conquista, cree que ella ya es él también. Y que ella sólo puede ser como él cuando está con él.

Ante el espejo, Berta Solán cobró de repente conciencia de la edad. Y de la importancia de las pérdidas que le traía su edad madura. Se miró sorprendida, como si no fuera ella quien se estaba examinando con tanto detenimiento. Girando a un lado y a otro el cuerpo sobre sí mismo, sonriéndose con ligereza, como si estuviera sonriéndole a alguien que no era ella precisamente, coqueteó con un asomo de tímida lascivia. Se acarició el cuerpo por encima de la sedosa lencería de lujo, cerró los ojos y volvió a abrirlos. No lloró, ni se avergonzó del rencor que había sentido todos esos años contra Rejón y su memoria. Entendió que más que usar del rencor, había sido aquel exigente servidor quien había abusado de su confianza hasta atarla de pies y manos en cada una de sus acciones, durante todos esos años. Y concluyó que el rencor era la sombra del propio Néstor Rejón atosigándola, persiguiéndola, no dándole el más mínimo reposo ni un solo instante de todos esos años perdidos. Ante el espejo, Berta Solán se despertó de pronto de la pesadilla del rencor y se vio tal cual era, una mujer madura en cuyo cuerpo había entrado desde hacía bastante tiempo la crueldad de la decadencia física. Irrefrenable, el deterioro se asomaba a las esquinas de la piel donde la vista de Berta Solán no había llegado hasta entonces, entretenida como estaba con el animal salvaje del rencor. Se miraba con detenimiento suicida y observaba los desastres del tiempo sobre su piel. Se olía la piel, se tocaba la piel. Y la piel le marcaba la pérdida del poder físico, la piel ajada en los rincones más secretos, en los pechos, en el vientre, en los muslos, en las nalgas, en los brazos, en los codos, en la barbilla, la piel no cayéndose pero arrugándose ostensible, obscena y rápidamente en todo el cuerpo. Esa misma enfermedad del tiempo instalándose con toda su crueldad en el cuerpo de una mujer hermosa la había visto muchos años atrás en su madre. Y ahora Berta Solán sentía la evidencia de ser ante el espejo el recuerdo de su propia madre, su madre vieja, el cuerpo de su madre avejentándose en el suyo, asemejándose los dos cuerpos, el suyo, que tanto amó Néstor Rejón en otro tiempo, y el de su madre, el mismo suyo en el que ahora, de repente lejos del rencor, detectaba con todo detenimiento las huellas de la edad.

Con cierta resignación Berta Solán devolvió a la gaveta la lencería de seda negra que se había puesto ante el espejo para descubrir la verdadera edad de su cuerpo en aquella imagen que era ya su propia madre. Abandonó la alcoba y salió al desierto salón de la casa. Allí, sobre la mesita de caoba del rincón, estaba la escultura mágica del artista del oro, la pieza única, la que Berta Solán se había negado hasta ahora a que fuera exhibida en público, en ninguna exposición del escultor de oro. Sólo existían de ese tesoro fotografías y diapositivas en algunos libros artísticos. Y las dos réplicas que Rejón trabajó con el mismo oro supremo del original, joyas gemelas que había regalado a sus dos hijas el mismo día que se presentó por sorpresa en la casa de Berta Solán para entregarle personalmente *Las manzanas del cielo*, dos frutos de oro perfectamente cincelados por la mano del artista, la piel de las manzanas sin mácula alguna. La piel de las manzanas del cielo, la piel misma de Berta Solán en el recuerdo de Rejón, las manzanas del amor marchito dentro de una caja abierta de oro macizo dibujada por Rejón con un cuidado tan riguroso como extremo.

—No, nunca saldrá de mi casa —le contestó Berta Solán a Rejón cada vez que el artista le pidió la escultura—. Tú me la regalaste y nunca saldrá de mi casa. Ni para una exposición ni para ningún otro capricho tuyo...

Pero al final había cedido. Sólo cuando la indiferencia, o algo muy parecido a ese mismo sentimiento, comenzó a aposentarse con calma en sus recuerdos, tras desalojar poco a poco la violencia del rencor, Berta Solán permitió que *Las manzanas del cielo* se exhibieran en la retrospectiva de Rejón en el Majestic. Con la expresa condición de que en la ficha de identificación de la obra figurara la verdad, que era propiedad de Berta Solán. No, ella no iba a aparecer por la exposición de Barcelona el día de la inauguración, ni aunque el artista se lo pidiera de rodillas, ni aunque fuera una de las invitadas especiales al acontecimiento. Una cosa era la indiferencia que Berta Solán sentía por Néstor Rejón y el universo mundano, a veces tumultuoso y lleno de mujeres sucesivas, que el buscador de oro se había fabricado tras su separación, como si sobre esas murallas estuviera levantada la ciudadela dorada de su propia leyenda, y otra muy distinta era para ella que Rejón se saliera siempre con la suya: que doblegara a todo el mundo en el momento en el que se lo proponía con el pulso de su caprichosa y egolátrica voluntad.

En sus tardes tranquilas, sentada al fin en paz consigo misma, sosegada en el centro de su propia soledad, mientras escuchaba las arias selectas de María Callas, Berta Solán recordaba el momento en que Néstor Rejón la conquistó en aquella fiesta estudiantil de hacía ya un siglo.

—Néstor Rejón, buscador de oro, a tu servicio.

Recordaba cómo la conquistó contándole con pasión la historia de Ela, la historia del cuerpo de Ela en las manos de un niño rey. Y el descubrimiento del oro en el centro más oculto del cuerpo, en la boca de la mina de oro. Hasta ahora mismo, cuando hacía mucho rato que se había acostumbrado con toda naturalidad a sentir el paso del tiempo y la soledad por encima de su cuerpo, Berta Solán se emocionaba con la historia de Ela. Y se humedecía, a su edad, a sus años, al recordar el impulso loco que esa misma noche de la fiesta la llevó a enseñarle a Néstor Rejón, desnudo por completo el tesoro de su cuerpo, como si estuviera sola ante un espejo, los labios vírgenes de su mina de oro. Y no lloraba, ni se avergonzaba de sentir lo que sentía ahora, mientras escuchaba a la Callas llenando los recuerdos con la eternidad de su voz.

OCHO

Las veces que caminaba junto a Sarah d'Allara, siguiendo las huellas del príncipe de Lampedusa por Palermo, Néstor Rejón sentía una satisfacción muy distinta a las que había experimentado a lo largo de toda su existencia de buscador de oro. Ahora acompañaba al amor de su vida, el único tren que nunca descarrilaría, por los lugares que el escritor había transitado en vida sin que los palermitanos lo tuvieran muy en cuenta, casi siempre gris y taciturna su sombra de enorme corpulencia avanzando con lentitud por el recorrido cotidiano desde su casa de Via Butera, a veces por Via Roma o por Maqueda, dejando a sus espaldas la glorieta de Quattro Canti, los símbolos fronterizos de Palermo, y el cruce entre Maqueda y Cassaro, el Corso Vittorio Emanuele.

Rejón observaba con detalle la fusión de estilos arquitectónicos y esculturales que se daban en Quattro Canti, levantada la glorieta en el XVII, cuando, al ejecutarse el nuevo plan urbanístico de Palermo, se decidió dividir la ciudad en cuatro secciones, Mandamenti: Kalsa, Albergheria, Capo y Loggia, también nombrada Castellammare. En las fachadas cóncavas de los cuatro edificios, que se yerguen en chaflán con la majestad del cielo en las esquinas de las calles, el arquitecto romano Giulio Lasso proyectó la suma superpuesta de los estilos dórico, jónico y corintio. Y había decorado las fachadas con cuatro fuentes, las estatuas de los patrones de cada uno de los Mandamenti de Palermo, los símbolos de las cuatro estaciones y las esculturas de los reyes españoles.

Mientras admiraba Quattro Canti, Rejón pensó en las incontables veces que, año tras año, el estático, inadvertido y desesperanzado Lampedusa cruzó esa frontera de Palermo mientras caminaba hacia sus destinos favoritos, sin fijarse mucho en la magnificencia del gran Massimo, concebido por Giovanni Battista Filippo Vico cuatro años más tarde del desembarco de Garibaldi en Marsala, en la euforia del *risorgimento*. Para construirlo en medio de Palermo hubo que demoler las antiguas murallas de Porta Maqueda, el barrio Aragonés, el convento y la iglesia de San Giuliano, además de la iglesia de las Stimmate di San Francesco. Lampedusa llegaba entonces a las cercanías de la cafetería Massala, uno de sus lugares preferidos para pasar las horas de la mañana leyendo en un rincón del local, muy cerca de la librería de su amigo el editor Flaccovio, donde entraba a curiosear, a buscar libros nuevos y viejos como si buscara oro, y a dejar los suyos para que se los encuadernaran en piel, con el gusto clásico y el empaque que merecían los fetiches esenciales del Príncipe.

Lejos de inquietarse por la lejanía física de sus asuntos económicos, Rejón vivía en Sicilia aparentemente desinteresado de ellos, entregado como estaba todo el tiempo a Sarah d'Allara. De manera que raras veces sentía la necesidad de comunicarse con algunos de sus gerentes de confianza, en Nueva York, Londres o Madrid, para que le dieran noticias de la marcha de sus negocios. Joyerías, estudios de diseño artístico y talleres escultóricos caminaban con la misma certeza que cuando él estaba al frente. Y el buscador de oro lo sabía muy bien. Veía que Sarah se divertía junto a él, que a ella le encantaba también la idea de que estuvieran siempre juntos. La veía disfrutar hasta la sensualidad con su trabajo, olvidada de otras pasiones que seguramente antaño le ocuparon su tiempo y sus energías más de la cuenta. La veía apasionarse hasta el gozo cuando tocaba con sus propios sentidos los lugares y los itinerarios sobre los que había leído y soñado tanto: el decrépito y abandonado Palazzo Lampedusa y el Lanza Tomasi, en Butera, donde el escritor había vivido, junto al edificio del Hotel Trinacria; la Chiesa della Gancia, la Piazza Rivoluzione, el Palazzo Ganci, donde Visconti filmó las escenas del baile final de los Gatopardos y sus invitados; Via Valverde, los oratorios del Rosario y Santa Zita, Piazza Politeama y Ruggero VII, con el teatro al frente; el Palermo histórico y eterno, decadente y por siempre deteriorado, el Palermo que había visto pasar por sus cientos de años la dominación de imanes musulmanes, la de los caballeros del rey Ruggero, la de los barones de Anjou, la del rey Católico y la de los virreyes y los reformadores de Carlos III; la ciudad que el Príncipe miraba con ojos tristes y llenos de pesaroso escepticismo; y, extramuros de la ciudad, Villa Lampedusa, la Villa Salina de la novela, Villa Niscenti, la mansión del joven Tancredi llamada en la novela Villa Falconeri; y Villa Boscogrande, también utilizada por Luchino Visconti para filmar relevantes escenas de su película; y los cafés y *pasticcerie* donde, goloso y aislándose de todos, Lampedusa se sentaba a leer casi a diario mientras devoraba bollos y dulces. La veía ahondar por días en sus investigaciones sobre Sicilia y *El Gatopardo*, y la observaba satisfecha, de regreso a La Cúpula en Taormina, tras algunos días de hospedaje en el Hotel Des Palmes de Palermo, el hotel que tanto les gustaba. Siempre tomando notas, embebida Sarah d'Allara con su trabajo. Y todo sucedía junto a él, como si el mismo Rejón supiera que había que seguir dibujando ese milagro de los dos con el cuidado exquisito de un orfebre de lujo.

Cuando Sarah se pasaba las mañanas en alguna biblioteca privada de Palermo repasando documentos sobre Lampedusa y entrevistándose con allegados del Príncipe o estudiosos de su obra y su biografía, Rejón procuraba dejarla sola. No quería agobiarla con su constante presencia, ni que Sarah interpretara sus desvelos como una molesta vigilancia. En esas ocasiones, buscaba y encontraba ratos de soledad que le resultaban apacibles y le servían para reflexionar sobre su propia vida, antes y después de Sarah d'Allara. Entonces le decía a Demetrio d'Angelo que lo llevara en el Mercedes hasta el Villa Igea y, al llegar allí, a la sombra protectora del monte Pellegrino, se entregaba a la lujosa placidez que le regalaba la visión del mar azul de Palermo, más allá del pantalán de los yates en los que llegaban al gran hotel sus huéspedes de lujo millonario. Se entregaba a la placidez y a los recuerdos durante horas, abstraído en la contemplación del mar plata y celeste juntándose en el horizonte del Tirreno con las islas del norte. Y, en la lejanía, con las costas de Italia y Europa. Se extasiaba en el paisaje del jardín que llegaba hasta la orilla del mar, el *palazzo* y los bosques de los Florio en tiempos del esplendor aristocrático de Sicilia. Primero, se tomaba un café expreso bien caliente y dos vasos de agua mineral. Y más tarde, con un par de buenos tragos de whisky, paladeaba sin prisas algunos episodios de su memoria y trataba de traducir ciertos enigmas y determinadas pérdidas.

El clima siciliano era un excelente regalo en ese lugar de Palermo y la brisa fresca del mar le alcanzaba de vez en cuando una caricia de concupiscencia a su piel curtida por la sal. Se sentaba siempre en el mismo lugar de la espléndida terraza marina del bar inglés del Villa Igea, a la sombra de la mañana, y se extasiaba en el Tirreno con delectación fastuosa. Como si ya, en esas horas de soledad deseada, no existiera el tiempo, el mismo tiempo que había sido concebido por él durante muchos años como si fuera el oro mismo, la prisa excesiva, corriendo sin parar Néstor Rejón tras los minutos en donde podía esconderse el filón de su vida.

Toda su vida, unas veces aventurera y arriesgada, tantas otras plagada de privilegios, viajes y placeres, se había vuelto un espacio delicioso, armónico y equilibrado desde que conoció a Sarah d'Allara. Por esa razón también hubiera querido conocerla mucho antes. Estaba seguro de que con ella se hubiera equivocado bastante menos, que hubiera perdido mucho menos tiempo en caprichos, mujeres y viajes superfluos. Y que ahora se estaría arrepintiendo de menos errores. Tal vez con tiempo habría llegado también un hijo de los dos.

Rejón sabía que Tony Cabré había querido tener un hijo con Sarah, mientras vivieron juntos, pero ella desechó la idea con la coartada de dejarlo siempre para otro momento mejor. ¿Intuía acaso que atarse tan familiarmente a aquel joven impetuoso e imprudente en tantas ocasiones podía ser el más grave fracaso de su vida? Que fuera su mujer, que se casaran, que tuvieran hijos. Aunque fuera uno, si ella lo quería así, uno sólo. Eso es lo que le propuso Limpito en los momentos de su máxima exaltación por Sarah d'Allara, las mismas exigencias que volvió a repetirle en su último encuentro en Barcelona, cuando ya ella había decidido irse con Rejón a La Cúpula en Taormina. Limpito debía sentir por Sarah una querencia pasional y contradictoria. Eso es lo que buscaba adivinar Rejón después de rota esa relación amorosa. Y se perdía sin querer en la maraña de un sentimiento que costaba mucho distinguir de los celos. Se imaginaba que Limpito la había querido con la torpeza que en la inmensa mayoría de los hombres se delataba con excesiva frecuencia. Porque los hombres quieren a las mujeres con las que viven a su manera, sin reparar en que casi nunca las quieren como ellas querrían sentirse amadas. Quieren a sus mujeres con la incómoda impronta de la posesión masculina, pero no intentan casi nunca saber cómo les gustaría a ellas ser amadas y deseadas por sus verdaderos amantes. Y hasta qué punto existen, ocultos, secretos, al acecho de la ocasión propicia, exacta, otros hombres que, al menos durante una temporada, consiguen llegar clandestinamente al fondo del alma de la mujer.

Muchas noches, llegando ya la húmeda frescura de la madrugada, Néstor Rejón entraba a su alcoba de La Cúpula una hora después de que se acostara Sarah d'Allara. Desde que vio por primera vez sobre su cama el cuerpo dormido y completamente desnudo de su joven mujer, durante las primeras noches de su vida en Taormina, Néstor Rejón decidió acostumbrarse a verla dormir desnuda durante unos minutos antes de acostarse a su lado. Unos minutos que a veces se extendían al rato de placer más lúbrico que Rejón había sentido desde que entró en su decadencia física. Se quedaba en su estudio, el silencio de la noche siciliana roto sólo por el piano clásico de Alfred Brendel, con Schubert sonando bajo las estrellas del sur en el sofisticado equipo de música. Dibujaba en su estudio. Hacía que dibujaba cuando ella venía a despedirse. Rejón sabía que sesenta minutos más tarde, él abriría con sigilo la puerta de su alcoba sin hacer el más mínimo ruido. Disfrutaba pensando por anticipado en la sensación del intruso que llegaba a esa misma hora todas las noches a robar el gran tesoro de su vida. Entraba a la habitación y se quedaba unos minutos de pie, absorto, deslumbrado, escuchando desde la penumbra la acompasada y calma respiración del sueño de Sarah. Después, con sumo cuidado, se sentaba en su sillón, en el vértice de la alcoba desde donde la luz de la noche entraba por el gran ventanal y encendía de leves fuegos azules el perfil dormido de Sarah d'Allara.

Ese ritual de posesión había llegado a ser uno de los excelentes instantes de cada noche, su celebración solitaria al observar con placer y con todo género de detalles el esplendor bellísimo del concupiscente desnudo de Sarah d'Allara, cambiando de tono cromático la textura de su piel según avanzaba el fulgor de la luna sobre la cama. Las veces que la descubría boca arriba, un brazo abierto y extendido hacia la parte de la cama donde él dormía, el otro brazo doblado sobre su pecho, las piernas ligeramente abiertas dejando entrever su hermosa mina de oro en la relativa oscuridad de la alcoba, eran para Rejón la visión del cielo abierto ante sus ojos, un regalo de valor incalculable. Las veces que la encontraba con el cuerpo ovillado sobre sí mismo, boca abajo, las nalgas de Sarah d'Allara dejándole ver la boca de la mina de oro desde una perspectiva mucho más lúbrica, Rejón alcanzaba el trance de sensualidad que trataba de mantener en alto a toda costa. Hasta que una mañana le confesó ese pecado. ¿Sabía que él la observaba como un ladrón cuando ella dormía profundamente?

Alguna vez, en el turbión de sensaciones que se mezclaban entre su cuerpo y su alma cada vez que la veía dormir desnuda, había llegado a sospechar que el juego era el inverso, que Sarah lo sabía todo, que le seguía el ritmo, que se adaptaba a su tono, que entraba en el juego de la mujer dormida para que llegara Néstor Rejón más tarde a bañar su cuerpo con sus ojos insaciables desde el sillón de su alcoba. Jugaba a acariciarla sin tocarla, a besarla sin besarla, a poseerla hasta el frenesí sin ni siquiera acercarse a la cama. ¿Sabía ella de ese juego?, le preguntó Rejón.

—A veces lo sé —le contestó sonriéndole Sarah d'Allara—, pero otras lo sueño. Lo sé un instante antes de quedarme dormida de verdad, y lo siento dentro. Y lo sueño.

—¿Lo sueñas? ¿Qué sueñas?

—Sueño que un ladrón entra en la *villa* y nadie se percata de su presencia intrusa. No suenan las alarmas, los perros de los alrededores no ladran ni delatan la presencia del intruso. Yo lo huelo. Entra en mi respiración sin que pueda evitarlo, y su perfume físico me inunda, me ahoga. Es asombroso que nada ni nadie, salvo yo misma, se inmute por su presencia ajena a la *villa*. La sensación del miedo me invade durante unos segundos, pero no puedo evitar ese temblor porque ya estoy dormida. Sé que estoy dormida precisamente porque no puedo evitar el miedo y los latidos de mi corazón se aceleran mientras se rompe el sosiego de mi respiración. Pero al mismo tiempo, lo sé, quiero que el ladrón llegue ya hasta mi cama. Y sin querer me sorprendo deseando que me robe, que me lleve lejos con él montada a la grupa de un caballo con alas. Para siempre. Entonces pienso en ti con angustia. Te vislumbro entre las sombras que se van quedando tras el galope del caballo que remonta el vuelo hacia los cielos azules y limpios. Y te imagino persiguiendo al ladrón que me ha robado sacándome de La Cúpula sobre sus espaldas. Es un hombre fuerte, guapo, de tez morena..., muy atractivo. Un árabe del desierto. Un hombre azul, un noble de alguna tribu perdida en el pasado, que habita una ciudad escondida en el calor del desierto, la ciudad que sólo aparece ante la vista de sus habitantes, los únicos que conocen su ubicación exacta en una geografía que no existe, una ciudad que desaparece en cuanto algún intruso, algún ladrón, algún viajero despistado trata de acercarse a sus murallas inexpugnables. Y entonces se disuelve, se diluye en el aire. Desaparece como si la arena la hubiera engullido..., como si el invasor se hubiera confundido con un espejismo...

Con frecuencia le gustaba poner a prueba la curiosidad de Néstor Rejón con esos sueños. Abajo, el mar, como un plato de plata. Allá arriba, mientras ellos desayunaban en la terraza de su *villa*, no llegaba el eco fragoroso del Jónico a orillas de Mazzarò.

La cara del agua era un dibujo estático, de una naturaleza aparentemente dormida, con Isola Bella retratada en el relieve cercano del paisaje, una sirena surgida de las profundidades del mar tomando el sol ante los ojos asombrados de los mortales. Igual que Lighea había salido del mar en las orillas de Augusta, tan cerca de Siracusa, Isola Bella estaba siempre allí, tan cerca de Taormina, una sombra silenciosa sobre el mar desde La Cúpula de Rejón. Sólo los pasos de Stella, que traía y llevaba el servicio desde las cocinas hasta la mesa del desayuno, rompía durante unos instantes el éxtasis de la curiosidad de Rejón y el relato del sueño de Sarah d'Allara.

—Entonces se acerca a mí con sigilo —continuó Sarah—. Yo estoy de espaldas, no lo veo, pero sé que está completamente desnudo y que llega hasta mi cama con una creciente excitación física. Su cuerpo brilla. No lo veo pero lo siento, y noto que es así el tono de su piel azul del desierto. No quiero que perciba el miedo que me va inundando de sudor frío. Siento el sudor frío en el sueño resbalándose por mi cuerpo desnudo. Quiero gritar, quiero llorar, pero me es imposible. Como si quisiera y no quisiera que sucediera lo que me temo y tal vez deseo que suceda: que ese hombre azul cuyo cuerpo huele a salitre, esencia de almizcle y arena me robe para siempre y me lleve a su harén del desierto. Entonces, me atrevo a mirar a tu sillón. Con disimulo, pero me atrevo a mirar y te busco allí, donde tú te sientas. Me muero de angustia cuando me doy cuenta de que no estás para defenderme del ladrón. Estoy a su merced, lo siento ya respirando sobre mí, echándome su aliento encima del mío. Huele muy bien la piel del hombre azul, huele muy bien su aliento. Me echa su aliento del desierto sobre mi rostro y me quema. Me olfatea sin recato, a punto de comenzar a besar y lamer mi cuerpo con la punta de su lengua.

Y entonces, de repente descubro que es tu aliento, que eres tú, Néstor. Y me despierto. Creo que estoy gritando cuando me despierto. Me vuelvo hacia donde tu cuerpo debe estar en la cama. Y ahí estás, durmiendo a mi lado, desnudo, satisfecho de dormir conmigo, mucho más espléndido Néstor Rejón desnudo del todo que vestido... No me atrevo a despertarte..., a pesar de que sospecho que no duermes, que hace un segundo que te haces el dormido, que llevas ahí un rato, mirándome, sentado en tu sillón, observándome con todo tu deseo... Y tú, ¿me sueñas, Néstor?

La soñaba. La soñaba salir desnuda, casi etérea, transparente, como un regalo del mar que hubiera surgido de repente de las profundidades de la piscina de La Cúpula, sin que ella se percatara de su presencia agitada, cercana. Por unos segundos, ella disimulaba, aguantaba las ganas de volverse y abrazarlo porque no deseaba todavía que su amante rompiera el hechizo de ese instante de éxtasis. Ella completamente desnuda dándole la espalda al buscador de oro, él dibujándole los perfiles de su piel mojada de escamas brillantes en su imaginación de artista. La soñaba y la veía en el aire de la noche en La Cúpula.

—Como una sirena —le dijo Rejón.

—Sí, Lighea. Soy Lighea. Y tú, Rosario La Ciura, el catanés profesor de griego —le contestó ella—. Es un relato fantástico, Néstor... Tendrás que leerlo.

En la terraza del bar inglés del Villa Igea, Néstor Rejón pensaba en ese sueño de su mujer y en las variantes del juego real que él mismo inventaba, igual y al mismo tiempo diferente cada noche antes de acostarse a su lado. En esa tentación consistía también el placer de la pasión. Ella era, entre sus sueños y en un lugar exacto de su realidad, la sirena, que exhalaba energía en cada uno de sus sensuales movimientos al salir de la piscina. La sirena Lighea, había dicho ella. Y él era el hombre azul cuyo perfume olía a sal y arena del desierto, el hombre azul que sabía querer a Sarah d'Allara tal como ella quería que la quisieran. Se atrevía a preguntarse después, tras chasquear en su boca un sorbo del whisky escocés, si Sarah tuvo esa misma experiencia con Limpito porque él había sabido inventarse la suerte de ilusión que parece virtual pero es más real en muchas ocasiones que la misma realidad. O si, por el contrario, ni siquiera llegó a plantearse en serio que esos sucesos se construyen en la imaginación para alimentar los sueños líquidos de la pasión erótica.

Sólo había visto a Antonio Cabré en tres ocasiones. Dos en Barcelona y la última vez en Madrid, durante la cena del Nicolás, en los primeros días de la invasión de Irak, cuando la gente se había echado a las calles de las grandes ciudades del país para protestar en masa contra la decisión del gobierno de apoyar la guerra. La primera vez, durante la inauguración de su muestra de joyas únicas, llegó al Majestic a buscar a Sarah d'Allara. Fue una visita pretenciosa y algo tardía, porque ella se había comprometido a cenar con Néstor Rejón esa misma noche apenas unos minutos antes de la llegada de Limpito. Rejón lo vio irritado, repentinamente contrariado en cada uno de los gestos de su semblante descompuesto cuando la muchacha le comunicaba que no se marcharía con él. Sarah le cortaba su insistencia con un repetido movimiento de su cabeza. Su cabello se movía a un lado y a otro de sus hombros, en esa expresión negativa que Limpito no quería admitir. En la cena del Naichel le preguntó a Sarah quién era.

—¿Antonio? Fue un hombre muy importante en mi vida. En un tiempo. Ya no —le contestó sin mirarlo—. Ahora sólo es un amigo.

Rejón lo apodó Limpito desde entonces. Tal vez fuera un

hombre cabal, pero le pareció egoísta, demasiado adolescente y vulnerable. Vulnerable y muy pagado de sí mismo. Debía creer que la armadura de hierro que parecía llevar siempre encima de su atlético cuerpo lo resguardaba de los obuses enemigos que daban en el blanco, un golpe mortal para cualquier ballenero. Debía creerse dueño de cada una de las situaciones en que se encontraba, un tipo que demostraba en ciertos gestos una insolencia de carácter y un protagonismo excesivamente desarrollados. Sin duda, era un personaje que no daba con facilidad su brazo a torcer. Lo descubrió la noche del Majestic de Barcelona, en su irritación gestual, en la mirada de rencor que le disparó a Rejón cuando salió intempestivamente del salón de las esculturas y la altivez de su paso seguro traducía una indisimulable declaración de guerra, un escupitajo simbólico, un guante a la cara de su enemigo, aquel tipo mayor, aquel millonario de piel arrugada y artificiosa, casi decrépito ya, que se atrevía a quitarle a Sarah delante de todo el mundo. Para él era ya un viejo. De modo que supiera bien ese anciano que él iba a luchar desde ese mismo instante por rescatarla, con todos sus medios, con toda su inteligencia estratégica; que se preparara para una batalla sin cuartel, sin leyes, sin escrúpulos, sin medias tintas, sin protocolos de ningún género.

La segunda vez que lo vio en Barcelona, Antonio Limpito ya se había dejado crecer la barba, aunque luego supo Rejón que la barba perfectamente recortada era en Cabré una seña de identidad incuestionable. Desde los tiempos de la universidad, en Madrid y París. Estaba sentado con Sarah en el Sandor de Calvo Sotelo, riéndose los dos de alguna de sus brillantes ocurrencias, en el momento en que Rejón pasó a buscarla tal como habían quedado citados para cenar juntos. Nunca le preguntó a Sarah si aquél fue un encuentro casual o premeditado. En esa ocasión, Limpito estuvo mucho más amable, más suelto. Quería que Rejón supiera que él también podía dominar situaciones de triángulo, siempre que fuera dueño de su propio vértice. Y quería decirle, sin pronunciar una palabra, que en ese territorio suyo, encerrado en su propio vértice, él, Tony Limpito, daba las órdenes. Tardó media hora en marcharse, sin que nadie se lo pidiera. Pero era lo que buscaba: que Rejón se atreviera a decirle a Sarah que se fueran, que se iba a hacer tarde, que los estaban esperando otros amigos en al restaurante Barceloneta, que iba a pasarse la hora de la reserva de su mesa, que no le gustaba llegar con retraso a ningún lugar. Cualquier coartada de las que se usan en tan elementales situaciones de confusión. ¿O esperaba que Sarah le pidiera que se quedara, que cenaran los tres juntos, que no había más amigos esperando a nadie más? Pero Limpito se despidió solo.

—Sobro —dijo sonriente, como el que echa sobre la mesa de juego un envite de ganador sin apenas mirar las cartas.

Y la tercera vez que lo vio fue la noche de la cena en el Nicolás, en Madrid, durante un viaje que hicieron los dos desde Taormina. Sarah le había rogado que lo acompañara.

—La última vez, Néstor, te lo juro... —le rogó—, es sólo una cena de amigos, tú conoces a algunos. Antonio viene con Celia Levy, la escritora. Y Elías Codina, el financiero, con su mujer, Clara. Y viene también Águilas, ese periodista que te hace tanta gracia, el que tiene los ojos casi salidos de las cuencas, ¿cómo dices tú?, el de los ojos de huevo duro, eso es, el que lleva el pelo siempre tan revuelto, como un loco, siempre ocurrente, gracioso y brillante, Miguel Águilas. Y Eduardo Altea, el que fue ministro con Felipe González, ¿lo recuerdas? Ocho en total. ¿Me harás el gusto?, ¿me acompañarás?

Pudo haberse ahorrado su presencia en esa reunión. Pudo

incluso haber roto el compromiso de Sarah para cenar esa noche y pedirle que regresaran ese mismo día a La Cúpula, terminadas ya por completo las obras de su rehabilitación. Seguía preguntándose por qué no lo hizo. Esa cena resultó crucial para ciertos acontecimientos posteriores y para la repetida aparición en sus propios pensamientos del ubicuo Antonio Limpito. ¿Lo había convertido el mismo Rejón con sus obsesiones en un personaje más importante de lo que era en realidad?

Elías Codina era un tipo alto, fornido, ancho de hombros, con una cabeza de gladiador romano ya jubilado, con el pelo peinado en ondas de plata y raya a la derecha. En el medio de su rostro se marcaba una nariz de boxeador acostumbrado a fajarse en el rincón del adversario hasta noquearlo a golpes. Elegante a su manera, Codina llevaba siempre sobre la piel un color de playa mallorquina, horas de descanso navegando en yate, en alguna cala de sol y aguas esmeraldas, fuera de temporada. Esa noche vestía un traje azul marino, impecable, una camisa blanca y corbata azul oscuro con lunarcitos blancos. Durante los gobiernos socialistas, había tenido algunas dificultades judiciales por juegos peligrosos con fondos de pensiones y uso de información privilegiada para su propio beneficio. Nada raro en estos tiempos, pero ese susto le duró más de dos años y acabó por derrumbarle en gran parte el prestigio de triunfador ilustrado y decente que hasta entonces había cargado sobre sus espaldas sin que nadie le hiciera el más mínimo reproche. Fumaba cigarrillos negros, Coronas con filtro, y los encendía uno detrás de otro. Atendía en silencio a las observaciones de sus amigos durante la cena, sin parar de fumar, incluso mientras probaba con un deje de desgana los sofisticados juguetes gastronómicos del Nicolás.

Clara Rosales había llegado a España desde Lima hacía bastantes años, acompañando a su primer marido, un industrial peruano del ramo de la alimentación, que se había hecho multimillonario en su país y reinvirtió con éxito en España todo su dinero. Salieron del Perú porque temían que el entonces presidente Alan García no se conformara con nacionalizar la banca sino que lo intentara también con las propiedades de los particulares. Y optaron por el llamado milagro español. Y se vinieron a vivir a Puerta de Hierro, en Madrid. Cuando llegaron a España, al matrimonio de Clara Rosales se le notaba el creciente deterioro en los desconchados que dejaba a la vista de cualquiera la ruinosa relación sentimental humana con su marido. Era muy bella, estilizada, muy educada y mundana, como pudo colegir Rejón en menos de quince minutos durante la cena del Nicolás. Tenía unos ojos muy expresivos, que hablaban en lugar de su discreto silencio y sin parar iban de un lado a otro mirando, según con qué simpatía, a los comensales, recalando finalmente siempre en los de Elías Codina. Él le devolvía la mirada durante unos segundos. Se echaba a los labios el cigarrillo, expulsaba el humo de su boca y gesticulaba levemente traduciéndole en su jugada gestual lo que le parecía cada comentario. Llevaban juntos más de diez años y se les notaba que esa relación de madurez les había llegado en el momento indicado, con los hijos de ambos en sus respectivos matrimonios ya crecidos, trabajando y estudiando en capitales europeas. En aquella mesa eran un privilegio para Rejón, que simpatizó con ellos dos inmediatamente, incorporándose a veces al juego gestual y silencioso de la pareja.

De Celia Levy había oído pocas cosas hasta el momento, y todo cuanto había codificado de la escritora eran datos proporcionados por Sarah d'Allara. En estos momentos pasaba por una de las temporadas más interesantes de toda su existencia como escritora, porque había conseguido por fin algunos galardones editoriales muy codiciados que catapultaron sus libros hacia el interés del gran público. ¿Qué hacía con Limpito en el Nicolás esa noche?, ¿acaso era su coartada varonil para lucirse ante Sarah d'Allara y él mismo, para encelar a Sarah junto a tantos ilustres amigos?, se preguntaba Rejón mientras aparentaba prestar atención al discurso interminable del inteligente consultor. Sobre España, la política, su papel en Europa, la economía y, por fin, su caballo de batalla en estos instantes, la guerra de Irak. ¿Y qué de raro tenía que la invasión de Irak fuera el perejil que aderezaba las pasiones cotidianas de los ciudadanos en cualquier lugar del país, si también en todas las ciudades más importantes del territorio nacional la gente se había movilizado contra la invasión hasta hacer temer por la estabilidad del gobierno?

—Se tambalean, Antonio —le contestaba Eduardo Altea, animándolo—. Nadie duda ya de que estamos en un fin de ciclo político. Están cayéndose, y el apoyo a la guerra es uno de los peores tumbos del gobierno.

Altea había adquirido, durante el largo tiempo en que había participado como ministro en los gobiernos socialistas de Felipe González, una sólida seguridad en cada palabra de su discurso público. Entre los suyos gozaba de un muy bien ganado prestigio, aumentado por sus aparentes pocas ganas de seguir compitiendo en la vida política, mientras otros muchos seguían tratando de mantenerse en ese torneo con la soga al cuello.

—No tienen nada que hacer en las próximas elecciones —jaleaba Águilas—. Este tipo ha convertido su política en un nudo gordiano al liarse con Bush y con la mafia petrolera. Es inconcebible que haya elegido este suicidio. Si se va a ir, ¿por qué ha escogido una salida tan horrorosa?

Miguel Águilas pasaba por ser uno de los periodistas de confianza del ex presidente González y de sus amigos más cercanos, entre ellos, Javier Solana, con quien tenía una relación de amistad muy cercana a la complicidad. Y él no lo negaba nunca. Al contrario, alardeaba de esa complicidad entre sarcasmos edulcorados con un humor verbal fuera de lo común.

—De esa mafia, ¿eh? —añadía Águilas con la sonrisa saliéndose de la cara—, hay que dejar fuera a Colin, por favor, que quede claro...

—¿Colin Powell? Ése es de los peores —intervenía Limpito.

En cada una de sus frases, Tony Limpito intercalaba unos segundos de silencio antes de seguir hablando. Dejaba el gesto en el aire denso y lleno de humo de la mesa, como si de repente le hubiera faltado la respiración o estuviera meditando el orden de su discurso inmediato. Era su manera de llamar la atención para que los cazadores se lanzaran al galope sobre cada una de sus afirmaciones.

—No, hombre, no —se rió a carcajadas Águilas—, no lo conoces, es un tipo fabuloso. Hemos estado hace poco en su casa, hablando con él, y no está nada de acuerdo con lo que hacen Bush y Rumsfeld, y Cheney...

Tony Limpito seguía sin dar el brazo a torcer: Powell era de los peores, no importaba que fuera negro. Era un negro bueno, como Sidney Poitier. Había salido de *La cabaña del tío Tom*, y les servía de coartada a los gringos en el ámbito político.

—Un secretario de Estado de los Estados Unidos de América, negro —agregaba Limpito entre risas—. A ver quién les va a decir que son racistas, ¿no? Y encima Condoleezza Rice. Ésa sí es dura, una hembra-halcón con garras de acero, parece salida de una secuencia de *El planeta de los simios*...

Codina negó con la cabeza cuando Tony Limpito lo miró retándolo a hablar. Tomó aire unos segundos, y sin elevar la voz, tras negar lo que decía Limpito, dijo una vez más que no.

—No, no lo veo como ustedes... —dijo Codina. Echó una calada al cigarrillo y expulsó el humo. Sus ojos claros se achicaron heridos un segundo por la acidez del humo—. Ahora los Estados Unidos se expandirán por todo el mundo más que ningún otro imperio antes que ellos. Irak es vital para esa expansión de su zona de influencia... y, si ganan la guerra —sonrió con levedad, se encogió de hombros—, si ganan la guerra, vamos a ver unos Estados Unidos de América más fuertes que nunca. En cuanto a este gobierno..., en cuanto al papel de España, ¿no era hora ya de que el pacto histórico con Inglaterra, que es nuestro aliado natural, se diera de una vez, no estamos ahora donde debimos estar hace ya más de siglo y medio?

Sarah d'Allara le acarició la mano a Rejón. ¿Paciencia, le pedía paciencia? ¿Le estaba pidiendo acaso excusas por haberle pedido asistir a aquella cena con gente que no le importaba mucho? Cierto, había conocido a Águilas, pero hubiera sido mejor sólo seguir leyéndolo. Y había conocido a Elías y Clara Codina, los únicos que fueron un regalo para Rejón. Y le había dado la oportunidad esa cena de ver de cerca las armas con las que Limpito se adornaba en público. Estaba convencido de que más tarde o más temprano el duelo entre los dos por Sarah d'Allara se verificaría en una lucha para la que había que prepararse. Conocer de cerca al enemigo, palpar su vulnerabilidad, enumerar una a una sus virtudes de guerrero, ¿le parecía poco esa oportunidad que quizá sin percatarse le había regalado Sarah d'Allara al forzar su voluntad para asistir a la cena del Nicolás?

Néstor Rejón volvió a mirar al Tirreno. Estaba en Palermo,

con Sarah d'Allara, en el destino que los dos habían buscado y encontrado juntos. ¿Por qué se inquietaba tanto por esos recuerdos de Limpito, y por la cena del Nicolás? Estaba sentado en la terraza del Villa Igea, casi al final de la primavera siciliana, cuando el aire olía en toda la isla a esencia de mandarina, a limón, lavanda, romero, aceites de vida que habían renovado la energía de Néstor Rejón. Sorbió un trago de whisky y decidió hojear el libro que le había comprado de regalo a Sarah d'Allara. Sería una sorpresa mayúscula para ella. No había sido fácil conseguirlo. En Palermo, incluso los libreros parecían no hacer mucho caso de todo cuanto rodeaba el mito de Lampedusa, su mundo y su novela. Si alguien venía a buscar un libro sobre Lampedusa, se le servía, se le atendía con toda cordialidad, pero a veces le demostraban al cliente anónimo su asombro porque todavía le interesaran las cosas de Lampedusa. Y antes de atravesar Palermo hacia el norte, le había ordenado a D'Angelo que lo alcanzara a la librería del editor Sellerio. Un dependiente de la Flaccovio le había recomendado que se acercara hasta allí y preguntara por el libro de Gioacchino Lanza Tomasi, el sobrino del Príncipe. Seguro que allí lo encontraría, le dijo, porque Sellerio era su editor.

Una biografia per immagini, leyó Rejón el título en la cubierta del libro. Era un volumen de gran lujo y formato, con un texto rotundo de Lanza Tomasi acompañado por una buena cantidad de fotografías que radiografiaban en imágenes la vida esplendorosa y la decadencia de los Lampedusa, los Tomasi, los Cutò y otros familiares cercanos del escritor, sus posesiones de nobleza, la parte de Sicilia que había sido propiedad de la familia hasta irse perdiendo, diluyendo en el aire del tiempo. Allí estaba el principio y final de *El Gatopardo*, su sangre, su estirpe y su concepción de la vida. Allí estaba la legalidad, todos los antecedentes de su familia, narrados con la certidumbre de uno de ellos, heredero del propio Lampedusa. Allí, en esas páginas, estaban las fotografías de quien fue en realidad la sombra de Fabrizio de Salina, Giulio Fabrizio Tomasi, el bisabuelo del Príncipe... «*Lui, il principe, intanto si alzava: l'urto del suo peso da gigante faceva tremare l'impiantito e nei suoi occhi chiarissimi si riflesse, per un attimo, l'orgoglio di questa effimera conferma del proprio signoreggiare su uomini e fabbricati*», leyó Rejón del italiano, embebido, la descripción física que el escritor hizo de Fabrizio de Salina en *El Gatopardo*. Burt Lancaster le vino a la memoria. Y Visconti.

—Sus ojos clarísimos —tradujo en voz alta para sí mismo Rejón.

¿Eran así, azules, intensos, clarísimos, los ojos de su abuelo Frasco, el último gran hidalgo de la estirpe de los Rejón, en cuya casa solariega de El Monte había descubierto el artista durante los años de su niñez el primer oro secreto de toda su vida en el centro del cuerpo de Ela? Guardaba pocos pero nada pálidos recuerdos de su abuelo Frasco Rejón. Y se había quedado para él un par de fotografías que lo acompañaban hasta todas las casas en las que había habitado, dos fotografías que seguían con él ahora en La Cúpula de Taormina, como un tesoro único. Una de ellas retrataba a Frasco Rejón elegantísimo, cerca ya de los ochenta años de edad, con terno negro perfectamente planchado, camisa blanca y corbata con pasadores, chaleco cerrado, leontina de oro y botines de charol. Llevaba gafas con montura dorada, y lucía una barba muy cuidada y el cabello completamente blanco. Era la imagen de alguien que llevaba encima muchas generaciones y años de distinción. Y lo sabe. Y sabe que él mismo es el final de una época marcada en su memoria. Estaba sentado en un banco de madera del jardín de la casa de El Monte, donde a lo largo de muchos años se encerró para edificar el Jardín de las Flores, el edén botánico que perpetuara su memoria en una tierra enteramente suya. El rostro delataba la serena autoridad de Frasco Rejón. Se sabía posando para después de morir. Néstor se recordaba de muy niño mirando los ojos tan claros de su abuelo, como el azul del Tirreno en esa parte de Palermo, delante del Villa Igea, mientras Frasco Rejón se acercaba para hacerle alguna carantoña de cariño a su nieto preferido.

—Tú serás distinto a todos. Tu mundo no es de este reino —recordó Néstor Rejón la voz fuerte, afectuosa y añeja de su abuelo Frasco pronosticándole la diferencia.

En la segunda fotografía, Frasco Rejón se había dejado retratar a caballo, en su cortijo de Maninidra, con un chambergo marengo de paño fino cubriendo toda su figura. La foto estaba fechada en su anverso a mediados del siglo pasado, un lustro antes de que, en Italia, Feltrinelli publicara contra viento y marea el texto de *El Gatopardo* de Lampedusa, aconsejado por el novelista Giorgio Bassani. Rejón vislumbraba en su recuerdo los ojos claros, intensamente azules, de su abuelo Frasco. Y lo veía en esa fotografía a punto de recorrer él solo en su caballo a lo largo de una jornada entera el territorio insular de Salbago que su gente había ido heredando y aumentando durante siglos, desde la conquista de las islas por la Corona de Castilla, hasta llegar al mismo Frasco Rejón, el último hidalgo de la estirpe. Algo en esa fotografía de su abuelo hacía notar la inminente decadencia de los Rejón. Un suceso nada doméstico que el artista del oro agradeció que sucediera por causas más o menos naturales, por agotamiento del tiempo feraz de la tribu de los conquistadores, por acumulación de equivocaciones, generación tras generación: el final, la disolución del esplendor familiar cuyas sombras últimas Néstor Rejón las recordaba de las bodas, fiestas onomásticas y bautizos de los nuevos vástagos de la familia.

—Tú serás distinto a todos éstos, recuérdalo bien —recordó de nuevo Rejón la voz de su abuelo Frasco—, tu mundo no es de este reino.

El bastón con mango de oro de Frasco Rejón descansaba a un lado de sus piernas elegantemente cruzadas. Como en la primera fotografía que guardaba en La Cúpula. El viejo caballero se acercaba a él, le hablaba con voz lenta y poderosa, y con el tono muy bajo: para que no se enterara nadie de la familia. Le acariciaba la cara. Le sonreía. Néstor Rejón podía recordarlo nítidamente ahora, en la terraza del bar inglés del Villa Igea. Se había alejado de su familia desde hacía tanto tiempo que había dejado de importarle el resto de sus recuerdos fotográficos, quién aparecía, cómo se llamaban los hijos de su tío, quién era aquella mujer que miraba con tanta simpatía a su padre, quiénes eran los sobrinos de quién, los cuñados, los amigos, los advenedizos de la familia. Le importaban sólo aquellos dos fetiches de su abuelo Frasco Rejón que saltaban por encima de los años de distancia y le recuperaban todo un tiempo pasado. En esas dos fotografías de su abuelo, Néstor Rejón condensaba una historia llena de páginas que nunca habían sido escritas por nadie. Una historia, que tal vez por esa misma desidia, por ese mismo cansancio de los Rejón, yacía para siempre olvidada, en silencio, ocultos todos los Rejón, *los de allá adentro*, entre las tumbas dispersas de la familia.

NUEVE

Durante toda esa tarde recorrieron la Madison Avenue de Manhattan tras abandonar los dos juntos la residencia del embajador de España en Naciones Unidas. De bar en bar, la Madison y los dos solos, trago tras trago, risa tras risa. Y leves amagos de erotismo que no llegaban a serlo más que con el roce breve en las yemas de los dedos. Palabras sugeridas en voz baja, al oído, miradas de los dos que se clavaban en los ojos, para luego recorrer con un beso imaginado el cuello, la boca, los pómulos, las cejas, la frente, imparables los dos en una carrera desorbitada por vencer el tiempo pasado, cuando no se habían visto jamás, insaciables entonces en el deseo de conocerse a fondo.

Ella también había asistido al cóctel que el embajador español en Naciones Unidas había convocado en honor del artista del oro en la cumbre del mundo. Por su nueva estancia en Nueva York, por haberse decidido por fin a abrir uno de sus estudios de diseño artístico en el Village. Y porque en estos tiempos todo el mundo sabía que resultaba muy arriesgado abrir un negocio de oro en Nueva York. Demasiada competencia para una apuesta tan dura. Todo el juego estaba repartido entre las tribus urbanas que manejaban desde hacía decenios la jerga secreta del negocio, pero a Rejón no le importó jugar esa vez el papel de extranjero, el papel del *parvenue* que tanto le divertía. Era una suerte nueva, en una nueva mesa de un nuevo casino lleno de claves desconocidas para él, de modo que lo más probable es que fracasara. En Manhattan siempre ganaba la casa. No dejaba sin embargo de ser un entretenimiento, una apuesta. Al fin y al cabo, sólo podían ganar o perder los que arriesgaban apostando. Y él había conseguido por fin ser un gran experto en las apuestas del oro. De modo que, a esas horas de su certidumbre, lo más importante para él era apostar, arriesgar la partida como quien arriesga la vida. Y jugar sin red, a la carta más alta. ¿No había sido ésa exactamente su manera de ganar desde su estancia en Colombia?

Hacía mucho tiempo que Néstor Rejón no dirigía su camino por un desfiladero, mucho tiempo que no vivía una de esas encrucijadas tan llenas de galopante concupiscencia, y por eso sintió que el vértigo febril del entusiasmo le iba recorriendo el cuerpo con un latigazo de electricidad que lo sacaba de su rutina. Creyó que resurgía de un letargo demasiado largo. Ese vértigo le exigía el despliegue inmediato de todas sus virtudes mundanas para seducir a aquella mujer bellísima de tez morena, ojos chinos, oscuros, inquisitivos, cabello suelto y negro, una cola de caballo resbalándose sedosa casi hasta la cintura breve de un cuerpo cuyas piernas dejaban adivinar su naturaleza pujante y atlética; los pechos breves, altivos y justos, firmes en el lugar exacto del cuerpo jovencísimo, tan atractivo; y los pies calzados en zapatos de piel azul oscura y tacones medios, que realzaban toda su figura, como si fueran alas a punto de batir para lanzarla por los aires, al vuelo libre. Un cuerpo ante el que Rejón no mostraba más que aquiescencia. Y entrega. Y una anticipada devoción. Prometedor ese cuerpo juvenil de ofertas escondidas que incendiaban la imaginación de Rejón mientras bebía uno tras otro sorbos de *scotch straight*, su brebaje preferido de esa época de tantos trasiegos, dudas y crisis.

¿Debería romper de una vez su matrimonio, ya tan escuálido, frágil, anoréxico, dejarlo todo atrás, comenzar una nueva existencia fuera de Madrid, lejos de España, no seguir adelante con aquel infierno doméstico donde su sufrimiento personal era lo de menos, sino que lo peor estaba en cuanto de memoria común de la pareja se iba malogrando y pudriendo en las despensas del alma, y el tamaño del gran dolor que crecía como un tumor maligno ya en el corazón y los ojos llorosos de su mujer, y la reprimida angustia, el miedo tal vez, que se adivinaba en la tristeza de las niñas? O, por el contrario, ¿debería olvidarse por fin de esa forma de ser tan desmesurada, bajarse del pedestal de su caprichosa egolatría, de su obsesión por comparar su búsqueda del oro con la mujer entrevista en sus mejores sueños, cuando acariciaba con sus manos de artista el metal supremo que modelaba en dibujos lentos y rigurosos hasta dar con la imagen exacta de la escultura artística? ¿Debía, entonces, someterse a la vida matrimonial, a esa dimensión tan vulgar de aburrimiento y hastío a la que, con una paciencia infinita, se había acostumbrado tanta gente a lo largo de tantos siglos hasta convertir la vida de la pareja en una norma escrita, una ley obligatoria para la salud pública, un pacto que una vez firmado había que cumplir hasta el último suspiro de una de las dos partes, condenándose de por vida a matarse poco a poco y en común, a golpe de deslealtades, infidelidad tras infidelidad, en un duelo feo, sin fin ni objetivo comprensibles, sino como un estado perenne de desencuentros dentro del espacio que no servía más que para eso, para desangrarse a dentelladas, despedazarse en peleas y mordiscos de dolor y desamor?

Desde la lejanía de Madrid, la incómoda sombra de Berta Solán, tan omnipresente siempre en sus reflexiones, molestó por unos instantes el recuerdo de Néstor Rejón durante toda esa tarde de tragos en Nueva York. La tarde misma en que el buscador del oro, en plena cumbre de su triunfo profesional y artístico, conoció a María Rita Ledesma, Mirta Casares para el mundo del teatro y del cine, al que pertenecían todas sus ambiciosas obsesiones. ¿Casares por María Casares, entonces?, se preguntó Rejón antes de hacerle la pregunta en voz alta. Tendría que perdonarlo, pero nunca antes había oído hablar de ninguna de sus películas, ¿había intervenido en muchas?

—Sí, claro, por María Casares, ¿por quién si no? —le dijo ella, con un gesto de suave desafío tatuándose sobre sus labios.

Ni siquiera de pasada escuchó nunca nada que tuviera como referencia cinematográfica el nombre de Mirta Casares, por eso tenía que empezar por perdonarlo, No tenía que confirmárselo, pero no era precisamente un experto en teatro o en cine. Le gustaba mucho el cine, incluso desde muy joven se había enamorado en secreto de algunas actrices a las que persiguió en la oscuridad de sala en sala de Salbago, derrotado siempre por el *partenaire* de su inalcanzable amor.

—Supongo que, como tantos soñadores de mi especie, derrotado siempre por James Dean, Marlon Brando o Paul Newman. Por ejemplo. Y por Warren Beatty en aquella película... —le dijo a Mirta, ensayando una sonrisa de ficticia melancolía, mirándola a los ojos, llevándose el vaso de *scotch straight* a los labios sin dejar de mirarla fijo.

—*Esplendor en la hierba* —interrumpió ella. También lo miraba. Como si estuvieran viendo sus dos cuerpos desnudos en un mismo espejo—. «Aunque ya no podamos contemplar la belleza en las flores, ni el esplendor en la hierba, no debemos afligirnos, la belleza perdura en el recuerdo.»

—¿...? —inquirió Rejón sin palabras.

—Wordsworth, hombre, hombre, por Dios. Son los versos de Wordsworth, los que le dan título a la película de Elia Kazan. Los mismos que recita Deanie Loomis en las secuencias finales. ¡Qué grande Natalie Wood en la película!, ¿no te lo pareció? Cualquier día te invito a mi casa para que la veamos juntos.

—¿...? —volvió a preguntar él en silencio.

—Mi piso aquí, chico, en Brooklyn, aquí al lado...

Tampoco ninguno de los dos se dio mucha cuenta esa tarde, cuando comenzaba a caer la noche sobre Manhattan en plena primavera, de la urgencia asombrosa con la que se les escurría el tiempo desde que estaban juntos. No parecía importarles nada que las horas volaran como pájaros salvajes que se perdían en la creciente oscuridad por las altas calles de Nueva York, la ciudad más amada por los dos en el momento de ese encuentro fortuito. En eso estaban de acuerdo. La Gran Nueva York era el mismísimo paraíso, encendida la primavera con el aire marino, que entraba por los cruces de sus calles y avenidas y se revolvía en sus plazas antes de perderse en la misma penumbra de la noche donde ellos se miraban sin pudor alguno sus cuerpos bebedores. Se trataba exactamente de eso, de que la tarde huyera de su entorno hasta que la noche se aposentara sobre el interminable asfalto de la ciudad amada. Y entonces los dos se preguntaran y contestaran al unísono, de acuerdo los dos, qué es lo que había que hacer cuando llegaran las horas de la madrugada, cerraran sus puertas todos los bares de la Madison, las calles se fueran vaciando de la gente perdida como ellos y esa nueva oscuridad les reclamara la urgencia de los deseos que habían estado incubando durante toda la tarde.

—La mía está mucho más cerca —dijo Rejón—. Aquí, casi a la vuelta, en el Saint Regis...

—¡El hotel de Dalí!, pero bueno... —sonrió ella—. Junto al restaurante que más le gustaba a Capote, el Costa Vasca. En Cincuenta y cinco con Quinta, ¿no? A mí también me gusta, de vez en cuando, claro...

—Mañana te invito a comer —dijo Rejón.

Encendió el aparato de música. Después bajó el sonido del jazz. En la oscuridad, con la ventana de la habitación del Saint Regis abierta de par en par, el fresco y los sonidos de la noche de Nueva York entraban hasta el fondo del silencio del hotel. El sonido, aparentemente lejano, de la selva neoyorquina, tambores y tumbadoras sonando desde el asfalto hasta el cielo, se mezclaba con los sones secretos del jazz de Nueva Orleans, mientras se miraban desnudarse sus dos cuerpos sobre la cama. En esa misma penumbra, se revolcaron en el raso de las sábanas celestes hasta hundirse en la furia trepidante del paroxismo, el grito salvaje de Mirta Casares flotando sobre el cuerpo de Néstor Rejón. Y él extasiado en sus espasmos, los ojos desorbitados del artista hipnotizados por la visión del cuerpo de Mirta Casares galopándolo como una amazona cuya sabiduría de consumado jinete exige de su cabalgadura la máxima fuerza en cada machetazo para abrirse camino a través del follaje de la selva. Llovía sobre la espesura urbana y el agua de la selva mojaba los árboles llenos de sombra, y la tierra, y las crines del caballo, y el agua de la lluvia sobre la selva urbana se mezclaba con el sudor de sus propios cuerpos y excitaba el sentido del galope.

En algún lance de la batalla, pegado su rostro a las crines del caballo que relinchaba de placer, Mirta Casares había perdido una de sus lentillas blandas. Como una niña inexperta, se había olvidado de quitárselas antes de meterse en la cama para desnudarse y ver el cuerpo de Rejón desnudo junto al suyo. Para desbocarse entre gritos y sollozos, para dejarse la piel del alma en aquel encuentro de pasión que seguramente era el regalo que ella estaba esperando cuando tomó la determinación de huir de España, marcharse de Madrid y venirse a vivir a Nueva York durante una larga temporada. Porque allí estaba su destino y esa noche lo había encontrado, estaba convencida. Entonces Rejón se bajó de la cama y caminó como el señor de la selva por la amplia habitación de su hotel, prendiendo una a una las luces de la habitación. Después, echó su cuerpo al suelo. Como los guías indios al escuchar sobre la superficie de la pradera el ruido de los cascos de los caballos enemigos acercándose velozmente al territorio de la tribu. Mirta Casares observaba absorta desde la cama, entre la curiosidad y el asombro, las evoluciones incomprensibles del cuerpo desnudo del buscador de oro que, de vez en cuando, parecía poner la oreja sobre la moqueta color fresa de la alcoba y atender los mensajes secretos de las hadas invisibles que habitaban el cuarto en el que se hospedaba el artista. Ella cubría parte de la desnudez olivácea de su cuerpo con las sábanas celestes, divertida al ver a aquel personaje tan importante, del que tanto se escribía en revistas y periódicos de España, revolviendo los suelos de su habitación con la fe del carbonero.

—*Voilà* —dijo Rejón de repente—. ¡Eureka!

Caminó de cuatro patas unos metros, sin abandonar la grotesca postura que provocó la risa incontenible de Mirta Casares, hasta alcanzar la lentilla perdida por la joven en la batalla de su pasión.

—Pero…, ¿cómo has podido encontrarla?, dime, ¿cómo has podido?

—Buscándola con el olfato. Oliéndola en la distancia. Soy buscador de oro. Tengo magia —le contestó Rejón—. Y soy brujo. Ya lo has visto…

Se llegó de nuevo hasta la cama con la lentilla en la palma

abierta de su mano izquierda, sonriendo con su triunfo en el torneo, deseoso de que Mirta le entregara la corona de laurel de los ganadores en el juego, la humedad de sus labios, el jugo tibio de la miel de su lengua, el abrazo de la piel de su cuerpo joven acariciando de nuevo la pasión de su propio cuerpo en la amanecida neoyorquina.

Rejón sirvió dos nuevos tragos de whisky escocés seco y volvió a la cama para tumbarse junto a ella. La música de jazz había dejado paso a la voz negra y aguardentosa de Nina Simone. La sirena estruendosa de una ambulancia doblaba una esquina cada vez más lejana de la madrugada de Nueva York. La temperatura había bajado los grados suficientes para que un aire fluvial y saludable entrara a ramalazos de frescor por la ventana abierta de la habitación de Rejón.

—Desde hace un año —le contestó Mirta—. Un año entero buscando un teatro en este escenario, un puñetero papel, por minúsculo que sea, en cualquier película de mierda... Aposté y ahora tengo que aguantar el pulso.

Mirta Casares le descubrió que estaba casada con Henry Barbosa, desde hacía más de tres años. Y que la estancia en Nueva York era parte de un pacto de distancia, una suerte de tregua en cuya letra cada uno había tomado su camino para ver si esos dos senderos volvían a confluir. En el fondo, una excusa, una estrategia de enfriamiento, le dijo Mirta. No tenía intención de regresar a aquel mundo de antes, y mucho menos junto a Henry Barbosa. Ni aunque le regalaran todo el oro del universo, se rió Mirta mientras juraba por lo más sagrado que nunca volvería al territorio doméstico de su pasado, que jamás volvería a vivir con Henry Barbosa.

—Él es el fracaso. El suyo y el mío. No es que lo represente, no, ni lo interprete yo así, por capricho. No. Él es el fracaso, sin más. Un día me dijo a gritos que lo estaba hundiendo en el fracaso y le contesté que era él quien estaba haciéndome fracasar a mí. Y a él mismo. A los dos. No pudo soportar que le dijera esa verdad, porque él sabía que todo era verdad. Fue el principio de la distancia.

Durante los dos años de vida en común, Barbosa comenzó a sufrir un proceso de depauperación de su personalidad, jugando primero al escritor bohemio que justificaba sus largas ausencias del domicilio matrimonial por razones literarias: no podía escribir si no vivía primero las experiencias que luego llevaría a la literatura. Y no podía sentirse cómodo en una casa a la que llegaba y todas las caras largas del mundo se le aparecían en una sola, la que más debería comprenderlo, la de Mirta Casares. ¿Qué iba a pasar con todas esas ilusiones y promesas que se habían hecho cuando decidieron unir sus vidas y casarse? Se había vuelto promiscuo. Y regresaba a su casa apestando a hedores corporales, alcohol y sobras de comida. Una mezcolanza bastarda que Mirta Casares detestaba. Y se lo hacía notar. Luego llegó, como una exhalación, la manía de que sólo veía en blanco y negro y de que, sin duda, aquello era el preludio de una enfermedad grave. De modo que necesitaba de grandes cuidados en su casa para que el tumor, que seguramente ya iba acrecentándose en su cabeza, no fuera a matarlo en unos meses y antes de escribir sus grandes obras maestras. Pero no abandonó la bohemia, ni la indisciplina ni el hastío de sí mismo que se describía en cada una de sus torpes actitudes. Y más tarde, sin dejar ninguno de los otros juegos en los que había entrado, encontró su tesoro en la ludopatía.

—Peor que la droga —añadió Mirta—. Se pasaba el día y la noche jugando póquer con sus amigos. Eso decía. Y perdiéndolo todo, debiéndolo todo. Una termita. ¿Y eso es para escribirlo, Henry, esto es digno de contarse en una novela, Henry?, le preguntaba yo todo el tiempo. Trataba de provocarlo, que reaccionara de una vez. Lo había amado tanto que lo único que me quedaba eran palabras vacías, un enredo de frases hechas que echaba como una red al mar con la certeza de que la gran pieza, mi hombre, siempre encontraría un hueco por donde escaparse.

Un día llegó a su casa con una suma de dinero que Mirta Casares jamás había podido imaginar en manos de su marido. Un adelanto, le dijo a Mirta. Un adelanto de bastantes cientos de miles de pesetas por un libro de encargo de una gran editorial. ¿Veía ella cómo al fin se estaba abriendo camino y que no había perdido el tiempo durante esos casi dos años que vivían juntos? Ése había sido el tiempo del aprendizaje necesario y Mirta Casares no se había acostumbrado aún a vivir con un escritor que llegaría a ser de los mejores. En adelante estaba ya hecho el camino. Y ahora sólo había que andar directo por donde señalaban las estrellas y, conforme avanzara en la obra, iría tomando velocidad su carromato cargado de ilusiones. ¿Veía ella ahora por qué tenía que haber confiado en él, en el gran Henry Barbosa? Después de ese libro, de esa gran novela que marcaría el inicio de su triunfo, vendrían más adelantos, más contratos. Y el cine, guiones cinematográficos, donde ella, la actriz, Mirta Casares, sería la gran protagonista. Porque Henry Barbosa iba a escribir todos los guiones para ella, para que su propio triunfo como escritor fuera también el de ella como actriz. ¿No es eso lo que se habían prometido, caminar juntos todos los tramos del largo viaje hasta el triunfo final de la envidiable pareja? Si querían su firma en los guiones, si buscaban que su talento les solucionara el problema de una gran película, que siempre antes ha de ser un gran guión y, por lo tanto, ha de ser un gran texto, eso sí, un gran texto para el cine, cinematográfico, ¿entiendes, Mirta?, no un texto literario, sino cinematográfico, tendrían que contratarla a ella, Mirta Casares, en el primer papel femenino. El gran Barbosa iba a escribir siempre papeles para ella, y todos los guiones serían para un personaje femenino y único: ella misma, Mirta Casares.

—Esa arenga eufórica describía con claridad la borrachera de su fracaso. Traía dinero. De un adelanto editorial, me dijo. Pero yo, Néstor, yo me preguntaba, ¿qué empresa editorial va a confiar en esta ruina? Y, si todo el mundo sabe que hace tiempo que perdió el sentido de la salida, ¿en qué carrera va a tomar parte?

El adelanto, eso lo supo algunos meses más tarde Mirta Casares, cuando decidió abandonar a Henry Barbosa, dejar Madrid y todos sus sinsabores cotidianos para marcharse a Nueva York e instalarse en Manhattan, lo más cerca de Broadway que ella pudiera, a la espera de su oportunidad profesional, no era más que un compromiso bastardo que Henry Barbosa había firmado con Tina Rexach, una vieja periodista que casi al final de sus días, casi todos de vino, rosas, caviar y gran prestigio intelectual e ideológico, había decidido ser escritora de novelas.

—Tenía un gran predicamento en el mundo intelectual, ya sabes, muchos de los que habían sido sus amantes, en uno u otro trecho de su vida, le habían ido colgando el cartel de mujer prestigiosa. Pero no sabía escribir, apenas redactaba, y sus relatos y novelitas no eran más que balbuceos. Necesitaba a alguien que la ayudara en los rudimentos, ¿entiendes, Néstor? —estaba rabiosa Mirta Casares al hablar, mientras clareaba el día en Nueva York. La luz azulina crecía y blanqueaba poco a poco el cielo que entraba por la ventana de la habitación de Néstor Rejón en el Saint Regis—, y Tina Rexach convenció al gran Henry Barbosa para que le hiciera ese menester. Un par de días le bastaron para comprarlo. Se lo llevó a comer al Espejo, al Currito, al Combarro, no sé, a algunos de esos restaurantes de moda en Madrid. Lo mimó, lo tentó y el genio claudicó. Se desmoronó hipnotizado por el mundo de Tina Rexach. Y ella le compró lo que le quedaba del alma. Desde entonces se puso a trabajar a su servicio, aparentando que escribía la novela de su vida. Pero Tina Rexach no es nada tonta. Hasta hace seis meses, que fue la última vez que Henry se atrevió a venir a Nueva York a buscarme, me pedía que regresara con él a Madrid. Ahora Tina Rexach lo mantiene atado al ordenador. Cinco y seis horas diarias, cinco días a la semana. Si no, no hay sueldo. Ése es el destino del gran escritor. Ni siquiera se dio cuenta del estado de esclavitud en que cayó y donde parece estar tan a gusto. El suplicio de Tántalo en su versión más horrible. El éxtasis de la vulgaridad, Néstor.

Mirta Casares movió la cabeza con pesadumbre. Entonces, ¿no había superado ese trance tan desagradable? ¿Acaso la distancia, el mar por medio, la aventura de su vida en Nueva York, tal vez algún amor secreto, surgido en Manhattan en un fantástico momento de soledad, toda esa historia personal que ella había venido a vivir con pasión a Nueva York, no le había servido de nada? Mirta Casares sonrió con un leve bostezo de tristeza cuando Néstor Rejón terminó de preguntarle tantas cosas absurdas. Le pidió el cigarrillo con un gesto de sus dedos y se lo llevó a los labios. Aspiró. Echó el humo, mientras afirmaba con la cabeza.

—Claro que sí —dijo convenciéndose. Exhaló las últimas briznas del humo junto con las sílabas de sus palabras y el gesto afirmativo del rostro—. Te estoy contando todo esto con la distancia que me da haber perdido un paraíso que en realidad no lo era. Es la distancia de la decepción la que me permite situarme en un lugar donde ya no llegan las piedras. ¿Te parece poca superación? Sólo, de vez en cuando, la melancolía, ¿verdad...? Ya no contemplamos la belleza de las flores, ya no hay esplendor en la hierba, tampoco hay aflicción, tan sólo el recuerdo de lo que quizá ayer fue la belleza perdura en nuestra memoria. ¿Lo ves? Otra vez Wordsworth...

Mirta Casares no lloró al terminar de hablar. Llegaba el día y ninguno de los dos había dormido en toda la noche. Néstor Rejón estaba a punto de rendirse al cansancio. Hacía esfuerzos por contener el sueño fuera de su mente cuando Mirta se percató de las horas que se les habían venido encima. Una locura. Tenía que marcharse con toda urgencia. A su casa de Brooklyn. Si rompía su promesa de no pasar ni siquiera una noche fuera de casa, se rompería la frágil disciplina que se había propuesto como terapia gimnástica desde la última vez que vino a buscarla Henry Barbosa y se pasaron veinticuatro horas de bar en bar, barrio a barrio de Manhattan, Soho arriba, Village abajo, entrando y saliendo de las horas como se entraba y salía del agua de la playa, de manera natural e inconsciente. Hasta que ella dijo nunca más. En voz alta. Le dijo que no quería volver a ver su figura patética, que no quería volver a escuchar su voz grotesca, llena de engolamientos de falso escritor. Se lo dijo de repente, casi a gritos, en el rincón de la barra de un bar de bebedores nocturnos. Por la Séptima y Broadway, no quería volver a acordarse del nombre exacto del lugar.

—Al este del Edén, tal vez —dijo Mirta mientras se levantaba de la cama y entraba en el cuarto de baño para ducharse y después vestirse precipitadamente—. Al fin había conseguido echarlo para siempre del paraíso cuando él se creía que era el señor de la selva, precisamente aquí, en Nueva York, mi territorio... Tengo que irme, Néstor...

—Como la Cenicienta —le contestó Néstor, con sorna.

—Sí —contestó Mirta ya vestida. Asomó primero el rostro sonriente por la puerta del cuarto de baño, antes de seguir hablando mientras salía de allí y terminaba de ajustarse el vestido—. Pero en este cuento el príncipe encontró el zapato antes de lo esperado por todos…, arrastrándose por la selva de esta moqueta donde sin magia es imposible ver nada por la noche…

—Recuerda que el brujo te ha invitado a comer en el Costa Vasca —le dijo Néstor despidiéndola en la puerta de la habitación.

Cuando se perdía tras la puerta del ascensor, Mirta Casares le voló un beso que llenó de satisfacción el alma del artista del oro. Cerró la puerta del cuarto. Pero cuando estaba metiéndose en la cama, rendido de la euforia, se reprochó a sí mismo no haberla llevado hasta su casa de Brooklyn. Él, el gran Néstor Rejón, todo un esteta, un caballero, un formalista exquisito, había fallado en lo más elemental porque Mirta Casares no le había permitido que la acompañara.

DIEZ

A los dos les gustaba mucho estar siempre juntos. Viajar juntos por Sicilia, amarse en las habitaciones de los hoteles donde se iban hospedando, comer, cenar juntos, volver a amarse por la noche en otra habitación, en otro hotel, tal vez en otra ciudad de Sicilia. Les gustaba especialmente cenar y desayunar juntos todos los días en la terraza abierta al mar de La Cúpula. Para el desayuno, desde las primeras horas, Stella se encargaba de montar y servir la mesa. Con solvencia y esmero, cuidaba con exquisita dedicación los gustos de Sarah y Néstor Rejón, que había ido conociendo tras los primeros meses en la *villa*. Café expreso y leche caliente con azúcar, limpia de nata, casi siempre dos huevos fritos, *sunny-side up*, para don Néstor, sin romper la yema y con la clara sólida, y jamón york y mortadela italiana; bollos y pan tibio de Taormina, *croissants*, abiertos en dos y ligeramente pasados por la plancha; miel de abeja, dulce de guayaba, mermeladas de naranja y frambuesa, nada de mantequilla; tabla de quesos y frutas de temporada; y, en abundancia, zumo de *sanguinella*, la naranja catanesa que daba un jugo tan dulce y transparente, de color rojo de sangre. Sin haberse separado en toda la noche, a los dos les gustaba reencontrarse en esas primeras horas del día en el desayuno que extendían hasta la mitad de la mañana sin ningún remordimiento del tiempo.

En las actitudes cotidianas de Néstor habían desaparecido desde hacía tiempo las prisas que, durante toda su vida de artista y empresario, fueron su costumbre esencial. Entonces todo era andar de un lado para otro, viajar, buscar el oro de la máxima calidad para las esculturas que no se cansaba de dibujar en sus estudios de Madrid y Nueva York, ir de América a Europa, dos días en París, unas horas en Milán, volar a Londres, dormir en un buen hotel de Berlín, regresar a Madrid. Nada de descansos. Una cena con colaboradores, un almuerzo de trabajo con joyeros, reuniones, información y documentación. Citas secretas con Ana Trejo, en Madrid o Barcelona, interminables debates y discusiones sobre sus sospechas, todavía preguntas en torno a Berta Solán, absurdas discusiones casi todos los días con Mirta Casares. ¿Y para eso se había venido a Madrid a vivir con él Mirta Casares, para enloquecerse de celos, para interrogarlo todo el tiempo sobre otras mujeres, para aparecer de repente en su estudio o en el restaurante donde comía con sus colaboradores y jugar a protagonizar una constante película de escándalo donde ella llevaba siempre la voz cantante del monólogo? Incontables conversaciones telefónicas. Y desayunos rápidos, hechos al vuelo de un minuto, sin percatarse de la temperatura del tiempo, qué día de la semana era y en qué estación del año vivía. ¿Era ése el triunfo del artista, vivir sometido al trasiego de los demás, a la agenda del empresario triunfador, en un baile de continuos pasos cambiados donde su particular protagonismo quedaba reducido al aplauso colectivo que pudiera apaciguar a cambio su vanidoteca esencial? ¿Y la vida, y la libertad, y las promesas de hacer lo que su propia voluntad le dictara en cada momento, en cuanto hubiera conseguido algunas cumbres que materialmente le garantizaran estar en paz con sus pasiones y consigo mismo? ¿Y sus hijas, cuándo tenía tiempo para verlas, para estar con ellas siquiera en un almuerzo del que se tenía que levantar siempre con prisas? ¿Cuándo habría lugar para llevarlas a Roma o a París? ¿Se había olvidado de que llevaba años prometiéndoles ese viaje a sus dos hijas?

En cuanto a Sarah d'Allara, había encontrado por fin lo que todas sus amigas de estudios en Harvard llamaban el caballo blanco. Al mismo tiempo un pecado y un dios mitológico con cuerpo, alma y apariencia de hombre perfecto que las mujercitas dibujaban con demasiado frenesí en sus fantasías pasionales. Y que luego, convertido con los años en un melancólico vacío de pesadilla, trataban de borrar de su memoria imaginaria con la realidad del hombre con el que acababan compartiendo sus vidas, a veces de muy mala gana, para ser irremediablemente sus esposas, y sólo sus esposas, sometidas con todos los inconvenientes y sus gratificaciones domésticas a la costumbre del matrimonio y los hijos. Si ella era para Néstor Rejón la visita de dios, Néstor era para ella su gran caballo blanco. Hacía todo cuanto ella había soñado a un ritmo acompasado al suyo, en su instante exacto, la contradecía poco o nada, la dejaba conducirlo mientras él mismo la conducía a ella, él ahora jugando a ser el rejuvenecido abuelo D'Allara en su aventura legendaria con la señora Lawrence, ella pletórica, juvenil, encantadoramente sugerente y libidinosa, otorgándose el papel de lady Chatterley en su locura pasional con el guardabosques.

A ese encuentro de los dos, en el aire del privilegio y cuando se iniciaba su declive físico, lo llamaba Néstor Rejón la confluencia consciente. Había que ceder parte del lugar, del tiempo, de la voluntad, del humor, de la caricia, de la pasión. Había que ceder para que Sarah cediera sin apenas darse cuenta y alcanzaran los dos el punto exacto de la confluencia.

—Nada fácil entrar en este bosque, Sarah —le había pronosticado Rejón tras los primeros días de conocerse y amarse en Barcelona.

Era difícil convertirse en otros sin dejar de ser ellos mismos, engañarse mutuamente como si fueran otras personas cuando en realidad eran ellos dos, Néstor abandonando su trabajo, escapándose de la persecución airada de Ana Trejo, huyendo disimuladamente por las esquinas del bombardeo de recados y llamadas telefónicas de Mirta Casares, ¿cuándo vienes?, dime, ¿quién coño es, cómo se llama?, te conozco, y a mí no me vas a seguir engañando, entérate, lo que estás haciendo ahora en Barcelona, cabrón, entérate de una vez, lo que estás haciendo, con quien sea, y me da igual, eso llevo yo haciéndolo en Madrid desde hace mucho tiempo, para que te jodas, genio, lo sabe todo el mundo, y todo el mundo me aplaude como a una reina a cualquier sitio que voy, para que te enteres. ¿Le importó a Néstor Rejón, al menos en ese momento, la descarnada y epiléptica confesión de Mirta Casares, le entraron los celos repentinos y la urgencia de regresar a Madrid a restaurar la ley, como si fuera un caballero de la Tabla Redonda?

Cuando Sarah le apuntó que se fueran a vivir a Sicilia, que se olvidaran de todo y comenzaran no una nueva vida sino la vida misma los dos juntos, Néstor Rejón siguió por fin el instinto de su propia libertad y la promesa que se había hecho a sí mismo muchos años antes de ese instante insólito: hacer lo que su voluntad le dictara en cada momento. *Carpe diem*, y nada más. Ella vivía pasionalmente entregada a su trabajo sobre Lampedusa y *El Gatopardo*, descubriendo y visitando todos los lugares de Sicilia por donde el príncipe de Lampedusa, sus antepasados, su biografía y su obra literaria habían ido dejando huellas más o menos escondidas, olvidadas, o recordadas solamente por los académicos, los estudiosos y los universitarios. Al fin y al cabo, en esa misma confluencia consciente y voluntaria, ¿no se estaba encontrando a sí misma, sus huellas familiares y las aventuras tan silenciadas de su abuelo D'Allara, el cochero de Castelmola? ¿Y acaso Néstor Rejón quería alguna otra cosa que verla a ella, así, siempre con él, a toda hora del día y de la noche, feliz y obsesionada con la documentación y la escritura de su libro sobre Lampedusa, lo más que ella había deseado siempre?

La cena era otra cosa siempre nueva en La Cúpula. Y esta vez no le dijo que había comprado el libro sobre Lampedusa en Sellerio hasta que llegaron a su casa de Taormina, después de tres largas horas de viaje en su coche desde Palermo, por la carretera de circunvalación del norte de la isla, tras abandonar la ciudad portuaria de Messina y vislumbrar en las cercanías, mientras la noche se extendía sobre el mar del estrecho, la costa calabresa de Italia. No, Sarah no estaba cansada después de tanto trabajo y tanto descubrimiento. Estaba eufórica y hambrienta. Y Stella prepararía la cena para ese momento de la llegada a su *villa* de Taormina. Una excelente *insalata caprese*, especialidad de la gobernanta siciliana, condimentada con el exacto punto de orégano y basilico. A la señora le encantaba la mozzarella napolitana, la auténtica mozzarella de búfala, Stella lo sabía muy bien; y prepararía *cozze* al vapor y *cernia alla griglia*, recién llegados de las orillas de Mazzarò, Stella era una experta en los frutos de mar, les daba el toque mágico que necesitaban esos bichos marinos para convertirse en tesoros culinarios. Y dos botellas de vino blanco siciliano, muy frío.

Al final de la cena, mientras tomaban un par de copas de vino de oporto sin moverse de la terraza de La Cúpula, Néstor le entregó el libro. Sarah se iluminó como una niña a la que por sorpresa le regalan el juguete que estaba esperando desde hacía tanto tiempo. Sus manos pasaban las páginas a una velocidad vertiginosa, acariciaba el libro como si fuera para ella un fetiche lleno de concupiscencia, de delante hacia atrás, y luego de atrás hacia delante, drogada por el efecto repentino de aquella joya. Sus labios rezumaban de oporto. Brillaban. Sus ojos caminaban por las fotografías de los Lampedusa, los Tomasi, los Florio, los Mastrogiovanni y los Filangeri y los Cutò, la Sicilia feudal ya desaparecida de la vida cotidiana de Palermo y de toda la isla, una gente cuya clase provocaba en los sicilianos desde mediados del siglo pasado una fuerte sensación de rechazo. La responsabilizaban del gran atraso histórico de la isla. Y, al mismo tiempo, padecían un raro sentimiento de orfandad: las nuevas clases dirigentes no habían sabido mantener ni una sola de las virtudes del viejo señorío, sino que además adquirieron por generación espontánea todos los defectos que debían haber sido eliminados por los nuevos tiempos, el nuevo orden, desde Garibaldi hasta ahora mismo. Y para colmo habían añadido los suyos, los graves errores que dominaban todavía Sicilia en una gran parte de la isla.

Rejón se acercó a Sarah, le pidió el libro y buscó la página del grabado de Giulio Fabrizio Tomasi, *El Gatopardo*, la sombra escrita del bisabuelo del escritor.

—Esta mañana estuve un rato estudiándolo, en el Villa Igea, y leyendo todo el texto de Lanza Tomasi sobre la realidad del personaje. Es un tipo impresionante —dijo Néstor.

—El astrónomo —contestó ella—. Hay quien sostiene que Lampedusa lo escogió porque, desde la distancia del tiempo y su memoria, era quien más se le parecía... Discutible esa interpretación... Su tiempo más hermoso es el que dedicaba a mirar las estrellas. Abstraído, le gustaba estar solo y construir pensamientos en el aire de su soledad. En medio del desembarco de Garibaldi en Marsala, cuando estallaban las bombas cercanas, y hubo muertos incluso en el jardín de su *villa* al norte de Palermo, y todo el mundo nota que viene una revolución que va a alterarlo todo desde sus quicios, al menos en apariencia, un cambio total que traerá el progreso y el bienestar, y la justicia y todo eso, el príncipe de Salina se dedicaba a mirar y a estudiar las estrellas. Y a rezar el rosario en familia, como era su costumbre. Como si estuviera diciendo que nada de cuanto ocurría ya allí, en Sicilia, le importaba mucho. Sabía que la condición humana es teatral, embustera, corrupta por naturaleza. Y que esa lucha por el paraíso definitivo en la Tierra, ¡en Sicilia!, ¡Dios mío, en Sicilia!, era parte del gran escenario donde se desarrollaba una y otra vez el melodrama italiano que él ya conocía de sobra. Era un hombre de reflexión intelectual, propenso a hablar consigo mismo, determinado a la crítica, un escéptico del mundo. Y, además, estaba ya al borde mismo de su decadencia física, como persona, y como representante de la clase feudal. Mira cómo observa a Angelica, como un viejo que echa de menos la fuerza de su juventud…, como si hubiera en él un gran poso de melancólico resentimiento por cuanto se ha ido y por cuanto está llegando. En esa nostalgia hay un deseo de volver a ser el joven que perdió sus años sin saber bien cómo, más que una vuelta de su clase social. Mira a Angelica como un tesoro que debía haberle correspondido a él en su juventud, y no la principessa Stella, la madre de sus hijos, de quien dice que peca porque no le permite hacer el amor como Dios manda. Por todo eso, cuando se publicó *El Gatopardo*, casi toda la izquierda y los progresistas de la cultura y la política italiana la tildaron de reaccionaria. A la novela y a su autor. No se dieron cuenta de que la crítica de Lampedusa iba más allá, que su novela no pretendía la reivindicación de la nobleza, el regreso de la clase feudal a la que pertenecía como último eslabón. Ni pretendía su resurrección, sino que era, además de una obra literaria extraordinaria, una crítica de la historia de Sicilia. Sobre todo de la clase feudal que es su propia sangre, su propia memoria. Y cuando llega la revolución de Garibaldi, Fabrizio de Salina, el gran representante de una de las familias más antiguas de Sicilia, se niega a entenderla. Su reflexión, su sentido de la crítica, su intuición reflexiva le dicen que no va a suceder mucho más de lo que ya ha sucedido siempre, que esa revolución no vendrá a cambiarlo todo, sino que lo que se busca es una sustitución de una clase social, la suya, por otra nueva. Y que la revolución, en fin, es parte del teatro de la historia, el escenario donde se suben los protagonistas para cumplir con su destino histórico, aupados por jarcas de comparsas que aplauden la caída de lo viejo y la llegada de lo nuevo, sin percatarse de qué es lo viejo y qué lo nuevo. Lampedusa sabía que las revoluciones llegaban de verdad a la historia de los hombres no cuando esos mismos hombres que querían encabezar la revolución vivían mal, sino cuando alcanzaban el estado de certidumbre que los convencía de que con la revolución iban a vivir mucho mejor.

Rejón la escuchaba absorto, hipnotizado por el ritmo del discurso de Sarah d'Allara, para él un descubrimiento cotidiano, una fuente constante de satisfacción, de pasión y placer. ¿Se daba cuenta ella de la diferencia de edad que había entre ellos dos, se daba cuenta Sarah de cuánto la deseaba, de cómo ella le había renovado la vida? ¿En realidad podía intuir Sarah d'Allara que, en el momento de conocerla en Barcelona, Rejón estaba a punto de abandonar su manera de vivir y, como un arrepentido, dejar su mundo, en el que había vivido tantos años libremente, como el triunfador que era, para volver sumiso, admitiendo sus muchos errores e implorando perdón, a los brazos de Berta Solán?

Revolución, decadencia, pensaba a toda velocidad Rejón, mientras atendía el discurso de Sarah sobre Lampedusa. La única revolución histórica que Rejón reconocía como tal era la francesa, que había hecho cada cosa en su momento. Incluso la instalación de la guillotina en plaza pública. Ese escenario, como acababa de decirle Sarah d'Allara, se convirtió en un destino necesario, sólo, claro, por un determinado tiempo histórico, que nunca debía perpetuarse so pena de pudrirse y transformarse en un albañal una vez obsoleto. Irremisiblemente, pensaba Rejón, tras la brillantez de la juventud que se creía eterna llegaba la irremediable caducidad. La decadencia y la caducidad. No estaba dispuesto a asumir como suyo el estereotipo de que otras revoluciones, y todas las revoluciones nacionalistas y supuestamente libertadoras, aunque algunas lo fueran de verdad durante algunos años, habían sido positivas para la Humanidad y para la Historia. Sólo reconocía con certeza que su única revolución había sido la francesa.

¿Era él, Néstor Rejón, por mantener ese sentido crítico, un reaccionario, un decadente, un caduco? ¿Era él, en ese sentido equívocamente ideológico, un lampedusiano, una pieza arqueológica a la que hasta ahora le había salvado la brillantez tal vez casual de las esculturas de oro que sus manos habían transformado en arte, cuando en realidad no tenían que haber sido más que detalles brillantemente decorativos que las señoras y los señores ricos del mundo entero adquirían para pavonearse ante sus amistades y familiares, en las fiestas y celebraciones de una clase que, en su torpe estilo y mediocre mentalidad histórica, Rejón rechazaba, en declaraciones públicas incluso, más de lo conveniente?

En los últimos quince años, sus obras artísticas habían alcanzado una exquisita perfección de museo. Ni siquiera Néstor Rejón comprendía cómo había llegado ese instante milagroso en que todo el oro que tocaba quedaba transformado en clásico, en pieza artística de inmenso valor. Y esa perfección lo había levantado en un carro de fuego hasta el estado celeste del máximo prestigio y respeto internacionales. Pero Rejón vino poco a poco a darse cuenta de que ese estado de gracia, en el que su mundo y los contrarios no dejaban de aplaudirle cada paso que daba, encubría un mensaje de sirenas malditas. Y, como el astuto Odiseo en su viaje de regreso a Ítaca, advirtió que aquellos cánticos llenos de halagos lo enredaban en un baile demasiado turbio. Eran todos un regalo envenenado y no podían durar eternamente. Significaban el principio de su caída en el olvido. De modo que había que continuar viaje. Regresar a Ítaca como un héroe que no había perdido el rumbo tras el triunfo sobre los troyanos, eliminar a los últimos pretendientes, recuperar la casa solariega y volver a vivir con Berta Solán. Entregarse por entero a la dulce decadencia doméstica, aceptar que ya había pasado su tiempo, que había llegado al cielo gracias a su talento artístico y a su vocación de buscador de oro. Ya estaban todas las metas conseguidas, ¿a qué esperar para aceptar el envejecimiento y no rebelarse más contra el paso de los años, dimitir de la brillantez y aprender a caminar lentamente por el sendero de la prudencia y decrepitud definitivas?

Otros mejores que él no se habían percatado a tiempo del riesgo mortal que los amenazaba al seguir aspirando a la medalla olímpica todas las semanas. No habían admitido que las fuerzas físicas comienzan a abandonar al ser humano hacia la mitad de su vida y que los cuidados del cuerpo y la mente se transformaban entonces en una obsesión estéril. Porque se trataba de luchar inútilmente contra el tiempo, contra la muerte siempre inminente. Contra las enfermedades que llegaban en tropel, una detrás de otra por primera vez, como ramalazos muy leves a los que no se les hace mucho caso para no caer en el purgatorio de los hipocondríacos y los neuróticos. Hasta que adquirían el tamaño de la evidencia y el color de los achaques, y se convertían en carencias crecientes, dolores crónicos, angustias nocturnas. Y pesadillas que lo dominaban durante los insomnios, indeseables pesadillas que se apoderaban de sus pocas energías en la soledad oscura de la noche. Y entonces apareció Sarah d'Allara y lo cambió todo. La revolución frente a la decadencia, se dijo Rejón en la terraza de La Cúpula, mientras Sarah seguía hablando de Lampedusa.

—Se pasó toda su vida leyendo, en inglés, en francés, en ruso —continuaba Sarah recorriendo a tramos la vida de Lampedusa—. Y en italiano. Su madre lo obligó desde muy pequeño a aprender a hablar y a escribir correctamente en inglés y francés, ¿qué te parece, Néstor? Y cuando el niño ya supo todos los secretos de esas lenguas, entonces Beatrice Filangeri di Cutò le dijo a su hijo que ya podía aprender a escribir en italiano. De manera que se pasó leyendo toda su vida en el Caflish, en el Círculo Bellini y en el Mazzara, que en los tiempos de Lampedusa tenía una entrada por Piazzale Ungheria, y por ahí llegaba el Príncipe todas las mañanas para sentarse a leer a los poetas franceses, y a Balzac y a Stendhal, durante horas, comiendo dulces sin parar y sin parar de leer. ¿Te imaginas a la gente mirando desde lejos al príncipe de Lampedusa embebido en sus libros, como si el resto del mundo no existiera?, ¿qué pensarían de él? Un noble inútil, un viejo aristócrata hundido en la decadencia, un tipo estéril que no ha trabajado en toda su vida, un ocioso de lujo que entretenía su triste vida gris leyendo en la soledad de las cafeterías provincianas de Palermo, en el Caflish, en la *pasticceria* de la esquina de General Magliocco con Ruggero Settimo... ¿Y qué pensaba Lampedusa de la gente y de él mismo, de la clase feudal cuyos privilegios ya habían desaparecido casi por completo del todo en su tiempo? Ya no importa, nada de eso importa, Néstor.

Lo que verdaderamente importaba es que el gran lector, el

gran inútil, el último heredero de los Gatopardos de Sicilia, de repente, cuando vislumbra que le quedan muy pocos años de vida, cuando la respiración empieza a fallarle, y él no va a permitirse el lujo de dejar de fumar a toda hora, cajetillas y cajetillas de cigarrillos todos los días, entonces, cuando comienzan a abandonarlo las energías físicas, cuando ya le fallan las rodillas y le cuesta mucho trabajo echar a andar toda la mole de su vieja humanidad; cuando caminar desde Via Butera a Quattro Canti se ha convertido para él en una epopeya, cuando a pesar de la compañía de los amigos jóvenes, su alumno Francesco Orlando y su sobrino Gioacchino, el autor del texto del espléndido libro que Rejón le había regalado, se siente más solo que cuando era joven, ¿qué hace Lampedusa? ¿Se mete en su *palazzo* en Butera, donde nunca le había gustado vivir, y se pasa las horas leyendo a los maestros como ha hecho durante toda la vida, mientras va apagándose su existencia sin que suceda nada de importancia a lo largo de toda ella?

—No, nada de eso —continuaba hablando Sarah—. Lampedusa se atreve a hacer el viaje de regreso a la memoria histórica y familiar que nunca había dejado de alimentar en su propia memoria. Regresa a Santa Margherita di Belice, la posesión de su madre, donde no ha vuelto a estar desde niño. E inventa Donnafugata, que se abre ante su mente como un espejismo real. Y va a Palma de Montechiaro, y visita el castillo derrumbado y el monasterio, donde las monjas lo reciben como quien realmente es, el señor del lugar, el duque de Palma, el príncipe de Lampedusa. Y se le abre un mundo de imágenes y palabras que siempre había tenido dentro, como la música callada de su memoria. Una memoria aparentemente dormida que, de repente, se levanta viva desde el foso de sus cenizas apagadas muchos años atrás, y se atreve a pensar que puede escribir todavía *El Gatopardo*. Regresa a Palermo, vence todas las desidias y todas las dudas, y se pone a trabajar en silencio. En secreto, como un agente clandestino de una potencia extranjera que no debe ser descubierto jamás por la policía. Y se pone a escribir a mano, en cuadernos que va emborronando y guardando. Sabe lo que quiere, sabe dónde va, y dónde quiere ir. Sabe que lo persigue la sombra de la muerte. No la ve, pero la percibe, la huele, la siente muy cerca, casi la toca a veces en las noches calurosas de Palermo. Y en algunos momentos, puede haber sentido que el mismísimo Fabrizio de Salina, su personaje, su Gatopardo central, ha cobrado vida dentro de él. A veces, oye el mar cercano y le pone atención a la voz de las olas en las horas de la amanecida de Palermo. Quiere traducir lo que le dicen. Está ahí, ¿te lo imaginas?, solo, echado en su camastro, con la ventana abierta dando prácticamente sobre el mar, a escasos metros del mar. Y por esa ventana entran como una música el rumor de las olas y la voz de Fabrizio de Salina al mismo tiempo. Como si fueran una misma voz, el mar de Palermo y Fabrizio de Salina. Y entonces se levanta de la cama, enciende un cigarrillo detrás de otro, y escribe como un poseso. Como si la sombra de su bisabuelo, que Lampedusa se ha atrevido a resucitar para rescribirle su vida a su manera, le estuviera dictando realmente con palabras la descripción de su propia muerte, allí mismo, en el viejo Albergo Trinacria, junto al *palazzo* donde Lampedusa escribe en secreto, para que nadie lo sepa, su gran obra. *Ecco*, ya está, eso es la magia de la literatura, eso es *El Gatopardo*. *Ecco.*

Lo enloquecía verla tan viva, tan apasionada por la vida, por el trabajo que estaba haciendo. Y en esos momentos de trance, que buscaba que se repitieran alimentando las energías de Sarah y las suyas propias en la dirección exacta de la confluencia consciente, donde al final los dos se reconocían en la pasión amorosa que los hacía vivir juntos todos los días de Sicilia, Rejón se preguntaba si Antonio Limpito se había atrevido a poseer a Sarah d'Allara como ella hubiera querido. Y si había vislumbrado alguna vez que esa joya de oro se le iba a escapar de las manos cuando menos lo esperaba. Por no saber cuidarla, pensaba Rejón. Por no reconocerla. Por no darse cuenta de su valor. De otra manera, se repetía Néstor Rejón para sí mismo, jamás se hubiera detenido a conocerlo en el Majestic.

ONCE

En La Cúpula, Néstor Rejón reflexionaba sobre la conversación que habían mantenido en torno a la guerra de Irak los comensales de la cena en el Nicolás. Las noticias trágicas habían saltado de la invasión a la ocupación continuada de todo el territorio por las tropas norteamericanas y británicas, gracias a los crecientes e inacabables ataques de bandas terroristas, que una parte del mundo llamaba resistentes, contra Bagdad y otras importantes ciudades del país. Con el paso de los meses, se había vuelto insoslayable la incapacidad de las fuerzas de ocupación para cumplir las promesas de una nueva vida libre y decente para el país que vinieron a liberar de un dictador sanguinario. Para colmo, no habían encontrado la coartada esencial de la invasión y la guerra: las armas de destrucción masiva.

No se había cumplido la caída del gobierno español, por un exagerado apoyo a la guerra y a la ocupación, que Tony Limpito, Miguel Águilas y Eduardo Altea habían pronosticado con más euforia pasional que con capacidad de observación, según los cálculos proféticos que Néstor Rejón les había escuchado de su boca durante la cena. En cuanto al análisis de Elías Codina, más pegado a los hechos y sus derivaciones que a los auspicios sentimentales y subjetivos de Limpito, tampoco se había cumplido del todo. Los pronósticos más razonables fueron los de quienes habían sostenido, en los momentos más crudos de la controversia, que con la guerra crecería la violencia y la inseguridad en muchas partes del mundo.

Desde el principio de las hostilidades, Néstor Rejón había sospechado, como Elías Codina, que el gobierno israelí de Sharon había influido con todo su poder para que la Administración norteamericana invadiera Irak.

—Sharon se lo hizo saber a Bush —dijo Codina, sin dejar de fumar un solo segundo—. O atacas tú o ataco yo. Habría sido un suicidio que el ejército israelí hubiera entrado en guerra con Irak. Equivaldría a entrar en guerra contra todas las naciones árabes y musulmanas, ¿no?

A pesar de ser judío, Codina no compartía ninguna de las tropelías que el gobierno de Sharon llevaba a cabo en Palestina. Cabré lo escuchaba en silencio, con atención, con una ligera mueca de sorna asomándose y borrándose de su rostro, según fuera negando o aceptando el análisis de Codina, sin que sus leves y estudiadas gesticulaciones hicieran efecto de ningún tipo en el ritmo del discurso del financiero.

—Pero... Elías, ¿no estarás tratando de justificar la brutalidad de esta invasión? —interrumpió Limpito en cuanto juzgó que Codina había hablado ya lo suficiente, que se le había acabado el recitado de su papel en la obra.

Rejón pensaba que la visión de Codina era menos politizada, menos ideologizada y menos interesadamente subjetiva que la de Limpito. Se estuviera de acuerdo o no con sus argumentos, el planteamiento, el tono y la semántica del discurso de Elías Codina durante la cena del Nicolás asumían la necesaria seriedad de los hechos y sus hipotéticas consecuencias. Mientras que Limpito, apoyado por los comentarios jocosos de Águilas y, con más tibieza, por Altea, regaba su discurso con el *allegro* furioso de una excesiva pasión ideológica que buscaba arrinconar a Codina en un rincón del ring del que el financiero había salido hacía ya bastantes años. Ni en su exposición ni en sus conclusiones veía Rejón por parte de Codina ningún resentimiento, ningún interés personal, ninguna postura de casta económica. ¿Y eso es lo que molestaba tanto a Limpito o simplemente que alguien como Codina, con conocimiento de causa y sin estridencias personalistas, le echara el pulso cuerpo a cuerpo, delante de todos los comensales de aquella cena de amigos?

La voz de Codina era la de un occidental consecuente, la voz de un liberal europeo que estaba al tanto de cuanto sucedía en los escenarios del mundo, incluso en las sentinas bancarias que movían determinadas circunstancias criminales, pero ya en ese momento lo examinaba todo con la lupa de una experimentada madurez, opuesta en sus formas y contenidos a la vitalidad y juventud de Tony Limpito, tan deslumbrante en su reto y arrollador en la pelea, pero demasiado contumaz en sus puntos de vista: siempre a favor del viento, al borde mismo del sueño demagógico y del discurso de la utopía.

¿Era por eso un reaccionario Elías Codina, o quienes eran y pensaban como él?, se preguntaba Rejón en el estudio de La Cúpula. Estaba asomado a la terraza de la *villa* para observar desde allí la hermosa vista que se divisaba de la bahía de Taormina y el mar Jónico, mientras recordaba con molesta obsesión cada secuencia de la cena del Nicolás en las vísperas de la batalla decisiva, que él creía quizá equivocadamente que tendría que librar tras la llegada de Limpito a Sicilia para ver a Sarah. Y tal vez, como sospechaba, para convencerla de que regresara con él a Barcelona. ¿Sería él mismo, Néstor Rejón, el buscador de oro, también un viejo y rico reaccionario a ojos de Limpito, y quizá del jocoso Águilas y del recatado y cauteloso Altea? ¿Sería él también el tipo de occidental decadente al que no le importaba gran cosa el mundo occidental, el mundo entero, sino que adoptaba la postura de la comodidad del privilegiado e ignoraba por costumbre cuanto sucedía a su alrededor como si no le concerniera? ¿Era él un viejo vividor, se preguntaba Néstor Rejón en su estudio de La Cúpula, integrante de la selecta minoría occidental, heredera de los privilegios de la tribu antigua de conquistadores que había sido barrida en pocos años por la nueva concepción del mundo donde habían triunfado de manera imperativa los cambios revolucionarios de todo un siglo de liberación?

Cuando recordaba el rictus sarcástico que Limpito exhibía mientras Codina hablaba, Rejón concluía que el joven impetuoso, el impertinentemente brillante Tony Limpito trataba de evitar por simple urbanidad decirle a la cara a Elías Codina lo que estaba pensando de él: que, en efecto, era un vividor, un sionista que disimulaba su falta de escrúpulos bajo la máscara del librepensador, un reaccionario, un crápula del mundo occidental, tan privilegiado y abusador. ¿Eran, por el contrario, revolucionarios y progresistas, inteligentes e inmaculados Tony Limpito, Águilas o Altea, gentes que vivían siempre empujando y exigiendo en cada conflicto cambios urgentes, drásticos, inmediatos, gentes que pensaban que con esa postura el mundo entero había caminado siempre hacia delante, sin dar un paso atrás, ni siquiera para tomar impulso? ¿Eran ellos entonces la nueva sal de la Tierra? Y, con esa actitud, seguía preguntándose Rejón, ¿habían tenido siempre razón, el tiempo y la Historia les habían dado siempre la razón?, ¿no habían cometido nunca ningún error que los hiciera recapacitar?

—No, Tony, no es ésa mi intención —le contestó Codina a Limpito, sin perder la calma, sin entrar en el escabroso terreno del cuerpo a cuerpo que le proponía la atrevida impertinencia del jovial auditor de empresas—. Sólo estoy expresando lo que pienso de verdad. Lo que creo que va a suceder, independientemente de que me parezca bien o mal la guerra, la invasión y la ocupación de Irak.

—Me gustaría saber qué opinan las mujeres —terció Eduardo Altea, prudente, diplomático. Se sonrió, miró a las tres mujeres de la mesa y se llevó, sin dejar de sonreír, un sorbo de su copa de Viña Ardanza a los labios, antes de continuar con su ironía—. Hasta ahora no hemos hablado sino los hombres. Después van a acusarnos de machismo redomado…

Las tres mujeres aludidas sonrieron cada una a su manera. Celia Levy tomó la iniciativa.

—Si no hemos hablado hasta ahora —dijo, y barrió uno a uno los rostros de los comensales con su mirada—, será porque no hemos querido hacerlo, ¿no? Preferimos seguir aprendiendo de ustedes.

Volvió a sonreír mirando ahora primero a Limpito y un segundo después el resto de los comensales. Águilas le hizo un mohín de amistoso reproche. Mientras la observaba, Rejón se preguntó si a Sarah d'Allara le interesaba la guerra de Irak y la situación política que se había creado en España tras la invasión. Por lo demás, estaba seguro de que el silencio de Clara Rosales era una cómplice y tácita muestra de acuerdo con las tesis de su marido.

—La guerra no se ha hecho sólo contra Sadam Husein, señores, eso es una tontería demasiado primaria —intervino de nuevo Limpito, interrumpiendo impertinente. Luego, mientras seguía hablando como si sólo lo estuviera haciendo para Sarah, retó de reojo a Néstor Rejón—. La guerra la han hecho los pretócratas yanquis para quedarse con la producción iraquí. El oro ya no es lo más importante en el mundo. El oro ha dejado de ser el gran becerro. Ahora el gran dios de oro es el petróleo. ¿Qué dices tú, Sarah...? Todos sabemos que te gusta mucho hablar, todos sabemos que hablas tan bien, Sarah..., ¿por qué estás tan callada esta noche?, ¿qué cambio tan raro es éste? ¿Tan ensimismada te tiene tu príncipe de Lampedusa, tu Gatopardo? A ver, cuéntanos, mujer, ¿qué pasa por tu cabeza con tanto silencio?

Lo más importante del mundo, pensó Rejón en su silencio cuando Limpito se refirió a Sarah, era la juventud. Nadie sabía que era joven mientras era joven, ¿a quién le había oído o dónde diablos había leído esa sentencia tan sabia? Ahora sabía que no le había costado ningún esfuerzo retener con toda nitidez en su memoria el reto de Limpito la noche de la cena. El mismo reto que le había echado al rostro en el Majestic, la noche de la inauguración de su muestra de joyas escultóricas en Barcelona, el momento de la visita de Dios y la resurrección, cuando sus años comenzaron a girar vertiginosamente hacia el rejuvenecimiento desde el instante en que conoció a Sarah d'Allara. Y, como siempre que hasta ese entonces se regocijaba con sus triunfos en los negocios del oro, recordó una vez más con toda nitidez en el Nicolás, cuando Limpito simulaba dirigirse a Sarah d'Allara, aunque en realidad lo mirara y le hablara a él, la historia de Johann August Suter.

Cuando Suter escapó de Suiza, no era más que un tipo alto, flaco, avejentado de rostro, con un pelo más o menos rojizo que asomaba bajo su sombrero de hebilla de plata, un tipo que calzaba zapatos con clavos y llevaba por bastón una vara en la mano. Escapaba sin pasaporte. Y era además un personaje del que la policía sospechaba actividades clandestinas y delictivas. Era un contrabandista. ¿Huía Suter de sí mismo cuando atravesó con la osadía del visionario las fronterizas y rudas montañas suizas y pasó a Francia, abandonó su vida, dejó atrás a su esposa y cuatro hijos y se lanzó con treinta años de edad al viaje de su destino, el viaje a América?

Llegó al puerto de Nueva York, donde desembarcaban por entonces, sobre 1848, los náufragos de un mundo decadente, los infelices, los arriesgados, los desarraigados, los abandonados por la esperanza, los expulsados del cielo del amor romántico, los revolucionarios que no se plegaron a las costumbres seculares de Europa, los apóstatas, los amantes pasionales de su propio destierro, que soñaban con el Paraíso al otro lado del infierno europeo, los dementes que creían en los falansterios y el hombre bueno, las legiones de iluminados y los ejércitos enteros de profetas que creyeron que América era el cielo en la Tierra.

Entre esa tropa de desheredados, Suter huyó de sí mismo y de su mundo ya estéril, porque buscaba inventar en California un nuevo país del que, nada más imaginarlo en su delirio de viajero sin identidad legal, se sintió legítimo promotor, propietario y administrador; una nueva tierra, a la que bautizó con el nombre de Nueva Helvecia, en la que como si fuera un Hacedor sagrado trataría de recrear la agricultura de su país natal en el continente americano.

Cuando alcanzó su primer destino soñado, el loco de Suter consiguió plantar en aquellas vastas llanuras todavía ásperas, tan vírgenes como feroces, olivos, higueras y manzanos. Incluso viñedos. Y campos de algodón. Un vergel edénico. Allí estaban todos juntos los indios, los viejos pobladores, y los nuevos, los intrusos europeos, y los criollos que se creyeron durante un tiempo los dueños únicos de todo el territorio. ¿No había llegado Suter al Paraíso soñado? Cuando creyó que había conseguido su gran gloria, cuando creyó saber que sus tierras de California eran el Paraíso que el cielo le había prometido a los desheredados, a la gente como él en la Tierra, cuando en 1848 Johann August Suter había logrado ser el primero de todos los multimillonarios que luego llegarían a ser tan ricos como él en los Estados Unidos de América, cuando Suter pudo proclamarse, como lo describió Blaise Cendrars en su libro, el primer americano mil veces millonario, se arruinó por un golpe de mala suerte: un simple e inocente golpe de azadón. Tenía cuarenta y cinco años cuando San Francisco se convirtió en la Golden Gate de todos los visionarios del mundo.

Fue el tiempo dorado en que Suter creyó que ya lo había visto y lo sabía todo del mundo inventado con el atrevimiento de su viaje hacia el ensueño del destino. Entonces pensó, sentado en su señorial mansión de L'Ermitage, edificada en piedra y madera al norte de su vasto imperio, a orillas del río Pluma, que era de justicia que sus hijos vinieran de Europa a la Nueva Helvecia. Para que vieran, vivieran y gozaran de su obra; para que caminaran por sus viñas Horckheimer, Chambertin, Château-Chinon, levantadas con cepas importadas de los valles del Rin y de la región de Borgoña. Debía traerse a su sangre más cercana de la lejana Europa porque pensaba y creía que ya había conseguido el gran sueño de su vida, su gran triunfo: ser el dueño de su paz, el dueño del Paraíso de la paz. Y, de repente, regresó la plaga de los males a la selva para devorarlo todo.

La gente volvió a toda velocidad al vértigo de la locura. Volvió la ambición desbocada de la marabunta. Al principio, Suter no comprendió qué estaba sucediendo, qué gran cambio se avecinaba implacable delante mismo de sus ojos, en el mismo corazón de la Nueva Helvecia. Asistía abstraído, asombrado y sin entender mucho lo que estaba sucediendo en su Paraíso, al principio de su ruina, el descubrimiento de las minas de oro en sus propias tierras. Por un golpe de mala suerte: un golpe de azadón. Había una sola carta encima de la mesa, pero era la carta más alta. Y el juego era exactamente ése: ganaba la carta más alta. Son las minas más ricas del mundo. Las minas que poseen las pepitas de oro más grandes del mundo, el filón nunca imaginado: su ruina. El final de su sueño por culpa de un fortuito y desgraciado golpe de azadón. Suter tratará de ocultar el hallazgo, desesperadamente intentará convencer a sus gerentes, a sus trabajadores, a sus socios y mayordomos para que mantengan en silencio el descubrimiento del tesoro. Aunque sean cinco, seis meses. Un año. Pero su proyecto resultará inútil, la fiebre devorará la noticia y la avalancha no tardará en arrasar el Paraíso. El vagón del tren en el que viaja su vida descarrilará sin remedio. No será una más de las pesadillas de su juventud, de aquellas que lo atosigaban en las noches sin sueño mientras lo perseguía la policía por los vericuetos de las fronteras clandestinas de Suiza; tampoco será una leyenda de las que le han contado las noches de tragos, con las que Suter seguía soñando cuando se acostaba feliz en su cama de L'Ermitage. Será la tragedia de su vida, que le llegará por sorpresa.

Después vinieron, como una tempestad imparable, la revolución, los cambios del oro, la marabunta humana que se lo invadió todo, se lo robó todo, se lo comió todo, lo hundió y arruinó todo. La locura del oro. Y en 1880, el joven visionario, que tan sólo unas décadas antes había desembarcado en Nueva York con los ojos brillando de esperanza, ya era un viejo decadente y charlatán que arrastraba su figura grotesca por los pasillos y las oficinas del Palacio del Congreso. Despojado de su Paraíso, había podido sin embargo llegar, con parecida fiebre juvenil a la que lo llevó hasta California, a las puertas del rescate de sus tierras perdidas. O eso creyó.

—Cuando gane el pleito —les prometió Suter a los funcionarios que llevaban su caso—, os daré todo el oro del mundo, el oro que me corresponde, el oro purificado y justo. El oro de Dios.

Pero Suter no tiene tiempo de mucho más porque, cuando les prometió el oro de Dios, aunque él no lo supiera, corría el último año de su vida. Y el general Johann August Suter, el inventor de la Nueva Helvecia, el soñador del nuevo mundo, el implacable lector del Apocalipsis, termina por morir sin que sus peticiones de justicia hayan sido tenidas en cuenta.

Ese día, el 17 de junio de 1880, el día en que a las tres de la tarde le sobrevino la muerte al gran Suter, el Congreso ni siquiera ha celebrado sesiones de trabajo. Minutos antes de su muerte, un muchacho llamado Dick Price, que vendía cerillas a las puertas del Capitolio, le gritó al general que había ganado la partida. Le gritó, mientras bajaba de cuatro en cuatro las escalinatas de mármol del Congreso, que le habían concedido cien millones de dólares por todas las injusticias que se cometieron contra él. Con el rostro lleno del sudor de la felicidad, Suter se levantó. También quiso gritar de júbilo. Miró hacia el Congreso.

—Gracias, muchas gracias —atinó a pronunciar, mientras se desplomaba tras agitar sus brazos en el aire para dibujar el mapa de su Paraíso rescatado, sin escuchar la carcajada colectiva de los siete granujas tramposos que se reían de su anciana ingenuidad en el mismo instante de su muerte.

Suter ya estaba más en el otro mundo que en éste cuando lo arrebató otra visión que no podrá contarle ya a nadie: está sobre un puente fluvial y viaja en el vagón de un tren que de repente está a punto de descarrilar. Entonces tratará de escapar de su tragedia inminente. No quiere morir, no debe morir hasta recuperar la Nueva Helvecia, hasta conseguir otra vez el sueño del Paraíso. Y entonces ve, en la nebulosa atroz de la pesadilla, que el tren se desmorona desde el puente hasta hundirse a cámara lenta en el río, entre alaridos, gritos y ruidos horribles de hierros retorcidos y ardientes. Pero Suter observa el descarrilamiento desde fuera, desde un lugar cercano al desastre: la tragedia no puede afectarle. Como si fuera espectador de una película en la que no participa: ya no viaja en el tren siniestrado. Se ha escapado de la muerte como, en plena juventud, logró escaparse de Suiza sin pasaporte. Y cree que está soñando.

Cuando Limpito lo miró atravesado, entre el humo de los fumadores de la mesa del Nicolás, a través de los murmullos entrecruzados y los ecos de las conversaciones de las otras mesas del restaurante, lleno a esa hora de la noche, a Néstor Rejón se le vino a la cabeza la historia trágica de Suter, el perdedor. Con cierta frecuencia, el fantasma de Suter surgía de repente en su memoria y se le acercaba para hablarle de las señales de humo, para traducirle los jeroglíficos de los ecos y las voces que crecían alrededor suyo, para sugerirle especial atención ante el ataque del enemigo peligroso. Desde que por pura curiosidad profesional de buscador de oro había hecho el viaje de Nueva York a California, hasta la ciudad de San Francisco, acompañado por Mirta Casares, hasta las tierras que fueron la Nueva Helvecia de Suter, la sombra del viejo general fracasado, tránsfuga ilegal y renegado de Europa, lo acompañaba para señalarle los peligros inminentes de los que debía de huir como él había logrado escapar de Suiza para encontrar en América su gloria y su fracaso.

—¿No estáis de acuerdo conmigo en lo que digo del petróleo y el oro? —pidió complicidad Limpito al resto de los asistentes a la cena. Había elevado el tono de voz y miraba uno tras otro a cada uno de los comensales, exigiéndoles con tan retórica pregunta que se pusieran de su parte.

—Hombre..., el petróleo es el único patrón que podría hacer que el mundo se tambaleara en unas pocas horas —asintió Altea, concesivo y superfluo—. Una crisis petrolera y el mundo saltaría por los aires...

—Nuestro mundo, sólo nuestro mundo —intervino Celia Levy—. Estamos demasiado acostumbrados a los lujos. Estamos demasiado acostumbrados a comer tres y cuatro veces al día. A la calefacción, al aire acondicionado, al tren y al avión en gran clase, ¿no? Nada de *animal class*, nada de *cutre class*, ¿verdad?, siempre arriba, nosotros viajamos siempre en el cielo. Estamos muy acostumbrados a encender y apagar la luz cuando nos da la gana... Estamos demasiado acostumbrados a gastarlo todo, a gastar demasiado...

—Eso es, nos hemos reblandecido —atajó Limpito, los ojos dos ascuas repentinamente encendidas por el envite de Celia Levy—. Nos hemos convertido en muñecos mimosos que no podemos prescindir de nuestros innecesarios juguetes cotidianos. Y todos tienen que ver con la energía, con el petróleo...

—El estado del bienestar, ¿no es eso? —reclamó sin levantar la voz Elías Codina.

—Los africanos, los chinos, los árabes, los turcos, ésa es la nueva humanidad, la que va a tomar el relevo de la exhausta civilización que representamos nosotros, el llamado mundo occidental —añadió Limpito, darwinista, solvente, sin hacer caso del guante que le había enviado Codina—. El macho blanco es una especie en extinción. A esta decadencia sólo sobrevivirán los mejores... Es decir, digámoslo claro de una vez: las mejores, las mujeres. Y ellas lo saben bien...

—Pero, Tony, hombre, no te nos pongas tan trágico —bromeó Águilas—. Supongo que esa profecía, de cumplirse, tardará en llegar, cuarenta, cincuenta años, todavía. Hasta entonces, concédenos una generosa prórroga para que veamos los primeros síntomas del fin, ¿no? Además, estos recién llegados con las nuevas invasiones, necesitarán expertos cicerones que los ilustren sobre el pantanoso territorio donde se van a mover..., digo yo. Y aquí estamos nosotros para dirigirlos con bien por el laberinto...

Desde esa misma noche, mientras hablaba en el Nicolás tratando de imponer sus criterios sobre la guerra de Irak y la agónica civilización occidental, Tony Limpito había decidido en silencio su viaje a Sicilia para recuperar a Sarah d'Allara de la cama del viejo buscador de oro. Quería rescatarla de aquel error terrible y hacerla regresar con él a la cordura que había perdido al dejarse seducir por Néstor Rejón, con la estúpida coartada de trabajar en Sicilia sobre *El Gatopardo* y Lampedusa, la manía ridícula de Sarah d'Allara. Pero ¿qué asunto de tanta importancia encontraba Sarah en Lampedusa y en su novela, qué iba a hacer en Sicilia durante esa temporada sino dejarse llevar para acá y para allá por los regocijos, los mimos y los regalos de aquel viejo rico? Entre sus críticas al mundo occidental y las bromas de Águilas, vio llegado el momento de declararle la guerra a Néstor Rejón a los postres de la cena. Entonces, antes de contestarle a Miguel Águilas, miró de nuevo, fijamente, al buscador de oro. Para que supiera que se estaba dirigiendo a él, que ese guante se lo estaba lanzando a la cara delante de todo el mundo.

—No, no, no, ni hablar, Miguelón, te equivocas —dijo Limpito convencido, exaltado, tratando de convencer a los demás, sin dejar de mirar fijamente a Rejón—, esa decadencia ya está aquí. El edificio, por más que parezca resplandeciente, está decrépito y viejo. Y tú sabes, todos vosotros lo tenéis que saber, que los viejos huelen mal, apestan. Hieden.

Quería la guerra allí mismo, pero Rejón no iba a seguirle sus deseos. Ni allí ni en Taormina, si por fin se atrevía a ir a la isla para llevarse a Sarah d'Allara. Se dio cuenta de que los comensales guardaban un silencio expectante tras las palabras de Limpito. Todos esperaban que el gladiador aceptara el reto, que fuera directamente al trapo, que bajara a la arena y embistiera a Limpito, que lo empitonara, que le abriera la femoral de un solo golpe, limpio y mortal. Como se merecía su imprudencia extrema, su creencia en la propia fuerza. Pero Rejón intuyó que esa batalla no iba a desarrollarse de esa manera tan escabrosa, torpemente, a gritos. Si tenía que suceder, tendría que ser como si no ocurriera, una suave y levísima escaramuza. Por eso le devolvió el guante con una sonrisa de ironía, suave, levemente.

—No es exactamente así, Tony —dijo—. El tiempo es quien marca sus límites. Nosotros creemos que marcamos su carrera, pero es el tiempo quien nos marca y nos limita. Ése es el gran Dios, y no hay ninguno más. Ni el oro, ni el petróleo. Patrones, sí, pero todos son patrones transitorios. Lo único que no pasa nunca, lo único que no se acaba jamás es el tiempo. Se nos acaba a nosotros, pero él no se acaba nunca: nos nutre y nos devora.

Sarah le tomó una de sus manos y se la apretó con amor mientras hablaba. No porque hubiera notado que Rejón estaba a punto de estallar contra Tony Limpito, sino como una pública demostración de acuerdo. Rejón entendió su gesto y le acarició la mano sin demasiada ostentación. No buscaba herir a Cabré sino marcarle las distancias delante del resto de los comensales. No era el momento del cuerpo a cuerpo. Hacía ya muchos años que había entendido que el tiempo del verdadero duelista era interminable y duraba toda la vida. El duelista nunca abandona el campo de batalla, sino que mantiene siempre la guardia en alto y las armas aceitadas. Sabe medir la propia fuerza y respetar al enemigo. Aunque aparente una paz y un descanso aplacibles, como si ya hubiera alcanzado su destino triunfal. Ésa había sido la grave equivocación de Suter, permanecer aislado, feliz y con la guardia baja en el privilegio de L'Ermitage. Creerse que ya lo había conseguido todo. Creerse el inventor de su mundo. Creerse Dios. Y no contar con el tiempo, no estar atento a los rumores sospechosos que se arremolinaban en sus cercanías como nubes de implacable tormenta. Creerse que era el dueño del tiempo porque miraba a cada rato su lujosísimo reloj de pared, de oro y maderas nobles, y le ordenaba marcar las horas establecidas por su propia voluntad, por el reloj de oro con leontina que llevaba siempre en el bolsillo, sin saber que ese artefacto era tan imperfecto en su funcionamiento interno que siempre señalaba una hora inexacta.

—Quiero decir, Elías, Celia, Tony —añadió mientras miraba ahora a Sarah d'Allara—, que todos tenemos nuestro propio tiempo. Y que el tiempo de cada uno es tan distinto a los demás como cada uno de nosotros lo es de los otros. Claro. No tiene la misma medida, el mismo efecto en cada uno de nosotros, ni el mismo resultado. Ni el mismo límite. El mundo occidental, la civilización occidental, tiene muchos mecanismos de defensa en la reserva. El Imperio romano no estuvo tan desarrollado como nosotros, ¿verdad? Y tardó en caer. Tardó su tiempo. No, no creo que todo sea una cuestión económica, una cuestión de poder militar, una cuestión tecnológica, desde luego, una cuestión de abuso. También es una cuestión cultural. No todo es una cuestión de clase social, ni mucho menos. Casi todo es una cuestión de respeto cultural en estos tiempos nuestros, donde la única ciencia exacta es la publicidad. Aunque no todo el mundo lo sepa.

Desde la terraza de La Cúpula, en la luminosa oscuridad de la noche siciliana, Rejón se extasiaba ante la intemporal belleza en sombras de la bahía de Taormina. Y, con la inminente llegada a la isla de Tony Limpito, recordaba los pormenores de la conversación en la cena del Nicolás. Una cuestión cultural, se repitió en baja voz sin dejar de maravillarse ante la hermosura del mar de Taormina en la noche.

—Ésa es la visión de un exquisito —descargó Limpito, sin dejarlo terminar su discurso—. La visión del clasista, en el fondo y en la forma.

—Exacto. Como el tiempo, porque el tiempo tiene un cuidado exquisito con todo. Hasta con su propia esencia, con su propia relatividad, con sus límites, ¿tú todavía no lo sabes? —atajó Rejón.

La bahía de Taormina era obra del tiempo, del exquisito poder de permanencia del tiempo, que no se detenía a contarse a sí mismo, ni a sus siglos pasados ni venideros, que no se paraba a observar su obra, sino que caminaba a su propio ritmo, al galope que él mismo se iba marcando en su viaje interminable. Y el pueblo con sus luces encendidas, a seiscientos metros sobre el nivel del mar, colgado allá arriba, por debajo de Castelmola, trepándose a las cumbres para mirar de frente al Etna, con la bahía abajo, en la cara del mar, completaba un dibujo inmenso del Mediterráneo y su tiempo, la memoria y la exquisitez de un paisaje creado por los siglos. Las ruinas arqueológicas de Siracusa eran exquisitas, ¿no lo sabía Tony Limpito?, ¿las había visto alguna vez? Exquisita era la fuente de Aretusa. Y el principio de Arquímedes, que había nacido allí, era una exquisitez. Y toda la isla de Ortigia, el barroco de las iglesias y el de las fachadas de sus casas, concebidas y diseñadas por los mismos constructores exquisitos que concibieron y levantaron Cádiz y La Habana, eran un resultado exquisito del tiempo.

Era exquisita la Piazza Duomo, y exquisitos eran los *palazzi* que la rodeaban, el del Municipio y el Beneventano del Bosco. Desde su concepción a su resultado. Y la luz, ¿había visto alguna vez Limpito la luminosidad de Siracusa en todo su esplendor, había paseado alguna vez por el gimnasio desierto y por las gradas del anfiteatro romano como si fuera un ciudadano del Imperio? ¿Había visitado el teatro griego de la Neapoli de Siracusa, había sentido el pavor del tiempo al entrar solo en la cueva llamada La Oreja de Dionisos, en la Latomia del Paradiso? El tiempo las había convertido en exquisitas, ¿cómo no se había dado cuenta Limpito de todo eso? ¿No lo sabía? Haber estudiado más, pensaba Rejón, porque todo cuanto sobrevivía a sus años era obra del tiempo exquisito, de la exquisitez del tiempo. El tiempo no era blanco, ni europeo, ni etíope, ni vietnamita, ni neoyorquino, no tenía raza, ni condición religiosa ni política, sino que era exquisito en su propia concepción. ¿No lo sabía Limpito? Esas verdades elementales eran escolares, se debían aprender en todo caso en los primeros años del colegio. Y entonces, ¿qué había aprendido el joven Limpito en los años en que él, Néstor Rejón, descubrió el tesoro en el fondo del cuerpo de Ela y decidió, aún sin uso de razón, ser buscador de oro por el resto de su vida? Esa vocación exigía poseer y desarrollar constantemente una cultura exquisita que se elevara por encima de la cotidiana apoteosis de la vulgaridad a la que se rendía culto durante un tiempo tan corto como digno de olvido. ¿Y por esa concepción cultural de la vida y del mundo era él, Néstor Rejón, un viejo decrépito que apestaba a viejo, un detestable reaccionario ideológico frente al eufórico progresismo de pantalla de Tony Limpito? Palermo, Taormina, Catania, Cefalú, en su pétrea vejez, en su inmensa decadencia, ¿no eran exquisitas?, ¿no lo eran las hermosas ruinas de Selinunte, mucho más importantes que el *downtown* de Seattle?, ¿no lo era acaso el Valle de los Dioses en Agrigento, no lo era la Villa del Casale en Piazza Armerina, no era Sicilia el tiempo exquisito, a su manera, a su modo de concebirse como una eternidad que pasaba sin terminar de suceder dejando atrás la estela de lo que la cultura llamaba eternidad?

Lampedusa era un exquisito. Claro que lo era, reflexionaba exaltado Rejón. No por pertenecer a una de las más nobles y aristocráticas estirpes de Sicilia, sino porque su obra lo había sobrevivido, había sobrepasado a su propio tiempo, avanzando hacia delante en su presente y adelantándose al tiempo venidero sin hacer mucho ruido, casi de puntillas, a pesar de que en los años de su vida fuera rechazado él y su escritura por excesivamente aristocráticos. Era un clásico y toda la clasicidad devenía al final irremediablemente en tiempo exquisito, pensaba Rejón en la terraza de La Cúpula, con la noche abierta en sombras cayendo sobre la bahía de Taormina. En consecuencia, la intemporal exquisitez de Lampedusa estribaba en la gran paradoja que acompañaba siempre a las obras clásicas, elegidas para no desaparecer, sino para convertirse en cicatrices imborrables sobre el paisaje de la piel y la memoria de la Historia.

En esa magia consistía la eternidad de Lampedusa: que siendo el más inútil de una extensa familia secular que alcanzaba su ocaso llena de nobles inútiles, una estirpe que durante siglos no había sabido ni siquiera hacer la suma de sus gastos ni la resta de sus deudas, él solo, el último Gatopardo de Sicilia, había mantenido vivo por encima del tiempo la memoria de su tribu secular gracias a su obra escrita. ¡Sólo gracias a la literatura y nada más! Ésa era la gran paradoja de la exquisitez, por encima de los cambios y las costumbres, la moral y la inmoralidad, las estéticas y las vulgaridades sucesivas, las revoluciones, las decadencias, las monarquías y las repúblicas. Pero, se preguntaba Néstor Rejón en la noche de Taormina, mientras desde su estudio volvía a llegar la voz aguardentosa y gutural del cantor Paolo Conte, ¿qué podía saber de todas estas cosas el joven Tony Limpito?, ¿acaso había pensado en alguna de ellas alguna vez, aunque sólo fuera por demostrarle a Sarah d'Allara, durante el tiempo que vivieron juntos, el interés necesario por la pasión de la muchacha por Lampedusa, *El Gatopardo* y Sicilia?

Respiró profundamente en la noche de Taormina. Hasta sus viejos pulmones llegó la caricia del yodo marino. La voz de Paolo Conte, lenta, depurada en su exquisitez como la brisa del mar Jónico, entonaba *Elisir* desde el equipo de música de La Cúpula. Rejón tarareaba la canción, acompañándose de la voz del cantor... «*La donna è con me. / E' molto di più di una donna qualsiasi, le voglio un bene fortissimo. Un grido bellissimo / canto tutto e niente. Una musica senza storia... / dove tutto è niente. / Como musica nella musica. / Huhm, huhm, huhm...*»

DOCE

En Roma, a las mismas puertas de la muerte, cuando algunos de sus más íntimos amigos y cercanos familiares lo visitaron en la casa de los Biancheri, donde iba a fallecer tan sólo algunos días más tarde, Lampedusa se lamentó con amargura del estéril periplo del manuscrito de su novela. Tenía sesenta años de edad, aunque su imagen física, y no había puesto nunca disimulo alguno en aceptarla, fue casi siempre la de un señor viejo y gordo que recorría con peripatética lentitud las calles de Palermo.

Tres años antes de esta agonía definitiva, había asistido en San Pellegrino Terme a una reunión literaria acompañando a su primo el poeta Lucio Piccolo, que iba a ser presentado por Eugenio Montale a una docena de ilustres popes de la literatura italiana. En ese encuentro de escritores, el novelista Giorgio Bassani, que más tarde sería el gran defensor editorial y literario de *El Gatopardo*, lo vio por primera y última vez. Y al recordarlo, a finales de los cincuenta, cuando el editor Feltrinelli publicó su novela, lo describió como un caballero alto, corpulento, taciturno, de rostro pálido, con la palidez grisácea de los meridionales de piel oscura. Vestía un gabán abotonado con cuidadoso esmero, el ala de su sombrero caía sobre los ojos y, al caminar, apoyaba pesadamente su cuerpo en un bastón nudoso. Podía ser, sin duda, un general en la reserva...

Pero en ese verano agónico de Lampedusa, por pura casualidad trágica, Elio Vittorini, director de la editorial Einaudi, y uno de los incontestables cardenales ateos de la cultura literaria y de los poderes editoriales de esos años, rechazó por segunda vez el manuscrito de *El Gatopardo*. En una carta que le llegó al enfermo de muerte entre el 17 y el 18 de julio de 1957, Vittorini le confirmaba que lo sentía mucho: no podía aceptar más originales de novelas para publicar en la colección *I Gettoni* de la prestigiosa editorial que dirigía. Al chamán de la literatura italiana la novela de Lampedusa, enviada a Turín por consejo del librero palermitano Flaccovio, también editor y amigo cercano de Lampedusa, seguía sin gustarle nada, a pesar de que era seria y honesta, y así se lo hizo saber al escritor en esa carta de rechazo fechada en Milán, el 2 de julio. Pero el tono narrativo y el lenguaje empleados resultaban para Vittorini, a esas alturas de la literatura italiana, envuelta en el barullo de la experimentación y las corrientes de la nueva novela francesa, una antigüedad especialmente insostenible. Además, ¿por qué el autor de la novela la había conducido hacia una deriva ensayística tan innecesaria?

En la casa romana de los Biancheri donde pasaba los últimos días de su vida, Lampedusa, con la amargura del moribundo enquistada ya en la enferma y difícil respiración, aunque con la irónica superioridad del hombre educado exquisitamente para probar ante los demás su nobleza, leyó en presencia de sus amigos y familiares la implacable carta de Vittorini. Y pocas horas antes de morir, le hizo a su ya hijo adoptivo Gioacchino Lanza Tomasi una confidencia tan triste como sarcástica: «Como reseña de lectura no está mal, pero de publicarla, nada», le dijo. Como le parecía una humillación, expresó después su rotunda negativa a publicarla a sus expensas. Y *El Gatopardo*, sus distintos manuscritos, los añadidos, las notas y todas las angustias de sus fracasos y frustraciones, se fueron con Giuseppe Tomasi de Lampedusa a su propia tumba entre la noche del 22 y el 23 de julio de 1957, sin que el Príncipe llegara a sentir la satisfacción de verla publicada.

—Cáncer de pulmón. Galopante. Brutal. Demasiado tabaco. Le dieron cobaltoterapia durante una temporada —le contó Sarah a Néstor Rejón—. Y mejoró. Sólo una temporada mejoró. Era la mejoría del enfermo de cáncer, la que sobreviene, como un espejismo que levanta falsas esperanzas, al último ataque del tumor asesino.

—¿Y él lo sabía, tenía conciencia de su enfermedad mortal? —preguntó Néstor.

—Tenía plena certeza de la gravedad del mal que lo aquejaba. Pero, fíjate, Néstor, se estaba muriendo. Sabía que se estaba muriendo, que le quedaban días. Y, sin embargo, fue capaz de escribir en esas últimas horas, fue capaz de creerse y saberse escritor hasta el último minuto de su vida. La escritura literaria no era para él un entretenimiento intelectual, no, no. En los últimos años ya era una necesidad biológica, una necesidad fisiológica, ¿me entiendes? Moribundo y todo, se trajo a la casa de los Biancheri, justo en la Piazza Indipendenza, en Roma, el capítulo sexto de *El Gatopardo*, el del baile, una de las partes cruciales de todo el texto, donde Fabrizio de Salina baila con Angelica. Y el manuscrito de *Lighea*.

Demetrio d'Angelo conducía el Mercedes Benz por la *autostrada* A 18, camino de Augusta y Siracusa. Ya habían dejado atrás la caótica ciudad de Catania, a la que sus habitantes no habían dejado de considerar la capital de Sicilia, y donde decían que dormitaban impasibles al paso del tiempo las mejores iglesias barrocas de toda Italia. Habían salido de Taormina a media mañana, con un día luminoso y claro, de modo que podían observar, en cuanto el trazado de la autovía llegaba a permitirlo, la grandiosidad natural del Etna, siempre inmenso al fondo del paisaje siciliano, vigilando cada uno de los movimientos sobre la tierra de la isla. A la altura del peaje de Catania, Sarah le pidió a su chofer que se detuviera. Quería comprar, para que Rejón los probara, unas bolsitas de *lupini*, los populares altramuces sicilianos, y algunas naranjas catanesas, que los jóvenes vendedores de la carretera les ofrecían a los automovilistas arriesgando peligrosamente sus vidas al colocarse delante de los coches aún en marcha.

De vez en cuando, durante el viaje, Demetrio d'Angelo miraba con discreción por el espejo retrovisor a Sarah d'Allara. Sólo unas décimas de segundo, un simple y casi imperceptible parpadeo para acentuar su respetuosa atención por cuanto le contaba la señora a Rejón sobre el príncipe de Lampedusa. Sarah había escogido ese día luminoso para visitar Siracusa pero, sobre todo, para ver de cerca el mar de Augusta, el lugar más hermoso de toda Sicilia para Paolo Corbèra, con su frontera marina de costa salvaje y desierta, apenas con algunas casas que rompían la soledad del paisaje deshabitado. Un mar del color de los pavos reales, en el espejo insoslayable más allá del tiempo de los siglos y las olas tornasoladas del Jónico, se enfrentaba allí a la eternidad gigantesca del Etna, sereno e imponente visto desde Augusta, tras el montículo que dominaba las salinas en el golfo interior, más arriba de Punta Izzo. Pero Demetrio se había atrevido, la tarde anterior a ese viaje, a comentarle sus temores a la señora. Cierto. Había mucho que ver en Siracusa, la señora lo sabía mejor que nadie, y no bastaba con un solo día. Siracusa era el mundo, porque fue el mundo entero durante sus años de esplendor, y además por ese puerto, ¿qué no sabía la señora de todo eso si se pasaba estudiando el día entero?, aunque ahora fuera un lugar de paso turístico, entraba y salía el mundo entero hacia el mundo entero, el mundo del comercio y el mundo de la cultura de todo el Mediterráneo, el centro del mundo.

—Pero, señora, en Augusta... Con los debidos respetos, señora, que yo sepa, en Augusta no hay nada...

—Sí, claro que hay —le contestó sin ofenderse, divertida, Sarah d'Allara al chofer—. Tenemos allí una cita inexcusable con una amiga...

—Ahhh, ¿vive allí una señora amiga suya? Ahhh, debe perdonar mi atrevimiento..., entonces sí, eso cambia las cosas...

—Sí, tenemos una cita con una sirena. Nos está esperando en la playa a don Néstor y a mí —bromeó entonces Sarah con el chofer—. Tenemos que encontrarnos con ella en Augusta...

Néstor Rejón asintió sonriéndole a D'Angelo. El chofer no entendió el juego y no preguntó más detalles. No había conseguido captarlo, estaba confundido y no quería agobiar a la señora con preguntas y comentarios de los que ella pudiera sacar una idea falsa. Lo único que buscaba era el bien de los señores, y no quería que perdieran el tiempo visitando lugares que carecían de todo interés histórico, donde no vivía casi nadie; lugares muy poco atractivos, casi olvidados por todos, donde no había nada de interés, ni ruinas arqueológicas de la Magna Grecia, ni restos romanos, ni hoteles ni restaurantes turísticos. Nada de nada, ninguna belleza que pudiera mostrarse al público, sólo una costa semidesierta y austera, cuyo silencio rompían con levedad las olas en la orilla, al llegar a la playa vacía. Y Augusta era, al entender de Demetrio d'Angelo, uno de esos lugares desangelados donde no podía habérseles perdido nada a sus señores. Nunca había estado en Augusta, pero quienes conocían ese promontorio en la punta norte del golfo, al que había dado nombre el viejo pueblo casi abandonado por todos, le comentaron siempre que allí ya no quedaba nada desde que la ciudad fuera destruida por un terremoto, siglos atrás. Ni la más mínima sombra de la grandeza de la ciudad de Federico II. Sí, un puerto, eso quedaba de aquella memoria, pero ya no era importante, y algunos monumentos y los restos de las viejas murallas de la ciudad. Ni el paisaje valía la pena. Y si la señora D'Allara le había gastado una broma al hablarle de su amiga la sirena de Augusta a la que había que visitar en la playa, ¿iba él, Demetrio d'Angelo, a llevarle la contraria a la señora, tan joven, tan feliz, tan buena gente, tan divertida que hasta don Rejón, no del todo un viejo todavía, pero sí un señor muy mayor para ella, aunque atlético para su edad, cierto, atlético, fuerte y fibroso, como él mismo, como el chofer D'Angelo había sido toda la vida, hasta un señor tan mayor se carcajeaba de sus bromas tan bien trenzadas? Ya había aprendido por propia experiencia que la gente rica inventa fábulas estrafalarias sobre sí misma para luego reírse. Se reía mucho de sus propias mentiras, porque la gente rica tenía todo el tiempo del mundo para esos divertimentos, eso lo sabía de sobra el chofer palermitano de los Rejón. Y no debía extrañarse de ninguna de las caprichosas visitas a las sirenas que se inventaran sus señores.

Néstor Rejón había leído el cuento de *La sirena* en italiano, en el volumen de la obra completa de Lampedusa que publicó Mondadori en *I Meridiani*. El buscador de oro lo había comprado en la librería Feltrinelli de Via Maqueda, en Palermo, muy cerca de Quattri Canti. D'Angelo lo acercó hasta allí cuando trataba de encontrar el hermoso libro de Gioacchino Lanza sobre el Príncipe; el mismo libro que aquella mañana, antes de llegarse a la terraza del Villa Igea, encontró y compró en Sellerio para regalárselo por sorpresa a Sarah d'Allara cuando llegaran de nuevo a su *villa* de La Cúpula. Nada más entrar en Feltrinelli, quedó deslumbrado por una enorme y majestuosa fotografía de Burt Lancaster en blanco y negro. Colgaba de dos cuerdas de acero que salían de la techumbre y, como un enorme mural que representaba la figura humana de un dios antiguo, se desplegaba de arriba abajo, llenando todo el escenario visual, insoslayable para los clientes de la espléndida librería. Era un altar mayor donde se rendía el merecido homenaje al actor que había inmortalizado al Gatopardo en la película de Visconti, como si fuera efectivamente él mismo el Gatopardo Fabrizio de Salina.

Durante las últimas horas de la noche en que le confesó a Sarah d'Allara, al final de la cena en su casa de Taormina y tras regresar de Palermo, que la veía y la soñaba como una sirena, saliendo desnuda y mojada de las aguas de la piscina de La Cúpula; la misma noche que ella le había contado el sueño del hombre azul que venía a robarla hasta la *villa* donde vivían los dos, Néstor Rejón leyó de un solo golpe el relato de *La sirena*; la misma noche que ella, Sarah d'Allara jugando con él, le había dicho que era Lighea; y que él, Néstor Rejón, era Rosario La Ciura, el viejo senador catanés, profesor universitario de griego, de quien Paolo Corbèra de Salina, el narrador de *La sirena*, se hizo amigo en 1938 en Turín, en un desgastado café de la Via Po, purgatorio lleno de olvidos en cuya cansada desidia se movían las decadentes sombras de los héroes retirados de sus ficticias epopeyas por la implacabilidad del tiempo.

El viejo intelectual La Ciura, que según confesión propia jamás se había acercado a una mujer, le contó a Corbèra su experiencia amorosa en Augusta con Lighea, la sirena, durante los días de un verano ya perdido en el tiempo. Para La Ciura ese hallazgo y esa temporada resultaron catastróficos. Llevaba tiempo preparando sus oposiciones para la Universidad de Pavía y había pasado ya dos años sudando en ese menester de soledad hasta el límite de la demencia. Como un eremita, cuya maniática austeridad amenazaba con llevárselo hasta el infierno de la enfermedad y la muerte, sólo se alimentaba con aceitunas negras y café. Él, el viejo senador Rosario La Ciura, misógino y exquisito, empedernido lector de las literaturas clásicas, el siciliano culto que calificaba al mar de la isla como el más romántico, el de mayor colorido de todo el mundo, lo único que nunca podrían estropear los sicilianos; el intelectual decadente y aislado, ahíto de su propio tiempo, al que le gustaba hablar y recordar sensaciones y paisajes de la Sicilia eterna con el joven Paolo Corbèra; el tipo de vuelta de todo a quien le encantaba hablar bien de Sicilia, a pesar de las críticas y de los mismos sicilianos; hablar, por ejemplo, del aroma del romero en los Nèbrodi, y del sabor de la miel de Melilli; recordar con nostalgia, por ejemplo, cómo ondeaban las mieses desde Enna al soplar del viento en los luminosos días de mayo, preludio del fuego inminente del verano; el hombre fascinado por las soledades llenas de silencio en los alrededores de Siracusa, loco por la belleza de Noto, por el triunfo de las columnas en el Palazzo Ducezio y los frescos de Antonio Mazza en el Trigona, todo el pueblo mágico de Noto, su catedral, la insuperable elegancia barroca del Pallazo Landolina, Noto entero un pueblo mágico, colgado de la memoria de Sicilia entre Siracusa y Ragusa, al sureste de la isla; el nostálgico que recordaba en Turín las ráfagas de perfume que desparramaban sobre Palermo los huertos de frutales agrios en los atardeceres de junio, esa esencia de resurrección que le llegaba hasta el norte de Italia desde tan lejos y con tanta fuerza que La Ciura lo sentía como si en ese mismo momento se encontrara paseando por las cercanías de la Cuba palermitana; el profesor que se reconocía como un claro despojo sin huellas ni tatuajes, el resto superfluo de un naufragio histórico y personal pero que, desde tan lejos, echaba de menos el hechizo de las noches de verano frente al golfo de Castellammare; el viejo de contenida sensualidad al que le enloquece comer erizos frescos recién sacados del fondo del mar, partidos por la mitad esos cuerpos bellísimos y exquisitos, de puro sabor a mar exacto, sin limón, sin ningún aderezo añadido, nada más que la esencia del agua de mar escurriéndose de sus carnes heridas, sanguíneas, extrañamente compartimentadas, aunque esos erizos que le había regalado el joven Paolo Corbèra de Salina no fueran del mar de allá abajo, del mar de color vino, del mar del color de los pavos reales, sino de la Riviera, y no estuvieran envueltos en las algas del mar siciliano ni sus púas hubieran herido los cuerpos de los dioses ni derramado nunca la sangre de las diosas; ese mismo hombre, Rosario La Ciura, que lo sabe todo sobre su tierra y sobre Italia, llevaba dos años alimentándose sólo con aceitunas negras y café, mientras preparaba sus oposiciones universitarias. Y, entonces hastiado de ese infierno, había aceptado la invitación de un amigo para que se fuera a descansar por unos días y se recuperara en su casa de Augusta, a la orilla del solitario mar donde se produjo el gran hallazgo, la visita de Dios para él, la llegada de la gran diosa, Lighea, la sirena, su gran amor imposible, su visión del cielo, su gran tragedia, el gran secreto que La Ciura rompió al contárselo a su joven amigo Corbèra sólo un día antes de partir de Turín y caer al mar desde la cubierta del *Rex* mientras navegaba hacia Nápoles. No encontrarán jamás su cuerpo.

—Los dos son Lampedusa —le explicó Sarah d'Allara a Rejón—, enfrentadas las dos imágenes en un solo espejo por el escritor, el decadente y moribundo profesor La Ciura y el joven Corbèra de Salina, que al final del relato, como en *El Gatopardo*, vuelve a denostar con acritud a los *liberators* que destruyeron su casa, en la realidad el Palazzo Lampedusa, en el centro histórico de Palermo. Los dos tesoros que La Ciura le dejará en herencia a Corbèra, una crátera griega con la figura de las Sirenas y una gran fotografía de la Koré de la Acrópolis, cortada en tiras para usarlas como antorchas por los saqueadores nocturnos, fueron destruidas por la furia de los depredadores. De la crátera, hecha trizas, ¿lo recuerdas, Néstor?, sólo quedaba un fragmento, los pies de Ulises, atado al mástil de la nave. Lampedusa escribió el relato a finales del 56 y a principios del 57. Y hay variantes del texto. Se sabe que el relato lo grabó de viva voz en casa de Gioacchino Lanza a finales de febrero del 57, sólo unos meses antes de su muerte, en una grabadora Grundig que Mirella Radice, la novia del hijo adoptivo del escritor, le había regalado para el cumpleaños a Lanza Tomasi, el 11 de febrero. Se sabe que Lampedusa lo leyó con el viejo acento palermitano, recitándolo. Como un poeta.

En Siracusa se alojaron en una suite del lujoso Grand Hotel de la Via Mazzini, frente al mar de Ortigia. Se quedaron dos días visitando Ortigia, llegando hasta Noto y asombrándose ante los restos arqueológicos de Siracusa. En la tienda del museo siracusano, Néstor Rejón encontró una suerte de réplica contemporánea de una crátera ática donde se reproducía en dibujos policromados la lucha de Ulises, atado al palo mayor de su nave, de regreso a Ítaca, luchando contra los cantos de las sirenas que lo reclamaban de amor. La compró y se la regaló a Sarah. Ella sabía que Lampedusa había estado en Augusta durante unos meses cumpliendo su servicio militar como soldado del ejército italiano en la Primera Guerra Mundial y de ese recuerdo romántico del lugar y del mar de Augusta procedían los textos de *Lighea*. Había estudiado fotografías de Lampedusa, fechadas en noviembre de 1916, donde aparecía el Príncipe como *caporale* de la batería del teniente Enrico Cardile, tan amigo del escritor que escribió un poema lírico elegíaco, *Alba triste*, cuando Lampedusa, en noviembre de 1917, fue capturado en Asiago por soldados austriacos un día después de la derrota del ejército italiano en Caporetto, destino militar en ese momento del joven Príncipe. Un año entero, hasta que prácticamente la guerra se dio por terminada, anduvo Lampedusa preso en campos de concentración para prisioneros de guerra, de donde había intentado la huida un par de veces hasta que, transcurrido un año de su captura, volvió a escaparse y llegó a Trieste, todavía ocupada por las tropas enemigas.

En su viaje de peregrinación a Augusta, Sarah y Néstor cenaron los dos días en Donna Inna, junto al faro Santa Croce. Y las dos noches repitieron las mismas excelencias gastronómicas y el mismo vino: erizos muy frescos, cuya sabrosa carne de mar llevaba hasta más allá del paladar el exigente y ancestral milagro de las algas; erizos frescos, casi vivos y abiertos en dos sus deliciosos cuerpos con la destreza del cocinero Aldo Francassi; una espectacular *cernia alla griglia* y dos botellas de excelente vino blanco siciliano, bien frío. En ese viaje, Rejón pudo observar que el barroco de tantos edificios nobles de Siracusa y de Noto, la disposición urbanística, las calles y las fachadas de las casas de Ortigia, el barrio laberíntico y peatonal del islote y el mar que estrellaba con espumoso estruendo sus ardores contra la rocosa muralla de la ciudad, le recordaban de cerca la sombra de la vieja ciudad de Cádiz, con sus ficus, idénticos, exactamente igual de gigantes, plantados casi a la orilla del mar. Y, en cierta medida, no tan lejana como para no olfatear su parentesco marino, ese paisaje le traía rumores nostálgicos de la vieja lagarta en la que había nacido hacía más de sesenta años, la ciudad de Salbago, en una isla en medio del océano Atlántico, con el rumbo de América en sus horizontes más familiares.

La última noche de Siracusa, Rejón soñó que Sarah d'Allara se levantaba de la cama donde dormía a su lado y en silencio salía de la habitación. Bajaba con todo sigilo las escaleras de mármol color marfil del Grand Hotel y se aventuraba por los oscuros andurriales de la ciudad hasta salir de ella camino de Augusta. Su paso seguro en medio del sueño delataba un conocimiento certero del recorrido de Sarah para alcanzar su destino. En medio del sueño, Rejón no pudo saber cómo llegó Sarah a la playa de Augusta, ni cuánto tardó en llegar hasta allí, hasta las orillas del mar de Lighea. Él la siguió, tampoco supo cómo, y la vio despojarse de sus transparencias de seda y dejarlas sobre la arena. Y la vio entrar al mar, lentamente, sumergiéndose en el agua oscura de la noche. Y luego vio de nuevo cómo salía su delicada silueta desde el fondo a la superficie, un delfín humano bailando entre los dibujos de espumas que, al soltarlos al aire en cada uno de sus saltos jubilosos, se transformaban en serpentinas de luz de varios colores. Por unos instantes, esas mismas columnas de agua y luz iluminaban con fuego de fiesta el remolino donde se había vuelto a hundir el cuerpo desnudo de Sarah d'Allara.

Nunca supo Néstor Rejón cuántas horas lo mantuvo en vilo ese fulgor, sentado a la orilla del mar de Augusta, escudriñando el baile secreto de Sarah en el agua y tratando de escuchar la música que subía desde las profundidades del mar, maravillándose de la energía que le daba el mar a la sirena para seguir su baile incansable por encima de la cara del agua y volver a caer con suavidad en la superficie oscura de la mar. Tampoco supo con qué dios se divertía Sarah en ese sueño de amor, ni cuánto tiempo había durado su encuentro de pasión con la deidad desconocida del fondo del mar de Augusta. ¿Cómo pudo ese dios olvidado, con qué fuerza, con qué extraña ternura y con qué salvaje pasión consiguió mantener el éxtasis físico, el continuado orgasmo que los saltos cada vez más efervescentemente violentos y los gritos de placer de la sirena delataban durante tanto tiempo?

Se despertó en su cama del Grand Hotel de Siracusa, sudando, huérfano, enfebrecido, tensa toda su alma, confundido en un ovillo infernal e inextricable sus músculos, atados los más leves movimientos nerviosos de su cuerpo al dolor que le había provocado la visión de Sarah d'Allara bailando con las sombras inmortales del mar de Augusta. Se revolvió en la cama para tocar el cuerpo de Sarah. Ella no estaba allí. Entonces la buscó desesperado hasta encontrarla de pie, a la intemperie, en la terraza de la suite. Miraba al mar cercano, cubierto su espléndido cuerpo de sirena sólo por las transparencias celestes que él le había comprado en una boutique exclusiva del Corso Umberto de Taormina, la noche antes del viaje a Siracusa. Ella notó la presencia de Néstor a sus espaldas. Su olfato reconoció el olor de la sal marina en la tibia madrugada de Siracusa. Y aspiró fuerte todas sus esencias. El cielo estaba limpio de nubes. Todo el firmamento acercaba sus luces a los ojos de Néstor Rejón e iluminaba tenuemente el cuerpo de Sarah d'Allara, erguido junto al muro de la terraza de la suite, frente al mar. Sin volverse a mirarlo, ella lo llamó con las manos.

—Ámame aquí. Ámame como amarías a Lighea —le dijo.

Su cuerpo desnudo le daba la espalda a Rejón, sus ojos fijos en el mar, sin dejar de escuchar la música de las olas. A esa hora de la madrugada de Siracusa, el olor de las algas y los erizos, el perfume del salitre y la caricia suave de la humedad marina embriagaban la terraza del hotel. Rejón acarició el cuerpo de Sarah con el suyo. La besó en los hombros, en la nuca, en la espalda. Después fueron los roces y caricias de la piel de su cuerpo con la piel del cuerpo de Sarah completamente empapado de mar. Abrazó con ardor el cuerpo de la mujer amada. Apretó ese cuerpo mojado y mordió una y otra vez la piel bañada por el salitre de la playa de Augusta. Se perdió de pasión en aquel cuerpo que, en medio del sueño, se le escapaba poco a poco hasta desaparecer.

Los primeros albores de Siracusa hirieron de luz los ojos adormilados de Rejón cuando la tensión de su propio éxtasis físico lo despertó de golpe. Con la placidez armónica de su sueño, Sarah d'Allara dormía a su lado. Rejón admiró de nuevo su cuerpo desnudo. Durante unos segundos. Sonrió. Quiso besar su desnudez, beberse su piel, perderse en el bosque salado de su vientre, moldear sin despertarla sus pechos de virgen, acariciar con ternura los muslos de la diosa. Acercó sus labios y su lengua a la piel de la mujer mientras aspiraba su perfume corporal. Al besar la desnudez dormida de Sarah d'Allara, Néstor Rejón paladeó con avidez la sal de la piel suave, repentinamente extasiado. Y sorbió, ebrio de delirio, el sabor profundo y esencial de las algas marinas en la perla de oro de Lighea.

TRECE

Todo lo que se va, vuelve siempre más tarde, pensó Néstor Rejón, regresa el día menos pensado y no como un simple eco, una sombra, un perfil que no se agotó con el paso del tiempo, sino en su exacto retorno, en el viaje de regreso.

Seguía impresionado físicamente por su propio sueño en Siracusa, con los nervios prendiéndole fuego a sus músculos, cansándolo y agobiándolo. Releía los últimos párrafos de *La sirena*, mientras descansaba de su trabajo cotidiano tendido cómodamente sobre su hamaca en la piscina de La Cúpula, el mar entero, azul, panorámicamente abierto ante sus ojos. Todo lo que parecía que se iba para siempre, daba la vuelta más tarde, en una esquina cualquiera del recorrido, para huir del olvido y de las sombras, para regresar al espejo de la realidad como si nunca hubiera quedado atrás. Así venía otra vez el pasado, el tiempo viejo, y le daba alcance y devoraba el tiempo nuevo que todavía no había llegado. Corría el tiempo viejo atado a la memoria que no puede todavía saber nada del porvenir, hasta que el futuro comenzaba a desvestirse y a reconocerse. En ese menester, se le podía pasar su momento para convertirse también, en un descuido, de un golpe, de un soplo, en un viejo. Un viejo como él, como Néstor Rejón, un viejo como el viejo profesor catanés La Ciura, que había visto y amado a Lighea en su sueño de Augusta.

¿Y por qué, además del sueño, se había quedado él pensando en el viejo profesor, qué tenían en común él, Néstor Rejón, y La Ciura? Eran viejos los dos y seguro que al profesor La Ciura le habrían fallado las rodillas no una ni dos, sino mil veces. Para La Ciura, tropezar, caminar con torpeza, caerse sin darse cuenta y percatarse de que en adelante, desde un determinado momento de su cansancio, tendría ya miedo de caerse, de cruzar de acera a acera, de subir las escaleras, de extraviarse por calles que desconocía, de perderse al alejarse demasiado de su casa caminando con la incertidumbre de las fuerzas para regresar. Para La Ciura el miedo a perderse se había convertido en una costumbre. Estaba condenado a dejarse caer, a resbalarse por la borda del barco y desaparecer, al final de su vida, engullido por el silencio del mar y el deseo de regresar al sueño de Lighea. Y su herencia no podía ser otra más que un relato fantástico escrito por otro viejo que se parecía mucho al senador, a La Ciura, un viejo también a las puertas de la muerte, sabedor de que estaba a punto de caerse por la borda y desaparecer para siempre. Pero Rejón, no. Néstor Rejón no tenía ninguna intención de caerse por la borda, se negaba a aceptar la decadencia física que no sufría y no frecuentaba ese miedo en sus reflexiones secretas ni el peso de un fracaso que no le correspondía. No podía mirarse en el espejo de La Ciura, porque él no era La Ciura. Él resucitaba al amar físicamente casi todos los días a su Lighea, con la misma pasión del joven que no pudo amar a Teresa Amadores, con la misma locura desmedida que quiso amar a Rosa Moral en sus tiempos universitarios. Amaba físicamente a Sarah d'Allara casi todos los días y, a sus años, resucitaba, aunque nadie se lo creyera, aunque él mismo se sorprendiera extrañándose de su rejuvenecimiento.

Se afeitaba todos los días. Se duchaba y acicalaba a conciencia en el espacio luminoso de su amplio cuarto de baño en La Cúpula, entre mármoles armónicos y aromas exquisitos. Y se acariciaba luego toda la piel de su cuerpo con el agua de Eternity, su colonia preferida desde los tiempos de Nueva York. Para seducir a su Lighea y para que el ritual de la fascinación no se derrumbara en la realidad de la vejez. Y trabajaba en su estudio dos, tres, cuatro horas sobre nuevos proyectos, sin detenerse a pensar que tal vez no tendría tiempo de realizarlos. Su cotidiano mecanismo de resurrección física residía en no detener su trabajo, sino en proyectarse sobre sus dibujos, dibujarse e imaginarse en la plenitud de su propia existencia. Trabajaba por eso en el estudio, enfrascado en el dibujo de la música de Sicilia, en los diseños de las pequeñas esculturas de oro que saldrían de sus manos con la misma solvencia que todas sus obras artísticas. Trabajaba a veces todo el día, las ocho horas de antaño. Bebía, comía, desarrollaba todos sus sentidos. Y la zona de sus recompensas. Amaba. Y fornicaba. Y mantenía vivos muchos proyectos para el futuro, con más lucidez que en todo el tiempo pasado. Seguía convencido de que cada hombre tenía en realidad la fuerza y la edad de la mujer que amaba y que lo amaba. La edad de la mujer amada y la pasión de esa mujer por él. Y la farmacia que cada hombre necesitaba llevar a sus espaldas en cada singladura: grageas, medicinas, jarabes, químicas que paliaran las crecientes carencias del organismo y detuvieran el avance de la herrumbre en el cuerpo. Ninguna química más terapéutica, ningún artilugio químico más saludable que el amor físico de una mujer al amar a un hombre. Ésa era la pasión física que sentía Sarah d'Allara por él, la zona más lúcida de todas sus recompensas.

Una vez más se lo había demostrado Lighea en Siracusa. ¿Cuánta química añadida a la pasión de Sarah necesitaba Néstor Rejón a su edad para vivir como si su tiempo no estuviera menguando con tanta rapidez? Ninguna. Ni pastillas, ni jarabes, ni medicinas. Sólo Sarah d'Allara en sus días y sus noches era la necesidad y la resurrección que lo acuciaba. ¿Qué era en realidad el tiempo de la vejez? Rejón dibujaba melodías que transformaría más tarde en su estudio en esculturas únicas. Él amaba de verdad, físicamente, a su Lighea, la sirena que le renovaba la juventud en cada caricia, en cada espasmo, en cada escalofrío. Escalofrío y pasión químicamente físicas, espasmos físicos en cada uno de los abrazos de la sirena. ¿Qué tenía de nostálgica esa reflexión, qué tenía en común él con el profesor La Ciura? Sólo esa sospecha de rara madurez que lo adormecía de vez en cuando, esa sensación de cierta ingravidez al principio placentera, como de un descanso que poco después amenazaba con instalarse para siempre en su cuerpo y en su mente, el peligro posesivo de los muchos años del que Rejón escapaba a toda prisa con la gimnasia cotidiana de su propio cuerpo, el ejercicio atlético que lo mantenía en plena forma física, dispuesto y preparado para cualquier duelo que mereciera la pena.

Sólo tenía en común con La Ciura el sueño de Lighea, se dijo Rejón al terminar de releer *La sirena*, tumbado en su hamaca, el mar abajo poblándose de esquirlas blancas, los crecientes celajes que un fuerte viento levantaba en la cara del agua. Pero todo lo que se va, vuelve más tarde, irremisiblemente. Ésa era la venganza del regreso. Por eso volvía hasta él Berta Solán de vez en cuando, y regresaba Rosa Moral, y otra vez volvía a importunarlo Mirta Casares por sus promesas incumplidas. Y regresaba siempre más tarde la sombra de Ana Trejo a interrumpir sus equilibrios. Otras sombras de otras mujeres, que habían representado insoslayables cicatrices en la memoria de Néstor Rejón, volvían siempre más tarde a la memoria del buscador de oro con su cargamento de reproches y sus quejas envenenadas. Como si parte de su mente se hubiera quedado en ellas para siempre. Por eso quizá se tomaban a su aire el derecho a volver desde el pasado para angustiar a Néstor Rejón cuando ya no les correspondía. Pero volvían y con ellas volvían también otros hombres. Regresaba Henry Barbosa, con su rostro carcomido por el fracaso y sus ojos de beodo mirándolo, como si Rejón fuera el responsable de su destino. Y volvía, como siempre, Antonio Limpito a inquietar las reflexiones de Néstor Rejón. Porque la anunciada visita del consultor a Taormina le quitaba la armónica placidez con demasiada frecuencia, y con molesta y excesiva confianza le borraba la calma del sueño. ¿De verdad era tan joven Antonio Limpito? ¿Y él, Néstor Rejón, era ya demasiado viejo para enfrentarse a Limpito y ganarle los años de su futuro junto a Sarah d'Allara?

A pesar del fulgor del sol de ese mediodía, que calentaba el ámbito herméticamente cerrado de la piscina de La Cúpula filtrándose a través de los cristales transparentes, un viento furioso entraba desde el mar y soplaba con violencia sobre El Barco, sobrenombre con el que Rejón había bautizado su piscina. Como si ese viento de huracán contenido presagiara a gritos una mala tormenta que, sin embargo, no se avizoraba, ni en las lejanías del horizonte ni en las cercanías de la costa, salvo en los remolinos y celajes del mar, revolviéndose allá abajo, rompiendo las espumas amenazantes sobre los acantilados y las playas de Mazzarò y Letojanni. Golpeaba invisible las cristaleras que cerraban el ámbito de El Barco, ululaba, gritaba y giraba sobre sí mismo en crecientes torbellinos. Parecía marcharse, pasar de largo con estruendo, pero regresaba otra vez a estrellar su furia contra las cristaleras. A pelear volvía el viento frío contra El Barco en cuyo interior Rejón, con los ojos entrecerrados, recorría las siluetas de quienes fueron sus mujeres, las irritantes sombras de los otros hombres de sus mujeres. Y caminaba con esos recuerdos sobre los tiempos inmediatos en los que tendría que enfrentarse a la presencia de Antonio Limpito en Taormina.

Recordaba el inesperado regreso de Henry Barbosa a su vida. Y recordaba su luna de miel con Mirta Casares en Nueva York, en San Francisco, en La Habana. Recordaba el regreso a Madrid, el necesario regreso a Madrid tras el corto sueño de la pasión con la actriz en ciernes. Recordaba la luna de miel con Mirta, la borrachera frenética a la que se ataron juntos durante algunos días insaciables, sin parar de beberse sus cuerpos mutuamente, bebiéndose por dentro y por fuera, sorbiéndose y bebiéndose sedientos primero y hasta la extenuación después. Como si estuvieran buscando el oro en sus cuerpos de dioses, que se habían descubierto para amarse hasta que no hubiera más fuerza ni más sudor que lamerse, ni más pepitas de oro ni más martillo capaz de moler la roca buscando el secreto escondido en Mirta Casares.

Revivía su luna de miel con Mirta Casares. Había sido una enardecida fogata carnal llena de emociones sensuales que los dos negaban haber vivido, haber gozado y sufrido alguna vez anterior a ese momento, porque entonces ese recuerdo que siempre volvía a la memoria hubiera sido un molesto intruso. Si alguno de los dos hubiera aceptado que habían vivido en el tiempo pasado algo parecido a lo que ahora regresaba en su luna de miel, esa fantástica sensación de gloria inédita, se hubiera roto en añicos el gran hechizo. Todo se habría venido abajo allí mismo con un estrépito injusto, en medio de la danza, el sudor de los sentidos, la fiebre de la entrega y el rapto del placer. En esa hoguera se incendiaron sus cuerpos una vez más, pero como si fueran nuevos, virginales, sin memoria de nada más, como si estuvieran inaugurando el paraíso en el mundo. Como si esa fogata encendida por la yesca de la pasión de sus cuerpos hubiera sido el primer fuego ardiendo que los dos le robaron a los dioses. Pero todo regresaba a su espacio cerrado, todo volvía más tarde siempre a su lugar exacto. Y el retorno a la vida cotidiana en común, se anunciaba antes de iniciarse el ardoroso baile del amor como la verdadera aventura, ya sin red alguna que les salvara la vida en la caída libre, el reto de verdad, el duelo al sol, frente a frente todos los días, mirándose cómo son de verdad, mañana, tarde, noche y madrugada, ante el espejo de un cuerpo desnudo el otro cuerpo desnudo, saludándose con lujuria, con el asombro de no haberse visto nunca antes, con el pavor a no verse nunca más después de esa mañana, renovándose en los rituales del desnudo, la caricia, el beso, el abrazo, el sollozo de escalofrío, el grito final del espasmo, ese artilugio de salvación dibujado sobre sus cuerpos. Como si fueran dos amantes que se citan por primera vez en la misma alcoba, en la misma cama, en el mismo cuarto de baño, en la misma intimidad, en el mismo secreto compartido sólo por ellos dos. Entonces se admiran hasta el paroxismo, se adoran hasta quemarse otra vez, una vez más, en la hoguera. Y se aman sin sucumbir a la tentación de fugarse el uno del otro, la una del otro, a toda velocidad, escaleras abajo, a pique de caer rodando y matarse en el fondo del abismo.

La luna de miel había sido para ellos el sueño de un hombre y una mujer envueltos en las sábanas del regocijo enloquecido y tembloroso de sus cuerpos llenos de eléctricos escalofríos amándose por la mañana, por la tarde, en la noche y por la madrugada. Como si cada vez que lo hacían fueran a hacerlo la primera y la última vez, con un insólito frenesí donde los contendientes luchaban con todas sus fuerzas para demostrarse cada uno que podía más, que lo quería más al otro, que lo amaba mucho más. Que lo poseía más. Ella no se resistía a aceptar el papel pasivo, de espectadora que aplaude la epopeya del atleta, sino que saltaba como una fiera salvaje sobre el cuerpo de Néstor Rejón y jugaba entonces ese mismo papel de gladiador sobre la arena. Furiosa, astuta, inventora Mirta Casares de argucias de seducción que un instante antes ni siquiera había imaginado que existían, sino que surgían como magia de su estado de fantástica enajenación mental, un milagro en medio de su torbellino amoroso. Se mostraba pletórica en su deseo de apostar la vida por exhibirse enhiesta en cada lance y no le importaba arriesgarla para mantener vivo el amor que ahora mismo llenaba esos cuerpos de frenéticos espasmos, de pequeñas muertes y pequeñas resurrecciones. Dos y hasta tres veces al día.

La luna de miel fue la gran excusa de los novios amantes ante el mundo entero, para comunicarles a todos su gran diferencia, la suerte envidiable que tenían de haberse encontrado para amarse, hasta que ya fueran muy ancianos y hubieran perdido las fuerzas, las ganas de morderse, lamerse, mojarse con pasión, abrazarse ardiendo los dos cuerpos y poseerse hasta el desgarro, amarse dos y tres veces al día, por la mañana, por la tarde y por la noche. Hasta que llegaran a la vejez iban a amarse esos dos cuerpos ajados que se miraban con tanto desconsuelo melancólico, hasta mentirse, hasta negarse y desconocerse, como si nunca hubieran estado fundidos en la líquida pasión de matarse de placer cuando se amaron con locura. No había sido así entre Mirta y él, no hubo eternidad alguna con Mirta Casares, sino que todo había formado parte de la ficción de la vida, de la astucia de la pasión al mentir. Tampoco recordaba que alguna vez se hubiera imaginado envejeciendo junto a Mirta Casares en Madrid. Ni con Berta Solán. Ni con Ana Trejo.

Mirta Casares había querido que todo el mundo en Madrid, y también Berta Solán y Henry Barbosa (¿y dónde estaría ahora, y dónde había estado en todo ese tiempo de Nueva York, Henry Barbosa?) se enterara y supiera que su luna de miel con Néstor Rejón era la firma legítima del gran compromiso. No importaba que no se hubieran casado. Pero ¿eso qué más daba ya? No vivirían mucho más tiempo en Nueva York, al regreso de sus viajes a San Francisco y Cuba. Él la había convencido de hacer un viaje corto a California, la vieja tierra de las míticas amazonas, el legendario reino de Calafia, donde ella ni había estado antes ni nunca había pensado ir. En todo caso a Los Ángeles, porque allí estaba Hollywood, la Meca, la consagración de las actrices famosas a quienes Mirta Casares quiso parecerse cuando comenzó en Madrid su carrera artística, en los teatros alternativos de los barrios, de la mano de Henry Barbosa, un trago aquí, en la misma esquina del Teatro Español, Echegaray, Libertad y La Latina. Todas las noches perdidas en esa turbulenta luna de miel de la juventud que Mirta no quería recordar más en su vida con la nostalgia de las cosas eternas, sino como una temporada en un purgatorio infernal. Hasta que, por el último portón por donde entraba una mortecina luz del día en plena noche, escapó a todo correr, sin atender a los reclamos gritones de Henry Barbosa, a los llantos de dolor del borracho, a sus improperios y reproches, escaleras arriba hasta respirar aire puro, por las calles de Manhattan a sus pies, delante de ella todos esos rascacielos de cristal imaginados en tantos sueños. Y todas esas avenidas anchas e inmensas por las que había transitado en su fantasía antes de llegar allí. Y todas esas plazas llenas de gente espléndida que bailaba el gozo de la vida. Como el que Mirta Casares había sentido cuando llegó a Manhattan, la alegría de la libertad porque se había escapado del infierno en la plenitud de su juventud, cuando tanta gente como ella se quedaba dando vueltas a la rueda del hastío, con la certidumbre de que para ellos ésa era la vida, el infierno y nada más, y cuanto les había tocado en suerte, mala suerte y nada más. Y Broadway absorto ante la llegada de la princesa a ocupar su trono de reina Calafia en Manhattan en poco tiempo. San Francisco, entonces, ¿por qué no? ¿Qué se le había perdido a Néstor Rejón allí, el amor de su alma, el hombre que la había arrebatado, que la había conquistado, que la había secuestrado en la Madison Avenue durante una sola noche para llevársela flotando hasta el cielo?

—L'Ermitage —le contestó Rejón sonriendo.

Entonces le contó a Mirta Casares la historia infeliz de Johann August Suter. Cuando estalló la fiebre del oro, todo el mundo creyó que Suter se la había inventado con la idea de contar con más colonos y extender sus posesiones de la Nueva Helvecia. Subían de San Francisco, hasta Fort Suter, y de todas las poblaciones del sur. Todas las tierras fueron vaciándose de gente porque todo el mundo subió a buscar su oro. A mediados de junio de 1848, el comandante Masson, el nuevo gobernador americano de la región, viaja de Monterrey a San Francisco. Viene para averiguar lo que hay de cierto en los crecientes rumores del oro en las tierras de Sacramento. Después de salir de San Francisco, tras casi un día entero de viaje al trote de los caballos, llega al valle de la Puebla de San José. Todos los lugares de ese territorio los habían fundado un puñado de españoles visionarios, locos e iluminados, que los fueron bautizando con el nombre de su santo cristiano. Después Masson pasa por la misión de Santa Clara, vadea el río San Joaquín, deja atrás el deshabitado Fort Suter, alcanza el río Americano y, ya mucho más cerca, vislumbra las primeras alturas de la Sierra Nevada. Estaba siguiendo la huella del oro, estaba haciendo el peregrinaje al espejo del oro. Y cree en el espejismo al ver la fiebre de la marabunta, el griterío insaciable que los hombres ponen en el afanoso trabajo de su búsqueda. Cree que el filón del oro en California es inagotable.

—Me gustaría que viéramos todo eso —le dijo Rejón.

Con la condición de que luego saltaran a La Habana. Sus amigas cubanas de Brooklyn, sus amigas cubanas de Manhattan, sus amigas cubanas de los teatrillos marginales del Village y de los oscuros cuchitriles del Soho, le habían hablado tanto de La Habana y de Cuba, que Mirta Casares les prometió que algún día, a la primera ocasión, en cuanto triunfara en las candilejas, iría a visitar Cuba. Como había ido Josephine Baker. Lo hacía por ellas, porque no las olvidaría nunca. En cuanto tuviera ocasión, ésa era la promesa que les había hecho Mirta Casares, iría a visitar La Habana. Y, además, todo el mundo del espectáculo lo sabía desde hacía decenios, Tropicana era una joya única en todo el universo. Había que ver ese ballet en la madrugada habanera. Y esa ocasión era su luna de miel con Néstor Rejón. No importaba que ese viaje de amor no estuviera precedido por un banquete de bodas con sus familias reunidas brindando por la felicidad de los novios. No se podía tener todo en la vida, no se podía estar todo el día echándole un pulso al destino, exigiéndole que todas las cartas estuvieran en el lugar exacto del juego. Noviazgo, boda legal, legítima, el novio de lujo y la novia de blanco, ante el altar lleno de flores frescas los dos, el cura bendiciendo la unión y todas esas cosas, y la celebración del interminable banquete y, más tarde, la interminable luna de miel, el viaje de novios. Rejón y ella ya habían pasado por ese trance antes de ahora. Las sombras lejanas, pero sombras como cicatrices, de Berta Solán y sus hijas, por un lado, y la de Henry Barbosa, el gran escritor frustrado y borracho, por otro, llenaban el fondo de las bambalinas y aparecían desde la tramoya en algunas pesadillas que Mirta Casares nada más despertarse borraba de su mente feliz de vivir en Nueva York con el amor de su vida, nada más y nada menos que Néstor Rejón. ¿Tenía, entonces, que exigirle tanto al destino, echarle cuentas de su fracaso como actriz, de su renuncia a su carrera artística? De ninguna manera. Su nueva vida era toda su vida. Le pidió que desde San Francisco fueran directamente a La Habana.

—No, no se puede ir desde San Francisco, entraremos desde Panamá. De San Francisco vamos a Panamá, y de ahí en dos días volamos a La Habana —le contestó Rejón.

Después, pero no mucho más tarde de su luna de miel, regresarían a Madrid. A vivir en Madrid. ¿Qué decía Néstor cada vez que la euforia lo alegraba tanto porque las cosas le habían salido bien, cada vez que apostaba y ganaba en los negocios, cada vez que su ánimo de ganador se regocijaba con el resultado triunfal de su intuición? *Carpe diem*, eso repetía Néstor, y eso decía ella: lo que cada día le regalara la vida de aquí en adelante, ella, Mirta Casares, lo iba a coger sin quejarse de nada. ¿La parecía poca luna de miel San Francisco, Panamá y La Habana? *Carpe diem*, se dijo Mirta.

Si hubieran hecho ese viaje en tiempos de Suter, recordaba Néstor Rejón semidormido en la hamaca de El Barco de La Cúpula, mientras el viento del mar arreciaba sobre la hermética y transparente cristalera; si hubieran hecho ese viaje con esos mismos vértices, Nueva York, San Francisco, Panamá, arbitrariamente invertidos en su orden, pero bailando en la imaginación de los buscadores de oro como lugares del paraíso que los transportarían hasta el cielo, hasta el nuevo Eldorado de California; si ellos dos, Mirta Casares y Néstor Rejón, hubieran hecho ese viaje viniendo desde Europa, desde Inglaterra, desde Francia, desde Rusia, en tiempos de Suter, seguramente hubieran sucumbido a los obstáculos y las privaciones del largo periplo. Antes de la existencia del canal, y si hubieran iniciado el viaje desde donde estaban, en Manhattan, en Broadway, en barco desde Nueva York, tendrían que haber dado la vuelta en el sur del mundo, en cabo de Hornos. Y si hubieran vencido la persecución de las tempestades, hubieran enrumbado de nuevo hacia el norte, costeando Chile, pasando de nuevo la línea imaginaria del Ecuador, enfilando la nave hasta San Francisco. Un periplo terrible, diecisiete mil millas marinas, en el caso de tener éxito, unos ciento treinta o ciento cincuenta días de la vida incierta de un buscador de oro. Nada más llegar, comenzaría la aventura alucinada de la búsqueda, que casi nunca terminaba en el triunfo soñado por la imaginación de tanto visionario.

Si Mirta Casares y él hubieran hecho ese viaje en los tiempos de Suter, y no hubieran querido sufrir el pánico marino de cabo de Hornos, tendrían que haber bajado, como bajó entonces en turbión la marabunta enloquecida por la fiebre, un interminable hormiguero de hombres, insaciables en su camino tras el espejismo, hasta Cuba, tal vez hasta Haití, para llegar al lodazal inmundo del Chagres e intentar alcanzar Panamá, en el Pacífico.

Fiebre amarilla, tifus, mosquitos, selvas fantásticas, terribles, infiernos verdes llenos de lianas y ruidos que los locos buscadores de oro no habían conocido jamás, como no los habían visto ni oído antes los españoles locos que llegaron a conquistar estas tierras. Por eso inventaron el ferrocarril que atravesaba el istmo. No sólo para fundar un nuevo camino del oro, sino para abrirle la ruta de la riqueza a la marabunta, para que el comercio, el negocio y la búsqueda del oro fueran una misma cosa y todo el mundo tuviera acceso a su paraíso en la tierra. Por eso abrieron después el canal de Panamá, la gran ruta del oro, por donde cruzaron oleadas de mongoles, negros, rusos, argentinos, venezolanos, colombianos, holandeses, italianos, españoles, todos confundidos en un único afán, el sueño del oro de un ejército de desheredados, la fiebre del cielo a la que se llegaba por la puerta del canal de Panamá, la gran ruta comercial, la gran aventura del hombre de principios del siglo XX, el proyecto utópico que el hombre nuevo había logrado tras ganarle el pulso al tiempo, el más exquisito de todos los resortes que el hombre jamás se hubiera inventado para doblegar la férrea naturaleza de la tierra. ¿Acaso no había sido más importante el canal de Panamá que la inmensa escultura que el tiempo había ido cincelando a lo largo de los siglos en el Gran Cañón del Colorado?

Néstor Rejón quería ver lo que quedaba de Suter, las ruinas de su sueño, los restos de su Ermitage, la nada, la ínfima memoria de su falansterio en San Francisco, en Sacramento, en California. Y luego, ¿qué más daba?, Cuba, porque Mirta se lo había pedido. *Carpe diem*. Y después, Madrid otra vez. Ése era su viaje de luna de miel, San Francisco, la ciudad del Golden Gate, la bahía entera de San Francisco, los muelles, la roca de Alcatraz tan cerca, la ciudad tan habitable, y sus calles arriba y abajo, la fantástica e indescriptible ciudad de Frisco, que los terremotos no habían podido borrar del mapa, ni la fiebre del oro que hundió a Suter en la miseria, en la ruina. Quería visitar Chinatown y Sausalito, y volar por un par de días a Las Vegas, para bajar hasta el fondo del Gran Cañón en avioneta, en helicóptero, sentir la adrenalina escapándose del cuerpo como un suspiro, quedarse sin aliento, sin aire, sin respiración, al bajar en picado desde los cielos al cauce mismo del río, casi un kilómetro de vértigo en caída libre del traqueteante vuelo del pájaro de hierro al descender hasta el fondo del Gran Cañón, así lo recordaba Rejón en la piscina de La Cúpula. Y después

Panamá. Y, en un soplo, La Habana, la luna de miel que Mirta pudiera luego contarles con todo detalle a sus amigas las artistas cubanas, sus mulatas de Nueva York, cuando volviera a verlas después de Cuba.

Recordaba aquel viaje, aquella luna de miel, aquella vida con Mirta Casares. No habían durado nada. El tiempo lo había reducido todo a un montón de escombros a los pocos meses de regresar los dos a Madrid. Entonces se rompieron de un golpe todas las promesas que se habían hecho, la promesa de Mirta cuando lo miró por primera vez en público, en el cóctel del embajador, sin palabra alguna, despistada, absorta, sólo mirándose en él. La promesa cuando él, Néstor Rejón, le devolvió una mirada donde le insinuaba, en el disimulado temblor de su sonrisa, que le estaba descubriendo su cuerpo de mujer desnuda bajo el vestido de cuero negro. La promesa que él le hizo al rogarle que no sufriera más con el alma por Henry Barbosa. La promesa de ella cuando le habló y le regaló las burbujas de su cuerpo llenas de dulces y aceites. La promesa de él cuando el vello de su brazo bailó con el de Mirta Casares por la Madison Avenue. La promesa de los dos ante el filtro mágico del aguardiente y el whisky, la promesa de él al rozar con sus dedos cada una de las burbujas de Mirta Casares. Y la de ella, cuando en aquella esquina de Manhattan lo besó con todas sus fuerzas, hasta hacerle sangrar los labios, sin que él lo esperara. La promesa de Rejón al mirar sus medias de seda roja transparente y acariciarle con las palmas de sus manos los pies desde los dedos, y hasta el final de sus muslos, con la misma suavidad, guardando para un minuto después el ataque sobre su alma. La promesa de Rejón al pedirle ostras con vino blanco en el Costa Vasca y al apoyar, como si no se diera cuenta de lo que hacía, su mano en la rodilla temblorosa de Mirta, por debajo del traje de lunares y volantes. La promesa de ella cuando le contestó entrecortadamente que ella también a él, la promesa que ella le había hecho todo el tiempo con los regalos de niña grande, y la que Rejón le hacía en silencio, ella lo sabía, cuando la miraba caminar desnuda, subir y bajar desnuda la escalera del dúplex que habitaron en el Village. La promesa de ella cuando se reía de las cosas de él, cuando lo escuchaba atentamente, como si Rejón le estuviera descubriendo el mundo; la promesa de ella cuando le dijo que le gustaba su nariz, que se mirara en un espejo y se recorriera con una mano su nariz, la promesa de las manos y el cabello suelto de Mirta Casares. La promesa de él para escucharle atentamente los sueños de ella, la promesa de hacerse cosquillas, de dejarse hacer cosquillas en cualquier parte del cuerpo, de soportar las cosquillas porque luego se convertirían en placer y un poco más tarde en espasmos salvajes; la promesa de tantos regalos ya olvidados, la promesa del olfato de Néstor Rejón siguiendo a Mirta Casares en todo su cuerpo, por delante y por detrás. Todas esas promesas y muchas más se hicieron añicos a los pocos meses de regresar los dos a Madrid.

¿Era oportuno que Néstor Rejón recordara y enumerara ahora en ese mismo recuerdo, en El Barco de La Cúpula, todas esas promesas y olvidara muchas más? Nadie iba a reprocharle a él, con qué autoridad iba nadie a reprenderlo porque se acordara de todas esas promesas incumplidas. ¿Y quién había tenido la culpa de esas promesas sucesivamente rotas, quién había tenido la culpa de esa ruptura violenta, quién era el responsable de que el tren de la pesadilla que lo perseguía desde niño regresara a buscarlo para descarrilar una vez más en medio del río, en la soledad de sus madrugadas? ¿Quién, Mirta, Berta Solán, Ana Trejo? ¿Él acaso, Néstor Rejón tenía la culpa, su conducta inestable con la mujer amada, su mentalidad infantil con la mujer que lo amaba, tal como le había reprochado Rosa Moral, la Parisina Roja, tan parecida físicamente a Sarah d'Allara, la misma hermosa mujer cuya historia larga y triste aparecía de tiempo en tiempo en la memoria de Rejón con tan nostálgicas resonancias?

Sospechó que Barbosa había reaparecido en la vida de Mirta Casares porque la actitud cotidiana de la actriz cambió radicalmente a los pocos días de su regreso a Madrid. Aquella coincidencia de sus tiempos, tal vez un azar en el que habían basado sus propios deseos comunes, comenzó a esfumarse tan pronto se agotaron las sensaciones de los primeros días de nuevo en Madrid. Las novedades, las visitas a los amigos rescatados, las cenas en los restaurantes de lujo, los fines de semana en la casa que Rejón alquiló para los dos en los alrededores de Cercedilla. Notó el aburrimiento creciente de Mirta Casares en el desapego que le mostraba cada día. Estaba fuera cuando Rejón llegaba a la casa del Paseo del Pintor Rosales. Se había marchado de allí minutos después de que él saliera a correr en las mañanas por la Casa de Campo. Aprovechaba para salir sin tener que darle explicaciones previas. No estaba cuando llegaba por la tarde. Abría la puerta de su casa, entraba en el salón y subía las persianas para que la luz vespertina bañara con su tibieza otoñal las horas de soledad que le restaban hasta la noche. Casi siempre Mirta Casares estaba ausente en la noche. Lo llamaba por teléfono, se excusaba de su tardanza y con toda claridad le decía que iba a llegar tarde; que la retenían unas amigas de siempre que había vuelto a ver; que cenara solo, cualquier cosa, que viera la televisión un rato, que no la esperara despierto, que se acostara. Tal vez era su manera de humillarlo. Ella lo culpó más tarde de esa actitud suya. Mirta lo culpó de su conducta: si ella se portaba así, era por culpa de él. Demasiados viajes a Barcelona, muchos viajes a Roma, demasiados a Londres y a París. Y a ella había dejado de interesarle tanto trajín, tanto desasosiego innecesario. ¿Por qué Néstor Rejón seguía manteniendo una actividad tan frenética en sus negocios, en su vida artística, en sus viajes, qué obligación tenía de esa locura? ¿Acaso no se había dado cuenta de los años que tenía ya, no se había dado cuenta de que corría ahora, con ese desbarajuste viajero, el riesgo de un infarto de miocardio que podía ser mortal?

Mirta se había cansado de acompañarlo a cualquier viaje, a cualquier vuelo corto, y todo cuando le encantaba ni siquiera hacía seis meses dejó de gustarle en lo más mínimo. Y no sólo se sentía liberada por haberle dicho a Néstor que en ese ritmo de vida no iba ya a acompañarlo, sino mucho más cuando él continuaba con sus viajes, sus negocios, sus exposiciones artísticas, su trabajo en el estudio de La Castellana, sus reuniones interminables. Y sus cotidianos ejercicios gimnásticos. Nadie se atrevía a decirle a Rejón que Mirta Casares se pasaba largas horas de la noche deambulando por las salas de fiesta de Madrid. Cierto, con amigas a las que había rescatado nada más regresar de Nueva York. Y con viejos y nuevos amigos con los que se le veía en los rincones de moda, en los lugares de diversión que cerraban sus puertas con la clientela de confianza dentro del local, bailando hasta la locura del amanecer, la hora en la que Mirta Casares aparecía en la casa del Paseo Rosales casi siempre ebria, a veces tambaleándose por algo más que por el cansancio. Entonces Rejón optaba por el silencio. Ni una palabra de reproche, ni una sílaba más alta que la otra. La simple coincidencia de los tiempos de los dos, que antes era el sinónimo exacto de una parte de la felicidad, se había convertido en un martirio interminable cuyas secuencias Mirta Casares protagonizaba con la solvencia sorprendente de una actriz profesional. Y, en baja voz, culpaba a Rejón de su fracaso.

—Como mujer, claro —denunciaba, llorosa—, me has incumplido tantas promesas... El memorial de agravios contra ti es enorme, Néstor...

Después lloraba. Como si se doliera de su propia muerte, como si anticipara su sepelio en vida. ¿Acaso él no la estaba matando con su indiferencia?, ¿no le importaba que ella faltara tanto de casa, que hiciera su vida y que todo el mundo lo supiera? Y más tarde, ahogada en el hastío y el agotamiento físico, en el vapor de la resaca alcohólica y en un vago remordimiento, volvía a llorar y a decirle que él, Néstor Rejón, era el amor de su vida, el milagro más grande que le había podido suceder en toda su vida. Para ese entonces, casi siempre en la mañana, Rejón estaba saliendo por la puerta de su casa para correr durante una hora por la Casa de Campo. Y hacía rato que en secreto había encontrado en Barcelona la complicidad de Ana Trejo. Mientras corría por la Casa de Campo, Rejón recordaba las palabras de Ana Trejo cuando se vieron a solas la primera vez.

—Te falta placidez —le dijo.

En la cúspide de su vida y su fama de artista, guardó silencio. Observó con atención el brillo especial de los ojos de Ana Trejo al hablarle y la dulzura de la voz femenina.

—... Y yo te la voy a dar —añadió Ana Trejo.

Para entonces ya sabía que todo era cuestión de tiempo. La ruptura con Mirta, la nueva vida de soltero en otro piso de Madrid, más tranquilo, más amplio, más soleado, sin tantas lágrimas ni reproches, sin tanto delirio ni infierno. Ella debió intuir que Rejón buscaba la salida de incendios por la que escapar indemne cuando el fuego comenzara a quemarlo todo con la voraz rapidez de la destrucción. Y pensaba que Rejón rumiaba el instante exacto para escaparse de la ruina en la que se había metido poco a poco con ella. Que cualquier día iba a invitarla a cenar al Viridiana para hacer oficial su irrevocable voluntad de ruptura. Aunque ése no fuera el mejor lugar para confesarle su intención de marcharse de la casa de Pintor Rosales. Ella podría continuar allí, el tiempo que quisiera, un tiempo prudencial. Él correría con los gastos de todo, no se tenía que preocupar de nada. Y entonces Mirta Casares decidió tomarle la delantera, no esperar a que Rejón escogiera el momento, no permitirle que se fuera de ella sin sufrir la más ligera de las heridas. De modo que cuando regresara de su viaje a Barcelona, después de que horas antes Ana Trejo lo hubiera dejado en el aeropuerto del Prat y a las puertas del puente aéreo con Madrid, iba a llegar a la casa de Pintor Rosales. Y allí iba a encontrarse, en su propia alcoba, en su propia cama, a Henry Barbosa y Mirta Casares. Desnudos los dos, mirándolo ambos desde su cama y escenificando la ruptura definitiva. De manera que ella había decidido no darle ninguna ventaja a Néstor Rejón, sino mostrarle la carta más alta, la que más le doliera, la que vulnerara su orgullo de príncipe invencible, la que humillara la soberbia del artista y doblegara la gloria del triunfador. La única carta que Néstor Rejón no hubiera esperado nunca que Mirta Casares guardara en el fondo de su alma, el regreso del fracaso, el renacimiento de la nada, la vuelta a la ruina: Henry Barbosa.

Al abrir la puerta de la casa de Pintor Rosales, Rejón oyó la música en el salón y, por debajo del jazz, escuchó sus risas, sus carcajadas llegando hasta allí desde la penumbra de su alcoba. Dejó la maleta de viaje en el suelo, al entrar al salón, y examinó cada uno de sus rincones, mientras el jazz sonaba mucho más cerca y las carcajadas de los dos en la alcoba se mezclaban con la jerga intraducible de sus voces y sollozos. Vio las botellas, las copas sobre la alfombra. Olfateó el regreso del fracaso y, desde donde estaba, en el salón de su casa, reconoció la voz aguardentosa y torpona de Henry Barbosa. Entonces, en medio de la perplejidad que de manera inconsciente estaba esperando desde hacía meses, se acordó de Suter, de cómo habían arrasado lo que el viejo soñador creía que era la paz de su paraíso. Se acordó de cómo legiones innumerables de intrusos de todas las razas y condiciones habían pisoteado el sueño de Suter mientras perseguían su propio sueño, la fiebre del oro. Y se acordó del juego de Carmen Zárate. Como siempre se acordaría de Philippe y de Simone, de la larga y triste historia de amor de Rosa Moral, la Parisina Roja. Y de las palabras de Torcuato Figueroa, el viejo minero colombiano.

—Mire, hermano, no se aflija por eso... Siempre hay más hombres, siempre hay más mujeres, don Rejón, y todo lo que se va, vuelve más tarde. Entérese de que así es la vaina, mi hermano.

CATORCE

A su llegada esa mañana a Santa Margherita di Belice, el coche desembocó en la plaza del pueblo y Donnafugata surgió ante la atenta mirada de Sarah d'Allara y Néstor Rejón. Como un hallazgo físico, la visión de la reconstruida fachada de Donnafugata, al lado de los restos de la iglesia, tenía que resultar obligatoriamente luminosa en el peregrinaje de Sarah d'Allara tras las huellas de Lampedusa y *El Gatopardo*.

En La Cúpula, durante los días inmediatos al viaje, Sarah se había mostrado particularmente inquieta, nerviosa, eufórica, pendiente de cada uno de los detalles, de cada uno de los preparativos del recorrido que significaba, en la práctica, la culminación de sus trabajos sobre Lampedusa. Sabía que ese esfuerzo era esencial en su investigación porque estaba llegando por fin al *palazzo* de los Salina, el corazón mismo de la memoria de Giuseppe Tomasi de Lampedusa.

A lo largo del trayecto, Demetrio d'Angelo no estuvo muy locuaz, ni participó demasiado de la conversación de Néstor y Sarah sobre los pueblos y los lugares que iban divisando más cerca o más lejos desde la carretera conforme avanzaban hacia Santa Margherita di Belice: Monreale, con su gran catedral, desde donde se divisaba la Conca d'Oro, la hermosa bahía de Palermo, y más allá la silueta blanca de Partinico, a la izquierda de la carretera; y más arriba, siempre a la izquierda del sentido de su marcha, casi perdido entre las cumbres de las montañas, Piana degli Albanesi; y después, más adelante, Camporeale; allá lejos, donde no llegaba ya la memoria de la costa ni la humedad del mar cercano, escondido entre los dibujos de montículos y laberintos, camuflado en la aridez del paisaje y los senderos de tierra, Corleone, que había tomado el apellido de antiguos nobles príncipes para dárselo después no sólo a vinos de gran relevancia, sino a los protagonistas de la mafia siciliana en las novelas de Mario Puzo y las películas de Coppola; y, en lontananza, Prizzi; y mucho más allá, casi en el centro de la isla, encerrado en el interior de la cadena montañosa Cozzo Braduscia, a setecientos metros de altitud sobre el mar y con cinco siglos de existencia desde su fundación por refugiados albaneses, Palazzo Adriano, el lugar donde Giuseppe Tornatore filmó *Cinema Paradiso*.

Todos estos contornos agrestes, en apariencia desiertos y silenciosos, se abrían paso en la Sicilia interior y habían sido antaño los territorios por los que cabalgaba el fantasma de Salvatore Giuliano, «bandido» sobre cuya vida y leyenda filmó en estas mismas tierras una película el napolitano Francesco Rosi; el mismo «bandido» al que los capos del proyecto de la independencia de Sicilia, tras la Segunda Guerra Mundial, hicieron creer que era de verdad coronel del EVIS, el Ejército de Voluntarios por la Independencia de Sicilia. Hasta que lo traicionaron. Y la Onorata Società ordenó su muerte a tiros de lupara, como se mata a un lobo montaraz y peligrosamente salvaje, a manos de su propio lugarteniente, Gaspare Pisciotta, en el patio de la casa del abogado De María. Había acudido, engañado, a una reunión clandestina que resultó la cita con su muerte en Castelvetrano, al suroeste de la isla, equidistante de Santa Margherita di Belice y Selinunte, por donde podían seguirse todavía en esas fechas las sombras agonizantes de los últimos Gatopardos.

Rejón le preguntó a Demetrio d'Angelo por su falta de locuacidad esa mañana, casi monosilábico y gestual en su lenguaje el chofer mientras condujo durante dos largas horas desde Palermo a Santa Margherita, casi en el sur de la isla, en la provincia de Agrigento. D'Angelo excusó ese mutismo poco común en él. Adujo estar un poco cansado, porque había dormido mal después de llegar a Palermo. No se quejaba del trote de los últimos días, él todavía era un hombre fuerte, pero en cierta medida venía a decir que los años que llevaba encima no le perdonaban ya tantos esfuerzos seguidos. Y que el trasiego de un lado para otro de la isla en las últimas jornadas lo había llevado tal vez al borde del agotamiento. Rejón lo miró desde el asiento trasero donde viajaba y el chofer le devolvió una mirada de complicidad durante unos segundos. Estaba cansado, sus ojos delataban el disimulado cansancio del viejo que no quería que se le notara su falta de fuerzas. Y entonces, emboscado también en su silencio, mientras echaba un distraído vistazo al paisaje siciliano, a un lado y a otro de la carretera que los llevaba hasta Santa Margherita, Néstor Rejón volvió a pensar en su propia vejez. De reojo miró a Sarah d'Allara, sentada a su lado. Su semblante lucía resplandeciente, y ella misma aparecía toda enfebrecida, curiosa de todo, siguiendo el paisaje en cada uno de sus detalles. Los preparativos y la inminencia del viaje a Donnafugata la habían excitado tanto que la belleza natural de la joven se dibujaba ahora en cada poro de su piel, en cada uno de sus gestos y de sus sonrisas nerviosas, en cada una de sus fugaces miradas al paisaje terrenal de Sicilia, que parecía haber descubierto de verdad en esta visita, como si fuera una niña que se divertía con su mejor juguete.

La vejez, entonces, otra vez. Mientras Sarah iba camino de su propia juventud y recorría el territorio de su eternidad despreciando sin esfuerzo el paso del tiempo sobre su vida, Néstor Rejón sabía que el viejo reloj de la suya aceleraba su asmática carrera sobre los pocos años que ya le quedaban por respirar en esta tierra. Quería asirse a lo imposible. Quería que siempre fuera todo como era ahora mismo, en ese mismo momento, con ella, con Sarah d'Allara a su lado, tal como viajaban en su coche hacia Donnafugata. Como si su propia vida se hubiera iniciado de verdad en el instante en que la conoció en Barcelona, había llegado a la conclusión de que Sarah era el gran talismán de su existencia, un regalo del cielo para los últimos años de vida del privilegiado artista del oro, un salvoconducto para ese lugar de los años huidizos que suele terminar en soledades irritantes y en rupturas todavía mucho más patéticas. Deseaba que ese instante de feliz nerviosismo en la vida de Sarah d'Allara se inmovilizara en medio de aquella carretera siciliana, que no se acabara nunca esa sensación de plenitud, detenido el tiempo para siempre en el aire de su felicidad dentro de aquel territorio mágico, camino de Donnafugata. Cierto, lo mejor del paso de los años que se habían ido acumulando con gravedad sobre la edad de un viejo que luchaba contra las prisas abusivas del reloj, era poder contarlos uno a uno, sin miedos y sin olvidos. Poder señalarlos con sus propios dedos uno a uno en su memoria, jerarquizarlos y nombrarlos con sus dígitos exactos, localizarlos y marcarlos en sus recuerdos con nombres y apellidos, con lugares, historias y geografías situadas en el lugar exacto del mapa de su memoria, episodio a episodio, a pesar de los terremotos y las tormentas, a pesar de las melodías inconclusas de las sirenas y de los espejismos disfrazados de paraísos. A pesar de los desmanes descomunales provocados por la euforia en cada esquina de esa misma memoria. Y a pesar de la excesiva lucidez de la tristeza a la hora de reconstruir los recuerdos en la despensa más profunda de la memoria. Cierto también que lo peor de esos ya tantos años de su edad y su experiencia hubiera sido para Rejón haberse refugiado en el olvido, en un recodo de alguno de esos años perdidos en el pasado. Haberse declarado cansado, jubilarse de todo, entregarse a la vejez, deslizarse por la vejez como quien se deslizaba por el último tobogán, por donde ya no había más que un inmenso vacío en el que los sentidos habían perdido toda su capacidad de disfrute y sufrimiento.

Lampedusa había enfermado de muchas cosas en su vida, pero la peor de sus enfermedades fue aparentar y convencerse de que era un viejo decadente; que estaba allí, en Sicilia, desde el principio de su juventud, esperando el momento de la desaparición de su estirpe. Le había tocado ser el último de una tribu feudal que había llegado al final de su historia aristocrática con penas y sin glorias. En todo caso, con la indiferencia de la inmensa mayoría de los palermitanos y de los sicilianos. A pesar de su gravosa corpulencia física, que hacía su figura insoslayable al caminar lenta y hasta torpemente por las calles del centro histórico de Palermo, como si no supiera dónde iba a dirigirse en cada momento, como si dudara en seguir este u otro camino, porque en el fondo le daba igual el camino que tomara, había asumido el caparazón grisáceo del perdedor y la resignación del fracasado. Y el traje perennemente gris de los hombres inservibles que se identificaban sólo con los retratos del pasado de toda su familia, los mismos retratos de toda la familia feudal y aristocrática que estaban colgados en las paredes de la historia de Sicilia con el orden que los siglos de la isla seguían en sus tierras y en sus mares, en línea recta desde el principio del tiempo. La misma figura gris, aparentemente superflua, que se ganaba diariamente la indiferencia de casi todo el mundo en Palermo. Y, de repente, en la plenitud de la vejez, cuando ya no se esperaba nada de él, porque había probado su inutilidad en todas las batallas de la vida, enfundado en el viejo gabán, raído, gris oscuro, cuyas solapas siempre estaban orladas por la ceniza de los cigarrillos del impenitente fumador; cuando Lampedusa se sentía mucho más allá de la mitad de su vida, y cuando además había llegado a la secreta consecuencia de que la muerte ya estaba dibujando su silueta delante de sus ojos, cuando sufrió los primeros indicios del cansancio definitivo, del acabamiento, y cuando esos primeros síntomas del final le advirtieron de la presencia de la enfermedad, el viejo recurrió a la fuerza de su valentía de viejo y encontró su propio destino eterno en la escritura de *El Gatopardo*.

¿Lo sabía Lampedusa?, se preguntaba Rejón camino de Donnafugata. Eso era lo de menos, le había contestado en más de una ocasión Sarah d'Allara. Lo de más, lo máximo, era que había vislumbrado con la sagacidad del sabio que, aunque todavía tardara un tiempo en llegar hasta él, la muerte venía acercándose con el reloj en la mano para señalarle la fecha exacta del final. Entonces, el viejo, sin dejar de serlo, con todo el peso de su vida a las espaldas, se alzó sobre su propia memoria y se levantó del silencio donde había estado encerrado toda su vida entre libros y, como un gigante, se enfrentó a toda su memoria de Sicilia. La resucitó, la interpretó sabiendo que, si la escribía, sería la herencia más molesta e irritante para quienes se acercaran a descubrir lo que pensaba sobre Sicilia y los sicilianos, sobre sí mismo y sobre sus gentes. Y la escribió. La escribió porque quería verla publicada antes de su final.

La tarde anterior, los Rejón habían viajado en coche desde Taormina a Palermo para dormir en el Hotel Des Palmes, en plena Via Roma de la capital siciliana, y partir a la mañana siguiente, muy temprano, hacia Santa Margherita di Belice, al encuentro del Palazzo Filangeri di Cutò, destruido durante un terremoto en 1968, del que sólo quedaban restos que las autoridades institucionales trataban de rehabilitar, conscientes de la importancia del lugar.

Donnafugata era, en efecto, la más alta sacralidad en la memoria doméstica y en la reconstrucción de los afectos de Lampedusa. Y resultó ser también el detonante primordial para que el Príncipe, enredado en los recuerdos de la infancia y en los viajes que hizo al final de su vida por esas tierras para encontrarse físicamente con la memoria de su familia, fuera al encuentro de sí mismo. Y, como si supiera que se estaba despidiendo de sus esencias terrenales, se dedicó como un poseso a escribir *El Gatopardo* en los dos últimos años de su vida, tras visitar Santa Margherita y Palma di Montechiaro, junto a Gioacchino Lanza Tomasi y su novia Mirella Radice, en los días otoñales de 1955. De la misma manera que Néstor y Sarah hacían ahora ese viaje en coche, lo habían llevado a cabo los Salina en *El Gatopardo* cumpliendo la tradición familiar de pasar el verano en Donnafugata y alejándose de los nuevos y levantiscos fulgores del Palermo garibaldino.

Sarah d'Allara fotografiaba con sus ojos cada detalle del paisaje de esa parte de Sicilia que Lampedusa describió en la novela a lo largo del viaje familiar de los Salina hasta llegar a Donnafugata. Un día de los primeros del verano, hacia finales de junio, los Lampedusa abandonaban Palermo con las calles desiertas, antes del alba. Por la Piazza Politeama y la Via Esposizione llegaban a la vieja estación de Lolli. Tomaban el tren y, durante largas horas, recorrían la primera región del viaje: Carini, Cinisi, Zucco, Partinico, hasta llegar a la orilla del mar. Más tarde, a mitad de la mañana, alcanzaban Castelvetrano, en cuya estación los Lampedusa subían en sus propios coches. Patanna era una de las fronteras familiares y los Lampedusa iban reconociendo las señales domésticas de sus feudos, escoltados los coches por tres carabineros a caballo hasta llegar a Santa Margherita di Belice. Aunque las carreteras no fueran tampoco tan incómodas como las que recorrió el escritor en los años en que volvió a Santa Margherita, poco tiempo antes de caer enfermo y morir en Roma, la aridez africana del paisaje durante la estación seca continuaba allí, a los ojos de Sarah d'Allara y Néstor Rejón, por encima de los decenios transcurridos. Las siluetas de los pueblos sicilianos, pintados de blanco y azul, se recortaban a lo lejos, entre los tonos pardos de las lomas de las montañas del centro de la isla y el otro azul del cielo limpio en todo el horizonte. Las arboledas que podrían encontrar ahora los viajeros, que como ellos dos iban hacia Santa Margherita di Belice, se limitaban a pequeños oasis de eucaliptus que de vez en cuando aparecían en las cercanías de la carretera, árboles parecidos a seres solitarios que se hubieran extraviado en un desierto, desorientados ante la virulencia del sol sobre la tierra sedienta y el ulular del viento corriendo a ras del suelo y levantando remolinos de polvo.

El Mercedes Benz se detuvo en la placita del pueblo, a dos pasos de Donnafugata. Sarah d'Allara abrió la puerta del coche y saltó como una colegiala que hubiera descubierto por fin el mayor tesoro de toda su vida.

—Señor, perdóneme —le dijo D'Angelo entonces desde su asiento de chofer a Néstor Rejón—, debe perdonarme. Pero me tomé la libertad de avisar a mi amigo Salvatore. Salvatore Scuderi, señor. Su familia, en fin, fue siempre de las más cercanas a los Cutò, ¿usted sabe? Va a ser un gran guía, ya lo verá, para la señora, sobre todo.

Un hombre grueso, de una edad muy cercana a la de Néstor,

se acercaba a ellos en ese momento con paso rápido aunque con una ligera cojera en la pierna izquierda. D'Angelo lo señaló. Era Salvatore Scuderi. Sarah no lo vio llegar, ni lo vio acercarse a saludar ceremoniosamente a Néstor Rejón, ni abrazarse con Demetrio d'Angelo. Ella no podía ver otra cosa que la fachada de Donnafugata. Estaba deslumbrada. Absorta ante el reconstruido monumento, sólo tenía ojos y sentidos para imaginarse el viejo edificio cayendo de un golpe bajo la fuerza brutal del terremoto, como si esa naturaleza salvaje hubiera querido también acabar con las huellas de Lampedusa. Durante unos minutos permaneció así, imperturbable, como si nadie más estuviera a su alrededor. Como si ella sola estuviera en aquel mundo que había salido por fin a flote desde las páginas de la novela de Lampedusa. Estaba ante la casa del mismo Gatopardo, ¿qué otra cosa había ahora mismo más importante en el mundo, en su trabajo y en su vida que admirar Donnafugata?

Cuando se volvió para sonreírle a Néstor, para agradecerle lo que había hecho por ella, ahora se daba más cuenta que nunca, los encontró a los tres, a él, al chofer y a Scuderi mirándola, viéndola absorta ante Donnafugata. Rejón le presentó entonces a Scuderi. Sí, señora, le dijo el siciliano después de las reverencias, él también estaba escribiendo un libro sobre el Gatopardo. Sobre Lampedusa. Sobre los Filangeri, los Cutò, los Tomasi. Él sabía todo de aquellas historias tan olvidadas, de las leyendas inventadas por la mala fe de tantos, él tenía cualquier dato que necesitara la señora. Cualquier detalle que ella estuviera buscando y no hubiera encontrado, él lo tenía. Había dedicado toda su vida a Donnafugata, y toda su familia antes, en tres o cuatro generaciones habían estado muy cerca de los Cutò y los Tomasi. Para él, para Salvatori Scuderi, la historia y la leyenda de los Gatopardo de Donnafugata era parte de su propia vida, tal vez la parte más importante de su vida, no iba a negárselo a la señora.

Sin parar, hablando torrencialmente, yendo de detrás hacia delante, y después al revés, Scuderi señalaba la fachada de Donnafugata mientras daba tímidos pasos hacia la entrada del edificio y así, casi sin darse cuenta, hacía que la pequeña comitiva de recién llegados caminara hacia la puerta de entrada del viejo *palazzo*. Allí, en la puerta, también tímidamente, estaba esperándolos la joven Rosalía Bonura. Y ya la estaba presentando a Sarah y a Néstor el mismo Salvatore Scuderi, las gotas de sudor comenzando a aparecerle en todo el rostro al erudito local de piel morena, las palabras saliendo de su boca en tropel y a borbotones.

—Sí, señora, Rosalía sabe mucho, sabe todo de Donnafugata —dijo Scuderi.

La joven sonreía y repetía, sin perder la timidez, manteniendo la distancia debida, que estaba a disposición de los señores, que trabajaba allí desde hacía más de dos años, en Donnafugata; ella podía enseñarle muchos documentos históricos y acompañaría a Scuderi a través del *palazzo*, si ellos lo tenían a bien, para abrir las puertas y las ventanas de las estancias que los señores quisieran visitar, para irles mostrando los tesoros del Gatopardo. Ella, Rosalía Bonura, estaba allí para eso.

En todas esas palabras de presentación de la muchacha no había ni un atisbo de sumisión a los recién llegados, ni un ápice de los rasgos de servidumbre que suelen encontrarse, aunque de forma fingida e impostada, en los guías de los edificios y museos históricos visitados por viajeros y turistas con el descuido natural de las prisas. Rosalía Bonura era profesora de literatura y estaba allí cumpliendo su propia voluntad de saberlo todo sobre Donnafugata. Como Sarah d'Allara. Era profesora de literatura siciliana, le dijo después a los visitantes, mientras todos degustaban en la trattoria más cercana al *palazzo* unos deliciosos *maccheroncini alla siciliana* y un fabuloso plato de *costine di agnello alla scottadito*, rociado todo con vinos de las pequeñas bodegas rústicas del lugar. Era una defensora de la literatura, de la historia, de los escritores de Sicilia.

—Sí, sí, es una isla —añadió Rosalía—, una isla más, de acuerdo, incluso una tierra pequeña y subdesarrollada. Económica y socialmente subdesarrollada. Pero la gente se olvida, ¿verdad, señora?, la gente se olvida de que esta isla ha dado ya dos premios Nobel de Literatura. A sólo unos kilómetros de aquí, nació Luigi Pirandello. Y allí mismo, en un promontorio que no tiene más ojos que el mar, quiso que dispersaran sus cenizas, ustedes lo saben, señores, nosotros lo sabemos, pero la gente no, la gente lo olvida todo fácilmente. Y más allá, nació Salvatore Quasimodo, en Ragusa..., ¿ha visitado Ragusa, señora? Es una maravilla... Y de ahí al lado es Leonardo Sciascia. De aquí y de toda Sicilia, Lampedusa.

Salvatore Scuderi comía y bebía mientras Rosalía Bonura hablaba reclamando atención sobre la obra de algunos escritores sicilianos. Y confirmaba todo cuanto decía la profesora Bonura, asintiendo con un gesto y una suerte de gruñido de satisfacción, con la boca llena.

—Es injusto que Sicilia sea famosa sólo por la mafia. Es injusto..., señora, que el cine americano haya hecho tan buenas películas sobra la mafia siciliana y que en el mundo entero seamos famosos por eso. Sólo por eso. Es injusto. Y una vulgaridad insoportable, ¿no les parece que tengo razón?

Néstor Rejón sabía ya que Rosalía Bonura tenía toda la razón. Sobre Sicilia y los sicilianos habían caído durante siglos todos los estereotipos necesarios para convencer al mundo de que aquella tierra y aquel país eran de lo más nefasto que podía encontrarse. Pero la fascinación del mundo europeo por Sicilia iba mucho más allá de las definiciones literarias, mucho más allá de las calificaciones históricas y de las invenciones legendarias. ¿Se acordaban de lo que Stendhal decía de Sicilia?, preguntaba de repente la profesora Bonura. Ella se acordaba, claro que se acordaba. Y lo repetía con pasión. El francés quería ver, así lo dejó escrito aunque no estuvo nunca en la isla, la patria de Proserpina y saber por qué el diablo había venido a tomar mujer precisamente en esta tierra. No había estado nunca en Sicilia, pero escribió sobre ella con más perfección que quienes la habían visitado. Courier sí había estado, vino con las tropas napoleónicas, quería ocupar la Gran Isla pero le faltaron los barcos. Quedó, dijo entonces Bonura, quedó la memoria de lo que dijo de nosotros: toda Italia es nada si no se le agrega Sicilia.

—¿Se dan ustedes cuenta de lo que dijo? No, no, de ninguna manera estaba exagerando. Sabía lo que decía. Y Goethe también —dijo Rosalía Bonura.

Sarah d'Allara le prestaba toda su atención a la joven profesora. Entre otras cosas, porque ella pensaba lo mismo: que la mafia y su historia sangrienta habían llenado durante decenios y decenios las páginas de la prensa roja y los diarios y las revistas de sucesos. La mafia amenazaba con borrar del mapa la otra Sicilia, la memoria mestiza del Mediterráneo, sin la que nadie podía entender Italia ni toda la historia y la mitología del mar de color vino.

—«Aquí está la clave de todo», escribió Goethe —seguía hablando Rosalía Bonura—. ¡La clave de todo Sicilia, la isla, nosotros la clave de todo! Y lo escribió nada menos que en su *Viaje a Italia*. Se había encontrado con una de las más grandes sorpresas de su vida. Y, entonces, lo comprende en su memoria más profunda. No se desvía como un periodista que viene y va con demasiadas urgencias o como un turista despistado, no. Nos mira por dentro. Es un poeta que viaja y piensa. Y cuando se vuelve a estudiar a fondo el paisaje de la Historia, entonces se mira en el espejo de Oriente, en la Grecia clásica y en el paso de los siglos...

Exactamente, pensó ensimismado Néstor Rejón mientras escuchaba hablar a Rosalía Bonura con la pasión desbordada por la fe en Sicilia. ¿No estaban allí, en aquella isla, todas las culturas, todos los recuerdos del mundo entero, todas las civilizaciones, razas, abusos y dominaciones?, ¿no estaban allí todavía cuantos habían pasado por Sicilia para entronizar sus vicios y virtudes, dejando sobre la faz de aquella tierra eterna las señales y las cicatrices evidentes de sus afanes más locos y obstinados, sobre un pueblo eternamente aluvional, mestizado en geografías e historias, en leyendas y mitos?

—Sí, así somos —continuó Rosalía Bonura—, así somos los sicilianos. Contradictorios, gritones y vocingleros en las calles. Y en los mercados públicos. Peleadores por lo que parece casi nada y forma parte de la esencia del honor. Pero muy, muy, muy silenciosos para las cuestiones de verdad, las cuestiones domésticas, señora Sarah. Cierto, somos inventores del espíritu y la triste realidad de la mafia, y eso nos mata en todos los sentidos, la *omertà* como bandera cotidiana y la muda palabra de honor, usted lo sabe, señora Sarah, usted es siciliana como nosotros. Usted lo sabe porque también usted, a pesar de haber nacido fuera, está muy metida en esta tierra. Usted es tan aventurera como los sicilianos, usted es una viajera de verdad, sin miedos. Y somos así, orgullosos de todo lo que somos, desconfiados de todos los demás. Para bien y para mal. Y usted ahora llega hasta aquí, a buscar parte de su pasado, su pasado envuelto en Lampedusa y en *El Gatopardo*. Algo sé también de su familia de Taormina, de la leyenda del joven D'Allara y la historia de Lawrence, no olvide que soy profesora de literatura. De literatura siciliana, ¿ve? Y yo, señora D'Allara, se lo agradezco, le agradezco muchísimo que venga aquí, a Santa Margherita y a Donnafugata. Y a usted también, señor Rejón. Les agradezco que hayan venido hasta aquí a buscar a Lampedusa...

La clave de todo, pensó Rejón otra vez más, cuando ya se levantaban de la mesa y volvían a dirigirse a Donnafugata para visitar a fondo el *palazzo*. ¿También Salbago, también su memoria familiar, también la memoria antigua de un país como el suyo, que andaba en la geografía mítica de otro océano distinto al Mediterráneo, sería la clave de todo al menos para él? Ese mar de color vino de Sicilia conducía sin duda a la inmensidad oceánica del suyo, se dijo Rejón. Y las tierras volcánicas del Etna, vistas en su grandiosidad desde la terraza de La Cúpula, ¿no le recordaban, no le acercaban a la memoria de su infancia las tierras volcánicas de Salbago, el valle solitario donde los dioses se habían refugiado cuando llegó la conquista de los españoles, el valle de Ucanca extendiéndose volcánico hasta el mar? ¿No le recordaban las pardas y verdosas faldas del Etna, y de paso le acercaban el tiempo pasado a su memoria, las tierras de El Monte, cercanas al Gran Cráter de Salbago, las tierras de picón negro salpicadas de verde vegetación que conservaban la humedad de cada madrugada hasta pasado el mediodía, a pesar de la virulencia del sol africano? ¿No era entonces Sicilia, la clave de todo, una metáfora de la Tierra, del planeta entero, en la medida en que allí, como en ningún otro lugar del mundo, transitaba la Historia de los hombres, sus creencias religiosas y las supersticiones del tiempo, las leyendas y culturas seculares, además de todas las señales de humo, las que ya habían sido codificadas por los estudiosos y las que todavía permanecían vírgenes, incólumes, intraducibles, a pesar de las revoluciones sangrientas, las reformas y transformaciones naturales?

QUINCE

Todo había comenzado a suceder en París, en ausencia de Berta Solán, de la mano caprichosa del azar, apenas sin buscarlo, pero continuó durante un largo trecho en Madrid, en medio de citas secretas y sorteando obstáculos que hicieron de sus amores clandestinos una suerte de abismo constante, tan atractivo como peligrosamente suicida.

Para Néstor Rejón estaban en juego cuatro años de firme noviazgo con Berta Solán. Y Rosa Moral se jugaba la complicidad de su amiga, fraguada en los afectos cercanos durante esos mismos cuatro años universitarios. Rejón no había vuelto a ver a Marcos Lorenzo desde aquella aventura imprevista, pero ese viaje a París, también tan repentino, lo había hecho para acompañarlo durante cuatro días. Cuatro días Marcos Lorenzo y Néstor Rejón en París, los dos solos, dueños de todo su tiempo y de la ciudad tan deseada y amada, en la que nunca hasta entonces habían estado ninguno de los dos. Marcos Lorenzo lo invitaba, le dijo a Berta Solán. Y a él, ¿qué le importaba de dónde sacaba el dinero Marcos Lorenzo, por qué le parecía ese dato tan sospechoso a Berta?

—A lo mejor de la revolución en marcha —le comentó jocoso.

Ella no le había preguntado nada y no venía mucho a cuento ese breve comentario irónico. Ella sabía, lo sabía todo el mundo en los círculos universitarios, las nada secretas vinculaciones entonces legendarias de Marcos Lorenzo con ciertos núcleos políticamente radicales en la lucha estudiantil contra Franco, con los ecos del Mayo francés echando todo el aliento sobre la universidad española, sobre la Ciudad Universitaria de Madrid. Era un activista, y todo el mundo sabía además del carácter generoso y desprendido de Marcos Lorenzo con sus amigos universitarios. ¿No era una ocasión única viajar con él a París por primera vez los dos amigos para ver los restos del naufragio del Mayo que habían adorado tanto?

—Si tus ocupaciones revolucionarias te lo permiten —le contestó Berta con la misma ironía—, no dejes de ver a mi amiga Rosa, por favor. Está en París desde hace un par de meses.

En la vida de cualquiera, incluso de quienes optan por la amnesia voluntaria como terapia de cicatrización de las heridas de máxima gravedad, hay imágenes que se mantienen inalterables, fotos fijas que no pierden jamás el tono de su color original, perfectamente vívidas en el recuerdo más fugaz. Como si el episodio que se ha memorizado sin quererlo del todo a lo largo de decenios hubiera ocurrido en realidad hace apenas una semana. Esa imagen, esa escena que abre una brecha por encima del bosque del tiempo para tatuarse en las honduras donde no alcanza a llegar ni siquiera la voluntad más firme de olvido, acompaña por el resto de sus días a quienes la vivieron como protagonistas. O recuerdan haberla vivido tan de cerca, y se conserva con una nitidez sobrenatural, a pesar de que en multitud de ocasiones pueda mantenerse durmiente, hibernada, como muerta. Hasta que otra imagen o un hecho semejante la reactiva, la revive, la trae a los sentidos y rescata esa misma imagen vieja como si fuera un episodio de antes de ayer.

Rejón no recordaba con excesiva frecuencia aquella pasión clandestina de su juventud universitaria, en el año final de sus estudios de ingeniería, pero cuando por primera vez vio de cerca a Sarah d'Allara en el Majestic de Barcelona, reapareció en su memoria la imagen huidiza de Rosa Moral, regresó de repente la Parisina Roja como un torbellino, su figura juvenil de bailarina clásica, y el desnudo de su cuerpo ondulante en las tardes invernales de Madrid, nadando en la tibia penumbra del apartamento secreto de Medinaceli, la piel blanquísima de su cuerpo casi traslúcido, lleno de luz, y las manos de Rosa Moral demorándose en el ritual de acariciarse para que Rejón supiera lo que era la verdadera delicia de una mujer tan joven y libre como ella: el placer absoluto de su propio cuerpo. Y su sonrisa aparentemente ingenua, perenne, delicada, cada vez que lo miraba con deseos de amarlo. Y sus dientes tan blancos. Y sus labios entreabiertos en la sonrisa de los dientes blanquísimos. De ahí la primera sorpresa de Rejón al ver a Sarah d'Allara en el Majestic, como si Rosa Moral hubiera rejuvenecido para venir a buscarlo hasta allí en plena gloria artística: ¿cómo podían existir dos mujeres tan distintas que nada tenían que ver entre sí, ni en el tiempo ni en el espacio que, sin embargo, en un instante determinado, arbitrario y casual, llegaran a parecer tan semejantes, tan idénticas en ciertos gestos, en tan inolvidables facciones, que pudieran ser hermanas gemelas? Sólo el color de la piel, y los años transcurridos de una a otra, casi toda una vida, las diferenciaba con nitidez a ojos de Rejón. El resto fue como si un fantasma volviera ante sus ojos sin que el tiempo hubiera hecho el más mínimo de los estragos en aquel cuerpo de mujer tan juvenil.

Los días de París pasaron como una exhalación, pero en Madrid el secreto de Néstor y Rosa cobró la dimensión de estrecha cercanía y de necesidad física. Nada más llegar de París, Marcos Lorenzo se olvidó de Mirelle, un soplo en su activismo político, una estación sin sentido la compañera de piso de Rosa Moral, no un error sino una simple fiesta como tantas otras en su vida. O un entretenimiento de turista. Se olvidó de la aventura, de la juerga interminable, de la farra repleta de alcohol y canciones, de los finos mecanismos que había utilizado para que la seducción resultara eficaz frente a Mirelle. Rosa y Néstor se reían a carcajadas durante la primera tarde y la primera noche parisinas, viendo cómo el revolucionario Marcos Lorenzo desplegaba al viento todo el velamen de su buque insignia para romper la armadura de Mirelle. ¿Y qué otra cosa podían hacer ellos más que reírse, más que asistir como meros espectadores a esa función tan divertida? Porque ella era amiga íntima de Berta y él, Néstor, el novio de su mejor amiga. ¿Qué otra cosa podían hacer más que celebrar los avances conquistadores de Marcos Lorenzo descargando el bagaje completo de su seducción sobre aquella francesita tan apetecible? Y ése era el juego, la estrategia que los dos, ante el juego de Mirelle y Marcos, habían adoptado a la espera del mejor momento: aparentar que no podían hacer lo mismo que sus amigos, disimular que se mantenían al margen y seguir bebiendo ginebra. Hasta que uno de ellos tomara la iniciativa y desenmascarara las verdaderas intenciones ocultas de ambos.

—¡Lo quiero todo, Néstor, lo quiero todo! —le gritó ella abrazándolo en un rincón del salón de la casa de Mirelle en París, lejos de la vista de la francesita y Marcos Lorenzo.

Había estado besándola y ella correspondía con suavidad a los halagos de Néstor. Le había acariciado las manos, la había abrazado por el talle riéndose, le había apretado la cintura al ver cómo Mirelle y Marcos se desnudaban con la urgente inercia de posesos que necesitaban beber cada uno en el cuerpo del otro cuanto antes. Ella había exhalado un húmedo sollozo de deseo. Y lo había mirado. Y a Néstor le pareció que Rosa Moral lo había mirado fijo, como se mira de frente con ganas de amar.

—¿Qué quieres? —le preguntó él mirándola, apenas sin contenerse ya.

En *El manuscrito del Príncipe*, dirigida por Roberto Andó, la película que Demetrio d'Angelo había conseguido por fin en una librería de Palermo para que Sarah d'Allara y Néstor Rejón la vieran en el equipo de DVD de La Cúpula, había una secuencia apenas sugerida que reavivó el recuerdo de Rosa Moral y Berta Solán en Néstor Rejón en el momento de ver la cinta. De modo que cuando la película alcanzó el instante de esa escena, Rejón reconoció una vez más que había episodios en la memoria de un hombre que vivían sepultados en la apariencia del olvido durante casi toda la vida. Sucesos que seguramente no ocurrieron exactamente como los recordaba en ese mismo instante, pero que estaba seguro de que fueron así. Lampedusa ha llegado de la calle a su *palazzo* de Palermo a media tarde. El silencio más completo dominaba los interiores medio en sombras. Tras subir la majestuosa escalera de mármol de su casa de Via Butera, el Príncipe se dirigió reflexivo a su despacho. Caminaba ensimismado con sus pensamientos. Y entonces, de repente, escuchó el bisbiseo, el rumor de las voces femeninas que llegaban desde los aposentos de Lizi, su mujer, como si fueran caricias de la brisa marina en medio de la abrumadora e inhóspita humedad de Palermo. Se detuvo un instante y rectificó el sentido de su camino para dirigirse hacia el lugar de donde venían las voces de las sirenas. Rejón no sabía si había sido la curiosidad lo que había decidido que el Príncipe volviera sobre sus pasos, lo que lo obligó quizá sin apenas darse cuenta a seguir el camino inverso al que llevaba un segundo antes. Entonces, el Príncipe abrió la puerta de los aposentos de Lizi, en la realidad la baronesa letona Alessandra Wolff-Stomersee, una prestigiosa psicoanalista, divorciada, que Lampedusa había conocido en Londres en la década de los veinte. Y las encontró allí a las dos: a su mujer y a su amiga. Y las observó con la puerta entreabierta en el instante en que Lizi besaba amorosamente a su amiga y la acariciaba con toda la ternura del mundo. La amiga la abrazaba al devolverle las caricias. La cámara cinematográfica enfocaba la escena desde la mirada un tanto sorprendida del Príncipe, que un segundo después enarcaba las cejas ante esa misma cámara. Lampedusa, encarnado por el actor Michel Bouquet en la película de Andó, bajaba sus ojos antes de cerrar con cuidado la puerta de los aposentos de su mujer para regresar por el pasillo hacia la soledad de su cuarto de trabajo.

Ni a Néstor ni a Sarah les había parecido una escena particularmente escabrosa, sino todo lo contrario, porque el tratamiento de ese episodio doméstico no molestaba en ninguna dimensión. Tampoco les pareció que el episodio había llegado a molestar al Príncipe, que siguió su camino tras un incidente al que seguramente no había dado mayor importancia. Tal vez Lampedusa veía con tan displicente distancia los escarceos amistosos de su mujer que la indiferencia había podido con los celos. Quizá su falta de interés por la pasión física de un cuerpo de mujer, la ausencia de otras mujeres en su vida, que no fueran su madre y Lizi, había levantado en Palermo los rumores de un sospechoso extravío nunca verificado. Para la leyenda de Lampedusa, daba lo mismo. Pero Rejón trató, en ese mismo instante, de contener la alteración anímica que le había provocado de repente aquella escena y aquel escenario. Porque había recordado una escena semejante, borrosa en su memoria, pero tan semejante como idéntica: Berta Solán y Rosa Moral se besaban en los labios y se acariciaban sus caras. Con la suavidad de un sueño que había tenido lugar en plena madrugada de la fiesta universitaria en la casa de Madrid de Marcos Lorenzo, la misma fiesta en la que la casualidad había hecho que Néstor Rejón las buscara a las dos por los corredores y las habitaciones de la casa para invitarlas a los tragos que llevaba para ellas en sus manos. Por un momento, muchos años más tarde de aquel episodio que no sabía si en realidad había vivido, había soñado o se había inventado, al ver la escena de la película *El manuscrito del Príncipe*, Rejón se encarnó en ese mismo papel del protagonista. Hacía muchos años que había relegado al olvido silencioso aquel episodio tan ambiguo. No sólo engañaba la memoria, también podía engañar la visión, se dijo Rejón desde el primer momento, cuando ya regresaba de puntillas a la fiesta universitaria en la casa de Marcos Lorenzo y, mientras trataba de recuperarse de la sorpresa, se reincorporaba al jolgorio colectivo convenciéndose de que no había visto nada de cuanto quería olvidar desde ese instante.

—Estabas borracho, demasiado borracho —le dijo Rosa Moral riéndose cuando Néstor le preguntó en París por aquella secuencia amorosa que se había anclado en su mente con tanta nitidez—. Vives atormentado por visiones que tú mismo te inventas. Eres un niño. Te va costar crecer, Néstor.

Después de tantos años, estaba sin embargo seguro de que las había visto a las dos abrazándose, escondidas en la penumbra de la última alcoba de la casa de Marcos Lorenzo en Madrid. Estaba seguro de haberlas visto amándose, medio desnudos sus cuerpos bellísimos. Entreabrió la puerta de aquella habitación y las vio allí, tendidas las dos sobre la alfombra, en la oscuridad, besándose, acariciándose, amándose. Berta retorcía su cuerpo encima del cuerpo de Rosa Moral, de modo que no podía verlo clavado en la puerta, no podía ver la perplejidad petrificando el gesto en su rostro, no podía ver la sorpresa clavándose en sus ojos e inmovilizando por unos instantes los reflejos de todo su cuerpo. Pero estaba seguro, después de tantos años, que Rosa Moral lo había visto. Había visto su silueta en la puerta, lo había reconocido y lo había vuelto a mirar. Como si se regocijara en ese acto mismo de delirio y complicidad: como si le divirtiera que Néstor Rejón las hubiera descubierto.

—El alcohol te hizo ver visiones de hechos que te hubiera gustado que ocurrieran y poder verlos de verdad, ¿no? —le siguió diciendo Rosa, mientras tomaban los dos unos tragos de ginebra, al día siguiente de su juerga de pasión en casa de Mirelle.

¿Y qué iba a decirle ahora a Berta Solán? Él no iba a decirle nada. Tampoco le había preguntado nada sobre la realidad de sus amores con Rosa, nunca llegó a preguntarle nada de ese asunto tan escabroso. De modo que tampoco iba a contarle nada de lo que estaba sucediendo en París e iba a seguir ocurriendo en Madrid. ¿Y ella, qué iba a decirle Rosa Moral a su amiga?

—Pero, bueno, ¿ha sucedido algo que yo deba contarle a nadie, Néstor? Estas cosas no suceden nunca, querido, todo lo que se cuenta sobre la zona de sombras resulta condenable. Es de mala educación. Es un chisme, ¿me entiendes?

Era un chisme en el que no valía la pena detenerse porque esos amoríos no llevaban a ninguna parte. Eran simples escarceos químicos, infatuaciones, le dijo sonriéndole Rosa Moral. Bebió de un trago su ginebra. Y le dijo que los verdaderos amores, los que realmente se quedaban dentro para siempre en la vida de un hombre o de una mujer, esos amores reales, profundos como un pozo sin fondo donde nunca se agota el agua, tan posesivos como una tiranía, tan hermosos y crueles al mismo tiempo, esos amores eran los que valía la pena vivir. Los únicos que valía la pena contar.

—Claro que sí —le contestó a la pregunta de Néstor—. He

vivido uno que sigue aquí, revolviéndose para siempre. Hasta que me muera. Philippe.

Su padre era un joven y exaltado carpintero español, miembro activo del Partido Comunista de España que, desde el mismo día de la sublevación de Franco en julio de 1936, no había parado de hacer la guerra contra los nacionales. Primero en Madrid, luego en Valencia, más tarde en las sierras andaluzas. Se había recorrido la Península luchando y batallando contra los nacionales. Al acabar la contienda, no lo encontraron en todos los lugares en los que lo buscaron para matarlo. Había tenido la fortuna de cruzar la frontera unos días antes del final, cuando empezó la verdadera masacre contra los republicanos. Había escapado de un consejo de guerra sumarísimo y de una condena a muerte. Incluso a los campos de concentración franceses. Rosa Moral era el resultado evidente de las supervivencias de su padre, del matrimonio de su padre con la franco-española Geraldine Pagès. Y, cuando se enteró de lo que estaba viviendo en secreto su hija Rosa Moral en su incipiente adolescencia, la sacó a la fuerza de París y la mandó interna a España. Para que siguiera estudiando los años finales del bachillerato y la carrera entera en Madrid. Siempre vigilada de cerca por familiares cercanos de su padre.

—Un poco antes de entrar a casa de Philippe y Simone, había cumplido dieciocho años —le contó—. Ellos buscaban una mujer joven, casi una niña. Una estudiante, que cuidara de los dos hijos que tenían, niño y niña. Primero entré como externa y, bueno, poco a poco, me fui quedando y me integré en la familia. Me quedé a vivir en la casa, con permiso de mi padre. Con la condición de que esa tarea no me quitara el tiempo de estudios, que no perdiera disciplina, ni asignaturas. Ni mucho menos el curso.

Philippe, ingeniero de caminos, jefe de una división de trabajo en una de las primeras empresas francesas de construcción de presas, puertos y carreteras, comenzó a enamorarse de ella. Y ella de él. Locamente, en un temblor que había que contener con mucho disimulo. Aunque luego dijera que lo había sospechado todo desde el principio, Simone no se había dado cuenta de lo que sucedía bajo su propio techo. Hasta que una tarde maquinó su mejor simulacro: irse de París por unos días, a resolver algunos asuntos pendientes. Con los niños en el colegio, mientras Rosa se quedaba estudiando en su alcoba. Y regresó por sorpresa. Y los descubrió a los dos sobre su propia cama, amándose como locos furiosos, presos sus cuerpos de un frenesí físico propio de epilépticos o terroristas en el ejercicio exacto de su función criminal. Eso adujo ante el juez para obtener el divorcio y la custodia de los niños.

—Epilépticos o terroristas, fíjate tú..., Simone, la pobre Simone —dijo Rosa—. Si hubiera sabido que llevábamos amándonos así, con esa furia de terroristas o epilépticos, a gritos, en la cocina, en el salón, en el cuarto de baño, en mi cama, en la suya, en la de los niños, contra las paredes en el corredor, en el suelo frío o apoyándonos en los calefactores; si hubiera sabido que llevábamos en esa furia más de un año, la pobre Simone se habría suicidado en ese mismo instante. Se habría tirado por la primera ventana abierta de la casa. Un año entero llevábamos amándonos, apenas una semana después de que llegara a la casa, antes incluso de que me quedara a vivir con ellos.

Néstor Rejón escuchaba la historia de Rosa Moral sin perderse el más mínimo detalle, con la atención del buscador de oro que acababa de descubrir un gran tesoro en el fondo de la mina. Desde que ella había comenzado a decirle que los amores verdaderos eran de verdad los que había que contarle al mundo entero, para que todos se enteraran de que habían sucedido, Rejón se había mantenido en absoluto silencio. Como si no estuviera allí y Rosa Moral hablara consigo misma en un monólogo que reconstruía la más grande pasión de su vida, tensos todos los músculos de Néstor Rejón en la firmeza con la que atendía el relato de Rosa Moral.

—Cincuenta años, Philippe estaba a punto de cumplir cincuenta años cuando llegué a su casa. Y yo dieciocho, ¿te das cuenta, Néstor?

No, Simone no era una vieja. Ni siquiera era una mujer que había entrado en la edad donde las mujeres comienzan a darse cuenta del tiempo perdido, el extraño, pesado y peligroso instante en que un solo detalle físico, una arruga apenas perceptible para quienes admiran su belleza, un nuevo tono cromático en cualquier parte del rostro, despierta las alarmas del miedo a la vejez; el momento en que, en un solo segundo, la mujer se da cuenta de que ha comenzado el lento pero irremisible principio del fin. Pero Simone, no. Simone era todavía una mujer muy joven, en todo el esplendor de su mejor edad, una joven mujer amante que estaba convencida de que era amada por su amante, el hombre de cincuenta años al que veía dormirse a su lado cada noche, en la misma cama los dos, plácidamente, en la misma habitación, el mismo hombre al que veía despertarse a su lado todas las mañanas y entrar con ella al mismo cuarto de baño, donde los dos se desnudaban para asearse y se miraban con discreción sus cuerpos para admirarse, para desearse desde por la mañana y para contener ese deseo durante el día. Y aplazarlo hasta la noche. O hasta la tarde.

—Sí, muchas tardes, los veía encerrarse en su alcoba —le contó Rosa Moral—, y los escuchaba amarse. Los vigilaba y me los imaginaba amándose a dentelladas, hasta que caí en la cuenta de que el sudor nervioso que me invadía todos los sentidos al escuchar sus sollozos y sus gritos entrecortados no era sólo el deseo de participar física y químicamente en la fiesta, sino los celos. Philippe lo sabía.

Mientras ella le iba relatando su historia secreta, a Rejón se le marchaba la memoria a la oscura habitación de la casa de Marcos Lorenzo, en Madrid, el mismo ámbito donde Néstor creyó ver los cuerpos medio desnudos de Berta y Rosa amándose lejos del bullicio del festejo estudiantil, encerrados en sus delicias esos dos cuerpos de mujeres jóvenes tal vez con parecido ahínco con el que Philippe y Simone se divertían en las tardes que Rosa trataba de describirle en su relato.

Simone no llegaba a los treinta años de edad y su atractiva belleza no hacía presagiar a nadie una inminente caída en el vacío angustioso donde fue a parar cuando se enteró de golpe de los amores de Rosa Moral con su marido. La recordaba alta, muy delgada, con aspecto de modelo de pasarela en activo. Sus rasgos faciales se marcaban en los pómulos salientes, y en la mandíbula y en la barbilla se dibujaban los perfiles de un temperamento luchador. Un cuerpo grácil, fino, de piel suave, donde nada sobraba ni faltaba nada, donde la armonía cobraba tal dimensión que pasaba inadvertida, mantenía a Simone en forma, jovial, siempre de buen ánimo. No, Simone no era gratuitamente locuaz, sino una agradable interlocutora que le había regalado a Rosa Moral toda su amistad sólo un minuto después de haber sido contratada por la pareja para que cuidara de sus hijos pequeños. De modo que al conocer por sí misma los innegables amores de su marido con Rosa Moral, juzgó la vileza del hecho como una doble traición, la de una amiga y la del propio Philippe.

—Y fue así, ¿no? ¿Cómo lo hubieras interpretado tú, entonces? —interrumpió Rejón, provocador.

Simone se fue de la casa. Dejó a Philippe y a sus hijos, dejó que Rosa siguiera allí, ocupándose del cuidado de sus hijos y amando a su marido. Los dejó solos, más por desesperación que para que ellos notaran su ausencia y se dieran cuenta de su traición. Permitió que Rosa Moral se asustara si llegaba a pensar en las alternativas en que podía derivar el suceso. Simone se perdería para siempre, no aparecería más, aunque la buscaran en el fin del mundo, porque los despreciaba y se sentía herida de muerte porque aquella joven, casi una niña recién salida del colegio, había ocupado el papel de amante en la vida y en la cama de Philippe. Y se sentía tan humillada por su marido, tan repentinamente avejentada por la traición, que abandonaba incluso a sus hijos, a los hijos que había tenido con Philippe, que de aquí en adelante no serían más de ella. ¿Era acaso la primera vez que una mujer humillada, engañada, sometida a semejante latrocinio, optaba por no ser ni haber sido ella misma nunca y desaparecer para siempre de la vida que había llevado hasta entonces, como si nunca hubiera estado allí? Simone se iba lejos de la casa familiar a reflexionar durante unos días, por ejemplo, con la promesa de volver a arreglarlo todo, una vez que hubiera tomado una determinación, una vez que la calma hubiera vuelto a su vida cotidiana, herida por la doble traición. Civilizadamente. Pero ese regreso implicaba la salida definitiva de Rosa Moral de la casa de Philippe y Simone. Y el final de una pasión amorosa que amenazaba con terminar en tormenta.

—Me lo enseñó todo. Lo aprendí todo de él. Todo por primera vez —dijo Rosa.

Con los ojos acuosos, perdidos en la cristalera del café, su mirada errática seguía sin ver del todo las fugaces sombras huidizas de los coches por las calles de París. Por un instante, Néstor

Rejón se acordó de Eladia mientras escuchaba a Rosa Moral relatar sus amores con el francés. Mientras fue un niño, él también se creyó que Ela se lo había enseñado todo. Y en La Cúpula de Taormina, bastantes años más tarde, reconstruía entre recuerdos el puzzle de sus conocimientos sobre la vida, las mujeres, la supervivencia en la mina de Corocito, en Colombia, ya tan lejana, y el oro, su último y feliz encuentro con Sarah d'Allara. El mismo oro que Tony Limpito vendría a arrebatarle en los próximos días. Interpretaba que las angustiosas pesadillas de sus sueños en las últimas noches, el tren de toda su vida descarrilando y cayendo al río desde las alturas del puente en un estruendo de hierros retorcidos, era la traducción de su fracaso, una grave e incurable herida, una pequeña muerte de la que no volvería a recuperarse nunca.

Si llegaba a perder esa escaramuza que se avecinaba, estaba seguro de que la vejez que lo acechaba en cada momento terminaría por apoderarse de su alma y devoraría en unos pocos meses su cuerpo todavía lleno de fuerzas, de ganas, de vida. Pero, al mismo tiempo, sabía que la opción del perdedor no pertenecía a su universo, desconocía sus claves, sus sensaciones y sus devaneos. No tenía conciencia de un fracaso personal, porque nunca había perdido una jugada importante en toda su vida. Ni siquiera en aquellas ocasiones en que podía imaginarse como un fracaso algún episodio tan sólo ambiguo, la pérdida momentánea de un negocio, la desaparición de Carmen Zárate, el final de su matrimonio con Berta Solán, el error no calculado de Mirta Casares, el desplante de Ana Trejo. Envites, duelos, gajes del oficio del buscador de oro. Y nada más. Pero nunca un fracaso en su conciencia ni en su memoria. Ninguna de las estaciones de su vida fueron un fracaso para él, ni había temido nunca que la atroz sensación del hundimiento pudiera vencer su naturaleza, pudiera entrar en sus huesos hasta enfermarlo e inocular el virus del lento acabamiento en los proyectos que dibujaba en su cabeza todos los días mientras trabajaba en su estudio. El hecho de que el fracaso de los demás fuera tan frecuente en su entorno y lo hubiera impresionado en determinados casos históricos, por ejemplo, el fracaso de Johann August Suter, no había pasado nunca de ser una sensación exterior a su concepción del mundo. Un aviso a tener en cuenta. De modo que los síntomas iniciales del fracaso no eran para Néstor Rejón reconocibles más que en otras personas a las que había tratado en los negocios y en los amores a lo largo de su vida.

Hasta que conoció a Sarah d'Allara todo había sido un recorrido, un largo viaje para llegar a la estación final, el oro de verdad, ella misma Sarah d'Allara. Incluso todo lo que le enseñó Ela y cuanto después, en las tardes clandestinas de Madrid, le enseñó Rosa Moral hasta la extenuación física, eran estaciones para llegar a su destino final. ¿Había valido la pena el esfuerzo, había valido la pena sortear todos los obstáculos con tan pocas heridas, tan pocas cicatrices, para que ahora, al llegar al destino soñado a lo largo de toda su vida, la pesadilla del tren al descarrilar se repitiera en sus sueños como un avance premonitorio de los sucesos que podían llevarlo al fracaso con la llegada de Limpito a Taormina? ¿Era ya Néstor Rejón tan viejo que no tendría fuerzas suficientes para esquivar a Limpito sin necesidad de librar con él ninguna batalla y ganar una vez más la partida? Para Néstor Rejón, lo de menos era el adversario durante toda su vida. Lo de más fue siempre la joya que estaba en juego entre los contendientes.

Philippe la tendió sobre la cama de matrimonio, en su alcoba. Rosa Moral temblaba sin poderlo remediar. El ingeniero había regresado a la casa a sabiendas de que los niños estaban en el colegio y que Simone se había marchado fuera de París por unos días.

No iba a volver en ese momento que él había escogido con exquisito cuidado para el asalto al cielo de Rosa Moral. Se había preparado con toda conciencia para que ningún detalle fallara, para que nada ni nadie pudiera interrumpir el momento más brillante que Rosa Moral iba a recordar a lo largo de toda su vida. Ella oyó el ruido de la llave en la cerradura. Estaba estudiando en su habitación y supo de inmediato que era Philippe. Lo estaba esperando. Supo que era él y supo a qué venía. Y él sabía que ella estaba esperándolo. Salió hasta el pasillo y entró al recibidor. Philippe la miró como si fuera a devorarla, de arriba abajo. La miró con un deseo animal, el lobo a punto de lanzarse en tromba sobre la granja. Los ojos azules de Philippe la hipnotizaron. La paralizaron. Rosa Moral sólo llevaba puesto sobre su cuerpo un batín corto, una suerte de vestido de andar por casa, de cuadros azules y blancos, con los botones desabrochados hasta casi la cintura. Lo supo por la mirada de Philippe, ella no se había dado cuenta de que estaba casi desnuda. Lo supo por su repentina parálisis, por sus labios secos, por el temblor que le entró en todo su cuerpo. No cruzaron ni una palabra. Como un vendaval, él le tomó con fuerza una de sus manos e hizo que Rosa Moral lo siguiera como una sierva. Ella sabía dónde la llevaba. Se dejó guiar por el instinto, con los ojos anegados de nervios, sin que el temblor le dejara llegar a su alma un ápice de reflexión. Sabía que lo que estaba a punto de estallar había esperado largo tiempo en la recámara mental de los dos, de él y de ella. Entonces Philippe la tendió sobre la cama de matrimonio. Ni siquiera la desnudó. Entre las escasas ropas de Rosa Moral, mientras ella se dejaba llevar por el creciente e imparable temblor de su cuerpo, fue llenándola de besos, marcándole la piel con los dientes del lobo, rasgándole la piel con las zarpas, dejando las huellas moradas de sus labios sobre la piel de Rosa Moral. Hasta hacerle daño físico, un daño que ella no sentía en absoluto. Una y otra vez regresaba a la boca con su boca, una y otra vez deslizaba su cuerpo atléticamente sabio sobre el cuerpo del temblor y lo aplastaba con sus embates, una y otra vez le besaba los pies, subía con la punta de su lengua por sus muslos, mojaba las nalgas de la joven con el líquido caliente de su boca, de su lengua. Una y otra vez la volvía boca arriba, acariciaba su mina de oro con las yemas de sus dedos, suavemente primero y, luego, con mucha más fuerza, peinaba una y otra vez el bosque de la mina de oro. Y entonces, en un instante mágico, hundió la cabeza en el alma de Rosa Moral. Y acarició con su lengua, una y otra vez, el botón de oro de Rosa Moral. Ella sintió el temblor del terremoto estallando en todos sus músculos, rompiéndole el tuétano de los huesos, reventándole los sentidos con la fiebre del desmayo que se la llevó a la nada en el éxtasis que nunca había sentido así ni jamás volvería a sentir en toda su vida.

—Esos días de pasión, Néstor, fueron lo mejor de mi vida —le dijo mientras desviaba sus ojos de la cristalera del café y los volvía hacia él—. Todos los demás hombres han llegado tarde. Incluso tú.

Néstor Rejón la recordaba muy joven. En su memoria, la voz de Rosa Moral seguía sonando cantarina y su sonrisa al hablarle seguía poseyendo una sensación de frescura que se le hizo para siempre inolvidable.

—Incluso tú —recordó la voz y los ojos de Rosa Moral cuando en un café de París le confesó el amor más grande de su vida.

Simone volvió a casa para llevarse toda sus cosas y comunicarle a Philippe el inicio de los trámites del divorcio. No había marcha atrás. De forma que, además, le exigía que sacara a Rosa Moral de la casa, que no volviera a ocuparse de sus hijos ni un día más.

Que la expulsara de allí, que la echara del paraíso donde había entrado a robarlo todo. Se negó a discutir sobre la permanencia de Rosa en la casa. Si ella continuaba allí, Simone se llevaría a sus hijos, estaba en todo su derecho.

—Mi padre —dijo Rosa— se enteró de todo cuando su hija volvió a casa, despedida por la familia que la había acogido.

No podía sospechar que ella estuviera inmersa en un suceso pasional que podía acabar en un drama. Ni siquiera sospechó que su hija había sido despedida y todas las excusas que ella articuló para engañar a su padre lograron ese objetivo durante unos días. Se había ido de la casa, le dijo a su padre, porque corría el riesgo de que sus estudios naufragaran. Demasiado trabajo, demasiado pesado llevar una casa y dos niños tan impertinentemente mimados, con una madre que se negaba a que se les gritara en lo más mínimo, y mucho menos se les reprendiera con un tirón de orejas o un cachete. Eso nunca. Hasta que la imprudencia de Philippe acabó con la estratagema. Se presentó desesperado en casa de los padres de Rosa Moral. Quería hablar con ella a toda costa, había venido para eso y no se iría sin verla. Y el viejo comunista se dio entonces cuenta de lo que estaba pasando.

—No me levantó la voz, más bien bajó su tono natural para hacerme saber su autoridad, como si la tristeza ocultara su ira. Mi padre me habló con una severidad que no le conocía hasta ese momento —le contó Rosa Moral— y me envió a un internado, a Madrid. Eso es casi todo, Néstor. El resto es que, hasta ahora mismo, sigo amando a Philippe. Los niños viven con Simone, aquí mismo, a la vuelta de L'Étoile. Él, Philippe se ha vuelto a casar, yo tengo un novio, Néstor, ¿te das cuenta?, un novio comprometido con la revolución en América, un mexicano. Tiene mucho dinero, pero… es un revolucionario… Ha llegado tarde, pero es mi novio y voy a casarme con él, en un año. Si se enterara de que tú has aparecido en mi vida... Y si se enterara de que hasta ahora sigo viendo y amando a Philippe..., en Madrid, aquí en París, cuando vengo hasta aquí..., como ahora. Y, qué ironía, ahora apareces tú..., tan tarde...

Después fueron los años de la distancia y el silencio, cuando ella se volvió a París definitivamente. Para arreglar todos los papeles y hacer todos los preparativos y casarse con el mexicano. Y marcharse a vivir a México. Y ahí se le perdió la pista. Berta Solán no supo más de ella, y aquella relación tan rara a ojos de Néstor Rejón, y tan incomprensible, jamás volvió a mencionarse en la domesticidad del matrimonio. El hecho de que Rejón recordara el episodio de la casa de Marcos Lorenzo algunas veces, mientras vivió con Berta Solán, no hería para nada su concepción del mundo. Como Lampedusa en la película, al ver a Lizi con su amiga. Ni siquiera estaba seguro a esas alturas de que hubiera sucedido alguna vez. Quizá fue sólo un vuelo loco de su propia imaginación. El alcohol, el humo del hachís inundándolo todo en el jolgorio juvenil de los universitarios. Tal vez, como le dijo Rosa Moral, como siempre decía Ana Trejo, fue el alcohol. Tampoco a sus años el largo amorío con Rosa Moral alteraba mucho su memoria, aquel tan lejano y largo amorío pasional compartido con un francés al que nunca llegó a conocer personalmente. Ni le había importado nunca cómo era en realidad el ingeniero, ni se había ocupado nunca de saberlo. Simplemente, nunca lo había considerado un adversario, un contendiente de nada. Sólo una sombra con ciertos rasgos de identidad, la silueta que le había dibujado Rosa Moral. Nada más. ¿Habría sabido alguna vez el francés que él existía, intuiría en algún recoveco de sus suspicacias de hombre mundano y cínico que Néstor Rejón existía tan cerca de Rosa Moral, que siempre había otros hombres y otras mujeres en la vida de la gente?

—No, no. Nunca lo sabrá —recordaba Néstor Rejón que le dijo con toda certeza la muchacha—. Jamás.

Estaban en la cama, en el apartamento secreto de Medinaceli, Néstor Rejón lo recordaba muy bien. Recordaba que era el quinto piso de una vieja casa de la calle de Medinaceli, una especie de buhardilla penumbrosa, tan mínima como acogedora, a la que se llegaba subiendo por una escalera de madera, tan vieja como escandalosa. Cualquier mínima presión sobre cualquiera de los peldaños de la vieja escalera, hacía crujir todo el edificio. Como si fuera a caerse sobre la pareja de clandestinos fugitivos que por las tardes subía de puntillas la escalera, tres y cuatro veces por semana, cuando se suponía que estaban estudiando en las dependencias del cercano Consejo Superior de Investigaciones Científicas. Recordaba el temor que se abría en los ojos de la muchacha cuando crujía cada peldaño de la escalera bajo sus pisadas. Y el descanso y la carcajada de alegría de los dos cuando entraban en el apartamento y cerraban la puerta. Aquellos tiempos no eran para que una pareja de estudiantes jugara clandestinamente a la pasión amorosa a la vista de todo el vecindario, dispuesto siempre a sospechar de los demás. Y mucho menos si eran jóvenes universitarios. Si hubieran sido descubiertos, todo el andamiaje del secreto de sus amores se habría convertido en un escándalo insoportable entre los suyos.

—¿Te imaginas a mi padre, qué va a pensar el pobre hombre, con lo que ha sufrido en su vida, después de lo de Philippe? ¿Y ahora otro? Va a pensar que soy una puta, que tiene una hija puta, eso es lo que va a pensar mi padre —recordaba Rejón que le decía Rosa, entre asustada y muerta de la risa, desnuda, sentada en la cama, balanceando su cuerpo con suavidad, sonriéndole, ondulando su hermoso cuerpo de bailarina adolescente antes de acercarse a él riéndose, con los labios entreabiertos, para besarlo. Para volver otra vez a amarlo. Y a que él amara su cuerpo. Hasta el agotamiento en la penumbra vespertina de Madrid en otoño, justo a finales de los sesenta.

Durante largos años de silencio y ausencia, Rosa Moral se esfumó de la memoria de Rejón. Como si nunca hubiera sido tampoco amiga íntima de Berta Solán, jamás se habló de ella en ninguna conversación del matrimonio. Nunca llegaría Rejón a saber si las dos amigas se habían amado como se amaron Rosa y él. Como se amaron Philippe y Rosa, como se amaron Berta y él durante un largo trecho del camino. Esa historia era un laberinto que entrecruzaba caprichosamente sus esquinas, sus vértices, los viajes de ida y vuelta de cada uno de los cuatro, los que se amaron y conocieron, y quienes sólo tuvieron referencias los unos de los otros sin conocerse, sólo por cuanto cada uno le contaba al otro del otro.

Cuando Rejón decidió abrir en París su estudio de joyería de oro, no estaba muy seguro de que su proyecto artístico llevara dentro las marcas del futuro triunfo. París era una plaza muy cara y peligrosa, tan difícil o mucho más que Nueva York, la aventura que el buscador de oro acometería unos años más tarde, cuando estuviera seguro de su experiencia y solidez profesionales. Tampoco le atraía especialmente por nada, sino porque París iba a ser para siempre París, la capital invariable del mundo europeo donde siempre sería impensable hablar y pensar en la decadencia. Salvo desde el sentimiento nostálgico del romanticismo que se utiliza siempre como coartada para el rescate del recuerdo perdido. Pero ni siquiera en ese campo, Rejón notaba un apego de su deseo a abrir en París uno de sus estudios artísticos. Lo hizo por necesidad profesional, porque había que abrirlo. Porque el reto se le había presentado como una tentación en medio de sus triunfos. Ésa era la pregunta, casi retórica para él: ¿y tú no te atreverías a abrir en París? Nada más. Y abrió su estudio de trabajo en un segundo piso de una casa vieja y noble del Boulevard Montparnasse. No era un estudio muy espacioso, aunque la estética de Rejón había dibujado con exquisita y nada modesta armonía cada uno de los rincones del lugar. Las oficinas, en un altillo dentro del mismo establecimiento, terminaron por ser un refugio donde el artista del oro encontró otro de sus tesoros más preciados en esa temporada: la soledad, las ganas y las fuerzas de estar solo, encendido con cada uno de los proyectos que se encerraba a imaginar y dibujar durante semanas en el fondo del estudio, en el altillo parisino, escapado de Madrid y de todo el mundo. Salvo por causa mayor, en ese tiempo había dado orden a sus empleados de París para que, mientras estuviera trabajando dentro de su estudio, no fuera molestado bajo ningún concepto. Ni siquiera por llamadas telefónicas de su mujer. Ni de nadie. Se encontraba completamente pletórico en ese trabajo de creación que lo retenía tan pasionalmente solo en su estudio, trazando líneas, dibujando pájaros, inventando tierras inexistentes, buscando la historia que escribía viñeta tras viñeta. Hasta que, al finalizar el puzzle con todas las piezas en su lugar, quedaba nítida, certera, sólidamente dibujada la joya que en los próximos días pasaría a ser oro puro en una pieza artística única y definitiva.

—Lo buscan abajo, señor Rejón, perdóneme…

Pierre, su hombre de confianza en París, estaba de pie en la puerta del altillo. Sus labios blancos, secos, delataban el pavor que había pasado antes de atreverse a tocar la puerta tras la que Rejón trabajaba. Y a abrirla después, casi sin esperar contestación. El artista del oro levantó la cabeza, irritado, mirando con furia contenida a su empleado de confianza.

—La señora Moral, es la señora Moral...

Pierre no había esperado. Sabía que Rejón iba a estallar en improperios, en gritos, tal vez incluso iba a llamarle la atención con acritud, por exceso de confianza. Sabía bien lo que se jugaba quien interrumpía la inspiración del maestro del oro en pleno apogeo de creación. Y había prometido y jurado que entendía muy bien que esa interrupción era un sacrilegio y que nunca, bajo ningún concepto, sería capaz de romper el trabajo del artista, sino que además se convertiría en el guardián del cielo: allí nadie iba a tocar a la puerta ni a entrar bajo concepto alguno, mientras Rejón estuviera trabajando en sus proyectos. Pero ella había insistido, una y otra vez. El señor Rejón la conocía muy bien, no hacía falta sino que le dijera su nombre. Él sabía, le dijo a Pierre. No le valían las excusas de la ausencia, ella también sabía que el señor Rejón estaba en su estudio. Trabajaba. Ya sabía que la leyenda de su disciplina se había extendido por todos los contornos por donde el artista del oro se movía: cuando estaba inventando sus esculturas no podía ser interrumpido jamás. Porque esa joya a medio hacer quedaba rota, deshecha para siempre. Una simple interrupción impedía que el proyecto tuviera el resultado definitivo. Era una creencia, un principio dogmático, una superstición enquistada en el alma de Néstor Rejón. Pero la señora Moral había insistido una y otra vez en el curso de toda esa mañana. Y no se iba a marchar de allí, porque sabía que el señor Rejón iba a agradecerle a Pierre que lo hubiera interrumpido en plena inspiración artística. Aunque la joya no sirviera ya para nada.

Ante el asustado asombro de Pierre, Néstor Rejón asintió con la cabeza. Entonces cerró los papeles sobre los que estaba escribiendo y guardó en carpetas los dibujos que la impresora electrónica devolvía a las órdenes de Rejón. Cerró el ordenador, mientras seguía asintiendo, sin que Pierre notara ningún otro impulso raro en el artista. Sólo que había roto el dogma esencial que nadie se había atrevido antes a poner en duda y ahora se levantaba para ir a buscar a la señora Moral. Y no había pasado nada.

Bajó la escalera del altillo como si fuera un joven y experto atleta con todos los músculos preparados para la acción. Ella le sonrió desde abajo, mientras él le demostraba la alegría que le daba verla con una sonrisa que le cambiaba la cara, lo rejuvenecía, lo regresaba a la memoria del tiempo de sus amores universitarios. Rosa Moral tenía el pelo largo completamente blanco, la piel del rostro ligeramente acartonada, el cuerpo que Rejón había amado tanto un poco encorvado por los años. Pero ese mismo cuerpo de mujer madura conservaba no sólo un atisbo del viejo esplendor sino una digna nobleza que había ido en aumento con los años cumplidos. Como si todas las incongruencias de su biografía no hubieran dejado señal alguna del sufrimiento. Se abrazaron y besaron como dos viejos amigos que volvían a encontrarse por casualidad. Y Rejón la invitó a subir a su cuchitril. Así le dijo: su cuchitril.

—Estaremos mejor en mi cuchitril. Subamos…

—¿Cuchitril…?, pero si yo creía que era el sanctasanctórum del gran artista…

Rejón saludó con una carcajada jovial la ocurrencia de Rosa Moral. El aroma corporal que exhalaba su figura, mucho más delgada que antaño, mucho más bailarina y modelo que antaño, era el mismo de siempre. Y Rejón volvió a encenderse al aspirarlo, tan cerca: como si no hubieran transcurrido tantos años en el silencio y en la ausencia. En un soplo.

No, claro que no. Rosa Moral no se había casado con el mexicano millonario que estaba comprometido con la revolución americana, Nicaragua, Cuba, Argentina, Venezuela. ¿Ella había sido tan honesta que le había confesado sus amoríos con Philippe en el instante en que habían decidido la fecha de la boda? Había mujeres así, que dibujaban una raya clara y contundente antes y después de casarse. Antes podía ocurrir cualquier cosa. Hasta lo injustificable podía con cualquier coartada llegar a justificarse. El alcohol, por ejemplo. Y a olvidarse. O a adoptar la apariencia del olvido. Pero después de casarse, aquella hipotética vida salpicada de episodios amorosos, clandestinos, secretos, todo ese mundo mágico y llamativo, pasaba al silencio. Y al olvido. Nunca ocurrió nada y, en todo caso, nada ocurriría ya de entonces en adelante.

—No, no, hombre, no... —se carcajeó negando Rosa Moral—. Nunca le dije nada. Ni fue necesario ese esfuerzo. Él eligió la distancia y... poco a poco se fue quedando allá, en México, sin volver a París. A veces pasaba un mes o dos, sin escribirme, sin llamarme por teléfono... Y..., así, de esa manera, todo quedó en el aire, se difuminó como si no hubiera existido nunca... Se cayó del mundo en marcha...

—¿Y Philippe? —preguntó Rejón, picado de curiosidad.

—Philippe... Philippe es un anciano. Se enfermó a raíz de las secuelas de un accidente automovilístico en una autopista de París. Está paralítico, en una silla de ruedas. Yo lo cuido, Néstor.

Había muchos días en que Philippe no reconocía a nadie. Por propia voluntad se había metido en un oscuro corredor dentro del que se perdía durante semanas. Como si estuviera dormido. Como si anduviera buscando la puerta de la muerte para abrirla y encontrar allí el final. Su segunda mujer lo había abandonado al enterarse de los amoríos que seguía manteniendo con aquella españolita putona que, en su primera juventud, había sido la sirvienta de sus hijos. La sirvienta por culpa de la que Philippe y Simone se habían divorciado. La mucama española a la que Simone culpó explícitamente del suicidio en las cartas que dejó para el juez y para Philippe.

—Ella se cortó las venas en una pensión... de barrio bajo, Néstor, aquí, en las afueras de París... Y yo no pude evitar sentirme responsable de esa muerte. Todavía no he podido evitarlo. Es una historia larga y muy triste.

De manera que durante toda su vida, desde los dieciocho años hasta ahora mismo, cuando el declive físico iniciaba su deriva definitiva hurgando todavía con cierto disimulo en la piel y en el cuerpo de Rosa Moral, ella no había amado a otro hombre que a Philippe. A pesar del mexicano millonario y revolucionario. A pesar de Néstor Rejón. A pesar de los otros pesares con hombres que Rejón no llegó nunca a conocer. A pesar de las distancia y los olvidos, ella, Rosa Moral, no había amado en toda su vida más que a su francés, a Philippe. Los demás, todos los demás, los demás hombres y las demás mujeres, incluida Berta Solán, no habían sido nada: sombras, meras siluetas, dibujos, preparativos. Ella le había sido fiel y leal a Philippe toda la vida. Había luchado por mantenerse junto a él, por encima de Simone, por encima de sus hijos, por encima del segundo matrimonio, por encima de su trabajo. Por encima de todo. Ésa era la historia larga y triste de Philippe y Rosa Moral. Él era una simple piltrafa, un jarrón chino roto en mil pedazos y paralítico en una silla de ruedas, y ella, Rosa Moral era por fin su mujer, su única amante, su sirvienta, su enfermera.

—Pero... ¡si estás muy bien, estás muy joven, Rosa! —le dijo Rejón. No para animarla, no para cambiar el tercio de aquella historia casi al final del relato, sino porque sentía de verdad que Rosa Moral estaba muy joven, que estaba muy bien.

No hablaron de Berta Solán, no hablaron de sus hijas, no hablaron de otros amores, de otros hombres y otras mujeres. No hablaron tampoco de Ana Trejo. Sólo hablaron de Philippe. Y de ellos dos. Sólo hablaron durante el resto del día, durante la comida en Le Dôme, y en el paseo de la tarde por los Campos Elíseos, como dos jóvenes novios que comienzan a conocerse.

Néstor Rejón recordaba en La Cúpula de Taormina el final de ese día del reencuentro con Rosa Moral en París, el día tan corto en el que el artista decidió regalarle la pieza que estaba dibujando cuando Pierre lo interrumpió para anunciarle la visita de la mujer.

—Nunca termino una obra que haya interrumpido —le confesó—, pero ¡cómo no iba a verte! Si Pierre no se hubiera atrevido, ya estaría despedido de mi estudio... Voy a terminarla para ti.

No tenía que preocuparse de nada más, él le haría llegar la joya en cuanto estuviera terminada. Y durante quince días se encerró incansable a imaginar la pieza de amor que iba a regalarle a Rosa Moral, a partir de los dibujos que había dejado sin terminar en el instante en que ella vino a buscarlo para reencontrarse después de tantos años. Y recordaba la cara de asombro del pobre Pierre cuando, tras esos quince días, Néstor Rejón lo llamó para encargarle que llevara la joya a la señora Moral, personalmente él, ¿acaso no seguía siendo su empleado de confianza en París? A su casa. Pierre estaba al tanto de las manías de su jefe: ningún dibujo interrumpido por cualquier motivo valía ya la pena. Sin embargo, con aquel proyecto había hecho una excepción, la única excepción en la actitud supersticiosa del artista del oro.

—Como sé lo que está pensando, le diré que no habrá más excepciones. Una sola. Y basta —le dijo.

—Es hermosa, señor —se atrevió a contestarle Pierre.

Sí, era muy hermosa aquella escultura, recordaba Rejón en La Cúpula, *La inconclusa pasión*, la única joya que había trabajado en oro blanco, desde los garabatos que estaba dibujando en su ordenador en el momento en que Pierre irrumpió en el estudio para anunciarle la visita inesperada. Era muy hermosa la mano del hombre que acariciaba el cabello largo, seductor y sedoso de mujer, toda la pieza trabajada en oro blanco, cincelada con una afectiva emotividad que todo el mundo podía percibir en el resultado de la joya. Su belleza final irradiaba todo el calor del que era capaz la sabiduría del artista del oro a esas alturas de su experiencia.

DIECISÉIS

Antonio Cabré llegó a Sicilia el mismo día que había venido anunciándoselo a Sarah d'Allara. Cuando el avión iniciaba la aproximación para aterrizar en el aeropuerto de Catania, Limpito miró por la ventana y se extasió ante el espectáculo majestuoso del Etna. Al alcanzar el destino final del vuelo, el piloto italiano regalaba a sus pasajeros el placer de una panorámica única en el mundo durante los minutos en que desde el aparato, descendiendo hacia Catania, la inmensidad volcánica del Etna, con sus incesantes fumarolas ascendiendo a los firmamentos azules de Sicilia, podía verse colgada en el aire del cielo con absoluta limpieza, y como si los viajeros pudieran acariciarla con sus manos.

El volcán dominaba todo el paisaje de esa parte de la isla y se erguía por encima de las blancas nubes y desde las mismas orillas del mar azul con la beligerancia descomunal de un gigante hercúleo, eternamente estático y vigilante en aquel mismo lugar de su geografía. Unos minutos antes, al observar que el avión entraba ya en tierras de Sicilia, Tony Limpito, hasta ese momento sumido en la estrategia que había puesto en marcha para los próximos acontecimientos, pronunció en baja voz, mirando por la ventanilla las tierras de la isla de Sicilia, las palabras mágicas, las mismas palabras mágicas que, entre sarcasmos, le había descubierto la escritora Celia Levy durante una de las reuniones con sus íntimos amigos de siempre, los Codina, los Altea y Miguelón Águilas.

—Doña Fugada.

Dos semanas antes de tomar el avión de Alitalia desde Barcelona, Limpito se lo había hecho saber sin titubeos.

—Voy a buscarte, Doña Fugada — le dijo Limpito a Sarah por teléfono.

Ella sabía que esa voz de Limpito, que la había seducido durante tanto tiempo, le proponía siempre una nueva tentación, una nueva aventura. A esa llamada de aviso pasional, ella había sido siempre especialmente receptiva. Demasiado receptiva. Hasta el punto de no poder soportarla y sucumbir sometida una y otra vez a la artimaña de Limpito al llamarla para que ella lo siguiera hasta más allá del bosque de una nueva aventura, para alongarse y perderse en el paroxismo de una sensualidad a la que Sarah jamás se negó. Ese tono de voz de Limpito le abría la imaginación a su fantasía, porque le sugería sin pudor, desde el ensueño prometido en cada sílaba, el regreso a las fuentes mismas de sus amores. Y le prometía nuevos paraísos, descubrimientos cuyas puertas se vendrían abajo, siempre que ellos dos, Sarah d'Allara y Antonio Limpito estuvieran juntos, continuaran juntos, vivieran juntos.

—Voy a buscarte, Doña Fugada —sonó una y otra vez el eco de la voz de Tony Limpito por teléfono durante esas dos semanas en las que Sarah estuvo esperando su llegada. Esperando y tal vez deseando que, por una vez, se volviera atrás y no hiciera el viaje prometido.

La voz de Limpito sonaba como el metal mismo de la certidumbre que parecía derramar en cada palabra el ansioso aviso de la irresistible llamada a la aventura que ella aceptaría sin remedio. ¿No recordaba cuánto y con qué pasión habían vivido juntos en Madrid y en Barcelona? ¿No recordaba acaso ya Sarah d'Allara con qué fugacidad vertiginosa había pasado el tiempo entero que vivieron juntos, siempre cabalgando sobre una nube en la que los días y las noches se esfumaban como si no hubieran existido y todo estuviera todavía por suceder? Y el tiempo que no contaba, sino que desaparecía dentro de esa misma pasión de vivir que los hacía caminar vertiginosamente juntos, ¿no era la felicidad? Y si lo era, ¿por qué tuvo ella que romperla?

Sólo la distancia absoluta y la ruptura repentina, arbitraria y gratuita a la que Sarah d'Allara lo había condenado desde que conoció a Néstor Rejón había cortado en seco su pasión de amor. Era una derrota que Limpito se había resistido a admitir, porque no era un hombre que se resignara a las grandes pérdidas, ni entre sus costumbres estaba la de tener deudas que pagar o cobrar. Por eso viajaba hasta Sicilia.

La locura transitoria era innegable, le podía suceder a cualquiera y resultaba un atenuante en sonados casos judiciales que parecían de antemano perdidos o ganados. ¿Quién no había pasado incluso clínicamente por ese trance de enajenación tan inicuo, en cuyo interior cualquiera podía llegar a comportarse como si no fuera uno mismo, sino como si otro se hubiera metido dentro y nadie pudiera ponerle freno a su locura? La fantasía erótica de Sarah d'Allara, su sensualidad, su estilo para saber y querer amar en cada momento, no había desembocado en la costumbre de la promiscuidad a la que muchas mujeres se condenaban secretamente para salir de sus frustraciones y escapar de los fracasos que no se merecían, para huir a toda carrera de los hombres que buscaban sólo una dominación absoluta sobre ellas, de por vida, hombres que en lugar de ser amantes de verdad se convertían más temprano que tarde en hijos adoptados por sus mujeres.

Limpito se aferraba a esa idea para entender la conducta de la muchacha de sus amores, se agarraba a la locura transitoria de

Sarah d'Allara, a la infatuación erótica que había provocado en ella como una aparición sobrenatural el artista del oro en el Majestic de Barcelona. Limpito la conocía y sabía de sus impulsos, de sus intempestivas manías de libertad, de sus arranques y deseos repentinos, de su lealtad a la hora de seguir por instinto su propia voluntad.

Desde el instante en que Sarah había escogido vivir con Néstor Rejón, Limpito no había podido ni tocarla. Todos sus intentos por reconstruir su más íntima cercanía habían tropezado con un muro de frialdad y rechazo. En su despedida, cuando ella se iba ya definitivamente a vivir a Sicilia, Limpito había vuelto a intentar seducirla. Torpemente, lo reconocía, lo aceptaba al recordar el suceso. Inició el ataque de una manera convencional, como si se hubieran conocido ese mismo día y cada uno ignorara las argucias del otro para conquistar el alma del contendiente a quien se deseaba amar. Como si no hubieran vivido juntos ya una larga temporada. Mientras hablaba sin parar, sin dejarla pensar y tratando de evitar las recriminaciones de Sarah, evitando por una vez que el tono de su voz adquiriera la galopada de la bronca, le acarició las rodillas con la suavidad de un guante de seda, apenas sobrevolándole la piel para que el escalofrío la hiciera sonreír de placer. Abrió la palma de su mano derecha y la dejó que se posara sobre la rodilla izquierda de Sarah d'Allara. Era un gesto elemental y demasiado efectista, cualquiera podía llevarlo a cabo sin mayor compromiso ni entrenamiento, pero a él siempre le había dado un excelente resultado con Sarah d'Allara, no sabía explicarse bien por qué. Habían comido en El Landó, en Las Vistillas. Se habían tomado dos botellas de Contino como si no estuvieran allí discutiendo por última vez sobre su inevitable ruptura, como si el viaje de Sarah a Sicilia no fuera ya inminente y su decisión de abandonarlo no estuviera todavía tomada. Él había tratado de convencerla de que estaba cometiendo el peor error de su vida al irse a vivir con el viejo. Lo llamaba una y otra vez el viejo como si ese término formara parte del exorcismo necesario para ganarle la partida a Néstor Rejón, omnipresente en toda la conversación más por sus citas que por las de Sarah. Y ella sonreía con un desdén evidentemente esmerado cada vez que él lo llamaba viejo, quizá con la secreta intención de que a Limpito le molestara sobremanera su retadora seguridad, exhibida sin pudor en esa ocasión. Sabía de sobra que era una mujer de carácter, pero muchas veces él había conseguido doblegarla, vencerle el pulso y cambiar la dirección de sus determinaciones.

Estaba acostumbrado al uso de esos personales mecanismos de convicción hacia ella y había sucedido en multitud de ocasiones que todo, al borde mismo de una ruptura inmediata y definitiva, después se resolvía en un día entero de amor carnal y gritos de placer durante horas de locura. Limpito se acordaba de esos episodios fulgurantes y llevaba grabado en la memoria de su olfato el efluvio pasional que impregnaba la habitación después del amor. Se lo recordaba a Sarah d'Allara siempre que podía, cada vez que la ruptura entre los dos amenazaba con producirse. Una estratagema tan simple, tan primaria, le había dado siempre muy buenos resultados, de modo que con esa llamada de atención, con ese solo aviso, estaba acostumbrado a ganarle a Sarah esa jugada de cartas sin el mayor esfuerzo. Ella nunca se le había resistido. Y, al final de la comida en El Landó, después de una larga conversación en la que Limpito desplegó todos los recuerdos comunes de esos episodios de locura sensual que terminaban por apagar cualquier discusión, ya sentados los dos en su BMW y antes de poner el motor en marcha, sin dejar de hablarle de cualquier otra cosa, acarició una de las rodillas de Sarah d'Allara. Para provocar un nostálgico y repentino escalofrío en la piel de la muchacha con la más sugerente suavidad de sus manos. Pero ella lo miró displicente, por encima del hombro, y retiró sus rodillas unos centímetros fuera del alcance de Limpito.

—No, don Antonio, ya no más —le dijo contundente.

—Ahhh, claro, ya está aquí tu manía de la fidelidad —le contestó para disimular la turbada frustración que le provocaba el rechazo de su caricia. Y la distancia a la que Sarah había decidido relegarlo en adelante.

—No, no, don Antonio —volvió a advertirle ella—, es más que eso. Se trata del respeto, ¿entiendes? Cuando me enamoro de un hombre y lo acepto, se acabó, no hay ningún otro más. Ni los de antes ni los de ahora mismo. Ni tú tampoco. A los hombres como tú les cuesta mucho trabajo entender que hay muchas mujeres así, como yo. Y estoy enamorada de Néstor Rejón. Todos los demás hombres carecen del más mínimo interés sentimental para mí.

—Locura transitoria —diagnosticó Limpito sin mirarla, como si hablara consigo mismo, como si Sarah no estuviera allí ya, en su coche. Con cierta brusquedad, dio un golpe a la llave de contacto, puso el motor en marcha y arrancó.

La locura transitoria existía y ese episodio de amor lo podía sufrir cualquier mujer y cualquier hombre, por mucha experiencia que tuvieran en esos lances de batalla. Y le había sucedido a Sarah d'Allara, eso es exactamente lo que había pasado, concluía Limpito en sus pensamientos. De modo que, a partir de entonces, después de esa comida de despedida en El Landó, los dos solos enfrentándose a la ruptura que ella había decidido, lo peor que podía hacer era insistirle a Sarah en el descomunal error que estaba cometiendo. Todo lo contrario. Debía hacer como que nada le importaba de ella, que todo había terminado de verdad, que ella llegara a sospechar que, en el fondo, estaba muy satisfecho de habérsela quitado de encima.

Cuando volvieron a verse en el Nicolás, Limpito seguía convencido de su conclusión. Así se lo había dicho en baja voz, confidencialmente, a sus amigos más cercanos para restarle importancia a lo que consideraba un capricho de Sarah d'Allara.

—Un capricho, una locura transitoria —les dijo Limpito.

La locura transitoria existía, iba y venía incluso en las mentes más equilibradas, y la de Sarah d'Allara era una inteligencia emocional demasiado fuerte para soportar un golpe erótico del que estuviera convencida. Néstor Rejón era esa locura transitoria. Ese ser tan distante para todo el mundo, tan salvajemente soberbio, tan infiel y promiscuo, ahí estaba su biografía, que estudiaran brevemente sus devaneos, sus amores, sus mujeres, una tras otra y simultáneamente; ese ser tan orgulloso y exquisito, tan superior, en una palabra, la había mirado en el instante en que ella lo estaba mirando a él, en el Majestic, y se había quedado mirándola todo el tiempo, delante de todo el mundo, como si nada ni nadie más existiera en aquel salón del hotel, en aquella fiesta. La había situado en el centro del baile y había conseguido que todo el mundo se fijara en ella. Y, sobre todo, logró que todo el mundo se diera cuenta de que él se había fijado en ella. Sarah no había podido evadirse de esa situación particularmente erótica, eso lo reconocía Limpito. Había llegado tarde para evitarlo, cuando ella ya estaba sufriendo en su alma y en su cuerpo el golpe, el estremecimiento que le había provocado la presencia de Néstor Rejón. Podía haberlo evitado adelantándose por unos minutos, pero ella ni siquiera había sentido miedo de aquella enloquecedora situación, ni siquiera había sentido el más mínimo temor por que ese hombre la estuviera hipnotizando, la estuviera ostensiblemente seduciendo y enamorando delante de todo el mundo en el Majestic. Ese temblor involuntario la había excitado hasta el punto de perder el control de sus sentidos, y de un solo golpetazo le había provocado un desajuste eléctrico, una sobrecarga de tensión emocional que le había roto toda posibilidad de alarma. Cuando llegó a buscarla, ya estaba loca. El tipo la había vuelto loca en menos de media hora. Sarah d'Allara estaba en una nube, hipnotizada, fascinada por las atenciones del maestro, por su mirada de sabio, por las maneras del exquisito que se había dedicado exclusivamente a ella toda la noche, descuidando a sus invitados y sus otros amigos presentes en la exposición. Eso les dijo confidencialmente Tony Limpito a sus amigos. Y que no estaba despechado, que no se fueran a equivocar. Era un desbordamiento imprevisto y ese excesivo caudal de agua, que lo inundaba todo hasta anegarlo, menguaría y todo volvería más temprano que tarde a su cauce natural. Siempre sucedía así. De esa misma manera se lo había pronosticado también a Sarah d'Allara.

—Ya lo verás, tú vas a volver y yo estaré aquí, esperándote, ya lo sabes, el tiempo que haga falta —le dijo—. Te vas a arrepentir de esa aventura...

—No, no, no, don Antonio, no es sólo una aventura, es mucho más, te lo repito —ella sonreía al interrumpirlo: como si se divirtiera al hacerlo.

—¿Ah, no? Perdóname, ¿qué es, eh, qué es?

Lo enfurecía que lo llamara don Antonio, pero no iba a decírselo, e iba a impedir además que se le notara...

—Tú no lo vas a entender, don Antonio —dijo ella, muy seria ahora, sin dejar ese tono de serenidad de los últimos tiempos, ese tono casi impertinente que tanto lo molestaba.

—Claro que lo entenderé, claro que sí —le llevó la contraria. Quiso sacarla de quicio, ponerla nerviosa, provocar una pequeña bronca en el coche, mientras conducía por Ferraz hacia la Ciudad Universitaria—, atrévete a definirme lo que es, no tengas tanto miedo...

—Es la vida misma, ¿sabes? Néstor es mi propia vida, eso es lo que es: la vida, mi vida —dijo Sarah, de un golpe.

Limpito notó que la distancia entre ellos dos se había agrandado exageradamente en un solo segundo, gracias al contenido de cuatro simples palabras. ¿De manera que la demencia erótica de Sarah d'Allara por Néstor Rejón era de un calibre tan brutalmente monstruoso que la hacía confundir una locura transitoria con su propia vida? Pero el tiempo había transcurrido para Tony Limpito en una expectativa incumplida y, aunque la relación con Celia Levy no era para él más que un sucedáneo del despecho que ocultaba por la marcha de Sarah a Sicilia junto a Néstor Rejón, se dejaba ver con ella en cualquier reunión, en cualquier estreno cinematográfico al que era invitado, en cualquier fiesta social. Como si la escritora fuera de verdad la sustituta de Donnafugata, como la llamaba entre sarcasmos la misma Celia Levy, y no una suplantación efímera, un simple epifenómeno a la espera de que ella regresara de su aventura siciliana, de su locura transitoria.

—Donnafugata —dijo Celia Levy de repente—. Doña Fugada, en español, Tony, hombre. O Doña Huida. Como te guste más.

Limpito se sorprendió de aquella salida repentina, parecida al mejor ataque de un ejército vencedor. Ese día estaban en casa de los Codina, en su piso de Velázquez, en Madrid. Los amigos de siempre se habían citado allí para tomarse unas copas en las últimas horas de la tarde, antes de salir a cenar todos juntos.

—¿…? —preguntó sin palabras Tony Limpito.

—Se ha escapado a Sicilia, ¿no?, ha huido de ti… Loca por otro hombre, como tú dices. Un hombre mucho mayor que tú, un viejo. ¿No dices tú que es un viejo Néstor Rejón? ¿Estás seguro? Y… para estudiar a Lampedusa, fíjate tú qué excusa. No entiendo muy bien por qué se le sigue dando importancia a una novela histórica tan superada, pero en fin…

—¿…? —volvió a inquirir en silencio Tony Limpito.

Los Codina se habían mirado con discreción, antes de mirar a Limpito de soslayo, buscando los escondidos sentimientos que, sin embargo, delataban los gestos contraídos de su rostro.

—Este Lampedusa, vosotros lo sabéis… porque habréis leído todos *El Gatopardo*, ¿no?, o habréis visto la película de Visconti —siguió Celia Levy—, bautizó con el nombre de Donnafugata al palacio de sus sueños infantiles, el mismo que retrata con ese nombre en la novela, el palacio de los Salina. Es un nombre que encubre un secreto, ¿saben?, una broma secreta, doméstica, familiar. Parece ser que una tía suya había tenido amores clandestinos, prohibidos por supuesto a su clase. Entonces, esa tía, no recuerdo su nombre, sería tal vez una hermana de su madre, quizá, esa tía de Lampedusa huyó a Sicilia desde Nápoles. Se escapó a Sicilia para ponerse a salvo de los familiares de la mujer de cuyo marido era amante, para huir de la persecución. Y Lampedusa y los familiares, los primos de su edad con los que jugaba de niño en su casa, le pusieron el mote de Donnafugata. El juego secreto del escritor al bautizar su palacio familiar como Donnafugata en la novela es exactamente ése. Claro que hay quien dice que tiene que ver con la estancia del rey de Nápoles en ese palacio, cuando la ocupación de Murat.

Durante la ausencia de Sarah, que nunca creyó que llegara a

dilatarse tanto, sólo el tiempo necesario para que se quemara el capricho de la joven, Limpito demoraba los recuerdos de su vida junto a ella con el melancólico sentido del deleite. Le dolía y al mismo tiempo disfrutaba al pensar tanto en ella y se detenía en detalles que parecían olvidados, en matices de repente importantes que no había tenido en cuenta con la nitidez con la que ahora brillaban en sus reflexiones. No había tenido en cuenta el descuido, esa suerte de despiste que se convierte en peligrosa costumbre hasta que sucede lo que nunca se ha pensado que ocurra: que ese mismo descuido, continuado y hasta consuetudinario, provoque el accidente. En el caso de Antonio Limpito, el accidente de la ausencia de Sarah d'Allara.

La tenaz obsesión con la que ella había defendido siempre como esencial su idea de trabajar sobre Lampedusa y *El Gatopardo* había sido torpemente traducida por Limpito como otro capricho temporal que iba a irse borrando de la voluntad de la joven conforme entrara de su mano en su mundo, el mundo de Limpito y sus amigos. Pero se había equivocado. Ahora sabía con certeza que se había equivocado. Pensó que poco a poco ella iba a ir olvidándose de la tarea de estudiar a fondo al mundo siciliano de *El Gatopardo*, sin que él llegara nunca a imaginar que se había convertido en uno de sus imprescindibles objetivos vitales. Y ése había sido su principal error, el camino exacto para irla perdiendo: no demostrarle jamás el respeto que a ella le provocaba la obsesión por su trabajo, sino hacerle ver las variadas muecas de su desdén cuando ella le hablaba una y otra vez de ese mismo trabajo. ¿Y se había enamorado del viejo artista millonario sólo por eso, porque desde el principio el artista del oro le había demostrado un respeto imponente por su tarea y de paso le habría facilitado esa parcela de su felicidad? No entenderla, ni interesarse, ni preguntarle, ni ayudarla en nada que tuviera que ver con una parte inextirpable de la personalidad de Sarah d'Allara, que había pasado a ser casi una necesidad biológica para la joven, ¿ése era el grave error que él había cometido?, se preguntó ansioso Tony Limpito todo el tiempo de la ausencia. ¿No era una locura?, se interrogaba entonces.

Tony Limpito volvía perplejo sobre la misma pregunta cuando el avión de Alitalia tomaba tierra en el aeropuerto de Catania. Su más grave error había sido su mayor despiste, preguntarse durante todo el tiempo, en lugar de procurar entenderla a ella, preguntarse dónde y en qué punto de sus amores había fallado él, dónde no había sido tan cuidadoso, en qué territorio irreparable de su conducta había empezado a perderla. Preocuparse por él, siempre por él, y nunca por lo que ella consideraba su propia vida. Cuando Sarah conoció a Néstor Rejón en el Majestic de Barcelona, la fulminante llamarada en que se tradujo su encuentro desde el primer momento, tenía que haberle disparado todas las alarmas, tenía que haberle dejado ver que hacía rato que ella se había ido alejando de su presencia sin que él se hubiera percatado de esa voluntad de distancia. No estuvo pendiente de nada de cuanto parecía ser relevante para Sarah, sino que se había entretenido en negocios, viajes y asuntos que no tenían nada que ver con ella, y ni siquiera había notado que Sarah le preguntaba cada vez menos sobre esos mismos trabajos, sobre esos mismos asuntos profesionales.

Cayó en la cuenta de su error en el salón del Majestic, cuando los vio a los dos enfebrecidos con sus miradas fundidas en una sola, extramuros del mundo que los rodeaba. Sintió el temblor de los celos subírsele de los pies a la cabeza y una angustia de envidia hizo que su sangre hirviera hasta casi reventarle en el rostro. Sudó mucho en pocos segundos y su propio olor corporal le resultó repulsivo. Se odió. Nunca había sufrido esa sensación de rechazo de sí mismo, nunca antes esa certidumbre de vacío y orfandad, la seguridad de estar de más, de sobrar en una ceremonia a la que no había sido invitado ni siquiera como espectador molesto. Le había dado a Rejón esa gran ventaja. Le había permitido que ocupara todo el campo de batalla para que el artista dispusiera estratégicamente cada una de sus argucias de seducción y todos sus artefactos de fascinación sobre Sarah d'Allara. Le había dejado que preparara todas sus armas para el duelo sin darse cuenta de que Rejón había sabido resolver el problema que podía presentársele con la llegada de Limpito al hotel antes incluso de planteárselo. Y su experiencia personal, su sabiduría de viejo guerrero, había disparado un golpe que resultó mortal para Limpito. Una sola estocada resultó suficiente para que se diera cuenta de su derrota. Su reacción fue demasiado tardía. Y su presencia resultó la de un espectro insignificante aquella noche en el Majestic al entrar a buscarla. Al demorarse en su recuerdo, buscando los detalles y los matices de sus fallos, Limpito se había visto todo ese tiempo como la sombra fantasmal de alguien que asistía ya ajeno, sorprendido y sumido en una triste perplejidad, al evidente golpetazo de pasión entre Sarah d'Allara y Néstor Rejón.

—Doña Fugada —se repitió Limpito al notar que el avión de Alitalia rodaba ya por la pista de aterrizaje para acercarse a la terminal del aeropuerto.

¿Le habría contado Sarah al viejo su comida de despedida en El Landó y el posterior episodio entre los dos? Y si fuera así, si Néstor Rejón se había enterado por Sarah de su intento final de reconquistarla antes de que se marchara a vivir a Sicilia, ¿qué había pensado el artista del oro? En el caso de que dudara de cuanto ella le había dicho, ¿qué había hecho con esas dudas? ¿No habría imaginado que todo cuanto ella le había contado encubriría otros sucedidos que permanecerían para siempre en el silencio de los dos? ¿Por qué tendría Rejón, un tipo de tanta experiencia, de ese mundo y de esa edad, que creerse que el episodio que Sarah le había contado, tal vez riéndose a carcajadas y despreciando a Limpito, había ocurrido así, y no al revés, como hasta entonces habían terminado todas las amenazas de ruptura de Sarah con él, en un abrazo de pasión y placer? ¿No habría imaginado Néstor Rejón que ella le mentía por piedad y que había sucumbido una vez más, aunque hubiera sido como concesión a la despedida, a la invitación de Limpito, y habían terminado amándose durante horas en la casa donde convivieron hasta el instante mismo en que apareció en sus vidas la impertinente presencia de Néstor Rejón? ¿Y no podía ser que Néstor Rejón viviera atormentado desde entonces hasta ese instante mismo en que él descendía del avión de Alitalia en Catania, tan cerca ya de Taormina?, ¿no podría seguir atormentándose en silencio y en su aparente certidumbre de hombre maduro, hasta quemarse en la sospecha de que Sarah y él seguían viéndose a sus espaldas, en secreto, que ella lo humillaba sin que él lo supiera, que en realidad todo parecía haber cambiado entre ellos para que todo, secreta, clandestina y peligrosamente, siguiera como antes de aparecer en su vida Néstor Rejón?

Hasta el momento de su llegada a Sicilia, Limpito estaba completamente seguro de que regresaría a Barcelona con Sarah d'Allara. Para eso había hecho el viaje. Ni por un momento dudaba de que ella lo había puesto a prueba con el escarmiento que significaba su fuga a Sicilia con Néstor Rejón. Esa convicción había guiado cada uno de los pasos que había dado Limpito hasta llegar al lugar del duelo, con las armas perfectamente aceitadas para la batalla contra Rejón. ¿Y ella, cómo saldría ella del laberinto del que Limpito creía que estaba deseando salir?, ¿qué argucias estaba dispuesta a poner en práctica para escaparse, para huir ahora con él?

Había estudiado con calma los argumentos y las fuerzas de las que disponía Rejón para cuando llegara el momento del torneo entre los dos. Y esperaba además que todo se resolviera sin tener que bajar al campo de batalla, sin tener que disfrazarse de gladiador, sin que ni siquiera por un instante Sarah d'Allara llegara a verse como un trofeo que se disputaban los dos hombres que más había amado en su vida. Todo lo contrario. Él buscaría que ella se enorgulleciera de la pasión con que regresaba a buscarla, que supiera que lo había dejado todo por ella, por ir tras ella para comenzar de nuevo juntos en un lugar donde sólo tuvieran memoria de las cosas buenas y se olvidaran de los sucesos que habían provocado su ruptura. Si ella no había rechazado su visita a Sicilia es porque sabía que venía a buscarla. En esos guiños de silencio y en esas mismas distancias de Sarah al hablar por teléfono con él, utilizando tan pocas palabras, tantas elipsis y tantos sobreentendidos, podrían estar las claves de los acontecimientos inmediatos. Pero no podía evitar, al poner pie a tierra y tras salir de la terminal del aeropuerto de Catania hacia Taormina, que los nervios fueran poco a poco dominándolo. Lacerante, creciente, angustiosamente.

DIECISIETE

Néstor Rejón guardaría para el resto de su vida el más grato de los recuerdos del viaje con Sarah d'Allara al territorio sur de los Lampedusa, Donnafugata, Santa Margherita di Belice y Palma di Montechiaro. Había descubierto un tesoro en esa parte de Sicilia, un mundo de extraña belleza, abandonado entre las ruinas arqueológicas de la Magna Grecia y los vericuetos de la leyenda por la que Sarah d'Allara lo guiaba con la certeza de Beatriz por los infiernos del Dante. Por el contraste que tal vez sin querer se extendía en la misma geografía sobre dos paisajes tan cercanos, el de Lampedusa y el de Pirandello, le había sorprendido la sobria delicadeza de la casa natal del dramaturgo, que visitaron durante dos horas, desviándose unos kilómetros del itinerario de Lampedusa. Y la elegancia natural del privilegiado promontorio, un alto mirador muy cerca de su casa, desde donde Pirandello pidió que se esparcieran sus cenizas sobre el mar, mirando al sur en Porto Empedocle. El agreste pero contemporáneo paisaje de esa parte de Agrigento y la limpia y cuidada sobriedad de la casa de Pirandello, que ahora podía visitarse como museo, contrastaban con la ruralidad antigua, polvorienta, árida, secular y ruinosamente aristocrática que se dibujaba en cada uno de los restos del naufragio feudal de los Filangeri di Cutò, los Tomasi y los Lampedusa.

La visita a la casa de Pirandello podía realizarse, incluso deteniéndose en sus detalles más nimios, en poco menos de dos horas y, sin temor a equivocarse demasiado, el viajero podía sacar las consecuencias sobre la autoridad intelectual, la influencia cultural y el prestigio político y personal de Luigi Pirandello. No es que en la casa de Porto Empedocle estuvieran todas las huellas de Pirandello, sino una muestra esencial de su silueta, pero a Rejón le pareció que el dramaturgo había continuado allí, viviendo en su memoria, que no había fallecido bastantes años antes de esa visita, sino que en esos mismos momentos tal vez estuviera en su residencia de Roma, de viaje por París o en Nueva York; que en cualquier momento, Pirandello podía regresar a su casa siciliana, en las solitarias y silenciosas alturas donde se levantaba su solar de origen, aislado y respetado, sacralizado, vigilado y cuidado como una pieza histórica, como el museo vivo de un escritor vivo.

Por el contrario, la grandeza que inundó de esplendor Donnafugata, su iglesia y el castillo de Palma di Montechiaro parecían orlados desde hacía siglos por una insoslayable capa de muerte y desmemoria, atravesados por el cataclismo de un terremoto que terminó por derrumbar más de la mitad de la gloria feudal de los Lampedusa en esa parte de Sicilia.

Al caminar por el gran descampado que fue el inmenso patio interior de Donnafugata, antes de que oscureciera el día de la visita, Rejón recordó el lamentable estado de los *palazzi* del viejo Lampedusa en la capital siciliana, al norte de la isla, su casa natal en el centro histórico de Palermo, destruida, arruinada, olvidada desde hacía casi sesenta años. Nada se había hecho por rescatarla de la ruina desde entonces, nadie había intentado levantarla, abrirla al público, rehabilitarla del olvido. Nadie se había interesado por sacar del silencio polvoriento del olvido esa parte de la historia de Sicilia.

El *palazzo* de Via Butera y el antiguo Hotel Trinacria luchaban, al otro lado de la memoria geográfica de Santa Margherita di Belice, contra la recalcitrante ruindad del olvido y la irremisible decadencia. Gentes como Rosalía Bonura o Salvatore Scuderi, que vivían para resucitar a Lampedusa con una pasión tan sorprendente como le habían demostrado durante ese día de la visita, se esforzaban desde la lejana Donnafugata por rescatar los restos esenciales del último de los Gatopardos que habían sido condenados por el tiempo y la desidia. Le parecía un esfuerzo, tan bello y desesperado como imposible, que todavía hubiera gente en Sicilia que se levantara todos los días para dedicar todos sus esfuerzos a una labor tan ímproba como seguramente estéril.

En cuanto a Sarah d'Allara, a pesar de conocer a fondo la historia y la leyenda de Lampedusa y *El Gatopardo*, todo cuanto estaba experimentando a lo largo de su viaje siciliano representaba para ella una continua cascada de hallazgos, una interminable y fulgurante epifanía en cuya realidad cumplía Néstor Rejón la promesa más firme que le había hecho la noche que cenaron en el Naichel de Barcelona, después de que ella le contara la historia de su abuelo y Frieda Lawrence en Taormina y le explicara su proyecto más ansiado: irse a vivir a Sicilia para escribir su libro sobre Lampedusa y *El Gatopardo.* Desde ese mismo momento, Rejón había ido cumpliéndole cada una de sus promesas, no sólo acompañándole en el viaje por los caminos de Lampedusa y en cada una de sus estaciones esenciales, sino implicándose en la misma pasión que la había llevado a ella a regresar a Sicilia, a la búsqueda de Donnafugata y Lampedusa. Y al encuentro final con el Gatopardo.

Nadie había apostado nada por aquella repentina relación amorosa, tan pasional por su parte, tan aparentemente interesada por parte de Sarah. Sus amigos cercanos, sus familiares y socios sabían de la exaltación de las pasiones amorosas del artista, sabían que Néstor Rejón se dejaba llevar, tal vez con una frecuencia excesiva, por los impulsos eróticos que lo catapultaban de una mujer a otra, como si cada uno de esos hallazgos fuera el último, el oro verdadero que Rejón se había prometido encontrar algún día a lo largo de su vida. Sabían además que a Rejón, cuando descubría el tesoro escondido, le entusiasmaba sobremanera enamorarse de la mujer nueva.

Así había sucedido siempre en la vida del buscador de oro y era su costumbre seguir los raros oráculos que su olfato le traducía ante la visión de una mujer hermosa cerca de sus sentidos. Entonces, el artista del oro, tan meticuloso y disciplinado, corría la aventura del arriesgado cortejo y, uno a uno, articulaba los elementos de la seducción con una cuidadosa estrategia. Encendía la hoguera para llamar la atención de la mujer en cuyo honor había vuelto a prender fuego a sus pasiones, jugaba como un adolescente saltando sobre la llama que en poco tiempo se convertiría en un incendio mayor y se quemaba en esa batalla hasta más allá de lo conveniente. Su propia voz le había reclamado un poco más de cautela en cada una de esas citas vitales, en cada uno de los enamoramientos y aventuras donde el mismo Rejón podía extraviarse, convertirse en su peor enemigo y confundir otra vez el amor con la huida hacia delante. Entonces se convencía, en una reflexión cerrada consigo mismo, de que esa forma de ser formaba parte de sus mecanismos de convicción, que también él mismo era su mejor amigo, su mejor consejero. Él y sus instintos eran, en efecto, su mejor amigo y su peor enemigo. Y, en el límite de la elección, ¿quién de verdad era capaz de huir hacia delante? Huir, fugarse, escapar eran expresiones verbales de una acción cuya semántica traducía sobre todo una rectificación en el sentido de la marcha. Y exigía volver hacia atrás, retroceder, admitir el error en el rumbo en la navegación, darle una vuelta de timón en la dirección contraria. Y Rejón, en la revisión interior de su existencia, nunca llegó a reconocer un cambio tan drástico en su camino. Pensaba con calma, estudiaba con prudencia cada uno de los pasos. Y elegía. Pero, una vez decidida su deriva, ningún obstáculo era ya capaz de volverlo atrás, porque el error más grave para Rejón hubiera estado en retroceder, en dejarse convencer por los demás de que el esfuerzo no valía la pena. Y que había que regresar al principio: hacia atrás. ¿Qué significaba entonces para Néstor Rejón esa expresión, más que un estereotipo, una frase usada siempre por los demás para salir del paso, para explicar precisamente el rumbo que a ellos, a todos los demás, no les correspondía?

Estaba seguro de que casi todas las mujeres que habían estado muy cerca de él a lo largo de su vida lo habían amado en la dimensión en que él mismo fue capaz de amarlas, y en la forma pasional y plácida que cada una de ellas se había exigido en su entrega al artista del oro. Sólo que el sueño de la eternidad amorosa, a lo largo de las mujeres y los años, se le había revelado como una suerte de subterfugio que los demás llamaban por costumbre la huida hacia delante, guiado además por el peor enemigo que llevaba dentro, la pasión de sus sentidos como un regalo envenenado, el fuego de vivir el capricho instantáneo que Rejón, siempre según los otros, confundía con el oro del amor. En el paladar infantil y doméstico de su memoria, flotaba todavía la voz de su padre cada vez que rompía un regalo, un juguete recién comprado para él: «¡Destrozador, eres un destrozador!». Pero ¿sabía de verdad su padre, o había llegado a sospecharlo alguna vez, que muchos de esos juguetes ya estaban rotos por dentro antes de llegar a sus manos? Tal vez el riguroso cuidado que Rejón convirtió en costumbre de artista a lo largo de toda su vida venía de aquella vieja recriminación paterna. ¿Lo había llegado a percibir su padre alguna vez, lo había entrevisto en sus años más viejos como lo había visto su abuelo Frasco Rejón en los suyos?

Mientras caminaba ensimismado y ausente entre el seco follaje del jardín de Donnafugata, en Santa Margherita di Belice, Néstor Rejón veía a lo lejos a Sarah d'Allara, de un lado para otro, consultando y confirmando detalles y secretos del Gatopardo con Rosalía Bonura y Salvatori Scuderi. Y en ese momento, en medio del descuidado bosque que había sido el sueño infantil de la felicidad de Lampedusa, estuvo seguro de que nadie había amado tanto, tan pasional, tan física y plácidamente a Sarah d'Allara como él la amaba ahora. Pero, sobre todo, estuvo seguro de cómo ella se sentía ahora amada por él, de la manera y la forma en que ella había querido ser amada toda la vida. Lo había ido aprendiendo todo en sus amoríos anteriores, todo lo había aprendido con las mujeres, y todas las indagaciones, dudas, pesadillas y tribulaciones habían encontrado su rumbo claro y su exacta certidumbre en sus mujeres. El recuerdo de cada uno de sus amores se había dibujado en su memoria y en la silenciosa música esencial de las joyas que lo habían convertido en el príncipe del oro. Por eso les había rendido tributo de agradecimiento. Y ésa era su mayor ventaja sobre Tony Limpito, no sólo porque había estado siempre convencido de que el desprecio al adversario era el último y el peor de los lujosos errores en que puede llegar a incurrir un maestro en la ciencia de la esgrima y del tiempo, sino porque todo lo había aprendido en las mujeres. Y nunca lo decía en público. Jamás alardeaba de sus triunfos pasionales. También sabía de sobra que los hombres que hablan y dicen que saben mucho de las mujeres son los más ignorantes de su género y los menos que las conocen. Como le había enseñado la Parisina Roja en su juventud universitaria, sólo había que contar a los demás los amores verdaderamente grandes. Como el suyo por Philippe: hasta más allá del fracaso. Nunca había que huir hacia atrás, porque todo regreso hacia lo que ya no existía como antes venía a anticipar el nuevo fracaso. Pensaba en Mirta Casares. Cuando pensaba en la llama encendida de una mujer, pensaba en el fuego de Ela tantos años atrás. Recordaba bien a Berta Solán en medio de la maraña de sus propios sentimientos. Pero ¿qué no había aprendido de Berta Solán, de su paciencia, de sus silencios, distancias y rencores?, se preguntaba Néstor Rejón al pensar en sus mujeres. Llevaba a Teresa Amadores en sus sueños de amor, en sus pasiones inútiles, en sus fantasías eróticas, sentidas como recuerdos de su vida, como si alguna vez hubieran sido ciertas. ¿Y qué, al fin, no había aprendido también de Ana Trejo? En Colombia, Torcuato Figueroa le había enseñado a poner los pies en la tierra plana y Carmen Zárate le había demostrado que siempre había más hombres en sus mujeres y siempre había más mujeres que las suyas.

Todas ellas, y bastantes más que se mantenían en el olvido y el silencio, habían sido sus mujeres. Y él había sido su hombre por entero, el hombre de cada una de ellas. Todas ellas y muchas más fueron necesarias para llegar hasta Sarah d'Allara y todas ellas eran ahora una sola, Sarah d'Allara. Estaba seguro también de que ella lo amaba ahora como ninguna otra lo había amado en su vida, como si no fuera uno más de los hombres cuya madurez había tratado de frenar la caída del tiempo sobre los años de su vejez inmediata, el mismo inminente estado de ancianidad que Sarah d'Allara había detenido con tanta facilidad desde que se habían encontrado en Barcelona. Por eso mismo sabía que había resucitado, porque sabía que ella lo amaba como si fuera un joven apuesto, más joven incluso que Antonio Limpito. Mucho más joven todavía que todos los otros amores que Sarah d'Allara había poseído en su vida tan joven y en sus pasiones de mujer entera, los otros amores que ella guardaba en sus secretos y que él nunca iba a conocer. No le importaba. No le merecía la pena regresar a buscar las aventuras ocultas de Sarah en otros tiempos jóvenes que por pasados no le pertenecían en absoluto, pero fantaseaba con esos amores. Nunca había provocado su repentina visión imaginaria, pero tampoco trataba de evitarlos si se presentaban de improviso entre sus celos involuntarios. Entonces crecía en su mente la imagen de una adolescente virgen amando como una loca la frenética locura del cuerpo del joven que la amaba. Con frecuencia se dejaba llevar por sus fantasías, mirándola, tan de cerca que casi se quemaba, amar desnuda a seres casi niños como ella, que tal vez no existieron nunca, más que en los impertinentes desvaríos del viejo cuando se soñaba joven. Cada vez que Rejón le había confesado a Sarah algunos de sus ensueños más fantásticos, su hermoso cuerpo de mujer bailando desnudo al sol con otro joven cuerpo de varón sin rostro, ella se lo había tomado a broma. A beneficio de inventario. Y, entre carcajadas y abrazos de complicidad inmediata, Sarah nunca llegó a desmentirle ninguna de esas historias que el buscador de oro se había inventado sobre ella.

Desde el fondo de la tarde de Donnafugata, desde la terrosa penumbra del jardín del príncipe de Lampedusa, Néstor Rejón seguía observándola desde lejos entrando y saliendo de las estancias y salones ya reconstruidas. La veía ir de un lado a otro de las zonas derrumbadas, señalando los lugares perdidos en el espacio y el tiempo del Príncipe, sonriendo cada vez que Salvatore Scuderi resolvía con precisión exacta cada una de las dudas planteadas. Veía reproducirse en Sarah d'Allara la misma excitación que sufrió Angelica Sedàra al descubrir de la mano del joven Tancredi

Falconeri aquella inmensa casa de campo, cuyas puertas llegaron a estar enmarcadas por frisos de mármol gris, rojo y negro. En el vestíbulo donde antaño se había guardado en el tiempo de los Gatopardos sicilianos el esplendor de la memoria de los Filangeri, en las dos hileras de retratos de los héroes de la familia desde mil años atrás, se había detenido Rejón a pensar por un momento en su abuelo Frasco, que le había señalado desde que era un niño el mejor de sus secretos, su diferencia con el resto de su familia. Como si su abuelo dispusiera que la herencia de su memoria fuera a parar a él y no a quienes tal vez se quedaran ilegítimamente con esa misma memoria.

Mientras Sarah, Rosalía y Scuderi entraban y salían de los patios, habitaciones y salones; mientras seguían subiendo y bajando una y otra vez escaleras como si jugaran a la necesidad de revolverlo todo, de saberlo todo, de sacarlo todo del silencio del sueño y devolverlo a la realidad de la vida actual, gracias a su pasión por aquel lugar del mito, Rejón decidió acercarse de nuevo al patio polvoriento, en el límite mismo del bosque de Fabrizio de Salina, el mismo jardín que entonces, en la niñez de Lampedusa, estuvo tan lleno de sorpresas. Allí, en el bosque del Príncipe niño, continuaba viva la sombra del jardinero Nino, el pelirrojo, y su silueta invisible trabajaba absorta entre los cactus del invernadero, un reino secreto lleno de plantas y de árboles que brotaban y crecían año tras año ante los asombrados ojos de los niños de la casa. Allí mismo, defendiendo las penumbras del jardín del implacable golpe del sol en el largo estío siciliano, como una compacta legión de resistentes a la desolación de la memoria de los hombres, seguía en pie el alma vegetal de los bambúes. Cerca de allí, en el mismo jardín, hubo una vez de la niñez del Príncipe una jaula de monos llena de macacos. Y un columpio, y una casa de muñecas, de ladrillo rojo. En todos los lugares del jardín aparecían los rostros, los bustos y las efigies de oscuras deidades protectoras. Y allí estaba la fuente, ahora seca, entonces convertida por orden de Fabrizio de Salina en un vivero en el interior de cuyas aguas limpias se volcaban las anguilas transportadas en barricas desde el río Belice, para cocinarlas en los momentos oportunos.

Por un instante mágico, Rejón regresó a su abuelo Frasco, en el edén de El Monte de Salbago por donde él, cuando era sólo un niño, había correteado jugando al escondite para que Eladia lo encontrara. En ese instante mágico, Néstor Rejón notó que saltaba hacia atrás en el tiempo y sintió de nuevo en su cuerpo maduro el éxtasis de vértigo y silencio que Ela le provocaba al llamarlo jugando al escondite en el jardín de El Monte, él sin mover un músculo, como muerto entre el verde follaje de los árboles, ella dando vueltas a su alrededor, buscándolo y haciendo que no podía encontrarlo. Pensó en la recompensa prometida: si ella tardaba más de dos minutos en dar con su escondrijo, él ganaría una vez más el botín de jugar con el cuerpo de Ela hasta encontrarle el oro entre el jardín de sus piernas desnudas.

Rejón salió entonces del bosque perdido de Lampedusa, deslumbrado de repente por la luz del sol de la tarde. Al entrar en el solitario patio del *palazzo*, levantó la vista para volver a toparse de frente con el escudo heráldico del Gatopardo, dibujado como un mural enorme sobre la gran pared del mayor de los patios del Palazzo Filangeri di Cutò. Allí estaba el blasón de la familia, el majestuoso Gatopardo, una esfinge sin tiempo, un tatuaje impertérrito a la intemperie de los años. El dibujo reproducía en mosaicos la admirable figura de un felino cuyo pelo, al brillo de la luz del sol vespertino de Sicilia, cobraba el color del oro ligeramente envejecido. Un raro y bellísimo animal selvático, un gato enorme que había mudado su pelaje gris con manchas negras para tornarlo en otro mucho más claro y atigrado, como el color de la miel en el panal, intocada, virgen, al margen de todo riesgo y decadencia. Era un leopardo admirablemente erguido sobre sus propias patas traseras, que dibujaba la actitud del león en la selva, mientras sus extremidades delanteras rasgaban el firmamento del cielo como si bailara siguiendo sólo al ritmo de la música de su historia legendaria. La autoridad animal del leopardo no sugería sin embargo fiereza alguna, sino altura de nobleza, descanso de su misma historia, distancia de las cosas del mundo al que pertenecía el símbolo esencial de su memoria. Estaba allí petrificado, como un guardián del paraíso, contradictoriamente vivo y quieto, entronizado en la pared del patio abierto de Donnafugata como si su espíritu antiguo hubiera llegado mucho antes al lugar que el resto de los hombres para instalarse en el territorio escogido por su estirpe y esperar a que llegaran los mortales a habitarlo. Estaba allí desde antes de que llegaran a cavar los cimientos y levantar las plantas del *palazzo*, en 1680, y nada de cuanto sucediera ya a su alrededor y en todo su horizonte, una nueva invasión del extranjero, revoluciones, trasiegos, tempestades, terremotos, iba a perturbar su sueño eterno, colgado en la fachada interior del Palazzo Filangeri di Cutò como se cuelga del cielo la silueta de un animal ingrávido. Y entonces, mientras Rejón fijaba los ojos en el Gatopardo, reapareció en su memoria el recuerdo de la reciente visita que habían hecho Sarah y él unos días antes a la tumba donde estaban enterrados los restos de Giuseppe Tomasi de Lampedusa, en el cementerio situado detrás del convento de los Capuchinos, en Palermo.

—... La gente viene aquí para ver las momias —dijo Demetrio d'Angelo al llegar a la puerta del convento—. Fíjese, señora, la gente viene a ver las momias… Hay momias de hace cuatro siglos. Se llena de turistas los días de visita…

La gente llegaba a la Cappella dell'Addolorata para ver de cerca el cuerpo «durmiente» de la niña muerta en 1920 y adentrarse por los senderos de las catacumbas donde los cuerpos de ilustres eclesiásticos y ciudadanos de Palermo descansaban su embalsamada eternidad a la vista de los miles de curiosos que venían a ver sus momias.

—No me interesa ver nada de eso —contestó molesta Sarah—. Alimenta demasiado la estupidez del morbo macabro. Venimos a ver la tumba de Lampedusa. Nada de momias, ni catacumbas…

Ese día había amanecido lloviendo en Palermo. Una lluvia fina que apenas parecía acariciar los cuerpos y las cosas para seguir de largo, sin mojarlos. Pero lo empapaba todo y todo lo volvía resbaladizo, mustio, gris y sucio. Demetrio d'Angelo condujo durante todo el trayecto el Mercedes Benz de los Rejón sin pronunciar una sola palabra, desde Via Roma hasta la misma entrada de los Capuchinos.

—Tienen que ver las momias, señora —dijo mientras aparcaba el coche junto al cementerio. Señaló la entrada del convento—. Es muy interesante. La gente viene aquí para ver las momias…

Pero Sarah lo interrumpió. Ellos no se habían acercado hasta allí para ver otra cosa que no fuera la tumba de Lampedusa. De modo que, sin perder tiempo, Demetrio d'Angelo le preguntó a uno de los guardianes del camposanto dónde estaba la tumba de Tomasi de Lampedusa. El hombre, pequeño de estatura, de piel muy oscura y ojos vivos, afirmó con la cabeza y echó a andar delante de los Rejón y D'Angelo. Néstor se volvió ligeramente y sonrió al chofer para tranquilizarlo. Silencioso durante toda la mañana, ahora también parecía molesto ante la irritación de Sarah d'Allara. Lo reconfortó con un leve gesto de complicidad: no había pasado nada, no tenía de qué preocuparse. D'Angelo asintió y le devolvió la sonrisa.

—Paquistaní —le dijo en baja voz a Néstor, señalando con discreción al guía que caminaba por entre las tumbas delante de ellos—. Es paquistaní...

Las estrechas calles del cementerio por donde caminaban estaban inundadas por el agua de la lluvia. Entre las hileras de tumbas, en los angostos espacios de las calles que las separaban unas de otras, crecía el verdín por doquier. Seguía lloviendo sobre la húmeda ciudad de Palermo. Salvo por ellos mismos, el cementerio parecía desierto. Caminaron unos minutos, sin adentrarse mucho por los vericuetos del camposanto y, entonces, el paquistaní detuvo de repente su corto paso y señaló desde lejos la tumba que los Rejón estaban buscando. Después agradeció los billetes que Sarah le regaló y, con un gruñido de asentimiento, volvió sobre sus pasos. Situada no muy lejos de la entrada del cementerio, entre las de Michele Amari, conde de Sant'Adriano, y Pio La Torre, asesinado por la mafia el 30 de abril de 1982. La tumba de los Lampedusa traducía la decadencia final de la familia del Príncipe. Una simple y común lápida de enterramiento daba cuenta de los nombres en vida cuyos cuerpos yacían bajo la tierra húmeda del cementerio: Giuseppe Tomasi de Lampedusa, fallecido en Roma el 26 de julio de 1957, y Alessandra Wolff-Stomersee, en Palermo, el 22 del mismo mes, veinticinco años más tarde.

En la primera línea de luz del patio del *palazzo,* Néstor Rejón se desperezó como si despertara de un sueño triste y tratara de huir de los fantasmas. Se había entretenido más de la cuenta en el recuerdo sombrío del cementerio de Palermo donde reposaban los restos de los Lampedusa y ahora volvía en sí. Seguía mirando de frente al hermoso dibujo de mosaicos del Gatopardo. El sol de la tarde cegaba un poco su visión, mientras caminaba hasta el centro del patio polvoriento inundado por la luz vespertina de Sicilia.

DIECIOCHO

Ana Trejo fue una aparición inesperada y edénica. Surgió de un mundo sugerente e ilustrado que el buscador de oro ya había dado por perdido en sus cercanías y, como la lluvia en un cielo azul, entró su fulgurante magnetismo en la vida de Néstor Rejón. Una más que saludable fantasía en medio de su errática, repentina y, hasta entonces para él, desconocida sensación de orfandad, un estado lamentable de ánimo a medio camino de la perpleja soledad de la tristeza y la certidumbre de la decepción y el engaño, en el mismo momento en que Mirta Casares estaba terminando de abandonarlo.

El cuerpo bello y joven de Ana Trejo, enteramente armónico y elegante en sus formas exactas de mujer distinta y distinguida, nunca ya dejaría de parecerle, incluso después de conocer y enamorarse como un adolescente irresponsable de Sarah d'Allara, el de una criatura diferente al resto, enviada a sacarlo de la oscura e indeseable soledad en la que había entrado en picado, dejándose llevar hasta el borde mismo por el vértigo de la autodestrucción. Todas las mujeres le parecieron de repente iguales, las que había conocido hasta entonces y seguramente las pocas que ya le quedaban por conocer, todas menos Ana Trejo. Sus ojos verdes desprendían de la inteligente mirada un brillo intenso, perceptiblemente limpio y respetuoso, y la mundana certeza del timbre femenino de su voz destilaba el talento del hechizo hipnótico. Su culta elegancia, de hada de lujo surgida del cuento para revivir al príncipe agónico, el esencial perfume de su piel de pluma y terciopelo bajo la que se ocultaba una sorprendente, sensual y femenina fogosidad, sumergida en la máscara de su educada discreción; la instantánea complicidad que le regaló desde la primera vez en que hablaron y se miraron sus ojos, cada uno en los ojos del otro; el tiempo que ella, desde el principio y con los días sucesivos en mayor medida, le fue quitando con delicadeza al marido, al estudio profesional de arquitectura, al entorno familiar y a las amistades para pasarlo con él, para que apenas se notara su arrebato por el hombre secreto, además del desasosegado e irritante cambio en sus costumbres, fueron el cegador fogonazo que levantó a Néstor Rejón de la mortecina opacidad en la que se había precipitado tras la ruptura con la actriz frustrada.

Antes de que apareciera Ana Trejo, durante unos meses de pantanosos desvaríos y desatinos, Rejón viajó por todos lados sin dejar memoria alguna de sus huellas. En su monólogo delirante, llegó a pensar que se había encontrado en la realidad con la pesadilla que le anunciaba una y otra vez el descarrilamiento del tren en pleno viaje. En esos momentos de trastornos y extravíos, llegó a creerse que él mismo era el doble exacto y fatal de Johann August Suter, el visionario que creyó soñar con el tren que saltaba por los aires desde las alturas del puente para hundirse en las heladas aguas del río, cuando en realidad en ese momento del sueño ya estaba muerto.

Como el fugitivo cuyo rumbo sin sentido recalaba siempre en el hastío automático de sí mismo, Rejón viajó hacia ninguna parte durante esa temporada de infiernos, adentrándose hasta el vaporoso universo del vacío y escondiéndose de todos y de todo en el aséptico silencio de la habitación de los hoteles de gran lujo de las ciudades que visitaba, París, Nueva York, Londres o Barcelona, latitudes que habían dejado de pertenecer a sus recuerdos, y a la geografía de sus afectos y pasiones, ciudades por cuyas calles deambulaba como sonámbula sombra de fantasma y como si fuera la primera vez que las pisaba. Además, abandonó su legendaria fe en sí mismo y la costumbre de su inflexible puntualidad, se olvidó de la constancia y dejó de trabajar con la minuciosa y marcial disciplina que había inyectado en su conducta cotidiana durante tantos años como una divertida necesidad biológica. Bebía licor hasta el abismo, hasta alongarse peligrosamente en la amnesia de quien había sido y seguía siendo Néstor Rejón, el príncipe del oro, como lo había llamado la imposible pasión de su adolescencia, Teresa Amadores, en su reencuentro en Madrid, al borde de la celebración de las navidades de unos años atrás. Entonces, en medio del desánimo, cuando pensaba retirarse de todo y aceptar que ya era un viejo prescindible y molesto incluso para sí mismo, apareció Ana Trejo como lluvia milagrosa en un cielo azul.

Desde Ela Tejera hasta Mirta Casares, pasando por la nebulosa Rosa Moral, el fulgor temporal de Berta Solán y todas las demás soñadas, imaginadas o vividas, cada una de las mujeres que Néstor Rejón había amado hasta entonces le habían descubierto y regalado los secretos rituales de la adivinación y sus complicidades, siempre diferentes y renovadas en sus confidencias y entregas, sus sospechas y sus celos. Cada una a su manera y estilo le habían jurado por su propia vida que él, el artista del oro, era el hombre de sus sueños, y ninguna de ellas, ahora lo sabía mucho mejor, le había mentido en el instante de entregarle bajo promesa la lealtad de su tiempo. Pero tampoco había sido para él nada inesperado, al fin y al cabo, que cada una de las llamaradas de eternidad, encendidas durante la pasión amorosa por las mujeres de su vida, envejeciera con una acuciante y pavorosa velocidad y no acabara ninguna por asentarse en la reposada sensación de la placidez. Ana Trejo había llegado a abrirle de par en par las puertas de ese nuevo paraíso.

—Te falta la placidez... —le dijo ella.

A la edad madura de Rejón, tampoco cabían muchos malabarismos, subterfugios ni espejismos, cuando más de la mitad de los hombres de su mundo comenzaban a admitir el mal de los años y estaban a punto de conformarse con ocupar el papel secundario que su clase social les había otorgado como privilegio para ese momento de sus vidas, porque sólo era eso ya cuanto se esperaba de ellos. Rejón no poseía ya el vigor de las extravagantes ensoñaciones amorosas de sus años más jóvenes, ni los torbellinos en los que se había trabado una y otra vez su condición humana, sino que simplemente envejecía. Comenzaba a darse cuenta del implacable avance del cansancio que iba a terminar por inundarlo todo, instintos, sentidos, músculos, gestos y espíritu. El fracaso había llegado a ser su determinación más obsesiva en el momento en que, como luminosa agua de lluvia en un cielo completamente azul, apareció Ana Trejo en su existencia madura.

—... Y yo te la voy a dar —le añadió.

Había llegado a la fiesta de los Trejo en su casa de Pedralbes después de resistirse a salir de sus ausencias. Se preguntaba qué sentido de su ya poca cordura se le había perdido a él en la casa de gentes que no lo conocían, en la fiesta de amigos que no eran los suyos, en la necia comedia costumbrista de perder el tiempo entre grupos de hombres, que lo miraban con el gesto desconfiado de su admiración, y entre mujeres bellas y seductoras que iban a estudiarlo de cerca con la misma excéntrica curiosidad con que los entomólogos diletantes observaban los bichos raros en el laboratorio. Pero lo llevaron hasta allí. A rastras lo convencieron los gerentes de su negocio de oro en Barcelona para conducirlo hasta su suite en el Majestic desde su pequeño estudio en Diagonal. Ellos lo esperarían abajo, mientras subía a arreglarse a la suite. En el bar lo esperarían. Tomando un par de copas. Los Trejo eran clientes predilectos, con creciente influencia en el mundo industrial de Barcelona, admiraban al hombre y al artista, y en esos argumentos habían insistido sus gerentes hasta doblegar su pertinaz resistencia.

Ana Trejo se había acercado hasta la puerta de la calle para recibirlo con todos los honores, para darle la bienvenida y conocerlo antes que nadie en la fiesta de su casa. Al fin y al cabo, era su invitado de lujo, como más tarde Néstor Rejón en La Cúpula de Taormina, por razones completamente distintas, iba a recibir a Tony Limpito para convertir la batalla que tanto había temido en una simple escaramuza de gentes civilizadas.

—No, no, por favor, el honor es mío, gracias por invitarme. Muchas gracias —le contestó Rejón. El artista del oro le besó la mano a la señora de la casa con toda su delicadeza mundana.

Hasta conocer a Ana Trejo, Rejón se había negado a admitir la existencia del instantáneo chispazo químico que provocaba en los varones de su estirpe, conquistadores, mujeriegos, promiscuos en frecuentes ocasiones, el galopante estallido del enamoramiento pasional. Pero Ana Trejo le había derrumbado de un golpe hipnótico los últimos reductos de su escéptico desdén y se había enamorado de ella en un solo segundo, sin que nada ni nadie le ayudara a defenderse de aquel ataque repentino de adolescente desenfreno. Ella lo notó en el sudor de la piel de la mano temblorosamente dubitativa del buscador de oro, tan sereno y distante en público, tan dueño de sí mismo y de su propio escenario en las celebraciones festivas.

—Inevitable —se excusó Rejón.

Y le sonrió al confesar su incómodo azoramiento con un inútil y torpe simulacro de distancia. Desde el fondo del gran salón de la casa llegaba el bullicio atropellado de las voces, las conversaciones entrecortadas de la gente, el humo de los fumadores en el aire denso de la fiesta, el confuso sonido de la música, las copas y las carcajadas de los invitados de los Trejo, pero ella seguía allí, estática en la puerta de su casa, sin soltar la mano del artista. Al darle la bienvenida, agradeciéndole que hubiera aceptado su invitación, lo miró como sólo se mira a un amante secreto al que hubiera estado esperando allí, en su fiesta, amándolo ya con la mirada. Sin rubor en cada uno de sus gestos, Ana provocaba que Rejón se sintiera amado desde ese mismo momento, nervioso, intranquilo y ansioso por escaparse con aquella mujer esplendorosa de aquel reducto de tanta gente. Ella quería que fuera así también y que el artista del oro supiera que aquel primer golpe de vista entre los dos era el principio de una pasión que estaba dispuesta a entregarle con una sola reserva: que todo permaneciera en secreto, que nadie supiera nada de sus amores clandestinos. Por discreción y estilo, por clase social y respeto a sí misma, Ana Trejo estaba acostumbrada a guardar las formas, a disimular su sentido posesivo del mundo y de la vida, y a distanciarse amablemente de las confianzas que le otorgaban tantas veces los hombres que frecuentaba en su trabajo de arquitecta. Sus aventuras sentimentales habían sido hasta ahora tan invisibles y ocultas que no existían para nadie de su entorno y ni la más mínima suspicacia había hecho mella en su matrimonio. Mantenía por norma el mismo concepto en las cosas importantes porque para ella nada de cuanto ocurría, por muy grave que fuera, tenía la menor importancia si la gente no se enteraba del suceso, y nada era escandaloso ni reprochable si el escándalo no estallaba delante de todos y acababa por ser el chisme público de todo el mundo en Barcelona. Le importaba mucho que su gente no se enterara de sus amoríos secretos ni en los más pequeños indicios, pero esta vez sabía que había perdido los estribos, que algunos de sus invitados podían haberse percatado ya del torbellino que llevaba dentro desde el instante mismo en que vio a Néstor Rejón en la puerta de su casa. Y mucho más cuando se empeñó en presentárselo a todos los presentes, hasta llegar a su marido, sin preocuparse nada de lo que nadie pudiera imaginarse en su conducta. Nunca se había comportado así en una fiesta y tampoco había distinguido a ninguno de sus nuevos invitados con ese descaro arrebatado, impropio de su educación y sus modales. Pero ella también se sentía conquistada por Rejón y no quería perderlo por dejarlo solo, por no prestarle toda su atención hasta la misma madrugada en que acabó la fiesta.

Para reponerse del magnetismo que le había provocado Ana Trejo, y con el oculto deseo de no intervenir en su vida, Néstor Rejón dejó pasar unos días sin volver a hablar con nadie de aquella fiesta tan singular para él, como si sólo hubiera sido un simple compromiso de negocios. Alguno de sus gerentes le había recordado que ya había coincidido con los Trejo en otras reuniones sociales, aunque Rejón no se acordara de ellos porque era muy conocida entre sus gerentes y trabajadores la manía del ensimismamiento del artista y su costumbre de no entretenerse más de lo estrictamente correcto en el conocimiento de clientes y admiradores. A veces, la gente de su mayor confianza y algunos de sus socios se habían atrevido a llamarle la atención, pidiéndole más cuidado, más delicadeza y menos sequedad con algunos clientes predilectos. Para Rejón, los Trejo no pertenecían hasta entonces a su círculo cercano, el minúsculo grupo de amigos que podía influirle y aconsejarle en ciertas ocasiones, y por eso sus gerentes catalanes le insistieron en que se presentara a la fiesta. Aunque fuera como un favor especial, los Trejo habían pedido a sus socios de Barcelona que esta vez Rejón aceptara su invitación y, pasados esos días sin noticias, Ana Trejo volvió a llamar al estudio del artista. Quería hablar con el señor Rejón. Ella misma, la arquitecta Ana Trejo. Quería verlo cuanto antes, le dijo por teléfono. Esta tarde. ¿Acaso no se acordaba del pacto? ¿No le había sugerido él, al final de la fiesta, al despedirse, que se volvieran a ver lo antes posible, una de esas tardes, pasados unos días? Sabía que él seguía en Barcelona y por eso también lo llamaba.

—Por eso y... porque temo que te vayas de aquí sin verme..., y sin conocernos —le dijo.

Todos esos días, Néstor Rejón se había acordado de Ana Trejo en muchos de sus momentos de soledad y el creciente deseo de volver a verla le había acompañado a todas horas. La misma tarde de su llamada, el artista había estado a punto de romper una ley no escrita que hasta entonces mantenía incólume: nunca caer en la tentación de hacer la primera llamada a una mujer que le interesara, nunca demostrarle a una mujer que su interés por verla y conocerla le había hecho perder la serenidad de la distancia. Pero esa tarde, encerrado en su estudio, mientras dibujaba los trazos primeros de una joya especial, y sin saber por qué seguía pensando tanto en Ana Trejo al elaborar el diseño de esa pieza, se acercó a una de las ventanas y se quedó mirando por los cristales la luz de la tarde en la ciudad espléndida. Seguía con sus ojos distraídos el trasiego automovilístico de la Diagonal, pensando en las carencias químicas de los hombres que habían convertido la nostalgia en una costumbre casi cotidiana, cuando sonó el teléfono en el estudio. Era su voz inconfundible, la misma que Rejón había estado oyendo imaginariamente todos esos días de la espera. Sí, era ella misma. La arquitecta Ana Trejo. Y quería verlo esa misma tarde.

Después de tres años de tantas cercanías pasionales entre los dos, y sólo cuando comenzó a difundirse en los circuitos profesionales e industriales de toda Barcelona el sospechoso rumor de su romance, Ana Trejo dudó por primera vez de la confianza en Néstor Rejón. El temor a que la voz pública arrastrara el suceso por todos los rincones sociales de la Ciudad Condal, la asustó como ninguna otra de sus aventuras secretas. Hasta ese mismo momento, nada se supo de los silenciosos encuentros de los dos en su propia casa familiar; nada de las escapadas con Rejón en su coche hasta Castelldefels, ni de sus almuerzos interminables, nada de las cenas en Arenys de Mar y las botellas de champán en la suite del Majestic hasta la madrugada, nada de sus idas y venidas, a llevarlo y buscarlo al aeropuerto, nada de los días y las noches de los dos juntos. Nada se supo tampoco de la sensualidad que Néstor Rejón exacerbaba en cada encuentro con Ana Trejo, nada de los paseos por las calles de los pueblos leridanos, olvidados los dos de quiénes eran y a quiénes se debían; nada tampoco de sus otras tardes escondidas en apartamentos de Sitges, hasta que comenzaba a oscurecer en la tibia claridad primaveral del Mediterráneo. Nada se supo en Barcelona de las ausencias tan frecuentes de Ana Trejo hasta entonces y el estricto secreto de cuanto sucedía tan pasionalmente entre ellos les entreabría siempre una nueva seducción en cada encuentro.

Una noche invernal de los primeros tiempos, en que él la sedujo hasta la fascinación, convenciéndola para que no asistiera a la función del Liceo y se fueran juntos a cenar pescado frito con vino blanco a Castelldefels, ella vino hasta el Majestic vestida de lujo. Sólo para saludarlo dos minutos. En el bar. Una copa de cava solamente. Pero se quedaron hablando, en voz baja, en un rincón discreto, mirándose, Rejón buscando que pasara el tiempo. Ana Trejo disimulaba dejándose mirar para que el tiempo pasara. Llevaba un hermoso traje largo, de brillante seda negra y su cuerpo lo cubría casi todo un abrigo de piel de zorro gris del Canadá y, cuando ya no corrían riesgos de romper el encuentro, pasada la hora del Liceo, salieron del hotel hacia Castelldefels. Al llegar a la playa, en la fría oscuridad del otoño solitario, caminaron abrazados sobre la arena por la orilla del mar, como si fueran niños, mojándose los pies, los zapatos y las ropas. Y después, como si fuera la última vez que iban a amarse así, con el abrigo de piel de zorro gris bajo sus cuerpos calientes, al borde mismo de la playa y olvidados del frío, se amaron como locos. Para entonces hacía rato que ella había preferido desertar peligrosamente de sus obligaciones y seguir los elementales instintos de su deseo sensual como si fuera una colegiala seducida por un hombre mayor a la puerta del colegio. Suponía con razón que iba dejando atrás, en la insensatez de sus ausencias, las huellas de las sospechas que crecían poco a poco a sus espaldas, hasta que todo el mundo en el taller de arquitectura comenzó a preguntarse por qué Ana Trejo había cambiado de repente. ¿Quién era esta vez su gran secreto?

Las tardes de pasión en la casa familiar de Ana Trejo fueron para Néstor Rejón el epicentro mismo del vértigo que tanto ansiaba repetir con ella. Hasta que un día cualquiera, después de más de un año de tantos perceptibles peligros, cuando ya se había acostumbrado a la casa de los Trejo como si también fuera la suya, en un rincón de la fría lucidez que había abandonado para amar el cuerpo de Ana Trejo hasta el vértice del mayor riesgo, Rejón oyó la alarma disparándose en su interior. ¿Y si el marido de Ana, Jordi Trejo, hubiera llegado hace tan sólo unos instantes, en el momento en que rodaban por la alfombra del salón, perdidos los dos en el perfume frenético del éxtasis?

La música y la voz negras de Roberta Flack nadaban etéreas y voluptuosas por la penumbra amable del salón de Ana Trejo, el ritmo lento de *The first time ever I saw your face* los mantenía envueltos en un abrazo largo aislándolos del resto del mundo. El buscador del oro exploraba con sigilo, delicada y lentamente el cuerpo desnudo de Ana Trejo, como si estuviera siguiendo las notas de la música. Cuando creía haber encontrado con las palmas de sus manos un nuevo hallazgo, se detenía por un instante en ese lugar oculto de la piel de Ana, abría los ojos, se acercaba al tesoro y lo besaba. Ella bailaba entonces al ritmo de sus besos, arqueaba su cuerpo sobre la alfombra tibia y mullida del salón de su casa, sollozaba ante la inminencia de sus sentidos. Él entonces le tapaba la boca suavemente, con las palmas abiertas y los dedos de sus manos jugando entre los labios del tesoro. Daba lo mismo, porque ella se ondulaba inevitablemente, nadaba en el aire su cuerpo desnudo al compás del ritmo de Rejón y se dejaba llevar al desvarío del placer hasta casi desmayarse, perdidas todas sus cautelas.

—No te preocupes —dijo ella—, nadie viene a casa en las tardes sin llamar antes. Y mucho menos él. Es el último que vendría, despreocúpate. Es un caballero.

Había notado una sombra de intranquilidad en los ojos de Néstor Rejón un minuto después del amor de media tarde y sospechó inmediatamente lo que estaba pasando en ese momento por la mente de su amante.

—Tenemos que buscar otro lugar más seguro, no me gustaría que… No es por mí, es por ti, Ana —protestó sin brusquedad Néstor Rejón—…, no hay necesidad de que…

Ella le volvió a rogar que no se preocupara, pero desde ese mismo día Rejón no cejó y trató de convencerla para que se vieran en su suite del Majestic hasta encontrar un lugar a resguardo de cualquier riesgo.

—Estoy segura de que fuera de aquí se rompería lo que más me apasiona de nosotros... —dijo ella.

—¿...? —hizo él un gesto de interrogativa curiosidad.

—El secreto —dijo ella—. El secreto que nos envuelve y lo envuelve todo. El día que se rompa el secreto...

Un año más tarde, tras uno de sus almuerzos de salmonetes fritos y Blanc de Blancs bien frío en Los Billares, Ana Trejo le dijo enigmática que ya lo había solucionado todo: había llegado el momento de que conociera el más oculto de todos sus tesoros.

—Te voy a descubrir mi mejor secreto. Te lo voy a regalar —le dijo.

Ana Trejo condujo su Volvo blanco por las calles del viejo barrio de Les Corts hasta alcanzar la Diagonal. Luego, durante diez minutos, se aventuró entre los vericuetos de las calles cercanas al Camp Nou, parajes desconocidos para Néstor Rejón. Había anochecido, el Blanc de Blancs y la agradable tibieza del aire acondicionado del coche de Ana Trejo lo mantenían levemente adormilado, aunque de vez en cuando entreabría los ojos y la miraba conducir con atención, camino de su mayor secreto. Caía un diluvio estrepitoso sobre la parte alta de la ciudad de Barcelona y el implacable aguacero cambiaba la luz del atardecer de la ciudad y trastocaba los paisajes urbanos.

Al llegar a la puerta del garaje, ante un edificio de ladrillo rojo, en una zona noble de nueva construcción, Ana accionó el mando para abrirla y que el coche entrara descendiendo por la rampa hasta el lugar del estacionamiento. No había luz en todo el edificio. La lluvia había provocado una avería eléctrica que no duraría mucho, pero en el momento en que ellos dos descendieron del coche y caminaron dándose la mano por el garaje adelante, buscando las escaleras de la salida, todo estaba a oscuras. Ella usó una pequeña linterna que había sacado de la guantera del coche para abrirse paso en la oscuridad interior de la escalera por la que ascendieron sin hacer mucho ruido. Dos, tres, tal vez las escaleras de cuatro pisos hasta llegar al secreto de Ana Trejo. El mínimo haz de la luz de la linterna servía de guía hasta llegar al destino. Entonces, con la respiración agitada del esfuerzo, Ana Trejo se detuvo delante de la puerta de uno de los pisos. Habían llegado. Todo estaba en silencio y la avería eléctrica seguía sin resolverse. Se ayudó de nuevo con la luz de la pequeña linterna para buscar en su bolso de piel la llave del apartamento e introducirla en la cerradura.

La puerta se abrió sin resistencia y Ana lo invitó a pasar. La luz no tardaría en volver al edificio. Estaba segura de que la imprevista contingencia de la oscuridad ayudaría sus planes de sorpresa. Lo abrazó, lo besó en los ojos y en los labios, le entreabrió la boca con la punta de su lengua húmeda. Rejón ni siquiera se preguntaba ahora dónde estaba, se dejaba hacer, que Ana Trejo lo fuera desnudando poco a poco en el silencio oscuro de su gran secreto. Ninguna desagradable sensación de misterio se había enquistado entre sus pensamientos en esos momentos, sino que se alongaba una vez más en el placentero estupor que siempre le provocaba la intimidad de Ana, la fragancia perfumada que salía de la piel suave de Ana desnuda cada vez que se zambullía entre sus brazos, sus piernas entrelazadas en las suyas a punto de iniciar el ritual del baile. Sin palabras, Ana Trejo lo invitó a que se tendiera junto a ella, sobre la moqueta que cubría el suelo del apartamento. Él obedeció. No sentía más que escalofríos de placer en todo su cuerpo, no le importaba sentir nada más, ni le importaba seguir en la burbuja líquida de concupiscencia y deseo en la que se movían los dos. Ella le pidió que la besara toda. Que le besara así el cuerpo entero. Sobre ella, poco a poco, en la oscuridad silenciosa del extraño paraíso. El buscador de oro sabía que Ana Trejo se disparaba sin remedio cuando la amaban como ella deseaba que un hombre le amara todo su cuerpo. Él se lo había demostrado, lo había conseguido detenida, suave, lentamente, hasta cincelar con su lengua el botón de oro de Ana Trejo. En ese mismo instante de locura, a ella no le importaba que pasaran muchas horas, muchos días, muchos años.

—¡Más, más, amor, más, un poco más! —exigía al terminar, una y otra vez el éxtasis distinto de Ana Trejo en cada paso de la ceremonia.

Hasta que le llegaba el cansancio, no le permitía que se quitara de encima de su cuerpo deslumbrante. Él la veía al oscuro, la silueta bellísima y luminosa del cuerpo de Ana Trejo entregada a la gloria de sus instintos sexuales más hermosos e insaciables. Casi al final del rito, los dos cuerpos mojados de pasión, volvió la luz al apartamento. La miró. La admiraba mientras ella sonreía, sus piernas abiertas, sollozando de placer, acariciando con sus manos el cabello y la cara del artista. Entonces se fijó en los primeros detalles de la estancia y la curiosidad dejó paso después a la sorpresa, a la perplejidad del asombro.

—No, no, no te confundas, amor —dijo ella—, no es la misma casa. Es mía también. La mandé hacer igual, ¿no te das cuenta? Para ti y para mí…

Aquel apartamento de Ana Trejo era sorprendentemente igual a su piso de Pedralbes. Los dos parecían el mismo. La misma armónica distribución en todo el interior, las mismas alcobas, el salón idéntico, la cocina, los mármoles y los sanitarios de los cuartos de baño, el mismo color mostaza en todas las paredes. El mismo mobiliario, los sillones de cuero negro en el salón, las mismas camas y los mismos edredones grises cubriéndolas. El mismo bar, los mismos ventanales y las cortinas igualmente grises. El mismo color oscuro de la tarima flotante. Y la moqueta de los suelos del salón y las alcobas imitaban las mismas alfombras de la casa de Pedralbes. En menos de un año, Ana había realizado el milagro sin que él tuviera la más mínima sospecha.

—Ésta es tuya…, de los dos solos —le dijo.

Perdió la cuenta de las tardes y las noches que pasó en el apartamento que era el mayor secreto de Ana Trejo, el lugar del gran tesoro de los dos al que siempre llegaba de su mano, en su Volvo blanco, conducido por ella. Se sentía muy bien allí, resguardado, a salvo de los riesgos y peligros que en cualquier otro lugar podían romper finalmente sus secretos. Pero no se fue a vivir allí, ni abandonó la suite del Majestic, porque ésa era su casa de verdad, su querencia, el sitio de sí mismo donde mejor se encontraba cuando pasaba en Barcelona algunas temporadas. Le gustaba la asepsia glamorosa, el estilo, la discreción, la clase del hotel donde guardaba su anonimato, aunque todo el mundo lo conociera.

—¡Te han seguido! Te han seguido, desde hace tiempo, y tú no te has dado cuenta, Néstor. Un detective privado. Ya conocen el lugar secreto —le reprochó ella con brusquedad poco tiempo después de inaugurado el nuevo apartamento—. Te siguieron a ti y después nos siguieron hasta el garaje. Lo saben todo.

El buscador de oro bebió un sorbo de whisky para tranquilizarse. Ana Trejo bajó la cabeza, nerviosa, mirando de reojo la reacción del artista boquiabierto, con una expresión de estúpido desencanto dibujándosele en su semblante repentinamente blanco.

—No. No fue mi marido. Fue esa actriz tuya, esa loca de Madrid, Mirta no sé qué...

Faltaban sólo dos semanas para que la exposición de homenaje a sus joyas artísticas se abriera en el Majestic, con lo más exquisito de Barcelona presente el mismo día de la inauguración, y Néstor Rejón no hacía entonces otra cosa más que dedicarse a que los preparativos de la muestra caminaran a su paso adecuado. Nunca le gustaron los imprevistos, ni que se resolvieran las sorpresas desagradables con el sentido de la improvisación que tanto detestaba. Pero esa misma tarde, Ana Trejo le había dejado entrever que el final de su gran secreto podía ser también el principio del fin de sus amores.

—Te lo dije. Tú eres el único responsable, Néstor —le dijo con toda su dureza.

Se lo había dicho repetidas veces, pero Rejón no se dio cuenta de la advertencia, no le dio la debida importancia, ni había sospechado, antes de las evidencias incontestables del detective privado, que Ana Trejo le tuviera tanto terror a que se conocieran en público sus amores secretos con el artista del oro. Cierto. Que la gente se entere, casi siempre por un despiste provocado por la euforia, de un secreto del que nadie salvo sus protagonistas deben tener noticia, desdice con gravedad del irresponsable que, salvo a destiempo, no percibe con claridad los riesgos del accidente irreparable. Ana Trejo le había concedido siempre la máxima importancia a su imagen social, el espejo limpio de sospechas y rumores de una mujer casada y mundana que no se permitía veleidades amorosas fuera de su casa ni escarceos que acarrearan peligros escabrosos para su estatus social. ¿En qué consistía el escándalo?, se preguntaba Rejón en su estudio barcelonés de Diagonal, en su vuelta a una soledad que inesperadamente, con la sorpresiva aparición de Sarah d'Allara en el Majestic unos días más tarde, no duró demasiado tiempo. Consistía, eso es lo que le había advertido Ana Trejo en decenas de ocasiones sin que él atendiera sus consejos ni sugerencias, en que el mismo secreto era exactamente la pasión esencial que ella sentía por él y que, en consecuencia, el hechizo se rompería en el mismo instante en que fuera del dominio de todos.

El dibujo que había comenzado a garabatear sin aparente sentido ni rigor artístico, y en el que entretuvo su tarea los días de la espera hasta la tarde en que recibió la llamada telefónica de Ana Trejo, lo convirtió en una joya de oro tan sólo veinticuatro horas antes de que se inaugurara su muestra antológica en el Majestic, y se lo llevó del estudio de Diagonal para guardarlo en su suite porque había decidido que, poco tiempo después y sucediera lo que sucediera, se lo iba a regalar a Ana Trejo. Casi desde el principio, pero sobre todo a partir de la llamada de Ana Trejo, había dibujado *Deslumbramiento final* con la convicción de que sería una de las esculturas más perfectas que habían salido de sus manos ya tan experimentadas. De modo que se dejó llevar por sus instintos como si fuera a la deriva, sin rumbo fijo ni marcado de antemano, eligiendo la ruta por la que las formas de la joya caminaban hasta su consagración, de manera caprichosa y aleatoria, impropia de un artista cuya identidad era precisamente todo lo contrario, la disciplina y el estudio a fondo del proyecto. El resultado era exactamente deslumbrante, para el poco tiempo que le había dedicado a esa obra tan extramuros de su rutina de trabajo. Y por eso la añadió a la antológica del Majestic, al considerarla un elemento cumbre en todos sus rumbos de hacedor de esculturas de oro.

La ruptura con la arquitecta, que se originó en principio por el secreto a voces de sus relaciones pero después, y sobre todo, por la aparición de Sarah d'Allara en su vida, aceleró el regalo de aquel precioso cuenco de oro sobre el que caían las gotas doradas de una lluvia esplendorosa y celeste.

DIECINUEVE

Salió del Mercedes Benz al llegar ante la fachada de La Cúpula, en el mismo instante que la gobernanta de la *villa* abría la puerta de la mansión y esperaba a que Antonio Cabré se acercara para entrar en la casa. Se había adelantado unos minutos a la cita, pero ese detalle no tenía la menor importancia porque Stella iba a ocuparse de todo, como siempre, dispuesta en esta ocasión a recibir al invitado de lujo con una pequeña reverencia y un bisbiseo ceremonial de bienvenida. Después le pidió que la siguiera. La gobernanta echó a andar un paso por delante de Limpito y lo condujo, tras atravesar un amplio corredor muy iluminado, hasta el salón de La Cúpula.

Las paredes y el pavimento del corredor habían sido recubiertas de laja volcánica, de color gris oscuro, mate, bellísima, y Limpito escuchaba al caminar por allí el eco de sus propios pasos mientras seguía a Stella. A pesar de la piedra, aparentemente fría, el ambiente resultaba cálido y acogedor. A lo largo de todo el corredor, en las paredes colgaban escasas pero valiosas obras de arte contemporáneo español. Pudo reconocer sin mucho esfuerzo un espléndido óleo de Manolo Valdés, de gran tamaño, y unos metros adelante, en la pared de enfrente, la impronta del maestro Tàpies en los años sesenta, de dimensiones parecidas al de Valdés, una gran cruz negra sobre fondo color hueso y tachaduras en negro y almagre. Algunas tintas de Chillida y dos arpilleras de Millares cerraban la traducción del gusto estético de Rejón en su propia casa. Además, el ámbito doméstico en esa parte de La

Cúpula exhalaba una suave, fresca y natural fragancia de limones que se hizo mucho más rotunda al entrar Limpito en el salón central de la casa, una amplísima estancia en tres alturas con pavimento de madera flotante, muy moderna y de color marrón oscuro, que parecía rodear en su interior casi la mitad del edificio.

—¿El señor desea tomar algo mientras espera a los señores? Bajan enseguida… —dijo Stella. Se mantenía a la expectativa, a escasos pasos de Limpito.

—Gracias. Sí. Un whisky. Con hielo y agua mineral —contestó Limpito.

Se había quedado solo en el salón, una vez que la gobernanta lo hubo abandonado camino seguramente, pensó Limpito, de la cocina de la casa de los Rejón. El silencio de la estancia lo interrumpía sin molestar la voz irrepetible de María Callas, que sonaba en tonos muy bajos desde el equipo de música. Limpito entonces caminó por el salón, se acercó a uno de los amplios ventanales que daban al jardín para echar un vistazo rápido al exterior y, desde allí, vio El Barco de Rejón iluminado, a muy pocos metros de distancia de donde él estaba en el salón. Era un invernadero lleno de plantas y colgado del abismo que se iniciaba sólo unos metros más allá del cerramiento de la piscina, tras el espacio de fuga donde se desplegaba ante los ojos de Limpito el panorámico espectáculo del oscurecer del oriente siciliano sobre el mar Jónico. La luz del sol en su ocaso alcanzaba tenuemente la techumbre de La Cúpula desde el otro lado del día, semejando un foco exterior situado en un punto invisible, en lo más alto de la *villa*, para que se reflejara sobre la estancia cerrada de El Barco y en el agua de fondo azul celeste de la piscina. Le pareció haber descubierto un espejo estático, mágico, sin un soplo de viento, aquietada la transparencia del agua, como si ese universo fuera una ilustración diseñada a conciencia por el artista Rejón para que envolviera todo el jardín de La Cúpula. Pero percibió enseguida que allí dentro, en El Barco, iluminado también desde el interior por luces azulinas, indirectas y suaves, y desde fuera por el foco anaranjado del sol en los últimos minutos de la tarde, andaba la vida más libre y secreta de Sarah d'Allara y Néstor Rejón. Entre el color café de la madera de teca del pavimento, el verdor de la parra virgen, las flores de las madreselvas y el fondo transparente de la piscina, flotaba la plenitud natural de un aire elegante y plácido, acorde con el que se respiraba en la calidez armónica del salón, el mismo aire que vivían los Rejón en La Cúpula de Taormina. Exactamente el mismo aire que Sarah d'Allara le había estado relatando durante los dos días que Antonio Limpito llevaba en Taormina. Entonces, de repente, sintió que estaba de más en aquel territorio que Sarah había encontrado de la mano de Rejón. Se acordó del vacío que sintió la noche del Majestic y, de pronto, comenzó a sospechar que su nueva intrusión en la vida actual de Sarah d'Allara era tiempo perdido. Ya no podía cambiar nada de ella, sino que todo seguiría igual tras su regreso a España, como si no hubiera venido a convencerla, a enamorarla de nuevo, a conquistarla, a robársela a Rejón, tal como él se la había robado la noche del Majestic. Sin quitar los ojos de El Barco, a Limpito lo asaltaron todas las certezas negativas antes de que los anfitriones vinieran a saludarlo. Duró sólo un segundo, una suerte de fugaz desmayo, esa sensación de invalidez y extraña orfandad, como si con ese primer asalto el dueño de la casa le hubiera ganado el pulso sin entrar todavía en contacto personal con él.

Néstor Rejón permitió que su joven mujer dispusiera según su voluntad los procedimientos y el desarrollo de aquella visita tan incómoda para él, el acontecimiento que lo había llevado a su mayor preocupación desde que conoció a la muchacha. Aunque hubiera podido, una vez más juzgó conveniente no interferir en un protocolo que no le correspondía, sino que Sarah d'Allara hiciera todo lo que le viniera en gana. Sin excesivas confianzas, la experiencia de Rejón le garantizaba una cierta ventaja en el falso duelo que había empezado hacía ya bastante tiempo en el Majestic de Barcelona y que iba a terminar en La Cúpula de Taormina con una simple escaramuza.

Había sopesado con calma, evitando las suspicacias y las tentaciones de los celos, cada minuto del encuentro que tendría que librar con Limpito. Por eso eligió no intervenir en las decisiones que Sarah d'Allara pudiera tomar en cada momento, sino estar ausente hasta el día de la cena en La Cúpula. Estaba preparado para afrontar sin mover un músculo de todo su cuerpo cualquier intempestiva sorpresa que se produjera durante esos días y había decidido esperar el momento del encuentro con Limpito sin salir de la *villa*, cumpliendo con el sosiego de todos los días su trabajo de dibujante del oro en la soledad de su estudio de trabajo y sin utilizar su influencia sobre Sarah, en el epicentro de su propia fortaleza. Como si el episodio le resultara indiferente. Con ese viaje no pasaba nada que no tuviera que haber sucedido antes o después y, mientras acababa de prepararse para la cena cumbre en el espacioso y cómodo vestidor de su alcoba, se acordaba de las sentencias de Torcuato Figueroa, cuyos consejos de profeta lo habían acompañado tanto en los sobresaltos y sinsabores de la vida. Todo lo que se va vuelve, siempre hay más hombres, don Rejón, siempre hay más mujeres, y no hay que apenarse por nada que tenga solución, el corazón no duele y los hombres nos inventamos el dolor del alma por vanidad y orgullo, y un poco por soberbia, mi hermano, pero hay que tener fe en el camino que uno lleva en la vida, hay que aguantar a pulso, sin desfallecer, hasta encontrar la veta.

Momentos antes de que el buscador de oro volviera a acordarse de su amigo Torcuato Figueroa, el Mercedes Benz de los Rejón había traspasado la verja de hierro forjado para entrar en el jardín de La Cúpula cuando comenzaba a decaer la leve claridad de la tarde siciliana. Su pasajero de lujo, Antonio Limpito, se quedó admirando el cuidado exquisito del césped y la esbeltez de las palmeras africanas, con sus troncos ligeramente arqueados, que rodeaban la *villa* y señalaban los márgenes del camino de tierra batida que llegaba hasta la puerta del palacete, rehabilitado por Rejón. Limpito llegó a la conclusión de que el viejo que tanto había enajenado a Sarah d'Allara demostraba poseer en grado de excelencia el patrimonio de una estética personal inatacable. Con cierto disimulo, el invitado echaba un vistazo a un lado y a otro del jardín por la ventanilla trasera del automóvil. Desde el asiento de chofer, al observar con curiosidad por el espejo retrovisor los gestos de Limpito y cada uno de sus leves movimientos, D'Angelo decidió entablar conversación con el huésped de honor.

—Es una de las joyas predilectas del señor —dijo sin dejar de mirarlo por el retrovisor, con una sonrisa de amabilidad—. ¿Lo ve? Ordena todo el jardín con un mimo exigente. Como si estuviera dibujando una de sus joyas favoritas. Con mucho rigor...

El mismo día que Limpito llegó a Taormina, tras recoger su equipaje y salir de la terminal del aeropuerto de Catania, Sarah d'Allara fue a encontrarse con él al hotel Diodoro. Era uno de los sorpresivos homenajes que ella le había preparado para que su estancia en Sicilia fuera lo más agradable posible. Por teléfono le dijo que durante esos días su chofer y su coche estaban a su disposición; que iba a interrumpir, como una excepción única, para eso

Tony era Tony, la disciplina en su trabajo de investigación histórica y literaria; le dijo, contestándole a su pregunta inmediata, que ya, a punto de terminarlo, estaba perfilando los últimos retoques y atando los cabos más sutiles del libro sobre Lampedusa, pero que de todo eso y de mucho más, ella estaba segura, tendrían tiempo para hablar, a pesar de que su permanencia en la isla iba a ser tan corta.

—¿Me sugieres que me quede aquí, contigo, Sarah? —le preguntó irónico.

En un rincón luminoso de su habitación en el Diodoro, mientras hablaba con Sarah d'Allara por teléfono, Limpito miraba por la ventana la cumbre del Etna. Ella se carcajeó, cantarina y cercana, y su risa juguetona llegó a Limpito desde el otro lado del teléfono como una sugerente invitación al atrevimiento.

—No, hombre, Tony, no, siempre igual —dijo—, pero Sicilia es bellísima. Para poder enseñarte la isla, tendrías que quedarte diez o doce días. Y ni tú ni yo tenemos tiempo de eso ahora…

—Entonces, no perdamos ni un minuto. Aprovechemos el que tenemos. Vine aquí sólo para estar contigo. Para verte y hablar contigo, Sarah, para convencerte de…

Sarah lo interrumpió sin dejar su talante lúdico y festivo. Le dijo que se verían en una hora, ella iba a acercarse hasta allí, su chofer la alcanzaría y se irían a cenar a un restaurante especial de la ciudad. ¿Le parecía bien dentro de una hora o quería tomarse un poco más de tiempo, para descansar del viaje?

—No, no, al contrario. Se me va a hacer un siglo, tú lo sabes. En una hora nos vemos…

La había estado esperado en el bar, situado dos plantas por debajo de la recepción del hotel, admirando la belleza telúrica de las terrazas volcánicas del paisaje de Taormina y los jardines abiertos al público que nacían al final del promontorio sobre el que se levantaba el edificio del Diodoro, en la parte baja de la ciudad, desde donde la montaña descendía casi en talud hasta la frontera de Giardini Naxos, justo en la orilla del Jónico. Hasta allá arriba le llegaron los ecos lejanos de los motores de los coches que atravesaban raudos la *autostrada* estatal en dirección a Messina o Catania. Desde ese mismo observatorio, Limpito se había quedado absorto al admirar la sombra cercana de Isola Bella flotando en la cara del mar, entre los cabos Taormina y San Andrés.

En esos dos días y medio de Taormina, antes de la cena en La Cúpula, Sarah d'Allara no se separó de Limpito más que para regresar a la *villa* cuando la noche caía sobre la ciudad, a unas horas que ella juzgaba todavía prudenciales. Cenaron en La Griglia y Granduca, y Limpito probó los frutos del mar tan cercano, el *neonato* muy ligeramente frito en aceite de oliva, tan parecido al chanquete, y las sardinas sicilianas *a beccafico*, los platos del mar preferidos de Sarah. Se sucedieron las visitas a última hora de la tarde al San Domenico Palace y al Mocambo, y los días los llenaron con las excursiones a Mazzarò y al castillo de Castelmola. En esos alrededores de Taormina, Sarah le señaló a su invitado lo que quedaba después del tiempo de Fontana Vecchia, la casa donde, junto al mismo camino ahora de asfalto, habían vivido los Lawrence y, más tarde, Truman Capote. Aprovechó para relatarle los detalles del parentesco de su memoria con aquellos parajes donde, al menos en apariencia, ya no se hablaba de la leyenda de su abuelo D'Allara. Tampoco ella podía afirmar, le dijo a Limpito, que todo lo que le estaba contando ahora había sucedido en la realidad, pero formaba parte de la mitología de la ciudad y había cobrado, a lo largo de los años y gracias a la persistencia de la historia, ciertos ecos de verosimilitud.

Recorrieron Taormina caminando sus calles y sus laberintos, sus casas árabes y sus huellas normandas, sus jardines ingleses y sus plazas españolas. A veces Limpito, en esos dos días, intentó el asedio a los afectos de Sarah d'Allara, con timidez al principio, al intentar besar sus labios y abrazarla en cualquier rincón apacible del paisaje, pero siempre con un cierto instinto al rechazo. Él la conocía muy bien, la añoraba en todo el tiempo que no la tuvo, la había amado tal vez más que cuando vivió con ella la plena juventud de los dos, y sabía que ella no se dejaba dominar de cualquier manera. Ella sabía también de las dotes de seducción de Limpito. Él temía dar un paso en falso. Recordaba sus últimos intentos al salir de El Landó en Madrid, los dos ya sentados en su BMW, y el rechazo de Sarah a sus requerimientos de complicidad. No quería sufrir una nueva decepción y sabía que el único modo de rescatar los amores perdidos de Sarah d'Allara consistía en volver a hechizarla, en volver a fascinarla con su pasión amorosa, en volver a envolverla físicamente hasta que perdiera el sentido de la orientación y se entregara de nuevo a él.

Rejón estaba allí mismo, en La Cúpula, dibujaba y trabajaba en el pulimento y los retoques finales de una pieza artística de valor único, como todas las suyas, el relieve de un gatopardo de oro que copiaba el escudo heráldico de los Tomasi de Lampedusa, el mismo que había visto poco antes colgado a la intemperie en una de las paredes en el Palazzo Filangeri di Cutò, en Santa Margherita di Belice, en el patio grande que lindaba con el bosque de los recuerdos de infancia del escritor. Sarah se lo había comentado a Limpito y, a lo largo de aquellos dos días y medio de Taormina, el nombre y el trabajo del artista aparecieron una y otra vez en la conversación y las tenidas de los dos. Como una recurrencia repetitiva y molesta. Como una presencia demasiado obsesiva. Pero

Limpito dejó pasar la constante referencia a Rejón como si fuera una simple apoyatura de Sarah, algo y alguien a quien su estrategia no podía dar relevancia visible ni quitarle en ningún momento la importancia que ella pudiera concederle. No estaba dispuesto a cometer fallos de esa índole ni a permitirse el gesto de despreciar a Rejón para enfrascarse de repente en una grave discusión con ella, que tal vez rompería la tranquilidad por la que discurría su visita. ¿Y acaso no era ésa la intención secreta del artista del oro, no estaba Rejón, encerrado en La Cúpula, esperando que ese episodio llegara a suceder, que ellos dos, Sarah y él, se envolvieran una de esas tardes, a la hora en que Limpito estallara y se le rompiera la paciencia de tanto oír su nombre salir de la boca de Sarah, la boca que quería volver a besar sin esperar mucho tiempo más, y entonces a esa hora se envolvieran los dos en las nubes de una batalla verbal, en reproches y distancias que eran todo lo contrario de lo que él había venido a buscar a Taormina?

Tony Limpito dejó la visión mágica de El Barco, se apartó de los ventanales y detuvo su mirada en una de las arpilleras de Millares, un espléndido manchón en rojo y fondos blancos y negros que dominaba la pared más grande del salón de La Cúpula. Después se detuvo a examinar los rincones del salón, suavemente, como si el recorrido de sus ojos no fuera más que una instintiva manera de estar solo en aquel salón inmenso, ocultando también por instinto su verdadero objetivo, buscar allí los detalles de la personalidad del escultor del oro y encontrar en ese mismo salón las huellas del arte y la memoria de Rejón, tan invulnerable, tan inaccesible, tan desconocido para él. Su curiosidad se empecinaba en acelerarle cada uno de sus pasos, mientras se acercaba a la chimenea y a las estanterías y mesitas cercanas, llenas de símbolos y cachivaches salidos de la mano artística de Rejón. Y cuando estaba pensando que tenía que verlo y entenderlo todo durante los breves segundos que le quedaban antes de que los anfitriones se presentaran allí, Stella desvió su atención. Le traía el whisky que había pedido un minuto antes. Limpito sonrió, le agradeció el trago y la gobernanta volvió a desaparecer.

Solo de nuevo en el salón, le llamaron sobremanera la atención las dos fotografías color sepia, en marcos de oro que sin duda llevaban la impronta de Rejón: un elegante viejo de barba blanca montado en su caballo, en una de ellas; y, en la otra, sentado en un banco de piedra sin dejar de mostrar la misma elegancia. Ciertos rasgos físicos del viejo elegante, cierta prestancia personal, el modo de estar allí, en las fotografías, como si presidiera la estantería de madera noble y, por extensión, todo el salón, le recordaron al dueño de la casa, al buscador de oro, a Néstor Rejón.

Le dio después la espalda a las fotografías del viejo y a todo lo demás, como si le diera la espalda sin miedo, un tanto despectivamente, al fantasma de carne y hueso de su gran enemigo, con el que había venido a enfrentarse inútilmente en su propia casa. Entonces Limpito vio una mesa de medianas dimensiones sobre la que brillaban dos dados de oro macizo, con los números de rubíes engarzados. Se acercó picado por el reto. Sólo dos dados preciosos, estáticos, como si estuvieran allí para tentarlo. Señalaban un seis y un cinco: once. Un número muy alto. Dudó durante una décima de segundo. En una mano sostenía el vaso de whisky que se llevó en ese mismo instante a los labios. Un repentino y picante sudor le inundaba la piel cuando tomó los dados con la mano que le quedaba libre en ese momento y jugó con ellos un segundo. Los acarició, los estrujó, los movió con su puño cerrado. Y luego los volvió a tirar sobre la mesa. Los dados rodaron suavemente sobre la mesa de caoba hasta que se detuvieron y

Limpito esbozó una sonrisa de satisfacción por el buen augurio que le sugirió la repetición del guarismo de la suerte: once, cinco y seis. Muy alto para superarlo, pensó. Entonces oyó lo pasos de Rejón, que se acercaba al salón por el corredor. Se alejó de la mesa y regresó a la estantería de las fotografías de color sepia del viejo elegante que posaba montado a caballo y sentado en el banco de piedra. Se puso a observarlas de cerca, con toda su atención, como si la estuviera viendo por primera vez y admirara la elegancia sin tiempo del personaje retratado.

—Es mi abuelo. El último hidalgo de los Rejón —dijo Néstor desde la puerta del salón.

Se acercó a Limpito y le dio la mano. Sonreía cercano, amablemente.

—Bienvenido a tu casa... Debes perdonarnos por la tardanza —añadió—. No tenemos excusa como anfitriones, aunque te esperábamos un poco más tarde. D'Angelo debió avisarnos...

—No, por Dios, Néstor, muchas gracias —restó importancia Limpito—, al contrario, tengo que agradecerte la invitación..., y tantas deferencias...

¿Los dejaba solos Sarah d'Allara para que los dos se encontraran en el primer asalto frente a frente, sin su presencia? Limpito se hizo esa pregunta cuando le dio su mano a Néstor Rejón, en el mismo momento en que apareció Sarah d'Allara en el salón. Un par de pasos detrás de ella llegaba la gobernanta con la bandeja de los tragos de la pareja, dos copas de champán francés para los señores de la casa, según su costumbre antes de cenar. Sarah y Limpito se saludaron con un beso. Ella le pasó una de sus manos por detrás de la nuca y Limpito rodeó el talle de la muchacha con una de la suyas. Rejón se desentendió de la escena y se acercó al lugar del salón donde reposaban las fotografías de su abuelo.

—Estaba preguntándome... —comenzó Limpito, sin soltar del todo a Sarah, señalando las fotografías del viejo— quién era...

—Es uno de mis fetiches familiares más queridos —dijo Rejón, de espaldas a los dos—. Siempre, desde que soy un niño, me ha acompañado a todos lados. Y ha estado conmigo en todas las casas que he vivido. Aquí también... Es parte de mi memoria viva. Me da suerte. Me ha dado siempre mucha suerte... Es como si pudiera hablar con él y pedirle consejo cada vez que tuviera problemas... Animismo puro, dirán algunos, pero no, nada de eso, sólo afecto y memoria...

Antes de acercarse al comedor contiguo al salón para comenzar la cena, Rejón le estuvo explicando a Tony Limpito algunas de sus experiencias en las minas de Colombia, su trabajo, los primeros y más elementales rudimentos que lo hicieron enamorarse del oro hasta dedicar su vida a la búsqueda del metal más precioso del mundo. Aunque su invitado de honor pensara, Rejón lo recordó mientras hablaba con él, que el petróleo era ahora el patrón del mundo, el rey de los caprichos del dinero.

—Pero, en fin, ya sé que el tiempo lo cambia todo, cambia el valor de las cosas. Y su precio. Cambia incluso a los dioses —dijo Rejón—. Y ahora el petróleo..., y mañana, indefectiblemente, el agua. Mi abuelo Frasco Rejón, lo recuerdo bien, pronosticaba en Salbago hace más de un siglo que el agua era un bien escaso..., pero entonces nadie le hacía caso, ni yo mismo después, cuando ya anciano me volvía a aconsejar tantas cosas. Soy minero de oro, tú sabes, en lugar de buscador de agua, el verdadero tesoro de hoy y de mañana, ¿no?

Durante toda la velada en La Cúpula, Néstor Rejón habló de cualquier cosa con una sorprendente despreocupación. De un asunto que parecía en principio del máximo interés para mucha gente como el hambre en el mundo, saltaba a otro en apariencia demasiado trivial y primario, el horario de los vuelos que las compañías aéreas internacionales nunca respetaban. Sucesivamente iba de una cosa a otra y cualquier argumento le servía para el salto en al aire, desde la guerra de Irak, que tanto seguía importando a tanta gente en el mundo, al precio del petróleo y la crisis mundial que el oro negro podía desencadenar en cualquier momento. Hablaba como si buscara que el tiempo de la velada pasara rápidamente, dominando cada instante del reloj con una maestría desconcertante para Limpito. Lo más seguro es que no hiciera otra cosa más que cumplir con cada una de las estaciones de una trama organizada por él a la perfección, tal como dibujaba y desarrollaba hasta el final de cada uno de sus proyectos artísticos, como si trabajara de verdad confiado en su victoria, desplegando una superioridad mortal para el adversario invitado. Ésa era la sensación de certidumbre negativa que Limpito había sospechado al principio, al ver El Barco desde los ventanales del salón, pero de la que no llegó a percatarse en el comedor de La Cúpula hasta la hora misma de los postres, cuando ya su derrota no tenía arreglo. De modo que Rejón hablaba con Sarah y con él llevando de vez en cuando la iniciativa de la conversación, sin inhibirse más de la cuenta ni interrumpir cualquier cuestión que Limpito introdujera en el diálogo a tres, pero sin permitir que su invitado de honor arrimara la conversación a sus conocimientos económicos y políticos del mundo, de Europa y de España. Fue ostensiblemente claro para Limpito que su anfitrión no quería lucirse en ningún momento ante su invitado de esa noche, ni mucho menos deslumbrar una vez más a Sarah, a la que no dejó de regalar caricias verbales y sonrisas de complicidad, pero tampoco iba a consentir que Limpito llevara el peso de la velada hasta convertirse en el centro de la opinión y el debate, tal como era su costumbre, como Rejón recordaba de la cena del Nicolás en Madrid. Hablaba como un perfecto maestro de ceremonias que conocía cada uno de los pasos que había que dar en el ritual de esa noche, un gladiador exquisito y de la mayor experiencia en el ceremonial de la amabilidad, incluso en el campo de batalla donde se estaba jugando el resto de su vida. Hablaba muy seguro de sí mismo, como si no le importara lo que hubiera podido suceder o no entre Sarah y el visitante en esos dos días y medio de su estancia en Taormina, como si conociera desde siempre todos los actos secretos de la joven y las verdaderas intenciones del visitante. Hablaba como si hubiera sabido de antemano que la pelea con su invitado de honor nunca iba a tener lugar, porque él ya había ganado la partida desde la noche del Majestic. Precisamente para eso lo había invitado a La Cúpula, para que Limpito cayera en la cuenta de que Sarah d'Allara no le pertenecía, ni a él ni a nadie, ni siquiera al anfitrión, el artista del oro con el que compartía su vida a pesar de que por edad podía ser su padre.

Sólo al final de la cena, cuando Stella comenzó a servirle a Sarah d'Allara el tiramisú, Antonio Cabré se dio cuenta de que hacía rato que se le había acabado el tiempo, que había estado derrotado desde siempre por su adversario. Y por eso se movía ya, incómodo, en el espacio de nadie, en un limbo raro del que quería escaparse cuanto antes. Entonces sintió el vértigo desmedido de la pérdida y le asaltó un escalofrío de sospecha. Pensó que ese viaje había sido previsto por el dueño de tantos recursos estratégicos que ni siquiera se preocupaba por cuanto pudiera haber sucedido entre Sarah y él en Taormina. ¿No le importaba a Rejón saber lo que había sucedido o no entre ellos?, ¿su superioridad y su estética radicaban precisamente en la indiferencia que parecía presidir cada uno de sus gestos y palabras durante la cena? De repente comenzó a sospechar que ese viaje suyo a Taormina para recuperar a Sarah d'Allara y llevársela consigo de vuelta a Madrid o a Barcelona, donde ella quisiera vivir con tal de que viviera con él, con Antonio Limpito para siempre, Rejón lo había previsto y maquinado con antelación. Lo había imaginado paso a paso, hasta organizar cada una de las piezas exactas e insertarlas en la trama desde su estudio de trabajo o en las armónicas horas de asueto en las que escuchaba la música de Paolo Conte en El Barco; mientras se bañaba en la piscina junto a Sarah desnuda en las madrugadas tibias de Sicilia, o cuando tomaba el sol al mediodía, en la soledad de aquella burbuja de plenitud, construida a imagen y semejanza de su elegancia. Era el dueño de todo, del tiempo, de la casa, de Sarah d'Allara, y Limpito pasó del desconcierto a la humillación. Tenía que seguir disimulando ante sus anfitriones por puro amor propio. Le pareció además que el buscador de oro había tenido en cuenta todos los riesgos que corría cuando él llegara a Sicilia, de modo que tenía también previstas y enumeradas en su mente las pulsiones sensuales que iban a poder vivir de nuevo Sarah y él en esa breve estancia suya en Taormina y el regreso a la actualidad de los recuerdos de sus amores, que yacían aletargados hasta despertar de golpe y salir del sueño. Y no había sentido por todo ese peligro más que una ligera preocupación, nada obsesiva. ¿Cómo había caído en la trampa? ¿Era una trampa de verdad la que Rejón le había tendido con su actitud de anfitrión amistoso y su caballerosidad o el delirio de la derrota enloquecía a Cabré, hasta el punto de perder los papeles y entregar su mente al disparate que estaba pensando mientras degustaba los sabores de café y chocolate de un espléndido bocado del tiramisú? ¿Había colaborado a esa trampa Sarah d'Allara, el amor de su vida en otro tiempo, el objetivo final de la disputa entre Rejón y él y de su viaje a Sicilia?

—En tu honor, Tony, como en los banquetes del Gatopardo —había brindado Rejón al abrir la comida, mientras levantaba la copa de vino francés e invitaba a brindar por la amistad.

Stella entraba en ese momento en el comedor de La Cúpula para servir el exquisito *vol-au-vent* de langosta que había preparado siguiendo las precisas instrucciones de la señora de la casa. El hojaldre, de cocción exacta, estaba relleno de trozos de carne cocida de langosta muy fresca que lo convertían en un manjar fuera de lo común en cualquier mesa. Sarah d'Allara se extendió en explicarle a Limpito que esa receta suya era en realidad un experimento gastronómico que había llevado a cabo en su casa de La Cúpula a partir de un almuerzo junto a Néstor Rejón en el Villa Igea de Palermo, donde el chef de alta cocina del hotel le había confesado que el invento lo había sacado a su vez de las páginas de *El Gatopardo*, en un alarde de cuidar hasta el mimo al artista del oro y a la señora D'Allara. El segundo plato de la noche, el *chaud-froid* de ternera, era otra idea del chef del Igea, siguiendo con las delicias de la cena del baile de los aristócratas en la novela de Lampedusa. Y el tiramisú era uno de los postres preferidos de Lampedusa, que toda su vida había demostrado un gusto excesivo por los dulces. Los vinos franceses que Stella servía en las copas de los comensales esa noche de la cena en La Cúpula eran, en fin, parte de ese homenaje a la memoria del Príncipe con motivo de la visita de Antonio Limpito a Taormina. De modo que todo era en su honor, y Sarah le agradeció el terminar la cena y delante de Rejón que se hubiera tomado la molestia de venir a verla hasta Sicilia.

Limpito no tuvo más remedio que agradecerle a su vez a Rejón y a la misma Sarah d'Allara que le hubieran hecho su viaje tan agradable. Le hubiera gustado, añadió Limpito mientras brindaba al final de la noche con una copa de Armagnac, que esa estancia suya hubiera sido mucho más larga, una semana más, por lo menos; no había tenido tiempo más que de conocer Taormina y sus alrededores, pero eso en una isla intemporal como Sicilia, ahora estaba seguro de su afirmación, no hacía más que añadir certidumbre al sacrilegio. La próxima vez vendría a verlos acompañado de Celia Levy, su novia, aunque habría que esperar unos meses o tal vez un año para concertar los cuatro un nuevo encuentro en Taormina en una nueva fecha. Celia disponía de un tiempo para viajar, pero lo ocupaba en su profesión vocacional, la escritura literaria.

—Viaja mucho para escribir mucho —dijo Limpito.

Lo dijo tratando de otorgar seguridad a sus palabras, mirando primero a Néstor Rejón y, un segundo más tarde, recalando en Sarah d'Allara.

—Ahora está en Nueva Delhi, desde hace un mes, buscando materiales para escribir una novela sobre españoles en la India.

Al levantarse de la mesa, Rejón creyó notar que Limpito se había dado cuenta de su derrota. Trataba de leerle sus pensamientos, de imaginar en qué instante de la lucha entre los dos, desde la noche del Majestic hasta la cena en La Cúpula, o en qué lugar del recorrido de la cena, Limpito había caído en la cuenta de que el combate por Sarah d'Allara estaba perdido para él antes incluso de que hubiera intentado disponer sus ejércitos en orden de batalla frente al enemigo. Fue a la caza del oso en su caverna y, antes de llegar allí, el cazador estaba agotado, incapaz de iniciar la aventura de la conquista. El dueño de la cueva ni siquiera había hecho el menor esfuerzo para defenderse del peligro inminente. Su natural preocupación, desde que supo que Limpito venía a Taormina a convencer a Sarah de que volviera a Madrid con él, fue disipándose conforme se acercaba la fecha anunciada para la llegada.

Antonio Cabré nunca llegaría a saber que esa misma tarde, una hora antes de que se bajara del Mercedes Benz delante de la fachada de La Cúpula, Sarah y el artista del oro habían renovado el juramento de su mutua pasión física, amándose con una ansiedad posesiva que ninguno de los dos había sentido nunca. Como si sus cuerpos se amaran por primera vez. Como si fuera la última ocasión en que se amaban. Rejón lo había sabido desde el Majestic, pero esa tarde volvió a confirmarlo. Era el héroe favorito de Sarah d'Allara, un gatopardo en plena forma, tal como ella lo llamaba desde que llegaron a Taormina.

Decidió despedirse de los Rejón una hora y media después de terminar de cenar. Era suficiente. Estaban de nuevo en el gran salón y el buscador de oro asistió en silencio a las explicaciones que Sarah le había dado a Limpito de su trabajo sobre Lampedusa. Le quedaban muy pocos días para terminar la última redacción de su libro. Se sentía muy satisfecha del esfuerzo realizado, pero todo había sido posible gracias a que Néstor Rejón la había convencido para vivir en Taormina y trabajar en Sicilia, sobre las mismas fuentes de la investigación. Entonces, en un recodo de la conversación, Limpito aprovechó para despedirse y los Rejón se levantaron para acompañarlo hasta la puerta del palacete. Sarah y él salieron del salón delante, pero Rejón se quedó un segundo rezagado. Se acercó a la mesa donde estaban los dados de oro y examinó los guarismos visibles: seis y cinco, once. Tomó los dados en una de sus manos, cerró el puño, los agitó y los lanzó otra vez sobre la mesa. Los dados rodaron hasta detenerse casi en un vértice del mueble.

—Seis y seis. Doce —leyó para sí Rejón.

Después abandonó el salón, unos pasos por detrás de Limpito y Sarah.

VEINTE

Una vez que Limpito se marchó de Sicilia, la rutina se instaló de nuevo en el trabajo cotidiano de Néstor Rejón, sin más compromisos, desvíos ni preocupaciones que las estéticas, a la hora de dibujar el oro de sus piezas artísticas. Y las de conservar y acrecentar la pasión amorosa por Sarah d'Allara durante el resto de sus días y sus noches en la *villa* de La Cúpula donde vivían.

La rutina no había sido jamás para el buscador de oro el principio del fin, una afirmación demasiado atrevida que la inmensa mayoría de la gente seguía asumiendo sin reflexión alguna hasta haber transformado el error semántico en estereotipo, sino que representaba un constante inicio del mismo ciclo, el mismo torneo, la misma batalla por la que había apostado con todas sus fuerzas. Sin embargo, las estaciones de esa aventura no se repetían, no eran nunca exactamente iguales, siempre existían elementos añadidos, vértigos insólitos, detalles que se acumulaban durante las horas de tarea, celajes nunca entrevistos ni dibujados, olas, nubes y colores del mar y del firmamento que jamás había visto. En eso consistía el descubrimiento del misterio, hasta que en un rincón o en una esquina del paisaje, ante los ojos del marinero solitario, surgía pletórico y nuevo en el horizonte de su interminable navegación, el hallazgo de la isla del tesoro que intuitivamente había perseguido con esfuerzo de corredor de largas distancias. De modo que para Rejón la rutina era un sinónimo exacto de la constancia convertida en el verdadero privilegio del artista, que aprovechaba en todas sus horas de labor, hasta el punto de que cuando lo sacaban o se veía obligado a abandonar el espacio acogedor donde se encerraba a trabajar aislado del resto del mundo, empezaba el suplicio, se alteraban sus ritmos vitales como si un virus pernicioso comenzara a enfermar todos sus sentidos, perdía el instinto de orientación, la brújula del viaje y su cuaderno de bitácora, y buscaba por todos los medios regresar cuanto antes al estado de energía que le provocaba trabajar el oro refugiado en su confortable soledad.

La gente seguía confundiendo la rutina, la clave de tantos triunfos, de tantas supervivencias y tantas riquezas de carácter, con el cansancio sustancial y el tedio, como si tuvieran el mismo color, el mismo contenido, la misma forma, y fueran al final la misma cosa. No sólo por espíritu de contradicción, sino por una convicción que había ido fraguándose con lentitud reflexiva entre sus certezas, el artista supo desde siempre que la rutina podía ser la semilla fructífera de la disciplina y del rigor, la química gimnástica que precisamente conseguía rechazar el cansancio, el hastío, el tedio, todas las voces vacías de las falsas sirenas que durante largas temporadas se dedicaron a deslomar su voluntad para que abandonara su manía de vivir intensamente, a cada golpe de su respiración, y su obsesión por pensar, dibujar y cincelar sus obras de oro con el detalle del artesano inteligente y del orfebre excepcional.

Tras la marcha de Limpito, cuando toda La Cúpula regresó a la normalidad, Rejón se había demorado otra vez en el dibujo del oro. Se deleitaba al acariciar en su mente las siluetas del metal, labrando con todo cuidado la que consideraba la pieza más importante de cuantas había esculpido hasta ese instante, porque en ella confluían los dos grandes viajes de su vida, la máxima expresión de su vocación de artista y el vivo sentimiento pasional por Sarah d'Allara. Había comenzado a imaginar el dibujo de la escultura bastantes meses antes de que la noticia de la visita del intruso arrinconara durante una temporada el proyecto de la joya que era su culminación artística, de manera que, ante la interrupción de su rutina, detuvo el trabajo, lo archivó en su memoria y guardó los garabatos de los papeles que dibujarían poco a poco la resolución de su experiencia en la escultura cumbre de su talento artístico.

Durante esas mismas fechas, Sarah d'Allara dio por terminado su exhaustivo trabajo sobre *El Gatopardo* y Lampedusa. Sus últimas visitas a las ruinas de Selinunte junto al mar, al sur de la isla; y, en el norte, a Villa Piccolo, la casa del poeta Lucio Piccolo en Capo d'Orlando, donde se había refugiado en multitud de ocasiones Giuseppe Tomasi de Lampedusa, y a Baghería, en las cercanías de Palermo, para ver el Palazzo Cutò convertido ya en Biblioteca Pública, resultaron la culminación de un viaje que para ella cerraba con satisfacción su libro de investigación.

Había sucedido otras veces, el caso de Lampedusa no era el primero ni sería el último, Sarah lo sabía, pero *El Gatopardo* verificaba, después de tantas hecatombes, el triunfo de la literatura sobre los poderes terrenales del olvido y las arbitrariedades sobrenaturales del tiempo. Sólo así podía interpretarse que la novela del Príncipe se hubiera convertido en un equipaje necesario para la reflexión sobre las edades del Mediterráneo, Sicilia e Italia. Sólo así, como un triunfo de la literatura sobre el tiempo y los olvidos, podía entenderse que Leonardo Sciascia abominara del texto de Lampedusa cuando se publicó a finales de los cincuenta y terminara, en los años de su madurez intelectual y política, reclamándolo como autoridad insoslayable, un luminoso ejercicio de exégesis histórica y literaria sin la que resultaba imposible el análisis del mestizaje del Mediterráneo y de la realidad de Italia y Sicilia. Cuanto sucedió con *El Gatopardo* tras la muerte de Lampedusa, aunque a su difusión hubiera contribuido la película de Visconti, había sido tan misteriosamente mágico que el libro se había convertido en un referente obligatorio de la literatura europea, y en una lección de paciencia literaria, además de la glorificación de la rutina de leer. Quienes dijeron que Lampedusa había escrito una novela reivindicativa de los vicios de su clase feudal, afirmaron que ese texto no poseía el suficiente valor literario para ser publicado y lo condenaron por ideológicamente reaccionario, y quienes atribuyeron a *El Gatopardo* la condición de un libro para aristócratas melancólicos, destinado por la misma sinrazón a ser el himno pastoso de una minoría nostálgica de su pasado, se equivocaron estrepitosamente. Por una vez, la calidad de la escritura, la memoria histórica y la pasión de los lectores se confabularon para convertir *El Gatopardo* en una novela de masas y un libro popular, un fenómeno sociológico que rompió todos los prejuicios sobre la agonía y la inutilidad de la lectura en los tiempos modernos.

Hacía tiempo que los italianos habían abandonado la costumbre de leer novelas, pero *El Gatopardo* consiguió que la rescataran como una medicina para su libertad y que, además, discutieran con pasión sobre la historia de Italia y Sicilia a partir de la novela de Lampedusa, contra cuya memoria personal y literaria no valieron al fin ninguno de los inventos que divulgaron quienes habían negado la evidencia del tesoro. El más extendido de esos infundios atribuía a la principessa Beatrice Tasca di Cutò, la madre de Lampedusa, la verdadera autoría de la novela, con el nada secreto objetivo de concederle al Príncipe el dudoso honor del copista literario y el evidente desdoro del escritor falsario. No en vano, cuando Giorgio Bassani mostró su interés por el texto novelesco y preguntó por el nombre del autor de *El Gatopardo* a Elena Croce, que durante un tiempo había ejercido de agente literaria y había tenido en su poder el manuscrito del Príncipe, ella le respondió con muchas dudas y contestó que tenía ideas muy vagas sobre quién era, aunque alguien le había dicho que seguramente sería una vieja viuda de la decadente aristocracia siciliana. El milagro de *El Gatopardo* había dado la espalda a las corrientes de opinión de las minorías intelectuales de Italia y se esparció como un misterio de lectura por toda Europa, hasta llegar en muy pocos años a ser traducido a más de veinte lenguas y leído por millones de lectores que lo incorporaron a la conversación sobre sus gustos estéticos hasta transformarlo en un fetiche de universal eternidad literaria.

Néstor Rejón y Sarah d'Allara celebraron el final del trabajo sobre Lampedusa con un viaje de una semana a Madrid. Querían volver a esa ciudad y visitarla esta vez como si fueran una pareja de viajeros que no tenían las prisas de los turistas ni las urgencias de ver a los amigos, sino como si nunca hubieran estado allí. Nadie iba a preguntarles de dónde venían, ni qué buscaban, ni de qué nacionalidad eran y, aunque Rejón quería dedicarle un día a sus hijas, ocuparon casi todo el tiempo en el placer de hospedarse en el Palace, donde Sarah había hablado por primera vez con Burt Lancaster, visitar el Prado durante las horas de la mañana, reencontrarse con la exigente gastronomía de Abraham García en Viridiana, ir a los cines de la Gran Vía, transformada en un pequeño Broadway mesetario en los últimos años, asistir a alguna sesión de teatro que pudieran recordar durante unos meses, demorarse en un parsimonioso recorrido por el Madrid de los Austrias, que también en los últimos años había sido rescatado de la penuria gris y triste de tantos años de franquismo y se transformó en un tesoro para los visitantes asombrados por su resurrección estética.

Siempre que pudieran encontrar una excusa para hacerlo, a Rejón le gustaba escaparse con Sarah, a Venecia dos días, a Nápoles, a París de vez en cuando, aunque sus teorías sobre los beneficios de la rutina quedaran mermados por esa mínima ruptura con los días en La Cúpula. Le gustaba viajar con ella como si fuera un amante furtivo que viajara en secreto con una amante recién encontrada. Le gustaba mucho ese juego sustancialmente erótico y sensual de la vida porque le parecía que les renovaba, a Sarah d'Allara y a él mismo, los viejos y exquisitos sentimientos de las pasiones comunes y los hacía después regresar con más fuerza a la recuperada rutina de La Cúpula.

Después de la placentera escapada de Madrid, Rejón volvió a encerrarse en el estudio de La Cúpula. Se envolvía de nuevo en el vértigo de la rutina con el objetivo de terminar los bocetos de la pequeña escultura de oro que enviaría a una fundición de Milán para después regalársela a Sarah d'Allara. Habían desaparecido los miedos imaginarios por la visita de Limpito, que tanto lo inquietó ante la inminencia del intruso, y ahora dilataba el tiempo de sus pensamientos secretos en imaginar hasta dónde había llegado Sarah d'Allara durante la estancia del joven en Taormina. No era exactamente un asunto de confianza personal, sino una extraña sensación de estima que llegaba a permitirle cerrar los ojos al borde del precipicio para imaginarse a Sarah d'Allara amando, en cualquier oculto rincón de Taormina, y tal como D. H. Lawrence había escrito que el abuelo D'Allara había sido amado por lady Chatterley, el cuerpo joven y fuerte de Tony Limpito con la misma pasión que amaba el suyo, el cuerpo de un gatopardo en plena forma que llevaba ya un rato luchando contra la irremisible llegada de la vejez. No rehuía ese combate imaginario que lo asaltaba de vez en cuando, ni se explayaba más de la cuenta en desarrollar una celotipia impropia de su experiencia mundana, pero esa concesión también secreta a una aparente indiferencia por lo que hubiera pasado entre ellos en Taormina, ¿formaba parte en cierta medida de su entrega pasional a Sarah d'Allara?

Estaba seguro de que para Tony Limpito el viaje a Sicilia y Sarah d'Allara representaron una reconquista imposible y no le importaba nada la hipotética versión del viaje que el joven llevara hasta sus amistades de Madrid. Por propia experiencia y madurez, sabía que los jóvenes cuentan mucho más de lo que deben y de cuanto han vivido cuando se enamoran pasionalmente de una mujer que, durante un tiempo, también se enamora de ellos. Inventan sus propios subterfugios para creerse que alguna vez fueron los dueños del cuerpo bellísimo que poseyeron, como si ese instante ya inolvidable fuera la verdadera eternidad, pero se olvidan de las razones por las que el alma inteligente de la mujer amada convence al cuerpo bellísimo de una huida tan necesaria como inmediata. Entonces, al joven le queda en su recuerdo herido un mal aliento de rencor y despecho, hasta que la soberbia, el error de cálculo y el despiste repetitivo que ha provocado la voluntad de fuga en el cuerpo bellísimo de la mujer amada, inventan como subterfugio de satisfacción la fábula de los encuentros secretos en hoteles de lujo, playas invernales y deshabitadas, apartamentos clandestinos e incontables visitas de amor prohibido a bosques solitarios donde el paroxismo de la pasión los hizo olvidarse una y otra vez de los peligros y los riesgos de la excursión.

Era cierto también, como le había enseñado Torcuato Figueroa y la vida le fue poco a poco confirmando, que siempre había más hombres en la vida de cualquier mujer y siempre aparecían más mujeres en la vida de un hombre. Hombres secretos y escondidos en los pliegues de la fantasía de las mujeres, mujeres ocultas en los recovecos de los sueños y las pesadillas de los hombres. Hombres entrevistos que nunca terminaban de cobrar la dimensión sensual de la realidad, al acecho siempre esos cuerpos virtuales de las mujeres dibujadas por la imaginación insaciablemente vanidosa de los hombres.

Para el artista del oro, Antonio Limpito se había movido entre la realidad que Sarah había conocido antes de encontrarlo a él la noche del Majestic y su enfermiza inquietud por perderla, alimentada por la presencia del intruso en Sicilia para rescatarla de su locura transitoria. ¿Cuántas veces había estado tentado de preguntarle a Sarah por los amores que había tenido antes de conocerlo, a cuántos jóvenes ocultos, a cuántos hombres secretos, había amado Sarah d'Allara antes de enamorarse de él? No sabía cuántas veces ella había estado a punto de preguntarle a cuántas mujeres había tenido que olvidar él para llegar y quedarse en ella, emboscado en la pasión de quererla tanto como le había demostrado. Al final, Rejón no se había atrevido nunca a romper ese enigmático misterio de Sarah d'Allara, que le crecía dentro del alma y con el que luchaba a brazo partido sin que esa batalla quemara su pasión de hombre maduro, porque Sarah había llegado a convertirse para él en el dibujo de todas las mujeres, los fantasmas femeninos que había inventado para amarlos, cuando era tan joven como ella lo era en su vida con él, y las que había conocido de verdad a lo largo de su vida. Había llegado a la conclusión de que ella era exactamente la recompensa que la vida le había tenido reservada para sus años finales. Todas las demás satisfacciones, las que él creyó que le correspondían y las que de verdad poseyó durante alguna temporada de su vida, se esfumaban ante la recompensa que traducía Sarah d'Allara cada uno de los días y las noches que ella le entregaba para vivir juntos. ¿Qué podía, entonces, importarle ya Antonio Limpito, ni la posibilidad de otros hombres ocultos en el pasado? Nada, no le inquietaban nada los fantasmas que se inventaba para hacerse una y otra vez todas esas preguntas estériles e insulsas.

Las dos únicas preguntas que Néstor Rejón no pararía de hacerse y hacerle a Sarah d'Allara, por qué no la había conocido antes y dónde estaba hasta el día en que se conocieron en el Majestic, obtenían siempre las mismas obstinadas contestaciones por parte de ella: se habían conocido en el lugar y en el momento exacto, y ella estaba donde tenía que estar antes de conocerlo, para él en ningún sitio, para ella en el lugar de la espera. Le gustaba decirle que estaba seguro de que, si la hubiera conocido antes, no hubiera perdido tantos años en buscar el oro de su vida, porque al primer golpe de vista se habría dado cuenta de que era ella su verdadera vida. Le gustaba decirle que en esa vida suya antes de ella sobraban casi todas las mujeres, porque ella era la única que había conseguido borrarlas a todas de su mente. Ya no había más mujeres en sus sueños ni en sus pesadillas, y las que aparecieran en cualquier esquina de sus fantasías, envueltas con las máscaras del camuflaje del recuerdo de verdad o la fábula inventada, eran al final ella misma en todas sus variantes.

En esa misma temporada de plenitud, tras la escapada secreta a Madrid, desaparecieron casi al mismo tiempo de los sueños perdidos de Néstor Rejón el fantasma de Johann August Suter y la recurrente pesadilla del tren que descarrilaba a su paso por el puente para precipitarse a las aguas del río desde las alturas, en medio del estruendo metálico de los hierros retorcidos. Pasaba el tiempo y la pesadilla ferroviaria que lo había acompañado como un auspicio maldito desde que era un niño, desde las casas de la playa y El Monte en los sueños de Salbago, desde los tiempos infantiles de Ela Tejera hasta sus años maduros con Ana Trejo, desapareció de sus sueños como si un talismán sagrado hubiera acabado milagrosamente con el maleficio. En cuanto al fantasma legendario de Suter, al que durante unos años había identificado en secreto con su propio destino hasta llegar a confundirlos, se esfumó de sus miedos con la misma celeridad con la que el tren trágico había salido de sus pesadillas y pasó a recordarlo como una historia lejana que nunca le había correspondido ni iba ya jamás a corresponderle.

Las misteriosas razones por las que había llegado a obsesionarse tanto y durante tantos lustros de su vida con esas dos historietas, la de la ficción de la pesadilla y la de la leyenda desgraciada de Suter por culpa del oro, fueron siempre un misterio para él. Cómo habían podido desaparecer tan fácilmente de sus delirios involuntarios esas dos figuras trágicas, el tren maldito y la maldición de Suter, no tenía más que una explicación: Sarah era un talismán mágico y estaba completamente seguro de que, mientras la pasión se mantuviera viva entre los dos, nada cambiaría sino que todo seguiría como estaba desde el principio de sus amores.

Se trataba, entonces, de mantener encendida la hoguera sin que nunca llegara a quemarlos del todo el fuego. Se trataba de caminar sobre las ascuas de su propia pasión sin que nunca llegaran a herirlos las incandescencias ni definitivamente a convertirse sus cuerpos en cenizas. Se trataba de inventar una sorpresa todos los días, que todos los días fueran una sorpresa diferente e inesperada, y ésa era de verdad la difícil rutina de la sorpresa, que no permitía recordar con nostalgia la anterior porque la que estaba al llegar necesitaba con urgencia la atención de la bienvenida. Para su olfato de buscador de tesoros, la piel del cuerpo de Sarah d'Allara siempre sería el olor del oro en el otoño y él por siempre un gatopardo para la estudiosa de Lampedusa. Ella, Sarah d'Allara, Lighea descubriendo ante él su hermoso cuerpo mojado al salir bailando desde las profundidades del mar Jónico. Él, Néstor Rejón, el hombre azul del desierto entrando subrepticiamente a robarle el sueño todas las noches, a secuestrarla y llevársela a un territorio incógnito, un valle invisible en los mapas del mundo, rodeado de montañas en cuyo centro de oasis y verdor se levantaba la mansión que el jeque había reservado para ella antes de haberla soñado, mucho antes de haber entrevisto en sus fantasías sensuales saliendo del mar en medio de la noche un bellísimo cuerpo de mujer sirena brillando de agua y exhalando el efluvio del salitre.

Néstor Rejón decidió volar hasta Milán cuando el gerente de la fundición a la que había enviado sus dibujos del terminado de la pieza lo llamó por teléfono para confirmarle que la joya había quedado perfecta, tal como el artista la había imaginado, estaba seguro de eso. Tomó el primer vuelo de la mañana desde el cercano aeropuerto de Catania y, después de recoger el resultado de su estética, regresó en uno de la tarde. El día anterior había ordenado a Stella que se esmerara en preparar una cena para dos de la máxima altura gastronómica. Había que festejar la llegada de la joya a la *villa* de Taormina. El requisito indispensable en toda la celebración era mantener en secreto los regalos que Rejón le traería de Milán a la señora, de modo que Sarah d'Allara no llegara a sospechar en qué consistían esos regalos hasta el instante mismo del ritual de la cena. Para lograr que se cumplieran con creces los objetivos de esa fiesta, que el artista comenzó a fraguar en su cabeza bastantes semanas antes de que Cabré llegara a Taormina, Stella había quedado al margen, relegada ese día a las no menos importantes labores de la cocina, y se sirvió una vez más de la silenciosa complicidad de Demetrio d'Angelo. Unas semanas antes, había encargado al chofer que, con toda la discreción de la que fuera capaz, visitara en secreto ciertas librerías de viejo de Catania en cuyos clandestinos altillos llenos de fetiches, libros y legajos históricos, sustraídos a través de muchos años por métodos claramente ilegales, le habían asegurado desde Milán al buscador de oro que se vendían a precios disparatadamente prohibitivos los fragmentos de dos capítulos de alguno de los manuscritos de *El Gatopardo* y otros papeles perdidos escritos por Giuseppe Tomasi de Lampedusa.

El chofer concluyó las minuciosas y discretísimas pesquisas que condujeron al tesoro en una oscura y polvorienta librería ubicada en una callejuela sin salida, muy cercana a la céntrica y siempre concurrida calle Etna. Cuando D'Angelo tuvo en sus manos el plano de la librería, con sus recorridos extravagantes y sus rincones más ocultos, Néstor Rejón adquirió, sin que nadie más que su cómplice llegara a saberlo, los supuestos manuscritos de Lampedusa que, según el viejo que había hecho de librero en el momento de la compra, eran papeles verdaderos. Procedían de un robo efectuado por manos expertas en alguno de los *palazzi* de Lampedusa en el centro de Palermo, después de la muerte del Príncipe. Quienes los ocultaron durante tantos años, y como si no hubieran existido nunca, en el altillo de la librería catanesa, también habían salvado esos papeles de la quema, del olvido y la destrucción. El mismo librero le había referido a Rejón, a media voz y colocándose la mano en corneta sobre la boca, porque las paredes de su claustro más secreto podían llegar a escuchar sus cuchicheos, que era sabido que algunos estudiosos de Lampedusa se habían encontrado, bastantes años más tarde y por azar, con papeles manuscritos del Príncipe esparcidos entre las ruinas de sus *palazzi* palermitanos. Como si no hubieran tenido un valor literario e histórico, nadie se había encargado de buscarlos, legitimarlos, reclamarlos, reivindicarlos y rescatarlos de la ruina definitiva. Con los dos fetiches que había conseguido reunir para regalárselos a Sarah d'Allara en la noche de la fiesta, Néstor Rejón había logrado su objetivo esencial, que coincidieran en ese mismo instante gozoso las dos pasiones vitales de Sarah d'Allara, los papeles perdidos de Lampedusa y la obra culminante de sus joyas.

En los prolegómenos de la cena, después de que Stella sirviera dos copas de champán francés para los señores, con todas las luces de La Cúpula encendidas y El Barco iluminado por entero como si estuviera a punto de iniciar una inédita navegación, Rejón le entregó a Sarah los tesoros que había pensado para ella desde hacía largo tiempo. Cuando la joven se dio cuenta de que los papeles que tenía entre sus manos temblorosas eran, según todas las trazas, dos pequeños fragmentos del capítulo del baile de los aristócratas de *El Gatopardo* y un par de hojas manuscritas de una versión tal vez extraviada de *Lighea*, se asustó de la envergadura del regalo y se abrazó a Rejón sin poder decir palabra. Todo su cuerpo seguía temblando, sin recuperarse de la sorpresa, cuando Rejón descubrió la escultura de oro de la sirena de Augusta que había dibujado durante meses en el silencio de su estudio.

—Eres tú, Sarah —le dijo.

El mar de oro, desde el que la silueta corporal de la sirena bailarina salía de las profundidades, estaba tatuado por líneas paralelas y ondulantes que acababan por encontrarse y al mismo tiempo perderse entre ellas, semejando un remolino de agua. A un lado de la joya, la sirena con la que había soñado el viejo senador La

Ciura, el mítico animal mediterráneo con que había soñado Lampedusa en su juventud hasta que terminó por escribirlo, alzaba su hermosa espalda de diosa hasta llegar a la cintura. Tenía la cabeza introducida en el mar, sin dejar ver su rostro, los brazos a la intemperie y su cabellera de amazona barría su espalda de oro.

—¡Es Lighea, la sirena de Lampedusa, una maravilla! —exclamó Sarah. Las palmas de sus manos abiertas cubrían sus pómulos en señal de asombro.

Era, en efecto, el símbolo de Lighea que Rejón había dibujado con la lentitud de un maestro consumado, mientras durante todo ese tiempo trataba de encontrar las notas exactas de la sinfonía siciliana que le llegaban a ratos desde del horizonte marino. Era, en efecto, Sarah d'Allara, la silueta de su cabello, su espalda bellísima, su cintura, casi la mitad del cuerpo que amaba tanto Néstor Rejón en la mujer sirena, saliendo del azul abisal del mar de Augusta mientras seguía con sus pasos de baile, desde la misma cara del agua, los compases rítmicamente armónicos de la música que salían de las profundidades del Jónico. Buscar a la sirena en esa melodía había sido la única batalla que había librado de verdad en su rutina de La Cúpula. Y la había ganado.

Entonces Rejón se acercó a Sarah d'Allara y la tomó por los hombros. Ella estaba de espaldas y lo atrajo hacia su cuerpo sin volver la cabeza, echando hacia atrás sus brazos hasta enlazar sus manos a la cintura del hombre para abrazarse a él. Rejón la besó. La punta de su lengua probó el sabor del salitre marino en el cuello de la joven. Después olfateó con su exquisita sensualidad el aromático perfume de su cuerpo. La piel de Sarah d'Allara desprendía el olor del oro en el otoño.

Torrevieja: 365

por Ana María Moix

Hasta hace no muchos decenios, el nombre de Torrevieja se asociaba, sobre todo por parte de las gentes de las urbes peninsulares, a la playa, al sol, a las nostálgicas letras de las habaneras y a sus famosas salinas. Sin embargo, esta idea de Torrevieja como paradigma de estación balnearia, sólo apta para albergar a una humanidad ansiosa de sol y mar durante el reposo vacacional o de fin de semana, se acerca, desde hace ya mucho tiempo, más al tópico que a la realidad. Actualmente, lo que presta a Torrevieja sus peculiares rasgos no es, ni mucho menos, lo que favoreció el hecho de recibir, de manera intermitente, a esa humanidad flotante, de ida y vuelta, sino lo que conforma una comunidad que, en pocos años, ha vivido un proceso de transformación y de crecimiento espectacular, hasta llegar a ser una ciudad con 90.000 habitantes censados (que se convierten en 500.000 en verano, y en 175.000 como media anual, por lo que es la quinta ciudad más importante de la Comunidad Valenciana en cuanto a volumen de población), que presenta uno de los niveles económicos y de calidad de vida más altos del país, y que está espléndidamente comunicada por una fluida red de autobuses (y a 40 km del aeropuerto y de su estación de ferrocarril). La nutrida población de Torrevieja goza aquí no sólo de los placeres del mar, sino de todo un conjunto de organizaciones comunitarias (que abarcan desde el ámbito de la educación y el social, hasta el cultural, el deportivo y los propios del ocio) que confieren a la localidad el carácter de ciudad abierta y cosmopolita que la población autóctona ha sabido crear con su carácter abierto, hospitalario y en extremo tolerante, hasta el punto de hacer posible que Torrevieja esté hoy habitada por comunidades pertenecientes a más de 140 países (Reino Unido y Alemania, en primer lugar en cuanto a número de residentes, seguidos de los países del Benelux y del norte de Europa, con un reciente aumento por parte de Francia e Irlanda). El privilegiado microclima del lugar (una media anual de 20 ºC), las cuidadas playas, los casi milagrosos parques naturales de las Salinas de Torrevieja y de la Mata, zonas de interés ecológico de importancia internacional, el despliegue arquitectónico de los últimos años, siempre ligado a la vida cultural de la ciudad, como el Palacio de la Música, construido en 1999 por Alberto Velásquez y José Domínguez Rozas, evocando en su diseño las formas y materiales (madera y metal) de los instrumentos musicales; la espléndida Biblioteca Municipal, rehabilitada en los años 2000-2001 por Fátima de Ramón Ferrando y Julián Esteban Chapapría; la nutrida oferta de actividades culturales programadas por el Ayuntamiento (La Feria del Libro, Festivales de Teatro y Zarzuela, los Cursos de verano y de otoño impartidos por la Universidad de la Sal, el Certamen Nacional de Poesía, los premios de Novela y de Poesía Ciudad de Torrevieja, así como los famosos Certámenes de Habaneras y cursos de Pintura, Danza e Instrumentos Musicales, entre un sinfín de manifestaciones), convierten la ciudad en un lugar donde es posible vivir todo el año gozando del clima, de los deportes (Club Hípico, Palacio de Deportes Infanta Cristina, Pabellón Polideportivo Cecilio Gallego, Pista Olímpica de Atletismo Daniel Plaza, Campo de fútbol Vicente García, diversas canchas de tenis y de frontón, además del puerto marítimo y de las numerosas escuelas de vela latina), de una vida cultural y social, y de una estupenda oferta de servicios (gastronómicos, hoteleros, etc.) dirigida a todas las edades, con especial atención a la tercera edad. Con todo, Torrevieja no se detiene en su afán de hacer del lugar un marco privilegiado en lo que concierne a la vida cotidiana de sus habitantes. Así, a este deseo, corresponde el proyecto de la construcción del balneario de lodo más importante de Europa, obra del arquitecto japonés Toyo Ito, y del Conservatorio Internacional de Música para discapacitados.

Torrevieja sigue en posesión del encanto evocado por las letras y melodías de las habaneras; pero, actualmente, es más que una dulce evocación: es una ciudad que vive la ebullición resultante del progreso que ha sido capaz de desarrollar, y, también, el imparable camino hacia la consecución de los retos que el siglo XXI presenta.

ESTE LIBRO HA SIDO IMPRESO
EN LOS TALLERES DE
MATEU CROMO ARTES GRÁFICAS, S.A.
CARRETERA FUENLABRADA, PINTO (MADRID)